叶兆言中篇小说　卷三

# 红房子酒店

叶兆言

人民文学出版社

**图书在版编目(CIP)数据**

红房子酒店/叶兆言著.—北京:人民文学出版社,2012.7
(叶兆言中篇小说;3)
ISBN 978-7-02-009198-0

Ⅰ.①红… Ⅱ.①叶… Ⅲ.①中篇小说-小说集-中国-当代
Ⅳ.①I247.5

中国版本图书馆 CIP 数据核字(2012)第 094623 号

责任编辑 宋 强
特约策划 杜 晗
封面插画 阮筠庭
装帧设计 董红红

出版发行 人民文学出版社
社 址 北京市朝内大街 166 号
邮政编码 100705
网 址 http://www.rw-cn.com
印 制 山东新华印刷厂德州厂
经 销 全国新华书店等
字 数 280 千字
开 本 890×1240 毫米 1/32
印 张 13 插页 2
版 次 2012 年 7 月北京第 1 版
印 次 2012 年 7 月第 1 次印刷
书 号 978-7-02-009198-0
定 价 33.00 元

如有印装质量问题,请与本社图书销售中心调换。电话:01065233595

# 目录


悬挂的绿苹果……001
五月的黄昏……051
艳歌……123
红房子酒店……171
最后……217
去影……269
采红菱……333

# 悬挂的绿苹果

## 1

小说一开始，难免不说些无关紧要的废话，我们先从玩扑克牌开始说起。

那时候“提壶”刚刚在剧团里风行。只要有空，无论春夏秋冬，不管白天黑夜，四处都可以看见打牌忘了吃饭睡觉的激动场面。这一天演出结束，几个牌友搬了一张小桌，凑在大楼间的路灯下面，轰轰烈烈摆开阵来。因为第二天是休息的日子，所以出第一张牌时就说好：不到天明，绝不鸣鼓收兵。

几圈下来，各有胜负。输一局者，脸上沾上口水贴一白纸条以示惩罚。夜深人静。下弦月升了起来，这几个人只恐影响别人，都闷声打牌，认认真真动脑筋。又是一圈下来，轮到坐东首的人往脸上贴白纸条。他下巴上已经有了两条三寸长的纸条，如今又添一条，是像模像样的一副山羊胡子，随着下巴一动一动，因此邻家悄声说：

“半仙，你若上台做戏，这胡子就行了。”

另一位邻家也说：“老魏，你输就输在出牌上，譬如这一局，你若扣住了小王八——”

这时又开始抓牌。对家不是位喜欢埋怨的人，只说：“半仙，我们不能再输了，杀他们一局。”说着，见老魏探头往远处看，心里觉着怪，也回头看。自然什么也看不到。出牌出到一半，老魏不经意地说：“刚刚有个人从那梯子上爬到三楼去了。”同时把牌打出去。

三位牌友听了，吓了一跳，心想这种事只有魏半仙这号人才能沉得住气。夜入民宅，不是盗贼还能是什么，于是扔下手上的扑克，往那梯子处走去。梯子离他们打牌的地方约五十米。这一阵正在修房子，梯子搁在这儿，大约是民工忘了收。不过谁都知道这梯子是放在西边拐角上的，现在却是往东挪了挪，恰好搭在三楼的窗台上。

三楼是女单身宿舍。几个牌友注视的这个窗户里住着两位姑娘，一位是化妆师，今年二十六岁，很有些风流的样子，对象已经谈了三四年，剧团里的人都知道，凡是第二天是休息的日子，她便住回家去。另一位姑娘三十岁出头，她是食堂的炊事员，以宿舍为家，是剧团里最出名的女光棍。

一个牌友说道："半仙，你真看到有人进去了?"另一个牌友便驳斥，说这难道还有疑问，要不这梯子哪会到这里来。老魏却说："我只担心要是贼的话，姑娘家可能会吃亏，要不是贼，而是那种事的话，我们最好也不用管了。"

正说着，只见那房间里灯光一闪，又灭了，隐隐的有一种听不清的声音。一个最好多事的牌友难免见义勇为，对老魏说："你守在这，我们三个上去看看。"

老魏说："我一个人怎么行?"

其他的人便说，你把梯子抽掉就是了。说着三个人卷了卷袖子，准备上楼。待这三个人进了大楼，老魏想：哪来的什么贼，年轻人，年纪到了，什么荒唐的事做不出来。要是歹徒的话，早喊了，因此弃下梯子不管，往牌桌那边走去。走出不多远，听见竹梯吱吱地响，回头一看，见一个人猫着腰正往下爬。老魏想喊抓贼，见那身影似乎熟悉，话到嘴边，又缩了回去，脚底下还在继续往前走。那黑影匆匆地也朝这边走过来，到楼梯过道那里，一闪身，进了大楼。

第二天这新闻就爆炸了。团领导把老魏找了去，炊事员张英两眼哭得通红，坐在放着打字机的办公桌旁边。团领导说："老魏，你不应该不知道这人是谁呀，你肯定看见了。"老魏急得脸发紫："我凭什么，凭什么，小张和他在那房间里待了那么长时间，都没看清他是谁，我怎么能知道。”团领导知道老魏生性最怕多事，最不喜欢干涉别人的私事，心里有些恨这人没原则，因此说道：“老魏，你想，要不是李平、王东剑他们，还不晓得会出什么事。你当时为什么不喊一声呢，就让他从你眼皮底下跑掉？”

老魏说：“我喊什么，这有什么好喊的。”他想说小张为什么不喊，但回过头去，看到她那双哭得通红的眼睛，没有忍心说出来。

这剧团里风气最不好，随你什么事，都要死命地瞎议论，尤其碰上有关男女的事，那更是没完没了，平均每个人都要说他个十遍才肯作罢。有时只是捕风捉影，为着蛛丝马迹般的小事，渐渐地议论下去，最后竟能有鼻子有眼，有血有肉，变成完完整整的一个风流故事。

自从这个事件发生以后，许多人家加了锁。女人们临睡前，都要检查一下窗户是否销上。很长的一段时期内，住集体宿舍的女青年一过晚上八点，便不敢出来上公共厕所。这种状况，直到张英后来结了婚，才有所好转。一来时间长了，什么样的事迟早都得忘记；二来当时就有人觉得这不是流氓案件，随着时间的推移，这种怀疑逐渐占了上风。

张英有一段时间日子真不好过，因为几乎剧团里所有的女人，都拿同样的问题问过她。有的老妇女的话极难听，即使法院里的审判员也不会提出类似的问题。剧团到医院去例行体检，有的女人竟然下作到偷偷地去找医生打听。女人们的好奇心，永远也没有办法得到满足，尽管张英对一个简单的问题，已经重复了不知多少遍。

“我那天正在睡觉，醒来时有一个人站在床头，我想开灯，他不让开。后来他脱了外衣要上我的床，我不让，他就走了。后来其他人就来了。”

“你不会不知道他是谁吧?”女人们总要拿这类问题纠缠她,“好吧,你说,他究竟是不是我们团的?”通常最初都是问问,然后是纠缠,最后便是审问:“小张,他肯定就在我们团,你包庇他有什么用?”

张英呢,最初是说明,然后是解释,最后只有流眼泪。有一点对张英很不利,那男的临走时,留下了一件运动衫,这运动衫是剧团里发的练功服。光凭这一点,便可以确定这个人是剧团里的。既然一个单位,张英就不应该不认识。

老魏无意中又提供了另一条线索。

剧团的人都把老魏当作一个怪人。所以怪,怪就怪在本分上。他有一半人的性格,这就是也要吃,也要喝,也要玩,也要乐,还有一半仙的性格,这就是不管凡人俗事。有一回,有人看见两个有夫有妇的男女,躲在后台亲嘴,忙喊他去看,被他冲了一鼻子的灰:“我老魏眼睛瞎,见不到这种事,你少来跟我啰嗦。”

有人知道老魏的脾气,故意用话引他:“半仙,你上次说那个人个子高高的,这会是谁呢?”

老魏于是又把脸涨得发紫:“瞎说,哪个存心造谣,我什么时候说过个子高高的这种话?”

说的人做出不屑一辩的样子,仿佛老魏明明说过这话,现在只是在抵赖。老魏发了急,只得进一步辩白:“你想,我怎么可能说这话,要是那个人真是个大个子也罢了,他根本就不高——”一条线索便这么得到了。

接下来的推理并不复杂。一件运动衫把这个人限定在男演员之中。剧团并不大,女演员比男演员多得多,搭上白发的老头子,三五个十三四岁的毛孩子,男演员的总数也过不了四十。运动衫的尺寸和老魏提供的线索，又进一步缩小了范围。张英显然知道这个人是谁，她不肯说出来，说明她和这个人关系不错。于是结论也就有了，按照剧团的一个老妇女的说法，女人过了三十岁，再没有男人，你要想叫她解下裤带，就跟拿糖和冰棍哄小孩一样容易。

不知不觉地，或者说自然而然地，这镜头的焦点就对到了一个人的身上。这个人就是王至强。他是个还算不错的演员，在舞台上常演许仙或者王魁一类的风流小生，但实际生活中并没有什么不检点的事。他声称他的运动衫从来不曾遗失过，并且特地连续几个月都穿这件衣服。很明显这是他对剧团里有些人对他的怀疑表示愤怒，然而有人说他做贼心虚，故意装出来的，因为类似的衣服在附近的百货店就可以买到。舞美组有两个人吃饱了饭没事可做，专门用业余时间监视他和张英的接触。他们常常故意拿着饭盒在楼道说话，然后等王至强来了，一起跟着去买饭。王至强这一天买什么菜，在饭堂里和张英说了些什么话，爱管闲事的人很快就会打听到。各路小道消息，每隔一段时间，就得到一次综合。剧团的某些人兴趣就是这样，就好比美国人喜欢吹口哨，巴西人喜欢踢足球，你要想叫他们改变这个话题，除非你能在他们身边找到一个更刺激的话题。

更刺激的话题当然不容易找，幸好不久有了比较刺激的话题。这是王至强一个好朋友透露的。因为有一次王曾经向他发牢骚，说："他妈的都怀疑我，其实我这种事根本做不起来。"剧团的人都知道王是个温文尔雅的人，轻易不骂人，骂了人，自然也有他的苦衷。况且说他有毛病的流言，很早就传播过，他结婚七八年依然没有孩子，如今好好想一想，的确也是个很好的证据。他老婆虽然只是普通工人，却是个极其风骚泼辣的货色，住在剧团宿舍里，骂起王至强来，就跟骂儿子一般。于是同情心起了作用，大家尽管弄不清那毛病究竟是怎么一回事，想想他毕竟可怜，也就不忍心再议论。

再说张英，她是个炊事员。炊事员在剧团里当然不是高等的工作，但却是一个不能看轻的位置，除非你永远不在食堂吃饭。人们在好奇的欲望之外，还有追求实惠的私心。这私心使剧团的人，不会过分地得罪张英。谁也不愿意为和自己毫不相干的事，平空地少半两饭和半勺菜。人总有好恶，盛饭舀菜，手上总有差错，这也是难免的事情。因此，议论还是要议论，但毕竟不怎么议论了。最重要的是，天长日久，张英自己也把这件事忘了，她又变成了原来的张英。当事人无动于衷，议论也就没有意义，自生自灭。

2

文艺界最大的特点，就是太空太闲。虽然永远有人要排练，要演出，但既然不是每个人都参加排练演出，就永远无法解决太空太闲的毛病。议论成风，议论癖，凡此种种，都不过是太空太闲的副产品。人空闲了就要找话说，于是就有了说的人和听的人。这篇文章的女主人公最怕这种议论。环境无意之中决定了人的性格，过去有句掉牙的老话，寡妇门前是非多，张英想来思去，无非还是不结婚的过错。有人动她的脑筋，想占点便宜吃豆腐，不过是看中她没有男人。有的人恶意地诽谤她，硬把她说成是个风流女人，也不过是看到她没有男人。三十几岁的女人没有男人，已属不幸，偏偏不幸之外，还要加上一点自身无辜的过错。

因此张英打定了主意要找个男人，越快越好。

张英今年实实足足三十二岁。也不知怎么的，张英觉得自己转眼就到了三十二岁。她长得矮矮胖胖的，腿很短，脚是一双儿童的脚，从正面看，两个肩膀圆鼓溜秋的，两只手仿佛总是张得很开很开，从侧面看，胸脯太厚、太高，臀部圆圆的鼓着，从哪一方面看，都像个充足了气的皮球。她的相貌很平常，皮肤不白不黑，小塌鼻子，眼珠虽然大，却没有神，配了一副深度数的白边眼镜。她十八九岁的时候就是现在这个样子，而现在倘若有人说她只有十八九岁，马马虎虎地也会有人相信。张英一直为自己是近视眼感到自卑，因为她觉得只有有学问的人才配戴眼镜，剧团里的青年参加文化补习班，她连考了两年，都没混到初中文凭，所以免不了有自己白戴了一副眼镜的悲哀。文艺界的女青年都喜欢打扮，都会打扮，而且都敢打扮，张英身居其中，近朱者赤，衣着也颇时髦，只是由于先天的条件和缺乏演员的气度，总给人不够和谐的别扭感觉。

张英有个老同学叫刘洁洁。刘洁洁是张英未结婚前唯一的知心朋友。她和张英同岁，人长得有几分姿色，小孩已经六岁了，三年前离了婚，如今正在和一个姓王的搞恋爱，搞得很热乎。刘洁洁有个朋友在婚姻介绍所工作，她还没有和姓王的搞上对象时，曾拉着张英一起去婚姻介绍所看过照片。她们接连碰面了好几个都没成功，大家心灰意冷，以致私下公开地又唱起独身主义的高调。张英本来不是有主意的人，跟在刘洁洁后面大谈独身，觉得也是种自我安慰，不过心里倒真正害怕独身一辈子，真正害怕弄假成真。

不多久，刘洁洁和姓王的搞上对象，独身主义再也不谈了，却四处忙着给张英做媒。这一天正好是例假日，刘洁洁兴冲冲地跑来找张英，没进门就笑出声来：

“张英，快，换衣服，我带你去见个人。”

张英睡了懒觉刚起来，眼泡还有点肿，莫名其妙地瞪着刘洁洁，不知她为什么这么高兴。

“快点，换身衣服，怎么，不想见呀?”刘洁洁打开张英的箱子，帮着挑好的衣服。张英心里已经有数要去见什么样的人，一边打水洗脸，一边懒洋洋地问见谁。刘洁洁干干脆脆地说：“我跟你讲，这个人不错，我已经看过了，约好九点半在玄武湖门口见，你快点!”

张英洗完脸，抹了点珍珠霜在脸上，又想到没梳头，赶紧找梳子镜子。刘洁洁不住地看手表，急得直跺脚：“哎呀，好啦好啦，有什么打扮头呀，就这样，自然美!”张英要穿淡红色的衬衫，刘洁洁直摇头：“不行不行，你就喜欢穿这件，这件太俗了，嗨，就穿这件，对，听我的。”

两人匆匆往玄武湖赶。到了大门口，又匆匆把自行车寄存掉。张英额上都是汗珠子，娇嗔地说：“看你火烧火燎的，弄得我早饭都没吃。”刘洁洁从兜里掏出手帕拍了拍额头上的汗，见张英忘了带手帕，把自己的递给她：“你拿去用吧。真是狗咬吕洞宾，不识好人心，你一顿早饭不吃算什么，我这么火急火燎的，又图什么。我跟你说，这人真不错，我要不是有了小王，才不介绍你呢。——噢，你看，已经在那边了，走，我们过去。”

张英仿佛是到了这刻，才当起真来，虽然刚刚已经知道是怎么一回事。那男的也正朝着她们这边看。张英的心咚咚直跳，拼命地往喉咙口上涌，就好像受了过分的惊吓要逃出来。刘洁洁已经迈步朝那边走去，张英也只好跟在后面硬着头皮走，羞得不敢抬头。尽管只是粗粗地看了一眼，张英便知道这事不会有希望。那男的又高又大，脸盘子也好，一副气宇轩昂的样子。这样的人说什么也不会看上她张英。张英的脚依然在往前走，心里则在怪刘洁洁不该多事。

转眼就是面对面了，刘洁洁和那男的搭话。那男的一口地道的普通话，声音很甜。张英刚抬头，见那人正认认真真地盯着自己笑，慌忙把眼光扫到地上，扫到那人的脚背上。那是一双擦得锃亮的皮鞋，在他旁边，又是一双小孩的脚，穿着新式的旅游鞋。刘洁洁作了介绍以后，那男的笑着和她打招呼，张英也轻声作答，眼睛依然往别处看，耳朵却用心听着，听到那男的正对刘洁洁说话，忙偷偷地看他一眼，想看看他是否有鄙视她的意思。她私下里只觉得他非常非常高大，而自己非常非常矮小。他似乎在等着她的目光，眼锋一对上，便大大方方地向张英发出邀请："我们一起到公园里转转吧！超超，把票去给那位叔叔。"被叫做超超的小男孩，连蹦带跳地跑到大门口，把游园票往检票箱里扔，几位看门的叔叔阿姨笑着夸他乖。刘洁洁看看手表，说："那好，你们自己谈吧，我还有点事呢!"说完妩媚一笑，又对张英挤了挤眼睛，扬长而去。

生活节奏的变化，有时真是不可捉摸，慢起来，今天是昨天的重复，年复一年，似乎永远是那么个节奏。快起来，一分一秒一个模样。虽然波光粼粼的玄武湖就在张英的身边，虽然她捡起别人扔下的柳条已经在手上玩了好一会，张英觉得自己的思想仍然还在来玄武湖的路上。刘洁洁轻松放肆的笑声，似乎一刻也没有在她耳边停止过。张英起先担心刘洁洁的离去，会使自己的处境很尴尬，不久便发现，不如这样更好一些。尴尬在熟人面前，只有变得更尴尬。她想自己今天反正豁出去了，好在这事也只有刘洁洁一个人知道。

那男的最初说了些什么，张英记不清了，不过都是些无关紧要的话。她只记得他仿佛不经意地说了声：

"我今年三十二岁。"

"我也是的。"她脱口说道。这是她记忆中的第一句话。

"你一直没有结过婚?"

张英一下子把眼睛瞪得多大。虽是随谈，但问得似乎太突兀，太没道理，她不得不狠狠地看他一眼。他好像也觉得自己问得不恰当。脸上显出一种歉意的微笑。张英说：“我，我连恋爱都没谈过！”说完便后悔，这种解释又笨又可耻。她想人家这会一定在想她长得太难看，没人要。一阵悲伤情绪直往上升。

他们身边的那个小男孩超超，一个人玩腻了，跑过来拉着张英的手摇着，故意眯细着眼睛说道：“阿姨，你敢划船吗？”张英把手中的柳枝丢开，摸了摸超超的大脑门，苦笑着问他是不是想划船。超超让说中了心思，高兴地直点头。张英突然想起自己到现在还不知道这小孩是谁。

“我想你已经知道了，这就是我儿子，——今年五岁。”

张英觉得好像有人在后面撞了她一下，脑子里仿佛有一架飞机刚刚飞过，轰轰直响。脚底下已经乱了，走了两步，停下来，又走了两步，再也不肯走了。刘洁洁实在不该把这事瞒着她的，当然，也许这根本谈不上瞒。张英发现刚才那种强烈的自卑情绪已经没有了，剩下的只是一种淡淡的无尽悲伤。

“其实我也没有正式结过婚，我是说没有‘正式’。”

张英虽然还在听，但觉得自己听不下去了。她只感到冷，感到太阳晒在身上一点暖意都没有，禁不住地哆嗦。他似乎也觉察到了这一点，这显然是一个不能让女人感到愉快的话题，但仍然要说下去。因为他站得比较前，所以身体微微地有些侧，他说：

“还有，我现在的户口还在青海。不过我现在正在跑调动，只要我们能够结婚，很快就能调过来。我不是瞎说，因为这事都差不多了。你放心好了，调动的事用不着你烦神。”这个人，这个青海人的谈话太坦率，太赤裸裸，使得张英很有些吃惊。她朦朦胧胧地感到，对方好像已经肯定她就要嫁给他似的，真是岂有此理。他这是在瞎说，在做梦，张英对自己说着。

“好了，该说的，反正我都说了，你看着办吧。我也不要你现在就拿主意，你只管回去想想就是了，反正我无所谓，你行不行都可以。你要高兴的话，我们明天就可以结婚！超超，跟这位阿姨再见！”

3

从玄武湖出来，张英心里充满了一种屈辱的感觉。迎面走过两个漂亮的女孩子，很亲昵地挽在一起走着，有说有笑，她不由得感到一种无端的仇恨。女孩子年轻，漂亮，而她老了，三十几岁了，并且不漂亮。在自行车寄存处，她首先发现自己的车钥匙没了。在她放自行车的拐角上，她的车子也不在。张英不禁想到今天真是倒霉的日子，刚刚才受过了一番屈辱，现在又丢失一部八成新的自行车。

看车人看她呆呆地站在那里发怔，便过来问她是不是没有拿钥匙。张英这才想起当时匆匆，忘了从车上取下钥匙。看车人是个热心负责的人，把她车子搬到所坐的地方旁边，这刻免不了数落张英几句：“我说丫头你这不害人吗？你说人家要是把你这车偷走了，我是赔呢，还是不赔呢？”看车人的意思很明显，无非是要张英感谢她两句，偏偏张英这刻心思不知在哪里，连个笑容都不肯给，推了车子就走，气得看车人在背后直骂她，说她这样的女人太少见。

张英不想直接回家，她觉得自己应该首先找个地方哭上一场。然而她发现肚子饿了，因此骑车去找个地方吃馄饨。她不敢就在近处吃，害怕再碰上那个该死的青海人。这个青海人还真做得出。刚刚和她说再见时，伸出手来和她握，似乎他们已经相识很久，好半天都不肯松开。他不是在握手，他是在捏她的手。张英现在一想起来都有些恨，恨他太自信，太不把她张英当回事，好像这个女人就注定要给他当老婆的。

因为肚子饿，张英连吃了两碗馄饨。一边吃，心里一边在恨刘洁洁。说到底，这事都怪她。要是没有她，那个青海人便不会跟自己有关系。还有那个小孩，现在回想起来，张英真是太笨。她应该一眼就看出他们父子的相同点的。她承认这个小孩很漂亮，很可爱，就像他那青海老子一样，但是——她想到这里，又十二分地恨起刘洁洁来。她倒好，自己离过婚的，却找一个清清白白的小伙子，不就是她长得比自己漂亮一点吗。张英觉得她这一次做媒别有用心，她还不是觉得自己不漂亮，不会吸引人，才给她想到了这么个离了婚的光棍。

馄饨吃到最后几个，张英停了下来，不是吃不下，而是想多消磨掉一些时间。她越想越感到屈辱。自己并不是个心高的人。她的的确确想找个男人，这念头也许十七八岁就有了，当然一过了二十五岁，她就考虑要找个普普通通的男人。她知道自己太一般化，所以男人也应该一般化。女人都是软弱的，都得找男人做依靠，张英知道自己多少年来一直在想崇拜一个男人，崇拜一个哪怕最平平常常的男人。

张英所以感到委屈，就是因为想着世道太不公平。她选择对象的条件似乎不能再低。况且她从来没想到过要嫁给一个离过婚的男人。以前在食堂卖菜，一个刁蛮女人因为嫌自己的菜少，曾经骂过她给人做小老婆都不要。在婚姻大事上，张英的观念依然十分传统，在她想来，寡妇再嫁，鳏夫再娶，都不是十分光彩的举动。倒不是因为身在剧团，受旧戏的影响，她总觉得自己一旦嫁人，便跟那个人好歹要过一辈子；也不是为了追求和讲究男贞女洁，但尽可能要让人背后没有话说更好。人的嘴是堵不住的，尤其是剧团里的人嘴。谁都会说她是找不到男人，才嫁给一个离了婚的人。况且那五岁小孩的妈妈应该怎么做，她也实在想象不出。张英觉得自己已经成了剧团里议论的中心。

从馄饨店出来，一上大街，张英远远地看见人行道上，一辆三轮摩托卡翻倒在上面。她不想立刻就回家去，因为她觉得剧团里现在就等着议论她了，于是便挤过去看热闹。一个交警正用皮尺在地上量着什么，她看了一会，什么都不懂，只知道出了什么事故，没有死人，看看手表，是中午了，于是决定回去。

传达室的老头要她带封信给同寝室的吴茵。一看信封，一看那龙飞凤舞的字迹，张英就知道这是吴茵对象之外，最好的一个男朋友寄来的准情书。这准情书的字眼是吴茵自己说的，她曾给她见识过一页，的的确确有些那个，用的都是烫眼的字。张英把信揣在兜里，正要上楼，见刘洁洁的自行车靠在一边，知道她在上面等自己，因而突然间改了主意，不上楼，直接往排练场去，见里面灯亮着，老魏正在加班做道具，便进去有看无看地瞎看。

老魏正在用包装泡沫做磨子和脸盆，做得很像。他不声不响地做，张英便在一旁不声不响地看。临了老魏问她为什么不去睡午觉，张英随口扯谎，说吴茵的男朋友在那里。老魏也不多问，继续做，张英又磨蹭了一会，算算刘洁洁该走了，便回去睡午觉。

刘洁洁的自行车果真不在。吴茵已经睡着了，帐子也没下，露出半截胳膊在外面。张英悄悄地放下自己的帐门，蹑手蹑脚地去了趟厕所，钻进被筒，一看手表，都快两点了。自从今天起床以后，张英觉得自己直到这刻，才算相对平静下来。伸手在发烫的脸颊上摸摸，湿漉漉的竟淌下两行热泪，她发现自己早就应该痛哭一场，陡然间，委屈，悲伤，满肚的不高兴，以及各种各样的杂乱情绪一起涌了出来。她无声地哭了一会，心里觉得好过多了，又把今天的经历放录像带似的重播了一遍。一时又激动起来，她暗想今天的午觉一定睡不成了，谁知不一会，就轻轻地打起呼来，睡得很沉，很甜。

吃了晚饭以后，吴茵问张英："小张，你几点钟去看电影？"

张英摇摇头，说自己不去看，剧团里发的票，她早就送给别人了，见吴茵脸上全是遗憾的表情，便反过来问她去不去。吴茵笑着说她已经约好让小金晚上到这儿来。小金是吴茵的对象。张英忙说："我晚上要看电视的，你们在这好了，今天晚上电视说是不错。"

实际上今晚的电视并不好，唯有一部蹩脚的外国片子，张英过去已经看过两遍。剧团里的公用电视机就放在饭厅里。现在一般家庭都有了电视机，因此在这看电视的除了住集体宿舍的，便是几个来修房子的农民工。电视屏幕上老是出现接吻的镜头，农民工便在下面起哄，说下流话，几个和张英有些熟悉的农民工，故意和她搭腔，你一句我一句地用不三不四的话来撩她。张英想骂他们不要脸，但是她只能永远想这么做，而永远也不会真这么做。她不是个性格刚烈的女子，不会也不想使人难堪，使人下不了台。虽然这种性格几乎使她吃了大亏，几乎使她丧失名誉，但她仍然改不了这种性格。软弱好像卡介苗似的早就注射在她身上，它使得张英灵魂深处每一个细微的抵触情绪，都遭到排斥，遭到反抗。

张英临了还是没有把电视看完。她身边有伙房的钥匙，因此开门进去看了一会报纸。从伙房出来，她又到东面的一株腊梅树边坐了一会，那儿正好有个石礅子，很黑。张英坐在那里不看别人，别人也看不到她。直到电视完全结束，看电视的人从饭厅里一哄而散地出来，住户的家里纷纷重新打开电灯，她才想到现在可以回宿舍了。

小金照例没走，他是附近医院的医生，值惯了夜班，这会儿精神依然很好。满地都是瓜子壳。吴茵的头发十分零乱，衣领敞开着，笑着招呼张英吃瓜子。张英吃了一会瓜子，看着吴茵和小金尽可能地放肆亲热。吴茵是个颇具浪漫性格的女子，她在张英面前所以还有些收敛，倒不是怕难为情，而是担心引起张英老处女似的形影相吊的情绪。小金走了好一会，两人洗脚洗脸收拾干净，张英这才想到吴茵的一封信还在自己口袋里。吴茵上了床，舒舒服服地在被筒里坐稳了，带着既同情又有些歉意的心情打开信，一边读着，一边笑着叹气。

4

剧团里，有一阵几乎都把张英这个人忘记了。等到一听说张英要结婚了，于是大家又使劲地谈起张英来。

突然常常使人感到意外，但同时又能使人得到兴奋。张英的婚事仿佛使每一个人都感到了快乐。也许大家觉得有一个叫张英的女人，在三十二岁的时候，终于找到了一个归宿，这不能不说是件该庆幸的事情。也许大家认为这个人奇特的婚事，给他们自己平淡无奇的生活，注入了新的激素，这包括无尽的新话题和丰富的猜想欲。总之，剧团里突然间有了过年过节的气氛。

消息灵通人士，完全有信心断言他们比新娘知道新郎的事更多。一对新人的蜜月刚刚开始，他们已经探听到了新郎是青海某地某处人。他们知道这个青海人当过驾驶员、供销员，并在高原上放过马，知道他就是在放马的时候和一个女人同居，生下现在那个叫超超的小孩。他们还知道这个青海人很有钱。

凡是一个局外人力所能及打听到的新闻，剧团里的人都知道了。

张英曾担心大家会议论她不该嫁给一个有小孩的男人，会因此更看轻她。然而这一次她的担心落了空。几乎所有的人都觉得这婚事十分般配。剧团里百分之九十九的人，都和张英无仇无怨，犯不着为这事和她作对。男人们觉得三十二岁的女人本来就只该找一个鳏夫，况且离了婚的男人和离了婚的女人不能相提并论。女人们也有自己的观点，首先并不是她们本人身入其境，而且通常的情形下，女人总是同情那些她们自信不如她们的女人。这个青海人高大的身材和很不错的相貌，在剧团的女人看来，已经是对张英以往和现在不幸的最好补偿。

婚事进展十分顺利。房子问题几乎一开始就得到了圆满的解决。副团长黎文艳主动把准备给自己儿子结婚的新房子让了出来。虽然她儿子本来就是团里的演员，虽然她也是个蛮有名气的小生，无论从哪个角度来说，这房子都是受之无愧，然而她还是让了出来。她自己结婚很迟，因而知道老姑娘是怎么回事。

接下来便是家具。张英首先想到要有一张舒适的床。这是她死去的妈妈告诉她的，人生一世，有一半的时间在床上度过，因此若结婚，一张床绝对不能马虎。青海人带着她到全市的商场去兜，打定主意去弄一套最高级豪华的家具。正好一家展览馆在展销家具，他们花大价钱订了一套，第二天便有卡车送到了剧团门口。剧团里有好多热心的人帮着干活，尽管新家具不是太重，但是王至强他们还是累得一个个直冒汗。

青海人无疑是个神通广大的人。他几乎没费什么精力，不过写了几封信，挂了三个长途，便把自己的户口大老远地从青海迁了过来。时间是在蜜月过后的第二个月。剧团的人都很吃惊，因为哪怕是省长的儿子，调回南京也不会有这么便当。不多久，又弄到了一副煤气炉灶。谁都知道，在南京这几年搞个煤气灶，比找个老婆都难。

人们不能不对青海人刮目相看。陆陆续续地，都借机会参观了他们的新房。虽然只是一个小套，却布置得井井有条，豪华的家具，上蜡的漆地板，一系列带“电”字头的奢侈用具，显得剧团里的其他人家，仿佛是处在贫民窟里。

至于张英，除了用“满足”，找不到别的字眼可以形容。家庭建设的现代化，高度的物质文明，这使她的虚荣心得到了满足。更重要的是，她找到了一个久已在找的、可以崇拜的男人。这男人便是她理想的归宿。结婚之前，她甚至想到要像剧团里其他女人一样，驾驭住自己的丈夫，然而蜜月一开始，她就发现自己已经把整个身心都交给了他。时间有时会往反方向发展，她仿佛一下子年轻了十几岁，虽然她的丈夫常常做出不容她过分亲近的样子，可是她免不了要做些太天真太笨拙，以致和她年龄不符的举动来。她的丈夫肩膀很宽、很厚，这一点不能不让她感到得意，因为这才是真正的男子汉的肩膀，这肩膀可以承担下一切。多少年来，她不是一直在找这么个肩膀吗？真正的男人都有脾气，因此她的丈夫也不例外，他几乎不满意她做的一切。她做的菜肴，他嫌味道不好。她洗的衣服，他嫌不干净。总之，一旦丈夫太能干了，就只好把一切都承包掉，而张英的责任，似乎也只有陪着超超哄他玩。

这一天，青海人拎着满满的一篮菜回来，沉着脸说：“小张，明天有两个熟人要来吃饭，我菜已经买好了，你看着超超，我先把鸡杀了。”她陪着超超在房里玩了一会，又带着超超一起出来看丈夫杀鸡。他杀得又快，又干净利索，转眼间鸡毛没了，开膛破肚，捧出一串小鸡蛋来。张英好像和超超一般大，在一旁看着，既惊奇，又佩服。

第二天来的两个人是一对夫妇，带着四个多月的吃奶孩子。他们是张英丈夫在青海时的朋友，几年前先调回南京，这次他能这么顺利回南京，主要就是这两个人帮忙。那男的相貌平常，中等个子，说话总是很诚恳的样子。他对新房煞有介事地评价了一番，既有批评，又有赞赏，言谈之中，处处显出他是这家主人的好朋友。那女的约莫三十岁，穿一件洋红的兔子毛开衫，抱着孩子极端庄地坐在沙发上，一言不发。她的脸盘子很秀气，一张十分小巧的嘴，坐在那里，眼角眉梢都是一种说不出的表情。

“噢，这一阵球赛都看了吧？”

两个男人谈起足球来。小超超跑过去逗那小孩玩。女客人细声细气地问超超喜欢不喜欢这个小妹妹。超超眯起眼睛想了想，说：“喜欢。”

张英觉得自己插不上嘴，便聚精会神听自己丈夫谈足球。她从未看过一场完整的足球，也不知道那么多人围在一起争一个球有什么意思，但是她乐意听丈夫和人家谈足球。她喜欢自己丈夫和人家谈话时的表情，她喜欢他那说到一半不说了，仿佛在思考的神态。张英总是偷偷欣赏自己的丈夫，哪怕是在别人面前。

突然间，小孩子大声哭起来，把超超吓了一跳，张英看见自己丈夫回过头来，看了看那小孩，脸上似乎有一丝不高兴。女客人连忙解开衣服，给小孩喂奶。只听见“咂咂”的吮奶声，房间里一时很静，大家都停下来看小孩吃奶。张英忽然间有一种很难说出来的情绪。这女的胸前敞得太开了，张英只觉得白晃晃的有些耀眼。自己丈夫就和这女的合坐在一张长沙发上，这刻正侧着头看走了神，张英心里不许他这么看，但又没有办法不让他这么看。

鸡前一天就烧好了放在冰箱里，今天只要拿出来热一热。冷盘热炒，全是张英丈夫的手艺。四个人喝了两瓶葡萄酒，其中有一瓶是张英丈夫一口气喝下去的。饭后不久便是送客，直到送出房门到了楼梯口，张英才知道来人中男的叫大卫，女的姓许，叫淑贞，是一个最普通的名字。

大卫说："小张，有空到我们家来玩。"说着伸出手，摸了摸超超的脑门。然后发动停在楼道口的"铃木"，许淑贞抱着小孩坐在后面，回过头来把下巴扬了扬，"铃木"开走了。

这一天青海人似乎很不快活，张英不知道为什么。她想起许淑贞临走时扬起下巴的神态，还有那丰满的白晃晃的胸脯，心里不是滋味，也快活不起来。

5

新婚最初的几个月，张英觉得自己的不幸，莫过于怀孕。蜜月结束的那一天，青海人说："小张，我们已经有个小孩了，不想再要了。"张英说："可是我们还可以有一个呀！"她已经打听过了，独生子女的基本国策，并不妨碍她再生一个。然而青海人坚决表示他不准备再要小孩。

又过了一个多月，张英发现自己有了孕。"怎么搞的，我已经说过了，我不要！"青海人光起火来。丈夫这么不近人情，张英只有哭一场，哭到临了，扬起泪汪汪的眼睛，可怜巴巴地看着他："我都听你的好了！"

"那好，我明天陪你去医院。"青海人说得很干脆。

张英不知道丈夫为什么不要小孩。他也不像是特别地疼爱超超。有时为了丁点小事，他会像审贼似的揍小孩。从医院回来，张英躺在床上，一边吃丈夫亲手炖的鸡汤，一边怪他心狠。他却说："心狠才好呢，你现在不懂，以后就晓得了。"

她没有去多琢磨这话是什么意思，只觉得丈夫脾气太拗、太怪，而她却又不能不喜欢这拗脾气、怪脾气。怎么办呢，兴许在青海那苦地方待过的人，都是这样。张英想象中丈夫在那边一定吃了许多苦，因此认为自己凡事都应该让着他，由着他的性子。

她开始拼命地给超超买玩具。只要是超超喜欢的，无论多贵，买起来都不心疼，上星期刚买了个电动火车，这星期又买电子钢琴。青海人看看实在不像话，悻悻地说："该死，他若是要买月亮，你也给他买?"

张英说："我不买，他赖在地上不起来，有什么办法?"

"你倒是不会打呀?"

"你就知道打!"张英分明是说谎，超超从来不赖地的，因此顽皮地笑。

"你他妈的真有手段，"青海人笑着说，"我的儿子都快要成了你的儿子了!"

张英忽然间不说话了，低着头。

青海人自觉失言，掩饰性地把超超叫到自己跟前来教训。"超超，你他妈下次再吵着要买这买那，我打断你的腿!"

超超老气横秋地看着老子，知道他不是真发火，学嘴道："我打断你的腿!"

"你他妈的还学老子!"

"你他妈的——"超超看老子手扬起来了，慌忙躲到张英怀里去，"阿姨，阿姨。"

超超这时喊"阿姨"，又触了张英的心病，一伸手，把超超推了出来，嘴里念道："我不管，我不管，找你爸爸好了。"超超不知所措，呆呆地看着她。

"超超，你过来，我有话跟你说。"青海人把他带到外间，悄悄地面授机宜。

过了一会，超超跑了进来，一副激动的样子。张英坐在床沿上，不多的气早就消了。超超一把抱住她的脖子，悄悄地说："原来你就是我的妈妈？"

张英有些莫名其妙，抱紧了超超，怕他摔下来。

"爸爸说，因为我不乖，所以，所以你就不告诉我，是不是？"

张英点点头。

超超高兴地笑了，抱紧了张英的脖子，骑马似的前后摇着："我早知道了，你就是妈妈，你和别的阿姨不一样。"张英一把搂紧了超超，泪珠子滚了下来，超超却还在问她很久很久以前，她到哪里去了。

这天夜里超超睡着了，张英凑到青海人的耳边，埋怨说："我们都结婚半年了，你还没说过爱我呢！"

青海人笑着说："这有什么好说的，又不是演电影做戏。"

张英说："反正我喜欢你。真的，你知道我喜欢你什么？"

"喜欢什么？"

"什么都喜欢。"

"又要瞎说八道，我有什么好被你喜欢的，再说我这个人也并不好。"

"你坏我也喜欢！"张英一个手肘在枕头上撑得有些酸了，便把头枕在青海人的肩膀上，"我最喜欢你天天拎着一网兜菜进来，让剧团里的人都看见。"

"为什么？"

"人家便说你听我的话。"

"哪来的这些傻念头！"

“我们这儿的男的都怕老婆，什么事都是男的乖乖地做。”

“是呵，我不也是一样？”

“你是假的，”张英抬起头来，这次是用两个手肘撑在床上，“我知道你全是假的，你才不会一丝一毫地怕我呢，不过假的我也够了，也够了，真的，我好喜欢你哟。”

青海人叹了一口气：“唉，你脑子里尽是些傻念头。”

夜深人静，远处有火车开过的声音。

“今天你精神怎么这么好？”这一次是青海人发问。

“我不想睡。”

“你这人全是孩子脾气。”

“我才不是孩子呢。你，你。”

“怎么了？”

“你应该把青海的事，告诉给我听听。我知道的，都是人家说的，都是人家知道的。”

“这有什么好知道的，又不是什么可以让你快活的事。再说，你以前的事我也不知道。”

张英说：“你不说拉倒。我以前有什么事呀？”青海人说：“对了，我给你看个东西，在我这已经几天了，我老忘了给你看。”说着打开落地灯，翻身下床，从衣服口袋里摸出一封信来，递给张英。这是一封匿名信，信上暗示张英婚前生活不检点。张英戴上眼镜，看了一会，脸顿时气得发白，一时不知如何申辩，只等着青海人问一句，好答一句。

青海人说：“看到了吧，你还老跟你们剧团的人学这学那，妈的，你们剧团里的人都不是东西。这种玩意，只有唱戏的人才写得出来。幸好我不是头一次结婚，多少还有点经验，你也不用气成这样，好，睡觉吧!”

6

剧团的工作带有流动性质。虽然有个像模像样的剧场，但是还得不断地下乡巡回演出。现代市民喜欢的是轻音乐会，听流行歌曲。才子佳人的老戏，只得到农村去找市场。况且这年头一承包，农民手头富裕了，要盈利赚钱，也只有看中农村这块地方。

张英结婚半年了，剧团要到附近的几个县城巡回演出。

“妈妈，你干吗理包?”超超看张英心思重重往旅行包里塞衣服，“妈妈，你是不是要去坐火车?”

张英说：“妈妈要到好远好远的地方去。”

“我也去，妈妈。”

张英放下包，坐在床沿上，拉过超超，用两个腿夹住他，深情地看了一眼正在做其他事的青海人。“超超，你不能的。我问你，你要不要妈妈去？你不要妈妈去，妈妈就不去!”她这话其实是说给丈夫听的。

超超眯细着眼睛想了想，说：“我不让你去!”青海人走过来拉开超超，不耐烦地说道：“你和他啰嗦些什么。哄孩子也没有这么哄的。他不让你去，你就真的不去了?”

“要是你真不让我去，我就不去。我去混病假，病假混不到，我请事假。我守着你。”

“守着我干吗？我又跑不了!”

“我知道，你心里要我去。”

“你本来就应该去嘛，什么叫我心里要你去，真有点滑稽。”

“我去了，超超怎么办？”

“不是说好了吗，放幼儿园，你这人怎么这么黏糊糊的？”

“我舍不得你！”张英猛地说了，有些不好意思，抱过超超来亲他。

青海人对着她看了好一会，过来帮她理包，把衣服塞进旅行包，拉上拉链。又走过去拉开大橱门，几件衣服滚落下来。“看你，我理好了没几天，又乱了，天下哪有男人老帮女人整理衣服的道理？”张英听了乐滋滋的，喝了蜜似的，忘情地望着自己丈夫。青海人把一堆乱衣服统统抱出来，一件一件叠好，整理到张英的红胸罩和尼龙小裤衩，恨恨地说道：“我一见这东西就有气，你们这剧团里的女人最难过了，透明的衣服里面衬着这玩意，一副荡样。你竟然也这样！”

张英委屈地说：“我是为你才穿的，你没看这都是新的。”

青海人笑道：“还为我呢？第一次、第二次和我见面还不错，第三次，好家伙，那身连衣裙薄得像层纸，再装备上这两个玩意，差点没把我吓跑掉。”

张英也笑了，轻松地说：“我把它烧掉就是了，你不喜欢，我一生一世也不会再穿。”

这次巡回演出，计划是一个月。半个月刚过，张英觉得自己已离开家几年。她晚上做梦，老梦到超超。超超说：“妈妈，你快回来吧，你快回来吧。”在白天，在临睡前，她总是发疯地想自己的丈夫，想他那宽阔的肩膀。一想到他动不动就要生气的神态，她常常要忍不住一个人暗笑。她想给他写封信，但是一直不敢写，一来她的字太难看，二来她的好多想法写不出来，也写不好。她只有不断在心里假想给他写信。

食堂里的师傅自然要拿她取笑。过去她是姑娘，有些话不好说，有些话不便说。如今时过境迁，姜太公在此，百无禁忌。只恐想不到，不怕说不出。炊事班长顾师傅是个六十岁往外数的人，老没正经，胡子都白了，还是三天两头地剃个不停。近水楼台，肉腥味闻多了，顾师傅难免油光满面，胖得弯不下腰来，他的心并不坏，只是爱在女人身上占点便宜，一有机会，总忘不了在人家胸前背后，是地方就抓一把，拧一下。和他闹惯的女人都骂他骚种，并不顶真。老头子的菜烧得不错，给起来的分量也不错。

剧团这时候正好在句容演出。从句容到南京，也不过四十来公里。顾师傅说：

“小张，你这脸色怎么搞的?”

当时大家都在拣菜，准备中饭。谁都知道顾师傅话中有话，一起会意地笑。张英知道狗嘴里不会有象牙吐出来，低着脑袋不吭声，心里有数，只要一搭腔便没有完，而且她心里正想着另一件事。

“是呵，这想男人的日子可不好过，”顾师傅似乎是在对众人说，弯下腰找拣菜的剪刀，他明明看到就在张英脚跟前，磨蹭了一会，过去拨开张英的腿，趁机在她膝盖上抓一把，嘴里泛泛地说道：“其实男人还不一样?”张英触电似的抖了一下，差一点发作起来。这行为她这环境里见多了，但在自己身上，还是头一回。她想这事若告诉自己丈夫，非把这老骚狗揍得半死。当然她绝不会这么做。她不想得罪炊事班长，也不想让他下不了台，更不想让大家说她为这点点小事大惊小怪。何况，她这刻正要求着这老头子呢。

“小张，我跟你讲，这还不好办，你要是真想男人想得难受的话，南京到这就这点路，你请一天假不就得了吗？怎么样，我批你的，说话算话。”

“好，我请一天假，吃了中饭我就走，”张英早已去长途汽车站看过，一点二十分有班直达南京的车，心里一直在盘算着，正等着顾师傅这句话，“你说话要算话。”

顾师傅只是随口说说，没料到张英盯得这么紧，犹豫了一下，想想落得顺水推舟，一咬牙，说：“好，批就批，明天一定要回来的。想不到你小娘们一结婚，也变得厉害了，倒吃你一记亏。”

句容到南京，一个多小时就到。张英到晚了一些，没买上对号票。车开出去半天，一个热心的年轻人站起来让坐，张英不肯坐。两人相持了一会，挤着一起坐了。这一路都是上下坡，汽车像是航海的船，张英不禁感到有些恶心。只要汽车行驶平稳，她便想到自己突然出现在家里可能会有的场面：超超一定奔过来抱住她的腿，然后拼命往上爬，又裹紧她的脖子；丈夫一定还是那副无所谓的样子，真正的男子汉非要装得什么事都不肯激动，他心里甜滋滋的，嘴上还说不定要怪她，说用不着回来的假话。小别犹如新婚，张英觉得自己心里现在比蜜月里的日子还甜。晚上一定要他为自己做最爱吃的东西，她对自己说着，她要他为自己烧奶油蘑菇菜心，烧罗宋汤，其实这些只是她丈夫最爱吃的东西。

汽车中途抛了一次锚，幸好耽搁得不是太久。今天是她丈夫工休的日子，这一点她早就计划好了。青海人每周都在休息的日子里睡一次午觉，通常是吃了饭看会闲书，然后一直到快吃晚饭才爬起来。去公园，逛商店，看电影，这一类都市嗜好，他似乎一尘不染。张英知道他有个极大的乐趣，这就是在休息天晚上看完一本小说，平时绝不看书。他喜欢的是侦探小说、侠义小说、公案小说，以及杂七杂八的从地摊上买来的书。有时候太晚了，她便说：“还要看，天都快亮了。”于是青海人关掉灯，睡觉。他从来不要她喊第二次，即使时间还没到十二点。

到了剧团门口，张英才发现自己原来是空着手的。她转身又往附近的商场走去。青海人不会计较礼物，但是总该给超超买些什么。她买了个儿童足球，又去买糖果。到了烟酒柜台，一时心血来潮，她叫售货员给她拿了两瓶葡萄酒。这酒是甜的，超超也能喝，她真愿意看自己丈夫咕噜咕噜一口气把一瓶酒喝下去的豪爽气概。

剧团里空无一人，除了看门的老头和她招呼了一下。楼上的窗帘拉着，说明青海人还在睡觉。大楼前停着一辆“铃木”，这车子她已经见过几次，并不介意。上楼时，她的心情十分平静，匆忙奔走后的疲惫，使她想到立刻就有个舒适地方可以靠靠的欢乐。钥匙已经摸出来了，轻轻一转门便打开，房门亦未锁上，迎面大橱的玻璃镜，把房里一切都送到张英眼里。

张英就听见有人在她心里轻轻地惨叫一声。她不知道自己是怎样把门带上的，怎样像抢东西似的拔下钥匙，怎样冲下楼，怎样穿过宽敞的剧团大院，只记得传达室的老头吃惊地看着她，把一张嘴张得多大。她匆匆往大街上走，小足球、糖、两瓶葡萄酒交替地撞在她的膝盖上。她跳上一辆最先来的公共汽车，无目的地买了一张票。汽车上人很挤，她木桩一般地站在那里，脑子里轰轰响，仿佛突然中断了讯号的电视屏幕，一片空白之外，还有无数个发亮的小点子在闪。

汽车到了终点站。张英又往回坐了两站，茫然地下了车。她不知该往何处去，也不认得这是什么地方。她只想往人少的地方去，往没有人的地方去。走过了一根电线杆，再走过一根电线杆，又走过一根电线杆，她终于忍不住，靠在墙角的一株梧桐树上，痛痛快快地哭起来。过路的人围了过来，先是一个两个，很快便是一群，她只顾痛痛快快地哭，越哭越伤心，直到有人出来干涉，说是送她去派出所，她才匆忙冲出人群，甩开尾随的好事者，跳上远处驶过来的公共汽车。

天很快黑了。这是个阴沉沉的黑夜，没有月亮，没有星星，甚至连一丝丝风都没有。张英不停地换地方，只要没有人，她便是哭。夜深了，张英不敢一个人待在街上，只好去坐在长途汽车站的候车厅里。大厅里空荡荡地，并没有几个人，她全无表情地坐在那里，手空着，儿童足球、糖、葡萄酒，不知道被她遗失在哪里，张英只觉得自己的心碎了，没有了，就像那不知不觉中遗失的儿童足球、糖、葡萄酒一样。

7

剧团里充满了一股愤怒情绪。几年前一个家属动手打了他的老父，老父一气中风身亡，也出现过类似的情绪。张英在汽车站坐了一夜，坐次日的头班车赶到句容，剧团的大部分同事还没起床。她不是个有主意的女人，因此绝对不知道这事究竟应该怎么办。她花了更多的时间，来希望这件事不是真的，虽然这件事根本不可能不是真的。这一天是阴天，雨老是下不下来的样子。张英终于想到了领导，想到了组织，在过去，总是这些人主动找到她，而现在，她发现自己是第一次想去找他们。

于是这件事临了在剧团里传了开来。尽管黎团长认为这纯属个人私事，主要应该由当事者自己处理，旁人不得过多干涉，但是剧团里大多数人和其他领导，基于人道主义立场，以为绝不可袖手旁观。既然国际上都提倡帮助弱小民族，为什么在剧团就不能关心一个不幸的女子。当然男女之间的勾当，可以给旁观者一种无名的兴趣，但是剧团最初出现的那一阵激动，无疑和这没有丝毫关系。

最愤怒的是剧团里的女人。她们身外的一个人所受到的污辱，使从来勾心斗角的女人联成一气。要是一对婚后生活十分长久的夫妻，或者牛郎织女，一南一北，这事倒是可以别有他论，然而一个男人，竟在新婚过后第一百九十九天，便和另一个女人同床共枕。即使无缘无故扣发三个月的奖金，即使忘恩负义的越南人又在边境上闹事，反正在过去一切可以令她们生气的事情，都不足以引起现在的这种冲动来。她们不免因为恨一个男人，进而恨所有的男人包括她们自己的，不过同时也带着一种普遍的庆幸心理。

至于剧团的男人，就比较难说清楚。首先他们没有女人的切身体会，因而各种各样的复杂情绪都可能产生。义愤填膺的，大有把青海人揪出来揍一顿为快的意思。无动于衷的，觉得这事远没有法制小报上故事来得刺激；想象丰富的，回味起某个月夜里伸向三楼的竹梯，自然而然地把这事当作是自由集市上的公平交易。还有一种人的心情最复杂，既幸灾乐祸，因为青海人仿佛为最坏的男人作了下限，反衬出了他们对爱情的专一；又望洋兴叹，自愧不如，这是猫吃不到墙上挂的鱼，或是没胆子吃桌面上菜的情绪。最后一种人普遍都怕老婆，却又都不甘心对自己的女人过分忠诚。

巡回演出终于结束。愤怒的剧团，或者准确地说是激动的剧团，浩浩荡荡地回到南京。好像事隔了很久一样，张英所想象中自己应该有的愤恨，已经不知不觉地换成了害怕。虽然有无数人、无数遍地为她打气，她仍然觉得那青海人会关起房门来，理直气壮地把她打一顿。哪怕到了紧急关头，张英也从来不会忘掉失去主见，她听从一切人的劝说，打算照所有的人的意见去办，而这里面有好多意见，仿佛一开始就是水和火，根本无法共存。

几个青年男演员，像保镖似的护送张英回去。这是剧团里的房子，是张英的家，而那个青海人和他的私生子，完全可被义正词严地驱逐出去。这几个气势汹汹的年轻人在楼梯上一再重申，他们绝不打架，然而张英免不了还是害怕。天知道会发生些什么事呢。虽说男演员每天都要练功，多少都会点绣腿花拳的功夫，可是青海人绝不会是个很讲道理的人。动起手来，虽说不能肯定谁吃亏，但要叫张英不想到青海人宽阔的肩膀也不可能。这肩膀从过去到现在都叫她发怵，不过过去是爱，现在是怕。

幸好青海人不在。张英跟着大家重重地舒了一口气。房子里依然干净整洁。深秋已经到了尾声，电冰箱依然用着，他们刚进去，正好听见机器启动的颤声。这房间里的布置，原来是剧团里现代化生活的样板，如今已成了现代化生活的讽刺。

青海人久等不来，这些人终于不耐烦地失去信心。几个人中，只有王至强的老婆不在家，这女人随单位去支援深圳，半年以后才得回来。于是商量让王至强留下陪张英，他们回去吃饭，顺便向老婆小孩报到。王至强不知道青海人何时回来，走也不是，不走也不是，硬着头皮坐在沙发上，勉为其难。既坐下了，少不得要找些话说。他也不管张英是否在听，趁机说了青海人几句，又对离婚的程序做了暗示性的提示。他自信自己的话入情下理，绝无半点私心。

就在这时，青海人推门进来。超超激动地奔向张英。张英和王至强吃了一惊，忘了站起来，但给人却是一种十分镇静的印象。也许是漆地上纷乱的脏脚印使青海人感到恼火，也许是因为张英和王至强坐得太近，青海人脸上出现只有木刻才能表现的神情，这神情是暴风雨即将来临的预兆。空气忽然间紧张到一点火就可以爆炸。王至强不敢站起来，因为只有面对面地站着，才能算作是两个男子汉正面冲突的开始。他并不是胆小，但确实胆子也不大。计划中该来一番慷慨激昂的演说者都已经回家吃饭，王至强只是个陪客，他没有这方面的心理准备。他不知道该说什么，只好让青海人先说。

青海人自然不会说什么好听的，他看了看张英，冷冷地说：“我能不能请这位专演小白脸的家伙出去?”这句话不能算客气，但对青海人来说，却意味着不能再客气。

王至强再有涵养，也只得跳起来：“什么？我出去？这是我们单位，这是张英同志的家。”

青海人似乎不太懂他的话，全无表情地看着他。王至强想他大约是给慑住了，或者说还算懂得给面子，嘴里想说：“你小子算什么东西，欺负我们单位的张英，我们领导不会不管的，法院也会站在我们一边，你神气什么?”但是不愿意说出来。这话既轮不到，也犯不着他来说。况且青海人的脸色突然又不好看起来：

“请你出去!”

这话已经不是在协商。王至强肚子里除了一句“这不是你一个人的家”，再也没有别的货色好讲。他示弱地瞪着青海人，希望张英出来干涉，说两句公平的话。然而张英早就吓蒙了，她印象中这两个人早打了起来。

青海人的高大，衬出了王至强的矮小。同样，王至强的体弱，更说明青海人的健壮。

青海人又说：“我数一、二、三，如果再不出去，你等着我把你腿给卸下来。”这是十足的流氓腔调，好人不跟恶鬼斗，王至强一边想到青海人迟早要后悔，一边往门口走去，临出门，想到了张英。“小张，你在那干什么，走!”张英也突然想到自己一个人留下来的危险性，推开超超，慌忙跑出去。

三天以后，法院收到了张英的离婚起诉状。这是好几个善于出谋划策的人共同起草的。五天后，法院立案受理。到第九天，被告人收到了法院送来的起诉状副本。按规定，被告人必须在十五天内提出答辩状。青海人不愿提出答辩状，但是这并不能影响人民法院审理。

法院进行的第一步工作，是调解。调解就得找男女双方的领导。男方的领导借口青海人才到他们单位，种种情况皆不熟悉，而且被告态度强硬，拒不合作，因此建议多尊重女方单位的领导。女方单位本来是出面的，所以义不容辞，所谓调解说服工作，成了单方面力主离婚，成了为原告申冤泄愤。对于剧团的人来说，这事的意义，似乎已经超越了对一般风流案子的处理范围。这里面牵涉到一系列道德问题：首先青海人否认了前期事实婚姻的真相，接下来又以玩弄意味的结婚作为工作调动、户口调动的跳板；奸情只是道德败坏的必然恶果，而道德败坏必然引起一连串的恶性循环。离婚既是对被告不法行为的惩罚，同时也是对进一步恶性事件的中止。

当然风流事件有它的自发性，有它对传统的继承性，剧团的领导从来没有把这一次风波看作是第一次，也不准备把它归结为最后一次。然而基于剧团要经常流动，演员工作悠闲和气质特点造成的热情过剩，正确处理好这一事件，却有下不为例或稳定军心的作用。

## 8

离婚比结婚难得多，这道理正好和用绳子打结再解开相仿佛。

离婚是剧团里的一致观点。虽然这观点只是少数几个出头露面者的意思，但是在众人默不作声的情形下，仅有的呼声，便有了公众舆论的意味。

只有黎副团长自始至终持有异见。她的想法可以分为两部分。前一部分和老魏一样，离婚既然如此烦难，不离婚就是最好的解决办法。死结打不开，只有不打。后一部分是黎副团长自己的，这就是离婚毕竟是件不光彩的事，尤其是对女人，况且一日夫妻百日恩，女人吃点亏也就算了。这观点陈旧得像是个白胡子老头，又仿佛是旧戏中的道德说教，骨子里是嫁鸡随鸡，嫁狗随狗，嫁块石头抱着走的封建劣根性。身为女人而不为女人说话，却反过来劝女人吃点亏，这无疑是现代社会中，对男女平等的一种反动。

可惜张英偏偏喜欢和黎副团长待在一起，并且，随着时间的推移，这种倾向日趋明显，虽然张英从一开始，就没有打算听黎副团长的半点意见。法院调解人和张英第一次接触，就发现这人有些莫名其妙，几乎什么样的意见，她都真心诚意地准备接受，而实际上根本不可能接受。这多少是个棘手的问题，因为当事人毫无主见，每一个出主意的人，要么和放屁一般，白白地说了一大堆，要么，便免不了担风险。

这一天黎副团长去找青海人，一来取一些张英必需的生活用品，二来有心说几句多余的话。她特地选了青海人休息的日子。房间里果然像众人议论的那样，干干净净，漆地上照得出人影。那个叫超超的小孩正跪在靠背椅上，手肘撑着方桌看小人书。

“小张到底有什么不好呢？”黎副团长敷衍了几句，百思不解地问道：“莫非你嫌她相貌不好，又矮又胖，要不便是——”

青海人脸部表情十分严峻。这不是一张听得进意见、受得起教训的脸。然而黎副团长的话，使他无言以答。

“我是老了，说句不中听的话，也知道合不了你们年轻人的心思的，但是话说回来，你也该想想，你这么做，不说别的，你想想小张多难做人。”

青海人站了起来。黎副团长以为他是不愿意听，或是打算赶她走，却见他去沏了杯茶，恭恭敬敬地端给她。青海人的确谈不上对她有什么恶印象，他知道这小套房子就是她让出来的，而且是在完全可以不让的情况下。

“我们这单位的风气，你又不是不知道，何苦一定要弄得用离婚来解决。你赔个礼，道个歉，这事不就完了，夫妻哪会记仇一辈子的。年轻人，不能动不动就离婚。再说，弄不好，你又要回青海，何必呢？我想想小张对你也不能再好，你想想她哪一桩事不依你，你不要小孩，她便到医院去引产，上环，真是，哪一桩事不尽量地称你的心。你想想，你凭良心好好地想一想，真是，你到哪儿去找这么好的傻姑娘哦。”

说到临了，黎副团长也不知道青海人是否在听。他似乎听进去了，又似乎什么也不在听。有好几次仿佛要辩解什么，或者解释什么，但他最后还是一言不发。他的嘴上好像上了把锁，谁也不知道钥匙应该到哪里去找。他不合作的态度几乎令所有的人感到为难，没有人猜得透他的葫芦里卖的是什么药，甚至法院的调解人员，也只能听到“愿意离婚，愿意回青海”这两句结论性的话。

于是各种情报，只有从旁的途径才能得到。消息灵通人士，又一次大显身手。有关第三者的情况，渐渐传播开来。这个无耻又不幸的卷入者不是别人，而是超超的生身母亲。这消息使剧团的很多人感到震动，虽然也有人说他们早就猜到是这么一回事。这女的和青海人一同在南京上过中学，以后又一同去了青海。有人说青海人向法院表明坚决离婚，并要求和超超的母亲恢复关系，而对方则表明反对，理由是她和现在的丈夫也有了小孩。有人说是恰恰相反，是女的死盯着青海人不肯放，硬逼着他和张英离婚，言下之意，青海人身上对女人有一种特殊的吸引力。也有人说，这本身不过是个闹剧，青海人和张英结婚时早订有君子协定，离婚只是计划中的一个步骤。

人言可畏，可畏人言。张英认为天底下是自己最难做人，因而也不知道究竟怎样才能做好。老实人不吃亏，这话似乎永远是占便宜的人讲的。离婚的事，老是没有着落。张英有家难归，只好又去住集体宿舍。天逐渐冷了，剧团的农民工天天要用暖瓶的热水去浇开露天的水龙头。夜深人静，张英时常从梦中冻醒过来，虽然被子厚得不能再厚，虽然临睡前总泡上两个滚烫的热水袋。离婚本来是对青海人的惩罚，然而遭罪的是张英。原来的目的是保护张英，得便宜的反倒是青海人。离婚根本就不像个有眉目的样子，也许张英打内心并不想离婚，起先无非是顺从了众人，自己也跟着出出气，也许青海人害怕离婚后要重回青海，暗中做了什么手脚。反正那种不战不和的僵局，令剧团的人哭笑不得。着急的常常是些毫不相干的局外人。法院的调解人刚开始还常来例行公事，到后来，剧团里不得不传说离婚这事大约已经取消了。

这一天，青海人买了一大把饭菜票。管事务的小李心慌意乱，算了半天，依然多找了两角钱菜票。

食堂紧接着热闹起来。青海人在食堂里闯来闯去，旁若无人，仿佛是小日本当年在中国。他那无动于衷的神态，漫不经心地招呼张英要这要那，俨然是对剧团公众舆论的反击。剧团里的人吃惊地瞪着这位蛮不讲理的家伙，好像正饶有兴致地注视着天外来客，又好像是观看电视节目中动物世界里的奇鸟怪兽。

“这简直就是种示威，”每当青海人退出食堂，扬长而去，食堂里难免一片哗然，“他凭什么在我们的食堂吃饭。”

“他那模样，倒好像是我们偷鸡摸狗，亏他做得出，看他那腔调，我都觉得难为情!”

“应该叫张英不要睬他，女人到了这一步，还不摆出些架子来，真也叫没有志气。”

然而并没有什么人教张英如何做到有志气。在普遍的愤怒情绪之外，剧团里的人，在吃饭的同时，还尝到了观看西洋景的乐趣。张英去找炊事班长：

“顾师傅，让小梁卖菜吧，我不卖了!”

“怎么了，你还怕他不成，卖，看他怎么样。妈的，当真没有王法了。”

于是青海人照样闯来闯去，剧团里的人依然哗然，张英却不能不卖饭菜。不过兔子急了也会咬人，这天青海人端了狮子头正要走，张英说：“你干吗非要在这吃饭!”声音里全是怨恨，全是仇恨。

“那你叫我到哪里吃饭?”这反问不急不慢，一股玩世不恭的味道。

张英眼泪憋了出来，因为她知道青海人绝不是没有地方吃饭。现在所有的人正注视着他们，幸好没有人围上来。“我到底欠了你什么，你老是这样拣人最难过的事情做。让人家笑话我，你有什么痛快呵!”这话很不得体，好在听见的人不多。张英回头往里边走去，心里恨不能咬青海人两口。

青海人怔了一下，嘀咕着退出食堂。有人听见他说：“我偏要来，吃顿饭有什么了不起的。”后面的话没有人再听见。

晚饭时，张英打定主意不再卖给他。我已经受够了，她想，索性和他痛痛快快吵一架才好呢。她不敢往食堂门口看，对自己解释说这是不怕他来。饭桌上零零落落地还坐着那么几个人。其中一个，每吃三口饭，便不自觉地往门口看一看。

然而青海人却没有胆子再来。

此后的第三天，超超抱了个小铝锅，远远地跑过来。

“妈妈，”超超喊着走近了，脸上又高兴，又害怕。他还没到真正懂事的年龄，然而本能地知道张英待他再也不像过去那么好。

张英心里是一阵抽紧的感觉。欢乐和痛苦的回忆像闪电一般亮了一下。她默默地给超超盛菜舀饭，充满爱怜地看着他心满意足地离去。

转眼就要到新年了，天天端着个小铝锅来买菜，超超已经和食堂里的人熟悉起来。起先大家只是不要他排队，后来便让他直接到伙房里去买。他是个讨人喜欢的小孩，剧团里的其他小孩，都以和超超结识，和超超在一起玩，作为回家向父母夸口的话题。他常常很早就到伙房来，随意找一个乐意和他嬉闹的大人玩。

“超超，你说是爸爸好，还是妈妈好?”

超超想也不想，答道：“妈妈好。”

“为什么?”

他狡黠地笑笑，不肯说。

“说呀，”众人哄他。

“和爸爸在一起，说爸爸好；和妈妈在一起，说妈妈好。”超超坦白了他的哲学思想。

众人大笑，顾师傅快活地直拍自己隆起的大肚子。张英也笑了。超超跑过去，伏在张英的耳朵上，神秘地说：“爸爸叫你回去过年!真的，不骗你。”

张英假装没懂，心头跳了一下。她知道超超惯于编这一类自作主张的谎话。况且她绝对不会回去。青海人即便这么说了，也是白日做梦。

法院的离婚判决，迟迟不肯下来。小年夜却慢慢腾腾地到了。也不知什么原因，超超突然不来了。伙房里的人纷纷觉得奇怪，这怪不可测的青海人，难道又准备玩什么新的花招？

有家的人都忙着过年，集体宿舍里有了一种异样的冷清。自从张英结婚，小金医生因为三天两头地要来找吴茵，剧团里便又安排了一个人来住。现在连上张英，宿舍里虽然有了三个人，依然冷清得像隆冬的寒流。吴茵说："小张，你明天到我们家去吃年夜饭吧，我妈已经说好了。"张英笑着摇头。已经有好多人说过类似的话，其中仅黎副团长一个人就说过了三遍。她不准备到任何人家去过年，别人家里的温暖，暖和不了自己。这和火炉的功用不尽一样。她想了想，对吴茵说：

"小吴，你陪我回去一趟。要过年了，我总该找身像样的衣裳。"

"那，一句话。我陪你去，我们顺便看看你那个青海人搞点什么勾当。"吴茵答得很干脆，她从来就是个爽快人。

青海人不在。张英开门进去，只看见超超一个人懒洋洋地躺在被窝里。"喂，超超，你老子呢？"吴茵往床沿上一坐，摸摸他的脸，超超干咳了两声，说："有人找去了。"说完，又咳嗽起来。"要死，小孩怎么变得像个小老头，唉，超超，你是不是病了？"张英取了衣服，听见吴茵这样问着，超超点点头，小手从被筒里拿出来，指指床头柜上的药水药片，仿佛这就是他生病的证据。

9

吴茵是个热情的女子。对待闲言冷语，她的态度恰好和张英形成对比。"糟糕，这孩子跟着这么个不负责的老子，简直是遭罪！"她掀了掀被子，要超超起来。超超说：“那个叔叔来，非要叫爸爸去的。”吴茵说：“你爸爸是个混蛋，来，快起来，阿姨和妈妈带你看病去。”超超起来穿衣服，吴茵要帮忙，他非犟着自己穿。衣服穿好，吴茵抢过张英手上的短呢大衣，围在超超身上，不由分说地背起他来就走。张英跟在后面，像个木头人似的。

这一天正好小金值班。他为超超量了量体温，听诊器胸前背后地听了一会，埋怨起吴茵：“你也是，就这么糊里糊涂地就抱来了，也不知道他以前吃的什么药，打没打针？唉，你把病历带来多好！”

吴茵说：“嗨，这有什么关系，是病只管看就是了，吃药又怎么了，到现在不晓得多少时间过去了，你少一本正经的。喂，超超，阿姨问你，你打没打过针？”

超超摇摇头，他这会正坐在张英的大腿上，小手紧紧地搂着她。“真没打过？说谎可是要真打针的呀！”吴茵吓唬他，超超还是摇头。

小金说：“既然没打针，还是打一针算了。”

这天晚上，超超便被张英带回宿舍一起睡。青海人知道了儿子的下落，也不去寻。

大凡小孩子生了病，都变得特别乖巧，特别懂事。超超和张英睡在一道，一句话不说，紧紧地搂着她，生怕她会跑掉。张英想到他打针时，眼泪汪汪想哭又不敢哭的样子，不由得有些心痛，手不自觉地去摸他打针的地方。超超说：“妈妈，我不打针了！”

“好，不打针。”

“那个医生最坏，妈妈。”

“好，那医生最坏。”

“妈妈好，我要和妈妈待在一起。”

“好，和妈妈在一起，”张英叹了口气，拉掉电灯，紧搂着超超，

“乖，睡觉吧。”

第二天一早，超超已经忘记了生病，忘记了打针，钻在被窝里和张英闹个不停。张英怕他受凉，不住地塞被子。“超超，听话，被子里的热气全跑了。”

“妈妈，什么叫热气？”

就这样，到快九点钟，张英才爬起来用煤油炉烧开水，准备泡方便面吃。超超赖在被窝里不肯起来。张英哄了一会，超超说：“你亲我一下，我才爬起来，不，再亲一下嘛！”张英正给他穿衣服，忽听见走廊上有个男人的声音在问：“请问，张英住什么地方？”接着脚步声往这边过来。

来人让张英吃了一惊。虽然只是见过一面，张英一眼认出他就是大卫，青海人的朋友，那个第三者的丈夫。一刹那间，这场面似乎很尴尬。大卫故作随便地对房子打量一番，淡淡一笑，问张英怎么一个人住在这。张英说，同屋的两个人南京都有家，回去过年了。大卫的眼光落在超超身上，做了个哄他的表情：“超超，你怎么在这？”

超超不睬他，吵着要吃面条。大卫猛然才想到似的说：“哎哟，你们还没吃早饭，先吃早饭，先吃早饭。”张英不知他来有何目的，心里惶惶不安，鸡汁方便面吃在嘴里，就像是隔了夜的茶叶汤。

“小张，我，我早就想来找你了，”大卫的声音有些发抖，但是态度极为诚恳。张英点了点头，仿佛她知道他要来一样。大卫于是继续说：“这事，这事，唉，反正大家搞得都蛮惨的。”

张英吃惊的表情，不知道他下面说什么。

“你说是不是？当然我们俩最倒霉，最、难看，难做人，”大卫顿了一顿，叹了口气，装得很轻松地说道：“你在单位里给人家看来看去的，我呢，不好听的话，做王八，做了活乌龟。”

张英平静地听着，抓紧的手慢慢放松。

“可是这事，这事也不能老是没完没了。你说对不对？要是他们当真的话，我倒愿意成全他们。何况他们原来就做过夫妻。这事反正你也知道。我们三个人那时候都在青海，当然是他们先好的，后来，后来淑贞和我到了南京。

“现在他们都不肯离婚。这算什么呢？淑贞不肯跟我离。你知道，这种事我也没办法，从道理上来讲，我知道他们过去的关系，而且，我也曾是个、曾是个介入者吧，按说我应该原谅他们。而且，当然这事是没有办法原谅的。还有，你知道，我过去也离过婚。我找过他——”

大卫停了一下，知道张英明白“他”就是那个青海人，又继续往下说：“我告诉他，只要他们还想好，我不妨碍他们，我让好了。我无所谓。我懂得感情勉强不得的道理。你说对不对？

“但是他一口咬定要回青海，你知道，他非要回青海。老实说，他回南京，我和淑贞花了不知多少力气，这不容易。好不容易回南京了，又这么轻易地回青海，你说，你说这不是太可惜了吗？早知今日，何必当初。况且离婚这事，离来离去，既没完没了，也没有什么意思。男女之间的事，我也算看透了，两人在一起，能不讨厌，马马虎虎过得下去，这就行了。什么夫妻不夫妻的，不就是那么一回事。

“小张，有些话我也不知该说不该说。反正事情已经发生了，我们只能把它处理得尽可能好一些。小张，你说对不对？我也知道，他根本不是真心要回青海，他是怕离婚了，一来单位可能处分他，另外，也没有面子再在南京混下去。只要你们不离婚——”

张英本来瞪着眼睛，听到这里低下头，她已经明白大卫的意思。

“你也知道，他那人最要强，是个打掉了牙齿只肯往肚里咽的家伙，你要他低着头来求你和他不要离婚，这是死活不可能的。人愿意死要面子活受罪，你也没有办法。其实他心里也不是没有你，你们也不是一点都没有感情。他说一切都听你的，听法院的安排，凡事由你做主，这意思你还不明白？算了，就算这是他给你面子吧。

“好了，我也不说了，多说了也没用。你现在反正多少想想他好的地方。至于怎么拿主意，你自己定夺。当然这事怎么处理都不大好，既然事已僵到这种地步，只能说尽可能吧，小张，你说对不对？”

大卫走后，张英只觉得伙房里所有的各种调味作料，一起打翻在她的心窝里，甜酸苦辣千般味全有了。天下哪有这么便宜的事，他不肯来求她张英不离婚，难道还要反过来要张英去求他不成？况且离婚又不是小儿的游戏。离婚既然像水泼出去了，哪里还有收回的道理。让单位处分他好了，让他去青海好了，他走得越远越好，永远不再见到他才最好呢！

到了年初三，超超吵着要回家。宿舍里没有小人书，没有玩具。张英没有办法，只好送他回去。

青海人正在整理东西。两个鼓鼓的旅行包放在长沙发上。见了超超，冷冷地说：“你还要回来，回来干什么？”超超跑上前，伏在正蹲着整理东西的青海人身上，父子几天不见，亲热得不行。青海人转身坐在沙发上，让超超坐在他膝盖上玩。“你站着干什么，坐一会！”他对张英说，态度不冷不热。

张英打算立刻走的，不知不觉地已坐在床沿上。“你打包干什么？”她无意问道，问过就后悔。

“干什么！年过过了，法院的人也该办正事了，那我还不得收拾收拾，准备滚蛋？这地方是你的，该你回来住了。”

“那你就真的回青海？”

“你怎么知道？——回去了又怎么样？我本来是青海来的，不回青海去什么地方？再说，你们这鬼地方又有什么好的？”

张英心里想，你走好了。沉寂了一会儿。

“小张，有件事想求你——”张英一惊，瞪起眼睛，但是不敢对他看。“我回青海，超超先放在你这里行不行？”

超超在老子腿上坐了一会，下来自己找东西玩了。张英冷冷地看着青海人，仿佛不认识他一样。这时是青海人不敢对着她看。

“行不行？我才去，事情肯定多的，超超没人看不行。交给你，我放心。”说到这，青海人似笑非笑地笑起来。张英不明白他为什么笑，只听见他又说：“真的，我说的都是正经的，超超就放你这，要是你愿意，超超的户口留在这都行。”

“那不行。”

“怎么不行？”

张英站起来，冷冷地说：“他又不是我的儿子。”说了，怏怏地向门口走去，下了楼。

回到宿舍，虽说已经到了吃午饭的时候，张英一点都不觉得饿。头有些发重。她忽然听见楼下有吵闹的声音，隔着玻璃窗望下，却是剧团的小孩正在院子里放爆竹。她心不在焉地看了一会，几个小女孩躲在一旁，又想观望，又害怕的神态，使她想起了自己的童年，那时候妈妈还在，爸爸也在，她最大的乐趣，就是盼望着过年。宿舍里很冷落，一同住的两个人要在家过几天才能来，室外噼里啪啦的爆竹声，似乎很轻易便传到房间里来，久久地不肯离去，张英的心里很乱，朦朦胧胧地想了许多，却理不出头绪来。院子里的小孩回去吃饭了，回去睡午觉了，她这时才感到自己已经站得有些腿酸，腮帮上湿漉漉的，早已不知不觉地淌下眼泪来。

她懒洋洋地上了床，肚里依然不觉得饿。陡然间，她想到了刘洁洁。要是没有这个人，张英显然不会有今天，但是她似乎早就把她忘掉了。刘洁洁比她漂亮，比她会说话，她从一开始，就不想让刘洁洁和青海人接触。现在想起来，一切都太荒唐，在过去，张英一直把她当作假想的情敌。

女人的心最难捉摸，而最难捉摸的是过了三十岁的女人心。

到了晚上，张英跑到了青海人那里。青海人吃了一惊。张英说：

"我已经想好了，我们暂时不离婚就是了，你也用不着去青海。"

青海人看着张英，口气中像是在哄孩子："暂时不离婚，哎哟，有这暂时，还不如越快越好。对了，你吃了没有，我这里只有干面包，给你冲杯麦乳精?"

张英扫了一眼摊在桌子上的冷面包，心一横说："你真要走，超超就先放我这儿好了，不过户口不能放我这。"

青海人笑了笑，不当回事地说："我也是跟你说着玩玩的，超超怎么可能放在你这儿呢，他是我的儿子，莫非你想拆散了我们不成。"张英没料到他会这样出尔反尔，心里后悔自己不该来，暗想：你们一起滚好了。

青海人还是那半真不假的腔调："何必这样板着脸呢，我反正是要走的人了，好说好散，难道我还有什么地方不称你的心?"

张英想有些话要说清楚："你走好了，你要走，是你自己的事，我反正发誓没有对哪个说过要你回青海，你走，怨不上我!"

"小张，"青海人猛然站起来，他们原来是面对面的，张英不知道他为什么突然这么激动，见他逼近过来，慌忙也站起来，面对面，注视着他胸前的纽扣。青海人不愿意空气紧张下去，一笑，说："你真傻，只有你这样的人才会相信，法院会把我发配到青海去。法院管我去什么地方。你知道，没人要我去，没人逼我去。或者说，暂时还没有这样的人吧。是我自个要去的。”张英吃惊地抬起头来。“青海又怎么啦，我想了好久，也算想开了，我真后悔当时不该回来的。为什么一定要回来呢？在你们眼里，就好像青海不是人待的地方，就是发配，就是充军。怎么了？我喜欢那儿，十几年都苦下来了，有什么大不了的，什么地方都是人呆的。回南京，哼！那是吃错了药，是——在你们眼里，我是青海人，是的，我的确是青海人。我走就是了，小张，我跟你讲，那儿的人说不定比这好，真的，起码比你们单位里的人好，他们他妈的比我们都好，还有，”青海人顿了顿，意味深长地说：“那儿的女人也好，”这句话没有让张英生气，却唤起了她的另一种感情。她突然间感到青海人瘦了，胡子拉碴，虽然肩膀还是那么宽。他的两只大手猛地抓紧了她的肩膀：“怎么样？跟我到青海去！”

“不！不！”她几乎咬了他一口，使劲一推。青海人跌坐在床上，她开门奔了出来。

10

隆冬的江面上，北风如刀子一般，然而落日的余晖洒在起伏不平的波浪上，依然给人一种温暖的感觉。远处江堤一棵孤零零的枯树下，一个穿红色鸭绒棉袄的女人，正默默地眺望着西去的江轮。她的身边，是一部灰尘仆仆的“铃木”。

张英在江轮上，注视着那红红的小点。她知道这红色的小点也正在注视着她。青海人正在江轮的另一侧，抱着超超，看着远处的长江大桥。

剧团里的人，临了都大吃了一惊。青海人终于走了，但是他把张英也拐走了。谁也不会想到是这么个结局，尽管这个结局从一开始就是注定了的。张英作了种种最笨拙的解释：她舍不得超超，青海人舍不得她，甚至说到剧团里的各种议论太多，言下之意，是剧团里的人逼她走的。好心常常被当作驴肝肺，恶人并非总有恶报。张英的所作所为，恰好证明了一个文学名人所说过的真理：女人傻起来的话，就像一根无限延长的直线上的点，永远也不会有完。

青海人已和青海一个新开发的公司订好合同，这是他自己要去的，没人逼他。他去做调度员。南京的户口得之不易，失之却十分轻巧。张英的户口依然放在南京，剧团里允许她留职停薪，她去那个公司当保育员，一切都安排好了。现在他们是绕道去武汉，青海人的一个姑妈在那里。沿途要去庐山，青海人把这次行程称为“蜜月旅行”。

到了晚饭，天已全黑，超超吃了两个鸡蛋，缠着张英说了会故事。先睡觉了。他们住的是三等舱，旅途无聊，同舱的人似乎也都睡了，到九点多钟，张英起来上厕所，顺便上了甲板。回头一看，青海人也跟了上来。

“风这么大，不早点睡，上这干什么？”

张英说：“超超醒了怎么办？”

“没事，这会儿有人打鼓，他也醒不了的。”

江面上黑乎乎的。远远地有点灯火，驶近看，是航标灯。他们正好处在一个拐角上，没有风。江堤可以隐隐约约地看到个轮廓。

“你这次不趁机和我离婚，以后就别想离成了。”青海人说着，抱起张英，放在就近的一个救生箱上。“你也该和我亲热亲热，我一路哄你，这事也该有个完了。”

“什么也该也该的，”张英娇嗔道：“谁要你哄啦，我过去还当你是哑巴的呢，现在话倒多了。你尽管摆架子好了。”

甲板上另有一对，抱在一起，放肆地亲着。青海人侧过头去，无言地看着江面，张英不愿他难堪，想着他放下架子来哄自己，不由得心疼起他来，头轻轻地靠在他肩膀上。他们两个人都穿着鸭绒棉袄，碰在一起，中间似乎隔着一层气，软绵绵的。

"我不怕你，我户口还在南京，我可以一个人过。"

青海人没说话。

"这次，是你不说了。"

"我说了，你又说我哄你。"

"你哄好了，——我要。"

汽笛长鸣，远处一排灯火，大概是个什么码头。

青海人想说：超超应该有个弟弟，或者妹妹。张英想告诉他，她已偷偷去过医院，超超的确是她的儿子，但她还得要一个。她说以后再也不怕青海人了，就是暗指这件事。然而他们都把这马上就不是秘密的事藏在心里。

"南京家里的东西怎么办?"张英随意地说。

"什么怎么办，你不是还要回去吗？你的户口不是还在那儿?"青海人不知道前途如何，只知道自己一时也不会放她走了，故意这么说。

"本来就是嘛。"张英在他肩膀上挨得更紧，她不知道他们的缘分究竟会有多长，也故意这么说。

将来的事，还很远，没人知道。

船笛又是一声长鸣，这次很长，很长。

# 五月的黄昏

## 1

叔叔从楼上往下跳的时候，我们正在学校打排球。这是个倒霉的日子，我们已经输了两局，眼见着第三局大势所趋，还剩下最后一口气，小曹跑来报信。鼓楼医院急诊部打来电话，要我赶快到医院去。

我没想到会是叔叔出事。反正到医院不会有好事。半个月前，我骑车撞了一位老太。这是地道的触霉头。当时正好下鼓楼坡，那老太婆不知怎么地就到了面前，一刹闸，好家伙，我一个狗吃屎地栽了出去，差一点没有把下巴跌掉。自行车横滑时，碰了老太一下。老太在急诊室的躺椅上躺了两天，一个劲地自作主张，要医生没完没了地挂葡萄糖。我花了二十几块钱的医药费，又花了二十几块钱的营养费。那老 太婆真正厉害，两天之内，光虾仁方便面，就吃了一斤八两。她吃得多，又不停地挂葡萄糖水，用不了半小时便上一次厕所。除了揩屁股，她几乎没有一样不要我做。刚刚给她系上裤带，她又逼着我去找医生要“开塞露”。她的儿子是手表厂的一个锻工，个子不高，满脸的胡子，和我说三句话，要挥两次拳头。每当我屁颠颠地把老太扶到厕所去，他就站在一旁冷笑，好像我是做儿子的一样。要不是医生护士和其他病人都向着我，那老太婆准会在急诊室里住一年半载。这两天是我一生中最低声下气，或者说最唉声叹气的日子。要是这日子一直这么下去，我只有两条路好走：一是把老太杀掉；另外一条，和叔叔一样，从四楼跳下来。

去医院总得带点钱，我身上连菜票都用光了。我一边穿衣服，一边向小曹借钱。小曹新做了一套西装，配了根通红通红的领带，听说要借钱，把个脸憋得和领带一样红：“林林，我身上要是有一个子儿，都是你的!”我相信在他身上准能搜出钱来，但是嘴里只好说：“那你自行车总可以借给我吧!”自行车不是钞票，不能藏在口袋里说没有。小曹说:“这还不一句话!”说着，两只手在口袋里乱摸，临了在学生证里把钥匙找了出来。学生证里夹着一张十块的“大团结”，小曹脸一红:“哟，还真有钱，你拿去用吧。”

我和小曹一起去宿舍取自行车。路过厕所，我无意识地跟着小曹一起进去，在小便池沿上站了好一会，才想到自己根本不要撒尿。取了自行车，小曹正好要到校门口办事，我用车子把他带到门口，他一路哼着流行歌曲，一只手在我屁股上打着拍子。门卫很不高兴地瞪着我们。

校门口的冷饮店新开张，有几个穿裙子的女学生在喝汽水。我差一点把自行车骑到冷饮店里。小曹吓了一跳，因为他的脚在女学生的裙边上擦了一下。我请小曹喝了一瓶汽水，自己连喝了两瓶。刚打过球，口可真渴。虽然只是五月里，我真恨不得把冷饮店里的电风扇打开吹吹。

从学校到鼓楼医院并不远，但是我害怕到医院去。一想到那老太婆呻吟着又要上厕所，我脸上就发烧。自行车好像也晓得我心思，眼看着都要上鼓楼坡，啪的一声，链条脱掉了。我下车弄半天，一手的油污，还是不能把链条装上去。没有办法，我只好把车子锁起来，放在人行道上，空身去医院。

急诊部门口围了许多人，叽叽喳喳地正议论着什么。一辆警车停在旁边，两个公安人员在说笑，其中一个不停地用大盖帽扇着。我没有心思看热闹，闷闷不乐地往里去，在里面转了一圈子，又转了一个圈子，见不到一个熟悉的人。到底是谁打电话给我的呢?我知道那个被我撞过的老太的名字，但是值班登记簿上并没有。值班护士脸上有点不高兴，因为登记簿上让我留下了好几个脏手指印子，幸好她还记得我，并向我保证：那难剃头的老太婆没有来过。“那是谁给我打电话呢？”我感到一阵燥热，很不高兴地说。值班护士耸耸肩膀，表示这事和她没有关系。这时又进来了几个护士，她们互相问了半天，又分析来研究去，最后反过来问我：“那么，是谁给你打电话的呢？”

我说：“总不会是我自己给自己打电话吧！”

那几个护士都笑了，其中一个最不漂亮的护士对我挤了挤眼睛：“那你干吗不到有电话的地方去问，我们这又没有电话。”

电话装在隔壁，我跑过去，房间是空的，电话机呆头呆脑地睡在那里。一个护士拎着瓶盐水冲进来，看了我一眼，掉头走了。我对着电话机怔了半天，想一定是有人和我开玩笑。小曹是个书呆子，恶作剧一定是别的人想出来的。我把班上几个爱开玩笑的同学，挨个地骂了一遍。然后往急诊部外走。门口依然围着好多人，公安人员似乎一下子多了起来。我听人在议论着一件什么谋杀案。突然，警车那面一个公安人员叫了一声，四五个公安人员都朝那边走过去，一个跟着一个钻进车子。一个干部模样的人伸手和车里的公安人员招呼告别。好多围观者跟过去看。我刚想过去凑热闹，车上的警笛猛地怪叫起来，大家慌忙让开路，一个小女孩吓哭了。我无端地有一种犯罪的感觉，背脊上起了一层鸡皮疙瘩。

那个干部模样的人朝我迎面走过来。我们几乎同时认出了对方，大家都吃了一惊。他是叔叔的好朋友吕辉叔叔。我叫了一声“吕叔叔”，他十分激动地冲过来，紧紧地抓住我的手，嘴角直哆嗦，半晌没说出一句话。我很不好意思。许多人盯着我们看，对着我们指手画脚，有个人甚至用臂膀撞了我一下。我的手很脏，手汗和刚刚弄自行车链条时留下的污垢，在吕叔叔手上盖了好几个指纹印。吕叔叔还是那么激动，泪珠在眼眶里闪着，久久不说话，直到一个穿便衣的公安人员走到我身边，他才脱口而出："你叔叔，林林，你叔叔——"没有把话说完，他的眼泪真淌下来了。我不知道叔叔出了什么事。那个穿便衣的公安人员轻轻地拍了拍我的肩膀，很沉重地说："你叔叔已经死了，这儿不方便，我们换个地方谈一下。"

吕叔叔告诉我，那个穿便衣的公安人员，是派出所的金所长。我们到了急诊部的办公室，吕叔叔关门把围观的人拦在外面，又把窗帘拉上。从窗帘的缝隙里，还能看见一两只向我们窥探的眼珠子。金所长的话很简短。他告诉我出事大约是在两个小时以前。"从现场的情况看，你叔叔显然是自杀，我们已经通知了分局和市局，他们也派人来看过了。当然，现在还不能下最后的结论。我们希望你能很好地和我们配合，能够提供一些线索，譬如你叔叔是否给你写过什么信，近来和你谈过些什么。好吧，现在不用你回答，你是不是先去看看你叔叔?"

叔叔躺在一个小房间里。远远地看过去，只见他两眼闭着，鼻子下面贴了一条白胶布。我不敢相信这就是叔叔。死者的脸铁青，看上去好像要比我叔叔瘦得多。叔叔的颧骨从来没有这么高过。吕叔叔在我身边直哆嗦，恍惚间，我似乎看见死者的嘴动了一下。一个护士从门外闪了进来，对吕叔叔嚷道："唉，这人的家属来了没有?"我回头一看，是刚才在值班室中见到的最漂亮的一个护士。她也认出了我，脸上一副"原来是你"的表情。

吕叔叔说："他侄子已经来了。他还有个女儿，我打电话去时，她已经走了，没联系上。"

"那得等多长时间!"

"这……"吕叔叔无可奈何。

"不行，"护士突然脸一沉，"再不来，我们可要拖走了，老放在这算什么，这床别人还得睡呢！我不管，我打电话了。”

护士出去后，我发现叔叔的脸，不知道怎么的已经给白床单罩上了。隔了一会，那护士领着一个老头推着担架车走进来。吕叔叔上前和他们商量，希望能够再等一会。老头笑着说：“这我做不了主，叫我拖走，我就得拖走。”说着，把担架车和床并齐。我想向护士讨个情，可是她冷冷地说：“喂，别傻看着，帮个忙，你拎这一头。”我一边和老头把尸体往担架车上抬，一边嘀咕：“我叔叔刚死，你们就要把他抬走，也太不好说话了。”

那护士叫起来：“刚死？你摸摸看，最起码两个小时。”

我不服气地说：“什么两个小时，我刚才还看见他嘴动呢。”我的话把他们吓了一跳，也把我自己吓了一跳，因为我仿佛到这时，才真正意识到叔叔是死了。那老头把手伸进被单，在叔叔的脸上摸一下，一本正经地对我说：“小同志，你这个说话，实在是有点——我告诉你，你说得还不稀奇，死了两个小时嘴动算什么，有的人死了一个礼拜还能说话呢。”他的话把吕叔叔和那护士都逗笑了。我也差一点笑出来，但是我立刻意识到这个白床单里裹着的，是我唯一的叔叔。我笑不出来。我只有一个叔叔。

2

叔叔的家离鼓楼医院不远，是个四室一厅的大套。那房子的客厅相当大，带有可以放古玩的装饰壁柜，很有些富丽堂皇。从我们学校宿舍的窗口，可以看见叔叔家那幢楼房孤零零地耸立在一群矮房子中间。除了应付考试，星期六和星期天晚上，我总是住在叔叔家。我们一起喝酒，一起看彩电，又一起没完没了地聊天。我们总是把时间颠倒过来，把黑夜当成了白天，再把白天当成黑夜。叔叔在一夜之间和我说的话，要比我爸爸一生之中对我说的话还要多。我几乎每个星期一的早课都要迟到。

叔叔搬到这套考究的房间，也不过一年多。当时，我找了好几个同学一起相帮着搬家。家具都搬进去以后，房间里还没收拾，乱七八糟，叔叔开了一瓶泸州老窖慰劳我们。他这人一喝酒便有醉意。我们几个人正在议论这房子如何好，如何漂亮时，他却说："这房子还有个好处你们不会看出来，赶明儿你要是想死，只要往这窗外一扑就行。"叔叔死后的那天晚上，我脑子里老翻来倒去地出现叔叔说这话时的神态。我把这种感觉说给堂姐毛毛听，她深有同感：

"可不是，自从我们搬到这里来，触霉头的事就没断过。我天天晚上做梦都听到猫叫。"

毛毛这话是真的。我也不知道这附近怎么会有这么多的猫。常常半夜三更，我和叔叔正说着什么好玩的事，便会有一只猫突然怪叫起来，紧接着猫声四起，响成一片。叔叔家的小保姆小潘接着毛毛的话茬说："乖乖，你不晓得这两天的猫叫，简直是少有。林林，你要是不相信，你问毛毛好了。真吓死人！"

房间里还有许多人。有几个是毛毛单位的。最多的是叔叔单位的人，有几张熟悉面孔，我在急诊室门口就见到过。所有的灯都打开了。吕叔叔从这个房间赶到那个房间，一会安慰毛毛，一会安慰我，再不就是一个劲地拖着小潘问这问那。我心里有一种说不出的滋味，虽然外面满天星星，但总觉得正在下一场不大不小的雨。

毛毛又在重复她不知说了多少遍的那几句话："我去上班，爸爸说：'今天一下班就回来。'我说：'我哪天不是一下班就回来？'爸爸火了，他说'叫你回来，就回来！'到快下班，小潘来喊我，我问她爸爸叫我回去有什么事，小潘说不知道。我哪能想到爸爸会走这一步，我只想，偏不早回去，便拉着小潘一起去看电影。那电影又不好看，就只不过成心想气气爸爸。”

小潘说：“是呀，早上贾书记和毛毛发脾气时，我也在。贾书记这一阵脾气特别大。中午他一个人喝闷酒，足足喝了两个小时。后来也不知他在房间里干了些什么，到了三点多钟，他出来对我说：‘小潘，你去接一下毛毛，你们一起回来。’当时我想，毛毛又不是小孩，接她干什么。但是我害怕贾书记发脾气，虽然他很难得很难得对我不客气。”

这时，电话铃突然响了。吕叔叔奔过去接电话。原来是妈妈打来的，吕叔叔刚把电话递给我，便听到妈妈在里面骂人了：“林林，到底是怎么回事？没有你这样打电报的：叔死速来。好端端的，叔叔怎么会死了？”

我说：“叔叔是死了嘛，这还能假。”

“我问你是怎么死的！”

“怎么死的，你来了不就知道了？”我不愿妈妈为这话生气，赶紧补了一句：“他从四楼跳下去，从四楼。”

“该死！”妈妈在电话那头叫道。我肯定这一声，整个房间的人都能听见。

以后便是吕叔叔和妈妈对话。他们谈了好久，我在毛毛房里待了半天，吕叔叔才跑来对我说：“你爸爸妈妈最迟后天便可以到。”

“我们到时会派车子去接的。对了，刚才我忘了问，你爸爸妈妈出来，一般是坐软卧吧？”

我点点头。

“你爸爸妈妈一来就好了。许多事我们现在都没有办法进行，刚刚我和你妈谈了不少，我们许多意见都是一致的。首先得赶快把丧事办掉。你妈妈在电话里说，他们只准备在这待一两天，因此我想，你爸爸妈妈一来，我们尽快安排一个告别仪式，先把尸体火化了再说。你看怎么样？派出所金所长打过招呼，你叔叔是自杀，最好不要开追悼会，影响不好，你说呢？还有毛毛，你有什么想法？要是有要求的话，只管提。”

毛毛说：“提屁的要求，爸爸都死了，你有办法让他活过来？”吕叔叔叫毛毛不要激动，毛毛接着说：“我激动个屁，你们才激动呢，我爸爸都死了，这下你们好称心了。”

吕叔叔说：“毛毛，怎么能这么说呢，你看，今天有多少同志来帮忙。毛毛！这话可不该说。”

“我偏要说，说了怎么样，谁稀罕你的同志们，这会一个个来得跟真的一样，我爸爸不死，你们怎么不来？”

吕叔叔看见毛毛有些失去理智，让我劝劝她，他自己到另外一个房间去了。毛毛突然哭出声来，我正想上前劝她，见她单位的几个女同事已经在劝。有个和毛毛年龄仿佛的姑娘，劝着劝着，自己也哭了。

两天以后，爸爸妈妈赶来了。又过了两天，大家到石子岗殡仪馆，看了看叔叔的遗体。然后是火化，装骨灰盒。一切都很顺利。来了几位领导，对着叔叔看了好一会，和爸爸妈妈握握手，掉头走了。

我猜想爸爸准把来殡仪馆的人吓了一跳。他和叔叔是孪生兄弟。我曾见过许多非常相似的双胞胎，但是从来没有见过爸爸和叔叔这么一模一样。虽然他们的性格完全是两回事，外形和神态的接近，就连我这个做儿子的也闹过笑话。这一天殡仪馆的人特别多，死人一个接着一个地拖出拖进。到处都是哭声。不少人围着我们看。殡仪馆的一个工作人员看到我爸爸时，眼珠子差一点瞪出来。他对着叔叔的遗像足足看了一分钟，又对着爸爸足足看了一分钟。我不知道他为什么不愿意在叔叔的遗像和爸爸之间，来回地比较着看。也许非要一分钟的时间，才能给他一个充分的印象。

爸爸从来就是个沉默不语的人，这一点正好和叔叔截然相反。妈妈老说他的舌头是租来的。在殡仪馆，从开始到结束，他没有说一句话。他的脸色很难看，铁青，眉头紧锁着，吓得一般人都不敢和他敷衍。

妈妈和毛毛见面时，两人相互哭了一场。毛毛哭得很伤心，我第一次见她这么哭，那声音又高又怪。妈妈一边哭，一边用洗脸毛巾擦脸。大约半个小时之内，她们除了哭，没讲一句话。哭完了，她们开始骂叔叔。她们怪叔叔不该死，不应该这么死。

"我们的脸，可算叫他丢尽了，"妈妈恨恨地说，"你大伯还想离休以后，回南京来住呢，这下可好！"

毛毛说："他死了倒好，丢脸的是我们。大妈，我以后怎么办，现在是人是鬼的，都在我背后戳戳点点，我怎么办？"

从此她们一有机会，便是唠叨叔叔。要是死者真还能有知的话，我料想叔叔在另一个世界上也睡不安稳。甚至从火葬场回来，叔叔已经被装进了骨灰盒，她们依然不肯放过他。当时我们正在吃饭，我和爸爸喝着叔叔剩下来的酒。妈妈说："我简直不敢想象，他这人会这么下流，大杰，我跟你说，毛毛她妈当年就是让他活活气死的。"

毛毛已经几天没吃了，半碗饭添了几次汤，还是没有吃完，她接着妈妈的话说："我也迟早要给他气死的！"

我觉得她们太过分，叔叔毕竟是自家人。但是我不敢干涉她们。我总是见妈妈怕，只好拼命喝酒，充耳不闻。到喝第三杯酒的时候，妈妈夺过酒杯在桌子上一顿，差一点把个高脚酒杯的底座震掉下来。妈妈说，这是什么日子了，还这么喝酒。我感到很委屈：这酒是叔叔剩下来的，既然瓶盖都开过封了，不喝完它干什么，难道还要留给叔叔喝？而且爸爸也在喝酒，并不比我喝得少，有心脏病的人能喝，为什么我就不能喝？我倒不是一定要喝酒。喝不喝本来没有什么关系，只是我觉得没有不能喝的道理。反正叔叔的死，总不是我的过错。但是妈妈依然在教训我。她责怪我现在做人越来越吊儿郎当，怪我不应该今天在火葬场和一个陌生女孩子穷聊天。总之，怪我这，怪我那，我没有一样是好的。

我盛了一碗饭。为了表示抗议，我不搛菜，大口大口地吃白饭。做儿子的活该倒霉，活该挨骂。我并没有和什么陌生女孩子穷聊天。这人本来就是我的熟人。她的父亲死了，我们大家都在等着看死人，便随便地说了几句。她死了父亲都有情绪和我打招呼，难道我能为了死个叔叔就不理她吗？况且我们是很严肃的，要是在平时，我们早就相互开玩笑了。

小潘看我不吃菜，有些不忍心，搛了个鸡大腿给我。我先把饭吃完，然后啃鸡大腿。我故意吃得十分认真，细嚼慢咽。爸爸妈妈已经订好了今天晚上的火车票。我知道在火车没有开走之前，妈妈不会放过教训我的机会。渐渐地，她把我和叔叔放在一起问罪，直到爸爸出来干涉才作罢。

“你说，除了乱搞女人，你和你叔叔还有什么两样？我最不要看你这吊儿郎当的样子，你以为你不做声就行了？是呀，一声不吭最狠，总有一天，我得给你气死。什么都学你叔叔，话多起来，三天三夜也说不完，要不然，骂死了，也不放个屁。好呀，你叔叔的下场，你总看到了吧！”

我不知道妈妈是借叔叔在骂我，还是借我在骂叔叔。反正我已经吃饱了。我把鸡腿骨咬开，吃里面的骨髓。既然妈妈说我脸皮厚，我索性再厚一些。就算她再骂我十个小时，我也不打算理她。

3

记得那一天正下大雪，我考完欧洲文学史，在宿舍里睡了一觉，到叔叔家去吃晚饭。路上碰到了一个熟人，她拉我到玄武湖赏雪景。因为没有带雨伞，从玄武湖出来，我的滑雪衫已经湿透。大雪压坍了不少树，树又压断了不少电线。许多区域断了电。我摸黑走到叔叔家，是小潘开的门，毛毛正独自吃着晚饭，点着半支蜡烛。

我肚子饿极了，也不问叔叔是否在家，坐下来便吃。毛毛伸过手来，在我身上一摸，吓了一跳，叫我赶紧把滑雪衫脱了。吃完饭，我才想到问叔叔。毛毛指了指叔叔的房间。

房间里隐隐地有些光。因为停电，我有一种半夜三更的感觉，我问毛毛是不是叔叔已经睡觉，毛毛说不知道，说她管不着叔叔的事。光听那口气，就知道他们父女刚有过一场口舌。于是我自己到了叔叔房间。

叔叔深深地陷在沙发里，看见我进去，既没点头，也没打招呼。房间里有一只进口的煤油取暖炉，放着微弱的光，一股刺鼻的气味直往鼻腔里钻。我在靠床头的那张沙发上坐下来，手里不愿闲着，在近处拿起一个做装饰用的瓷盘子玩。这是人家送给叔叔的，盘子上面画的是婶婶的头像。婶婶很漂亮，我猜想要是把这个瓷盘子送到工艺大楼去拍卖的话，准会有不少人要买。还有，那个支撑瓷盘的架子是红木做的，十分精致。

过了好一会，叔叔突然发话，他问我为什么不穿棉袄。我觉得没必要回答，因为知道他也不是真心问我这个。我把瓷盘放回撑架，回过头来，准备应付下一句话。

“你当心冻着。”叔叔说。

我不介意地说：“冻不着，这天不冷，你别看它下那么大的雪，况且你这房间还用着这玩意。”

“也不知道什么时候才有电?”

“天知道。”

“你吃过晚饭了?”

“我，吃了，你呢?”

“你今天晚上住这?”

“当然住这!”

叔叔连声说：“住这好，住这好。”我猜想叔叔准是要和我谈什么正经事。他每次和我说正经事，总要瞎七搭八敷衍好几句，才能进入正式话题。果然又过了一会，叔叔说：“林林，这一阵你大约没有看报?”

“看报?”我从来不看什么报纸，除了偶尔翻翻体育报。叔叔一定是要和我说报上的新闻。叔叔又问我：“你有没有听到别人议论我?”

“议论你?”我莫名其妙。

“你叔叔现在已经是报纸上的新闻人物，你难道真的不知道?”

我不知道叔叔出了什么名，不过觉得依然没有必要回答叔叔的问题。叔叔出名与否，和我没什么大关系。我发现叔叔似乎并没有什么话要讲，心里很遗憾，因为停电，不能看电视，而这么干坐着陪叔叔，也不像是有什么意思。

这时，叔叔突然从屁股下面摸出一张报纸来，递给我。我不知道这是什么意思，直到把报纸拿在手上，才领悟到他是叫我看报。我想叔叔一定是昏了头，无论多重要的新闻，等电来了再看也未必过晚。但是我依然凑在煤油取暖炉面前，把报纸草草地翻了一遍。光线太弱，我仿佛是在暗房里洗照片，虽然只是浏览了一下标题，眼睛已经发胀了。

“你就算看完了？”叔叔见我把报纸扔了，有些不满意，走过来，捡起报纸又塞给我，“要是别人读报纸都像你这样就好了。”他示意我读其中一篇文章。标题是：

身居要位，假权济私有高着

目空党纪，以色取人不汗颜

突然间电来了，我吓了一跳。楼内楼外传来一片欢呼声。我眨了半天眼睛，才算适应了强烈的灯光。叔叔又陷到了沙发里。我把报纸举起来，叔叔的大名霍然跃入眼底，我又吓了一跳。

这是一篇揭露性质的报道。在这篇报道中，叔叔的名誉扫地。我花了几分钟，把文章看了一遍。又花了几分钟，把文章再看一遍。我有些不相信自己的眼睛。这篇报道把叔叔描绘成一个既盗名窃誉，又好色成性的恶人，用词十分激烈，行文中充满了义愤。

我没有勇气把报道看第三遍，虽然我试图这么做。在报纸扔去的一刹那中，我觉得很狼狈，因为叔叔正盯着我看，满脸苦笑。我不知道用什么样的表情来回答他才最为合适，是笑，还是不笑。这的确是件尴尬的事。叔叔活生生地就坐在我面前，我没有办法把他和文章中的那个恶人联系在一起。我只有一个叔叔，并不指望他十全十美，但是谁又乐意自己的叔叔名声太坏呢？

叔叔见我一声不响，把眼睛移向别处说："林林，怎么不说话?"

"说什么好呢?"

"想什么，就说什么。"

我想了一会，还是无话可说，"说什么好呢?"

"想什么，就说什么。"

"我无话可说。"

叔叔干笑了一声，他说他最初见到这篇报道时，也是同样的心情：无话可说。"我刚上来觉得，这篇文章写的不是我，后来想想，的确还是我。林林，你知道许多事情，说不清楚。"

"那本书真不是你写的?"报道上说叔叔把别人写的一本书，拿来用自己的名义出版，我觉得叔叔不会做这事，也不应该做这事。

"我不是说了吗，林林，有许多事，说不清楚。我也不想辩解，辩了也没用，反正书的事，女人的事，都是真的。林林，叔叔这次可要出大洋相。"

我觉得叔叔已经出了洋相。在报纸上叫人家指鼻子指眼睛臭骂一通，和光着屁股在大街上走一圈也差不多。我把那篇文章的标题又扫了一遍，再偷眼看着叔叔，只见他木僵僵地坐在沙发里，两眼无神，心里无端地有一种恐惧。就是后来叔叔火化前，他的脸色也没有现在这么难看。

按理，我也许应该安慰叔叔几句，但是我当时觉得离开叔叔是最聪明的选择。我告诉叔叔我要去厕所，叔叔问我上完了厕所回不回来，我说，反正电来了，我想看看电视。叔叔关照我有好电视叫他一起看。

这天晚上的电视，有个不好不坏老掉了牙的故事片。起先就我一个人看，后来大家都来了。我和叔叔各占了一个单人沙发，毛毛和小潘合坐在长沙发上。大家都不说话，规规矩矩地看电视，就连平时最叽叽喳喳话多的小潘，也一声不吭。电视还没完，叔叔先去睡了，我们剩下的三个人，一直到预报明天的电视节目才站起来。

漱洗完毕，我坐在被筒里，看一本英文的惊险小说。这部小说，平均十页有一个暴力场面，平均二十页有一段色情描写。我觉得每晚看十页到二十页，对睡眠大有好处。看了大约两三页，毛毛来了，递给我一张四寸的男人头像，“怎么样，这小伙子不错吧?”

我对照片研究得十分认真。小伙子长得的确不丑。不过他似乎不会做表情，他的眼睛瞪得太大，嘴角的肌肉绷得太紧。

毛毛说：“这家伙要是有你这么个个子，我就直接嫁给他了。我倒是不在乎他的什么硕士学位，他要是再高一些就好了。”

我说：“那么现在怎么样呢?”

“现在？现在我们先谈着试试看吧。”

“那上次那个戴眼镜的呢?”

“戴眼镜的？噢，你是说罗杰那小子，早在三个月前，我们就pass了。林林我告诉你，罗杰之后，我已经pass过三个了。现在这小子不错，他是研究法律的，以后你要打官司可以找他。”

我想我不会有什么官司要打。不过我马上联想到叔叔可能要打官司。可是毛毛一听到叔叔就火冒三丈：“你别在我面前提他，我们早就互不干涉了，他归他，我归我。”

“可是叔叔这到底是怎么一回事?”

“怎么一回事，你得问他呀？哼，真丢人！看以后还会有什么样的女人再找他。”

我不相信报上的事会全是真的。但是毛毛扬长而去，连那张四寸的头像都没拿。我把那张照片重新看了一遍，然后继续读英文小说。

外面的雪下了一夜。大约过了半个小时，我开始困了，到了四十分钟，眼睛已经没办法睁开。到我醒来时，天色大亮，四处积了厚厚的雪。这是我一生中见到的最大的一场雪。

4

爸爸他们坐晚上九点钟的火车走。我和吕叔叔一起去送，一路上，爸爸一声不吭。我坐在驾驶员旁边，他们三个一并排坐后面。虽然辛苦了好几天，虽然爸爸还隔在中间，但是妈妈和吕叔叔的精神都还不错，他们不停地说着什么，有时深深地叹气，有时又笑出声来。

我问驾驶员这小汽车带不带空调，他白了我一眼，做出不屑一顾的样子。我有些尴尬，不知他是因为我外行看不起我，还是认为我叔叔刚死，不该提这样的问题，反正他很生气。

我们早到了二十分钟。妈妈和吕叔叔的话，仿佛已经说完，待行李放置好，我们大家唯一可做的事，就是不停地看手表。和爸爸妈妈同房间的是一对外国夫妇，他们在火车开前五分钟来的，一上来就叽里呱啦说个不停。我猜想他们不是英国人，大约也不会是美国人，因为他们说的英文，又慢又怪。我的英语听力差到等于没有，除了Yes、No，只听见他们不停地对我们“Do You”。我知道他们是在问我们，可是天知道是在问什么。爸爸依然板着脸，我觉得这有失礼貌，便卖力地笑，和那两个外国人打手势敷衍。突然间，妈妈叫我把忘在手臂上的黑纱取下来，我感到很扫兴，这显然是故意出我洋相。同时，我意识到叔叔的尸体火化了还没有十个小时，对自己现在的举动，必须觉得惭愧才行。

好在一直到火车开走，妈妈都没有教训我。回去的路上，吕叔叔显得十分疲惫，又十分轻松。我从来没见过一个人的两种截然相反的情绪可以这样和谐地同时出现。他不住地伸懒腰，不住地打哈欠，又找出各种各样的话题来消遣我。他问我有没有对象，又问我有过几个对象，甚至乐意介绍几个不错的姑娘和我结识结识。他看出我对他的问题不感兴趣，所有的回答都有气无力，便和我作选择问答练习。他问我究竟是喜欢中国电影，还是喜欢外国电影；是喜欢夏天，还是喜欢冬天；喜欢吃，还是喜欢玩；喜欢毕业了以后到机关里当干部，还是留在大学里当老师。他一连串提了许多，我为了省事方便，总是选择前一个，后来怕他不高兴，又改成总是选择后一个。

到了叔叔家，我以为吕叔叔会和我一同上楼坐一会，谁知道刚下车，吕叔叔便在车内把车门碰上了。那个驾驶员依然是一张冰冷面孔，我往车内张看时，他正冲我瞪眼睛。我不知道自己什么时候得罪他了，心里略略地感到有些歉意。吕叔叔侧过脸来摆了摆手，笑容可掬，小汽车轻轻地滑了出去。我有些吃惊，因为那车子开起来一点声音都没有。

叔叔家灯火辉煌。自从出事，有几盏灯从来就没有关过。我刚揿电铃，就听见小潘在里面大声说："林林来了，林林来了。"

我没想到小曹会来，他依然是那身衣裳，西装，通红的领带，坐在沙发上，正和毛毛、小潘说着什么。电视机开在那儿，显然谁也没在看。一见我，他就不急不忙地问道："喂，林林，我的车子呢？"

小曹的自行车，在叔叔出事的那天，让我丢在去鼓楼医院的路上。要不是小曹这刻提起，我也许要再过几天才能想到有过这么回事。我的记性向来不好，何况出了叔叔自杀这么大的意外。小潘首先嚷了起来，她说她们楼下一辆自行车，加了两把锁都叫人家偷了，我把车子搁在马路上四五天，不偷走才见鬼呢。小曹脸上掠过一层阴影，勉强笑道：“好哇，你干的好事，这下该赔我的车子了。”

我知道小曹不会真心要我赔他的车子。凭我们的交情，一辆六七成新的自行车，用上一个“赔”字太小家子气。不过这终究是一桩尴尬事。因为我们两个人总得有一个人受损失，一个人心里不过意。如果是我赔车子，那么受损失的是我，不过意的是他。反过来的道理也一样。因此，在去找车子的路上，我觉得最聪明的办法，就是闭口不提车子。小曹大约也是这么想的。我们两人合坐在一辆自行车上，一路上大谈叔叔。小曹曾经在我叔叔家喝过几次酒，所以他自忖十分熟悉叔叔。他说关于叔叔的那篇报道，他早就看到了，并说叔叔这事是避免不了的。

“林林，你知道每个人都会有自己的嗜好，你叔叔那人，一看就知道他好个女人。这样的例子很多，许多艺术家都这样。你叔叔一定是荷尔蒙太多，真的。”作为中文系的大学生，我们班上有许多人写过瞎七搭八的小说，但是只有小曹一个人，正式发表过正式的小说，他总是用正式的小说家的眼光看问题。“其实你叔叔未必不知道瞎搞女人不好，不过他憋不住，控制不住，你懂不懂这么个道理？”

要是这么谈别人，我一定更感兴趣。叔叔毕竟是今天才火化。我把车子停了下来，告诉小曹我太累了，让他带我。小曹说他体重勉强一百斤，以力学的观点，也应该我带他。我说我带不动，要不然我们两个一起推着车走。小曹拗不过我，只好照我的话办，不过他恶狠狠地骂了我好几句。

小曹似乎不算漂亮，他脸上凡是有洞眼的地方都太大，无洞眼的地方都太小。在我的印象中，他的眼睛和朝天鼻孔差不多大小，只是一个圆一些，一个扁一些。下巴不知哪里去了，从下嘴唇到喉咙口，是一条马马虎虎的直线，因此说话和吃东西表情是一样的。大约半年前，他的一篇小说很有些影响，是探讨什么婚姻悲剧的心理因素。一位有影响的评论家，用“深刻”这样的词汇，反复地作了评价，害得小曹的脸上从此总写着“深刻”两个字。有几位女大学生老是和他写信商榷贞操问题。小曹常常把这些信献宝给我们看，到晚上宿舍里熄了灯，他便和我们一起商榷这几个女大学生。黑灯瞎火，是大学生说下流话的最好时机，我们从来不会忘了临睡前尽情说笑一番。

“你叔叔这个人，我很感兴趣，”我们到了大马路上，小曹继续大谈叔叔，“以弗洛伊德的观点看，这问题是很能说清的。Sex是一口沸腾的大锅，源源不断地要喷发出能量来。你别看你叔叔年纪不小，他这口锅可不比我们的小。尤其是你婶婶死了，这好比在炉灶里又添了几把干柴。”

这时，一位穿公安制服的民警，和我们骑车走在一并排。小曹还在谈他的大锅和能量，那民警对我冷笑笑，我一时不能明白这是什么意思。我们的车速慢，不一会那民警到了我们前面，他回过头来对小曹看了好几眼，笑着直摇头。我拍了拍小曹的肩膀，问他是不是认识那民警。小曹凝视了好一会，一本正经地说，脸挺熟的，一时记不起来。正说着，已经到了珠江路口，那民警跳下车来，挥手叫我们下车。

“你们也太不识相了，来，罚款吧!”那民警从小口袋里掏出个小本本。

我试图解释：“我们实在不知道你是交警。”

小曹也接着我的话说：“是呀，这年头，当兵的，做警察的，干消防队的，都是这身制服，我们怎么弄得清您是不是交警呢？您说对不对?”

民警笑道：“我问你们，骑车带人对不对？不对，不对就应该罚款。快点吧。”

我和小曹垂头丧气地开始在身上摸钱。明明记得小曹的钱还没有用完，可是偏偏找不到。那民警还是笑着说：“不要紧，慢慢找吧。你们在哪工作?”小曹说我们是大学生，民警有些吃惊，说大学生还骑车带人。我的钱总算找到了。民警说：“这样吧，只罚你们两块。照规矩最少罚三块，不老实罚五块，看你们是大学生的面上，罚两块意思意思算了。”说着，撕给我一张罚款收据。我心里有些委屈，嘴里嘀咕着：“真倒霉，我们又不是故意要带人，我叔叔刚死，我们有什么办法?”民警听了，比听说我们是大学生更吃惊。我害怕他不相信，从口袋里掏出黑纱给他看。“那你干吗不早说，”民警似乎有了歉意，“现在连票都开过了。”他把罚款和小本本都放回口袋，对我拍拍手，耸耸肩膀，笑着骑上车走了。

我们到了我放车子的地方。自行车果然不在那儿。虽然还没到十一点，马路上已经没有什么人。离我放车子不远的一个住家门还开着，一个老头坐在门口喝茶，我们上前询问，老头子把我们嘲笑了一通：“四五天前的事，你别说是撂在这大马路上，你就是放在派出所，这么几天不去管它，也未必会有了。真是的，你们这些小伙子做事，就是毛糙。”

小曹也趁机说我：“你也是的，太他妈少爷脾气，就这么几步路，你不能把它推到鼓楼医院存起来吗?”我告诉小曹自行车链条掉了。“我知道链条掉了，但是你总能推吧?”

我说：“早知道像现在这样，不要说推了，就是扛，我也要把它扛去，怪只怪我叔叔死了。”小曹说我瞎找借口，因为我当时还不可能知道叔叔死了。我不想强词夺理，反正叔叔是死了，车子也没了，人们常说倒霉的事喜欢排着队一块来，这话的确不错。

喝茶的老头提议我们到附近的几家店铺去问问。他说这里的住家，是不会把车子收起来的，因为这会有偷自行车的嫌疑。我的车子放在一家面馆门口。面馆的大门早就上了，隐隐地还有灯光透出来。我和小曹趴在门缝上往里看，看见伙房的过道里有辆自行车。门缝太窄，看不清楚，我托着小曹的脚，让他从气窗里窥探。要是这会有巡逻的走过来，准会把我们当作小偷。小曹伸长了脖子，一会说是他的车子，一会又说不是，我的手让他的中跟皮鞋底硌得生疼。我不住地催他快些下来。

我们的噪声一定太大，因为面馆的值班人被我们惊醒了。他在看不见的地方，恶声恶气地问了声："哪个!"吓了我们一大跳。

接下来形势大好。值班人是个三十岁左右的小青年，赤着大膊，穿一条红色的游泳裤。他听我们说是找自行车的，一边开门，一边庆幸说："哎哟，总算来了，再过几天你们不来，我们只好把它送到派出所去。"他指了指门板上写的字：拾到自行车一辆，速来认领。刚刚因为背光，我们没有看到这张失物招领启事。

小曹一个劲地对值班人解释，虽然车子是他的，但是粗心大意的是我。他把他自己和值班人一起放在受害的位置上。我找不出什么话来讲，只好再次说自己的叔叔死了。这使得值班人十分兴奋，因为叔叔的死，证实了他的猜想："我说的吧，要不是死了人，谁还能一辆自行车不要呢。不过你们家死人要紧，你可是把我们店里人害惨了，我们做好事要做出多少麻烦来，你们看那过道多窄，要是白天放在那儿，路都不能走。"那过道果然十分窄，小曹弯下腰来装链条时，时时要碰上后面的墙壁。尽管车子是小曹的，但是他对装链条十分外行，折腾了老半天，链条还是不肯归位。临了还是值班人装上去。我真有些过意不去，值班人始终穿着那条游泳裤，万一感冒就糟了。

回去的路上，小曹的兴致很高。正如来时大谈叔叔，他开始大谈自己。他告诉我这几天正在写小说，一家青年杂志拼命地向他约稿，他自信他将完成的是一篇大学生有史以来最好的作品。“我要创造出一代人的形象来，文学史上已经有过‘迷惘的一代’，有过‘愤怒的一代’，有过‘垮了的一代’，我要写出新的一代来。林林，我已经想好了一个再好不过的名字，这就是‘莫名其妙’的一代。你知道，莫名其妙，就是我们这个时代的特色。”

我感到莫名其妙，也觉得小曹莫名其妙，就要他解释莫名其妙。小曹说：“莫名其妙最大的特点，就是莫名其妙。你就是正宗的莫名其妙，我呢，也是莫名其妙，还有你那个什么堂姐，地道的莫名其妙。”

我们在汉口路分了手。我有些吃惊，为什么小曹能在这么短的时间里，说上这么多的话，难怪他能写小说。小说家在肚子里，大约都有个仓库。对于那个“莫名其妙”，我一路苦思，可怜都到了叔叔家，还是莫名其妙。

毛毛和小潘坐在客厅里，一看见我，显得十分激动，小潘连珠炮似的说个不停，她说她们害怕我今天晚上不回来。这么大一套空房子，对于两个姑娘来说，太可怕了。要是我真不回来的话，她们两个临了也许会离开这空房子，到大街上去溜达一夜。小潘还说她们两个人形影不离，甚至上厕所，也同出同进。“我从来也没有这么害怕过，林林，真的，我们在乡下常看到死人，可都不怕，不像这一次，我的妈哟，什么声音都能吓你一大跳，就是钟里面报时，也把你吓得直哆嗦。”

毛毛要我把饭厅里叔叔的一张遗像取下来。这是一张十二寸的照片，前几天布置的，周围的黑纱和白花是吕叔叔的杰作。毛毛说叔叔的照片挂在墙上，他的一双眼睛老跟着她走，这使她在神经上受不了。小潘深表赞同，她说那双眼睛，老使她觉得贾书记还没有死。

我把叔叔的照片取下来，放在叔叔房间的抽屉里。她们始终跟着我，看着我刷牙、洗脸、洗脚、换睡衣，弄得我小便都觉得有些尴尬。她们已把一张两用长沙发放在我房里，毛毛说，在搬到新房子去之前，我们三人就睡在这个房间里。她要我从此以后再也不要住在学校里，并声明这一点是经过我爸爸妈妈同意的。我突然感到十分疲惫，不住地打起哈欠来。小潘有些震惊，她说我作为一个男子汉，不怕死人是不足怪的，但是考虑到叔叔生前对我那么好，在叔叔火化之后的第一个晚上，多多少少应该有所怀念才是。我向她解释，所以要打哈欠，是因为叔叔死后的这几天，我平均只睡五个小时的缘故。

我大约说完这句话，就迷迷糊糊地睡着了。我只听见小潘说她们几天来，一共睡了也不过五小时，其他啰哩啰嗦的一大堆话，我一句印象都没有。这一夜，我不知被她们弄醒了多少次，她们找出各式各样的话题和我瞎扯。我一次又一次地睡着，她们一次又一次地弄醒我。有一次，毛毛竟然坐在我的床沿上，我一把眼睛闭上，她便死劲地拧我鼻子。我也不是存心要睡大觉，也不知怎么的，我仿佛一辈子也没有这么瞌睡过。我很想陪她们坐一晚上，但是事与愿违。毛毛说，她们本来可以让我睡的，可是我的呼噜太响，太怪，这让她们感到害怕。我发誓自己从来不打呼噜。但是她们俩一起发誓，说我确实打了呼噜。一个人再有本事，也听不见自己打呼噜的，她们理直气壮地说。

折腾到半夜三点多钟，我才把瞌睡打发掉。我觉得口干舌燥，真想泡杯浓茶喝喝。可惜茶叶在叔叔的房间。我并不是真正的害怕，但也不打算冒险到叔叔房间去，毛毛和小潘的紧张样子，还有那些莫名其妙的夸张形容，足以使人相信叔叔这会就在他自己的房里。我们三个相对而坐，找出有关叔叔的各种话题来讲。毛毛和小潘永远背对着窗户。因为叔叔是从窗户里跳出去的，窗户本身便成了死亡的象征。毛毛说，叔叔把她以后住好房子的可能性都破坏了，“也许我将来只能住在没有窗户的房间里。”

我说：“这怎么可能呢？即使坐牢，也得有个装铁栅栏的小窗户。”

“总有一天，我也得从窗子里跳出去。”隔了一会，毛毛又说：“爸爸倒好，一死了之。哼，一死了之！”

到五点钟，天有些蒙蒙亮。小潘说：“这刻我们说不定能睡一会了。”于是我们各自倒头睡觉。九点钟光景，我们陆续醒了，毛毛突然想到似的说：“噢，林林，昨天你不在的时候，郑阿姨来电话，叫我们星期天到石伯伯家去。”

石伯伯是叔叔的老领导，我不知道他找我们有什么事。反正既然叫我们去，我们就只好去。

5

因为叔叔死，我好几天没去上课。辅导员派人把我找了去，他说：“你看你，怎么能这么几天不来呢？”我解释了我的特殊原因，他还是不能满意：“这是两回事，叔叔死归叔叔死，请假归请假，这里面有个手续问题，你懂不懂？不来上课，必须请假！”我告诉他我懂这个道理。“懂，为什么不请假？”我说因为叔叔突然死了。辅导员脸上显出不高兴：“你干吗非要把有理的事，弄成没理呢？难道这还有什么可以狡辩的？”我明明没有狡辩。显然，和他是辩不出什么是非的，除非你想使辅导员生气。我认错道："我知道我错了，我不该不来上课!"

"不是不来上课，是不该不来请假。"辅导员纠正道。我连连点头，知道这事就算完了，他脸上已露出满意的笑容。接下来他要我把叔叔死的前后经过，简单地说给他听听。我大约讲了五分钟，他听得津津有味。最后，他说：

"这是很可惜的，你叔叔那人，我们也见过，很有才干。"

我点点头，打算离开，辅导员提醒我这个星期六考国际共产主义运动史。我吓了一跳，在我的印象中，这门课要到下个星期才会考试。再过两个多月，我们就要大学毕业，这是最后一次考试。虽然我以往的考试都没有不及格，但我突然之间，非常害怕这一次考试会不及格。我已经习惯了平时不用功，临时抱佛脚。班上像这样的人多得很。我们在上课时穷翻杂志，一本接一本地看金庸和梁羽生的武侠小说，到了临考试的一星期，开始把那些好学生的笔记拿来抄，抄过以后再背。现在离考试只有两天，严格说只有一天多一些，要抄要背，显然都来不及。

我试图到宿舍里去借笔记。但是谁也舍不得把笔记本拿出来。此时此刻，笔记本价值千金，因为它是制服考试的法宝。最后还是小曹开恩，答应把新抄来的笔记借给我，然而他有一个很苛刻的附加条件：我只能在晚上十二点钟以后、早上八点钟之前，使用这本笔记本。

既然是屎逼肛门，才想到挖粪坑，我只得乖乖地接受小曹不人道的仁慈。晚上待毛毛和小潘睡了，我骑车去学校取笔记，第二天早上再送去。第一晚的效果很好，我自忖已经背了半本笔记，可是第二天晚上却糟糕透顶。首先我发现自己已经把前一天晚上所记的内容，忘得干干净净。其次，我不断地要想到叔叔。在此之前，我努力使自己常想到叔叔，因为在习惯上，我从来不会把一件事想得很久。我老是一会想这，一会想那，没有一点长性。偏偏这天晚上，我在叔叔的问题上钻了牛角尖。叔叔不是在这个问题上打扰我，便是在另一个问题上给我带来麻烦，弄得我全无一点心思背笔记。我甚至默默祈祷，让叔叔离开这个关键的晚上，让我混过这最后一次的考试。也许叔叔存心要让我在考场上出洋相，我发现笔记本上仿佛写满了叔叔的大名，字里行间，到处都是“跳楼自杀”这样恐怖的字眼。到了四点多钟，外面下起雨来，我到阳台上换了换空气，一摸头上，全是冷汗。事情竟然会糟到这种地步。我开始数数字，背我所知道的所有唐诗。无形的东西，果然要比有形的实体厉害得多，对于有形的叔叔，我只要换个房间便可以躲开他，但是无形的叔叔你永远躲不了，在思维的世界里，他无所不在。我意识到自己已投入到了一场毫无胜利希望的战斗中。为什么叔叔要这样和我作对？既然叔叔生前对我像对亲儿子一样好，他现在就没有理由和我过不去。叔叔并不是个气量狭小的人，他绝不会记恨在他死后我对他想得太少，我们彼此之间应该十分了解。即使是我爸爸死了，我力所能及的，也不过如此。我做不出假装的悲哀来，况且假装出来的悲哀，骗得了别人，却骗不了叔叔。也许人死了性格也会随着变化，也许叔叔在另一个世界深感寂寞，他需要来自我们这个世界的同情和安慰，即使是虚伪的也无所谓。我偷偷地许了个愿：只要这最后的一次考试可以过关，我将花一个星期，或者一个月的时间来表示对叔叔的怀念，甚至花几个钱买个花圈回来烧烧也在所不惜。

天快亮时，我趴在写字台上睡着了，淌了不少口水在小曹的笔记本上。我梦见自己已经上考场。监考老师一本正经地在宣布着什么。

发下来的试卷让我吃了一惊，不知怎么的却改成外语考试。我相信一定是自己弄错了。生活中，什么样的阴差阳错，都有可能。我知道倒霉事准会一桩接一桩：首先是钢笔没墨水，接下来题目抄错了，字母老是要写颠倒。所有的题目仿佛都见过，但是所有的题目都不会做。四处都是笔尖和纸张接触的沙沙声。小曹坐在我旁边，机器人一般地写着。除了抄袭他的，已经没有别的路可走。我觉得自己并不是真心地要这么做。突然间辅导员闪电般地走过来。我眼前一黑。再亮时，一张布告霍然贴在学校大门口。布告上有几个大的感叹号，我的作弊事件和叔叔的所作所为莫名其妙地联系在一起。我有些迷惑不解。但是布告的下端，是两个通红通红的公章，足有青边碗口那么大。正是上下课交接的时候，男大学生们和女大学生们，在校门口出出进进，有说有笑。好在认真留心那布告的人并不多。

要不是毛毛把我叫醒，我准会耽误掉真正的考试。我抢了一块毛巾，在眼角边擦了擦，匆匆往学校赶。一路上，我还在想着应急的办法，也许我可以编一个故事，说自己突然阑尾炎发作，或者眼睛看不见了，再不就是自行车叫汽车撞了一下。我权衡了各种各样的借口，直到走进考场坐下来，仍然找不到一个万全之策。教室里的气氛并不紧张，大家又说又笑，虽然这种轻松可能有点装腔作势的味道。打了上课铃好一会，任课老师才笑吟吟地赶进来，他让大家不必害怕，并保证他的学生绝不会不及格。他说他的题目是容易的，时间是充足的，他说了许多什么什么的。最后他说，“考试不是目的，只是手段。”说完，他拿出一本书，坐在讲台上阅读起来。

试卷果然不难，居然让我瞎猫撞死耗子，碰上了一道大题。考到一半时，我和小曹把卷子交换了一下，我又龙飞凤舞地抄了两题，算了算，及格不成问题，便把卷子交了。许多人为了骗高分，还在孜孜不倦地偷抄笔记。既然考试只是手段，那么便允许不择手段。

第二天上午，我和毛毛一起去石伯伯家。临考前对叔叔的许愿，已经被我忘得差不多。我向来很少许愿，因此也从来不把这很少的许愿当回事。不过我仍然认为考试能顺利过关，一定是叔叔在暗中保佑我。一个人在考试面前是无能为力的，关键是运气问题。

石伯伯住的地方很偏僻，下了公共汽车，要穿好几条街，拐好几个弯。正下着蒙蒙细雨，我们只带了一把自动伞，我的大半个肩膀都淋湿了。一辆小汽车开过去，泥水溅到毛毛的裙子和长筒丝袜上，气得她每过来一辆汽车，都要恶狠狠地骂几声。她永远是好战脾气，和她出门上街，总有迟早会被别人揍一顿的感觉。那一次在大街上，要不是公安人员赶来，我准会被两个蛮不讲理的大汉揍个半死。女人老是只会撩事惹祸，而皮肉吃苦的却是在她们身边的那些倒霉男人。

石伯伯家养了条又高又大的狼狗。我们进院子门时，那狼狗冲我们又是叫，又是跳，要不是一根链条紧紧地拴住它，我猜想它准会奔过来咬我们一口。毛毛举起自动伞对它做了个打的姿势，那畜生反倒安静下来。来开大门的是郑阿姨，她告诉我们她已经来了好一会。

毛毛曾和石伯伯的孙子六六谈过一阵恋爱，所以她对这儿的环境十分熟悉。我们进院子以后，警卫员小王和保姆陈妈，都特地出来和她打招呼敷衍。六六也在家，他从自己房里出来，怪毛毛为什么不常到他家来玩。郑阿姨把我们连同六六一起领到石伯伯房间。石伯伯正站在沙发前等着我们。

我不知道石伯伯多大年纪。既然他的孙子和我们差不多，岁数一定不小。我只觉得他和我们的一个老教授，相貌非常相像，尤其是当他严肃的时候。石伯伯穿了件黄的军裤，上身白绸衬衫，一双元宝布鞋。虽然瘦了些，但精神很好。他让毛毛和他一同坐在那张长沙发上。我们各自找凳子坐下。警卫员小王跑来泡茶，郑阿姨已经抢在头里泡好了。

石伯伯首先表示他对叔叔之死的遗憾。他一边安慰毛毛，一边责怪叔叔不该走这条路。“为什么非要这样做呢？一个人既然可以犯错误，也可以改正错误，应该相信组织嘛。老贾这么做了，只能把事情搞得更复杂。你们知道，这件事，在群众中影响是很不好的。”

我脸上一阵发烧。石伯伯这话千真万确。

郑阿姨插口道：“石老，这事不能都怪老贾，他处在这种地步，只能这么做。石老，他是以死来表示抗议。”郑阿姨是叔叔单位的办公室主任，过去我知道她和叔叔的工作关系总是相处不好，她的话让我吃了一惊。她转向毛毛：“你爸爸的死，可以说是个冤案。”“冤案”这两个字非同小可，我和毛毛同时愣了一下，她看着我发呆，我看着她发呆。

郑阿姨继续转向石伯伯：“石老，老贾是已经死了，但你得给孩子们做主，我们不能再委屈了他们。这一次，你应该站出来说说话，石老。”

石伯伯摇摇头，表示不赞成郑阿姨的话。他说：“老郑，话不能这么说。不要把事情搞得太复杂嘛。老贾这人，是有严重错误的，这一点，我们组织上也有责任，许多事已经不是第一次了，这至少说明我们的工作没有做好。老贾应该吸取教训嘛，怎么能一而再、再而三地这么做呢？还有这本书的事，影响的确很不好嘛，对不对？”

石伯伯又一次提到影响，我的脸禁不住又一次红起来。我觉得叔叔的事，和我没多大关系，似乎犯不着为他难为情。看来死也有这么个不大不小的好处，我猜想叔叔要是听到这一番话，恐怕已经不是什么脸红不红的问题。我偷眼看看毛毛，她一副麻木表情地坐在那里，仿佛正和我一样想到这点。郑阿姨的“冤案”设想，只给我们带来短暂的冲击和希望。

郑阿姨说：“石老，书的事，和报纸上说的也不一样，我跟你说，这事我多少也知道一点，远不是这么回事。告诉你石老，许多事你都不知道。他们都是串通好的，你知道那文章是谁写的？是省里老胡的儿子写的。”

“老胡，哪个老胡？”石伯伯看着我，问。

我摇摇头，不知道什么老胡，也不知道石伯伯为什么要问我。我发现石伯伯有些漫不经心，他在问我的同时，眼光突然转到我的皮凉鞋上，好像在研究鞋面是牛皮的，还是人造革的。反正他对郑阿姨的话一无兴趣。六六在一旁插嘴道：“爷爷，唉，就是小军他爸爸。”

“小军是谁？”

“就是老到我们家来的那个，那一阵我刚从部队回来，他爸爸正在镇江地区做个什么书记。”

郑阿姨提到了一个名字，石伯伯笑出来：“噢，你们是说那个老胡，老郑，老胡的儿子怎么会和这事搅在一起？”

“我不是跟你说了，石老，他们是串通好的。”郑阿姨说完，对我和毛毛有力地挥了挥手，仿佛是说：就是这么回事。

但是石伯伯不相信地摇摇头。六六也说：“郑阿姨，不会的，小军这人我熟悉，还有胡伯伯，他虽然是个大炮脾气，这事是不会做的。他们父子从来就是各人管各人。况且胡伯伯也是马上就要离休的人，犯不着做这种事。毛毛，你不认识小军？”

毛毛摇头表示不认识。六六提醒毛毛，他们那次在后勤礼堂跳舞，有个不会跳舞、连喝了六瓶啤酒的大汉就是小军。“这人还是蛮有意思的。你怎么会不认识他？这几年他有几篇文章，很有点小名气。哎，林林，你是搞文的，你知道不知道这个人?”我点点头，表示知道这个人，又赶紧摇摇头，表示知道而不熟悉。我曾听小曹几次提到过这个人，在一本某某杂志上，也偶然见过他的玉照。六六有了话题，脸上放出光来，“想当年他不写东西的时候，我们在一起玩得相当好，现在不行，他得了个什么奖，又成了个什么名人，眼睛都长在这里了。”六六两根手指点在头顶上，隔了好一会才拿下来。

石伯伯捧起一个紫砂壶，一边慢吞吞地喝茶，一边饶有兴致地看我们几个小辈说话。话这东西是个怪玩意，只要有人说，它便会源源不断地涌出来。毛毛突然想到，过去有个人曾试图把小军介绍给她做对象，也不知怎么的，见过一面就吹了。那个介绍人和我、和六六都熟悉，是个非常滑稽的人，他平生的业余爱好，就是介绍对象。常常谈话谈得好好的，他会在你面前摊上一大排女孩子或小伙子的照片，挨个地评述一番，然后请你挑选。甚至对于结过婚的人，他也不肯放弃卖弄他的照片。经他手促成的结婚和离婚，在数量上几乎相等。他的理论是，结婚是一种组合，而离婚则意味着重新组合。他爸爸是某军工单位的党委书记，对别人总是用“我们家那个拉皮条的”来称呼儿子。他看见儿子就生气，一生气血压就高，便在外面要了套房子，让儿子搬出去住。我和毛毛，还有六六都不止一次光临过这套房子。青年男女成双成对地把这作为初次见面的地方。偶尔也会有老处女、老光棍到此一游。

从这个滑稽的拉皮条的身上，我们谈起另外几个我们都熟悉的人。六六的话很多，在任何一个话题上都可以滔滔不绝。我发现自己在他面前显得十分吃力和笨拙。六六习惯于一边海阔天空地瞎说，一边冷不防地向你提问。他总是满足于在他的进攻下，你乖乖地说出“不知道”。毛毛的话今天也特别多，也许是叔叔死后这几天受了压抑的缘故。在口若悬河地说着和叔叔毫不相干的事的同时，她脸上不断地显出忧伤来。

要不是郑阿姨出来干涉，六六和毛毛准能瞎扯一整天。郑阿姨的脸上很不好看，虽然我在他们谈话时，每隔十句话才插嘴说一句“是”或“不是”，但是她显然已经把我一起怪罪。大概她觉得，一个人死了亲人，必须做个真正的哑巴才是孝子。“你们哪来的这么多话？六六，你爷爷找他们来有正经事的，你稀里哗啦说了这么一大堆，有完没完？”我听出这弦外之音，分明是在指责我和毛毛。幸好石伯伯出来解围，他说他没什么正经事要找我们。

吃饭时，我和毛毛一声不吭。石伯伯家人太多，未成年的小孩子坐了一小桌子，我们这一桌挤了九个人，六六还没轮上，他和另外两个小辈坐在客厅的沙发里，一边看《参考消息》，一边等吃饭。我喝了一大杯啤酒，又喝了两小杯低度洋河。陈妈端上来一大锅狮子头，足有二十个，转眼间只剩下三四个。大家都只顾低头吃，甚至郑阿姨也抱着有话待会说的宗旨，认认真真地喝酒、吃菜，最后还舀了碗汤慢慢喝。

## 6

我不知道石伯伯叫我们去干什么。也许他根本就没有叫过我们。喝过酒以后，他问我和毛毛什么时候结婚。这是个哄堂大笑的问题。郑阿姨笑着向他点明我的身份，他又郑重其事地夸奖起我爸爸来。“你爸爸这一次表现就很好嘛，要是换了别人，说不定就会借此机会大闹一场。”我不太明白这话的意思。郑阿姨说：“要是你们家属不让尸体火化，这就够瞧的了。”我不知道什么够瞧的，看看毛毛，她坐在那翻报纸，全然不过问我们。石伯伯见我不说话，又说："你看你爸爸到底是老干部，从来不做叫组织为难的事。"

郑阿姨说："我说这叫老实人好欺。老贾同志，我是说林林的父亲，就是借这个机会闹一闹，也不算过分嘛。这种心情完全可以理解，要是尸体拖到今天还不火化，吕辉那家伙日子可就没现在这么好过了，石老，你说是不是？"

我总觉得郑阿姨说话时，带着一种情绪，尤其是提到吕辉叔叔的名字，几乎都有些咬牙切齿。天这么热，尸体怎么能老搁在那里不火化呢？我把这意思说出来，石伯伯笑我多虑，他说可以把人放在冰箱里嘛。我想象不出要多少立升的冰箱，才能把叔叔放进去，心里直想笑，但是不敢笑出来。石伯伯老是这么说："你爸爸这么做是对的！应该这么做嘛。"我不知道爸爸究竟做了什么，又怎么能谈得上对。在我的印象中，爸爸唯一做的，就是什么都没做。

叔叔死了以后，给我印象最深的，也许就是不断地有小汽车坐。在过去，叔叔下班了，偶尔也会想到让小汽车到学校来弯一下，顺便带我一同回家，当然这一定是在星期六。我总是记不清那些小汽车的牌号。即便是叔叔常坐的那辆车子，我也叫不出它的名字来。那天从火葬场回来，我捧着放着叔叔遗像的镜框，吕叔叔就坐在我旁边，他告诉我这小汽车叫什么什么，但是我转眼便忘得一干二净。在我的印象中，小汽车最重要的差别，仿佛只是颜色的不同。不过我知道官越大，小汽车牌子越好。我猜想石伯伯的小汽车一定不是国产的，坐在里面，我只觉得外面的树和行人在动，要是我手上捧着满满的一碗水，准保也不会泼出来。

我问郑阿姨，石伯伯的小汽车是什么牌号。郑阿姨皱了皱眉头想了想，没有回答。可能她和我一样，总是弄不清汽车的牌号，也可能她觉得此刻提这样的问题不太合适。石伯伯的小汽车正在林荫大道上飞奔。我坐在郑阿姨和毛毛中间，大家一声不吭，别提有多别扭，早知如此，我真情愿和毛毛一同坐公共汽车回去。

到一个十字路口，岗亭里的交通警正伸出脑袋，训斥几位骑自行车的人。红灯总是亮在那里。石伯伯的驾驶员一边揿喇叭，一边恶声恶气地咒骂着。郑阿姨在我腿上拍了一下，说："林林，你就按照石伯伯的话去做，听见没有？"

我没法不感到莫名其妙。事实上，石伯伯什么话也没有关照我。我把这一点向郑阿姨说明，她显得很不耐烦："你回去写份东西，要求给你叔叔重新下结论。"

这又是个十分为难的问题。首先石伯伯根本没有叫我这么做，其次我不知道给叔叔下过什么结论。因此要求重下结论，无疑近似荒唐。毛毛在我屁股上偷偷地捏了一把，我明白她的意思，这是要我别睬郑阿姨，但是几乎在此同时，郑阿姨又在我腿上拍了一下，让我立即回答。

"该给叔叔下一个什么样的结论呢？"我不知怎么冒出这样一句问话来。我觉得自己问得很笨拙，因为郑阿姨和毛毛似乎都不愿意理睬我，郑阿姨甚至别过头去，对着车窗外的行人张望。小汽车不住地拐着弯，好像在绕圈子玩，沿街的景色使我感到陌生，天知道它打算把我送到什么地方去。

当车子停下时，我和毛毛吃惊地发现已经到了家。小潘正站在楼底下等着我们，很明显她是不愿意一个人待在空房子里。一看见我们，她显出十分激动的样子来。毛毛已经下了车，我往边上挪了挪，正准备下车，郑阿姨一把抓住我，脸板得都有些发青："林林，真不知你是怎么想的，难道你叔叔死了，你就一点也不难过？"

我一时拿不定主意，究竟是下车，还是应该坐在车子里和郑阿姨说会话。石伯伯的司机回过头来，毫无表情地看着我们。毛毛和小潘正在等我下车。我总是处在这种尴尬的境地里。郑阿姨牢牢地抓住我，仿佛我是偷了东西想跑的扒手。“你怎么能这样呢?”郑阿姨用另一只手拍拍自己的胸脯，以火山爆发的气势说道，“我，你想想看，和你叔叔是什么关系？作为普通的同志关系，都站出来打抱不平，你和你叔叔是什么关系？你可是他的嫡亲侄儿。”郑阿姨把“嫡亲”两字说得铿锵有力，就像是交响乐队中定音鼓上敲出来的，“你不能这么无动于衷，林林。”

我脸上发烧，好像一辈子也没有像现在这么难为情过。按照郑阿姨的说法，我的确是太不应该。为了表示这种不安心理，我对郑阿姨报以歉意的一笑，这使她更不高兴，“你怎么还有心思笑呢?”我只得向郑阿姨解释，自己绝非无动于衷，有的人所以处处表现为毫无主见，恰恰是因为过分悲伤的缘故。笑本身也是一种感情的流露。这解释虽然言过其实，但是多少给了郑阿姨一些满足。我发现一个人说话，完全可以没有必要过分顶真。过犹不及未必一定总是正确。况且，对于叔叔的不幸，我自忖肯定要比郑阿姨感到难过。嫡亲的叔侄关系，毕竟不是同志关系。

郑阿姨笑了。这是我记忆中，她第一次笑。她说：“你知道，你叔叔就你这么一个侄儿。”

我点点头，告诉她我也只有一个叔叔。这话让她十分感动，或者说是十分激动。她说她知道我这刻内心非常难过，又对我说了一堆叔叔平时待我如何如何好之类的旧话。要不是司机频频回头表示不耐烦，我也许会流下伤心的眼泪来。临了，郑阿姨语重心长地说：“林林，郑阿姨跟你还会向你不说真话吗？我和你叔叔都是在一起工作了几十年的老朋友，我还能不了解他？你知道，你叔叔死得屈呵！如果不是有人背后算计他，你叔叔绝不会走这一步的。”

光凭直觉，我就意识到郑阿姨说的“有人”，是指吕叔叔。我发现她的谈话，总是带有很重的个人恩怨，几乎从一开始，她就不能做到句句如实。我知道她和叔叔相处得一直不很融洽，而吕叔叔却是叔叔的难兄难弟，我不止一次地听叔叔和吕叔叔在酒后说郑阿姨的闲话。他们说郑阿姨这，说郑阿姨那，许多极难听的话都说过。倘若现在是吕叔叔在说郑阿姨陷害叔叔，我可能会深信不疑。说句老实话，我真愿意叔叔的死，是一件冤案。冤案对于死者，可是一件恢复名誉的好事。但是我料想叔叔大约不会有这样的运气，既然郑阿姨从不否认叔叔的所作所为都是事实，那么翻案也不会有多少现实性。所有的事都是叔叔亲自干的，他拿别人写的一本书，用自己的名义出版，他接二连三地乱搞女人，最后，又自己从四楼上跳下去。叔叔的委屈在什么地方呢？难道是别人拿他的书出版了，或者他像一个不幸的女人一样，不停地被男人玩弄糟蹋，再不就是他临了被别人从窗子里推下去的？

正当我被这些不成问题的问题纠缠时，郑阿姨突然恭维起我来，她说她知道我写的东西很好。这叫我感到很惭愧，事实上我写的文章很糟，要是我告诉她我的写作考试差一点不及格，一定会使她大失所望。我极含蓄地摇了摇头，让她弄不清我究竟是在说自己写得不好，还是在表示谦虚。

“这样好了，”郑阿姨若有所思地愣了愣，非常决断地说，“你先写个草稿，写好了让我看看，然后把毛毛的名字也签上去。我负责给你找人打印。”

“打印？”我吃了一惊。没想到事情会弄得这样复杂，也许她还打算让我出本书呢。我发现继续敷衍下去，准保不堪收拾。从一开始我就没有准备答应郑阿姨，我甚至对她到底要我写什么也毫无所知。必须尽快地找一个脱身之计。我开始不断地点头，对她提出的任何一个建议，都表示了似是而非的同意。郑阿姨一定说了许多许多，因为司机已经趴在方向盘上睡着了。忽然间，毛毛和小潘在四楼上歇斯底里地叫起我来，那声音之恐怖，足以使人相信叔叔又活转过来。

郑阿姨意识到没有理由再拖住我不放。正当我跳下汽车，朝楼梯口奔去时，她在我背后大声叫唤，关照我今晚一定到她家去继续这种马拉松式的谈话。一直到我上了二楼，还听得见她那顽强的声音："林林，一定要来呀!"

我不知道四楼上出了什么事，敲了半天门，里面一点声音也没有。我的心跳陡然加快起来，难道是遇上了小偷？或者煤气罐着火，再不就是又有人从四楼的窗户里跳出去？怎么办呢？也许我应该破门而入，就在有这个念头的同时，我想起自己身上正带着钥匙。

毛毛和小潘正坐在沙发上看报纸。我推门进屋，她们两个人一个在窃窃私笑，一个继续看报，把个脚跷得多高。我的心弦像根绷得最紧的牛皮筋，叫人用锋利的刀尖轻轻一挑，整个地松弛下来。这样的恶作剧简直莫名其妙，我嘴里嘀咕着，往沙发上一倒，感到疲惫不堪。

毛毛放下报纸，向我开起火来："咦，你回来干什么？你用不着回来！什么了不起的话，要这样没完没了？是不是郑阿姨看中你做她女婿？我告诉你，她那女儿可是又胖又丑。"

我觉得没有必要和毛毛分辩。她总是习惯于这样咄咄逼人，只要一有谈话的机会，她就准备跟人干仗。哪怕对付一个最一般的话题，她也忘不了带上她的全部辎重向你进攻。我知道我只要一接口，她马上会乘机狂轰滥炸，叫你心血管收缩，脑神经发胀。

我的守势获得了巨大的成功，闭目养了一会神，毛毛开始放下架子，向我求教和郑阿姨谈话的内容。我告诉她郑阿姨说叔叔死得冤枉，让我们俩打报告请求给叔叔平反。

“请求个屁，”毛毛立即板起脸来，“爸爸活着的时候，怎么没人来过问的。这刻人都死了，还平反个屁，谁稀罕他们猫哭耗子。”

我说，听郑阿姨的意思，仿佛是吕叔叔在背后放了叔叔的坏水。这似乎不太可能，吕叔叔毕竟是叔叔最好的朋友。而且叔叔的后事，主要也是吕叔叔照料的。怎么说，郑阿姨也是叔叔生前的对头。但是她为什么要站出来替叔叔说话呢？毛毛对我的分析一无兴趣，她干脆地说：“算了吧，连爸爸在内，没一个好东西。”她的话总是这样走极端。我说郑阿姨还让我晚上到她家去呢。毛毛说她不许我去，“你真是要想到她家去做女婿，我也没有办法，不过我可以再告诉你一句，她们家那个又胖又丑的千金，可是离过婚的，你愿意上钩，只管去。”

小潘在一旁从未插过嘴，到这时，却笑吟吟地说：“真的，离过婚的，你去干什么？”

7

这可真有些莫名其妙。几乎是不知不觉的，我便卷入到了叔叔事件的漩涡里。连我也闹不清自己究竟做了些什么。每个人或许都有过类似的经历，在一个特定的时间内，你可以糊里糊涂地做上许多事。仿佛一个人可以用刀一劈两半，其中有半个你偷偷地做了不少小动作，而另外的半个你，却一无知觉。记得那天送叔叔去太平间，我和推车老头一路聊着什么。我们一起进太平间，又一起出来。在我的记忆中，除了他开门锁门，其他什么印象也没有。我肯定在太平间里待了很长时间，但是我无论如何也想不起来那太平间到底有多大，有几间房间，有几个死人。不是因为过分悲伤，就是因为害怕，我甚至连叔叔怎么从担架车上下来也记不清。叔叔自然不会自己走下来，很可能是我相帮着抬下来的，也可能是那老头子一个人就把叔叔抱了下来。

天知道什么原因，让我过问起叔叔的事。我只能说出许多次要的原因。首先是所有的考试都完了，再有一个月，我的大学生活就算结束。毕业前无课可上，无作业要做，除了例行公事的政治学习，实在闲得无聊。因为无事可做，所以会漫不经心地找点麻烦事来做，这叫做无事则多事。其次是一股说不清的力量，在安排我做这做那，我不过是棋盘上一只小卒子，被一只无形的手操纵着，三下五下地，便杀到了河对岸去。假使我的所作所为，只是遂了郑阿姨一个人的心愿，我大约早就撒手不干了。我敢说起码有一打的人，和郑阿姨看法相同或相近。那天晚上我在郑阿姨家，前前后后来了许多人，有的是一般群众，有的是叔叔单位的基层领导，还有的是领导的领导，他们不约而同地都认为叔叔死得不应该。他们显得愤愤不平，大有拔刀相助的意思。要不是有几个人说了三言两语就走，有几个人老是吞吞吐吐，也许轻而易举地就可以组织起一支大军来，轰轰烈烈地为叔叔平反申冤。

还有个次要的原因，是这一阵做梦总要见到叔叔。过去我每星期和叔叔见一次面，现在最多时，一晚上得见上十次八次。在梦的世界里，叔叔和他从四楼跳下去之前不尽一样，他有时胖一些，有时瘦一些，虽然一样地说笑，一样地坐小汽车，一样接二连三地和女人来往，然而头发却比过去白多了，他的眼圈总是那么发黑，一副睡不醒的样子，眉间深深的皱纹，仿佛在向人们抱怨他死后也一样不得意。每天早上醒来，我常常湿漉漉的一身冷汗。尽管我是个唯物主义的信徒，但我没办法摆脱那些老掉了牙的迷信传说。从梦境回到现实世界的第一个瞬间里，关于冤魂不散的故事，老让我心惊肉跳，也许只有宋朝的武松，还有丹麦王子哈姆莱特，他们才能相信我的话千真万确。

有几点我一直迷惑不解，在报上披露叔叔不道德行为之前，叔叔所做的一切，几乎都是公开的秘密。人们所以要感到震惊，并不是因为叔叔的所作所为，而是奇怪报纸果真会把这些东西公布出来。我发现绝大多数人，对叔叔把别人书拿来以自己名义出版这件事毫无兴趣。有的人根本就没有把它当作正经事。叔叔单位办公室的一个副主任，一口扬州话，在郑阿姨家曾对我说："这又算得了甚呢？事情是再简单不过，你知道我们单位有个小沈，沈，三点水的沈，这人调到我们单位还没得几年，写了本什么书，哪个晓得他是怎么写的，东抄抄，西凑凑，反正我是不懂他的东西。书写好了，是这个出版社不要，是那个出版社不收。我们办公室的小王，就出了个馊主意，说是卖老贾的名字，就是用你叔叔的名字，书就保证能够出版。好，他们就去找你家叔叔。日妈妈的头，这可真是个馊主意。你是晓得你叔叔那个人，别看也算老干部，有时候做事也糊里糊涂，乖乖隆的咚，这种事能玩吗？"那天晚上我在郑阿姨家得到个很重要的印象，这就是：同样一件事，既可以说是叔叔盗名窃誉，夺走了人家的劳动成果；也可以说叔叔玩忽职守，不该把自己的名字借给别人使用。

事实上叔叔和女人的关系，更能够吸引大家的兴趣。要是我没有说错的话，不少人与其是在说叔叔的不是，倒不如是在说叔叔的是。他们津津乐道地向我披露报纸上没有提到的细节。有的人竟然提供给我一大串女人的名单，从未满十八岁到五十岁出头，所谓应有尽有。叔叔的好色，显然已经到了近似荒唐的地步．一个曾经和叔叔十分亲近的人告诉我，说为了避免拈花惹草之后会留下什么麻烦，叔叔的上衣口袋总装着避孕工具。叔叔一直是用科学的态度对付这一类事情。但是，虽然叔叔小心翼翼，他还是留下了一个私生子。提供这条消息的人怕我不相信，很具体地为我提供了一个女人的名字，“你只要和她那独养儿子比较一下你们的眼睛，你就知道这事是绝对抵赖不了的。你们贾家的眼睛，都是一个模子刻出来的，全都是眼白大，眼黑小，不信你去见见看。”我没有勇气去做这种荒唐的比较。反正叔叔自从从四楼上跳下来，可谓死无对证，人们怎么胡编乱造都行，也许有一天有人会突然告诉我，说我有一个加强排的堂兄弟姐妹。

正如大家对叔叔的好色深信不疑，人们同样深信叔叔对女人的魅力。一个女人这样评价道：叔叔总是比那些比他年轻得多的人更有朝气，即使在“文革”中靠边劳动，他的风度也是第一流的。甚至造反派中的女孩子，对他也有特别的好感，“她们派给他干的活，要比我们轻得多，尽管在男女关系上，你叔叔这人是极不道德的，然而奇怪的是，并没有多少女人真正地恨你叔叔。”我的同窗小曹对叔叔的魅力也是五体投地。有一天我和他一起去找叔叔的一个老朋友，在回来的路上，小曹向我充分表达了这种感情。他觉得叔叔死而无憾，一生能征服这么多女人，哪怕结局是从四层楼上跳下来，也是死得其所。征服女人可不是件容易事，小曹略带感伤地对我说，你可以唾手可得地和女人交朋友，和她们谈天说地，甚至搂搂抱抱、亲个嘴什么的，可是你要想把她们骗到床上去，却是件万难的事。

叔叔的老朋友在法院工作，我和小曹去找他的目的，是问一问什么条件，才能算陷害至死。他找了本蓝塑料封面的小本本翻了翻，告诉我们说：根据中华人民共和国宪法第三十八条，“中华人民共和国公民的人格尊严不受侵犯”，又根据刑法分则第一百三十八条“严禁用任何方法、手段诬告陷害干部、群众。凡捏造事实诬告陷害他人的，参照所诬陷的罪行的性质、情节、后果和量刑标准给予刑事处分。国家工作人员犯诬陷罪的，从重处罚”。我知道自己的记忆力，在很短的时间内，接受不了这么一长串的术语，随手要了一张纸，把这两条一字不漏地抄了下来。叔叔的老朋友十分忙，接二连三地有人来找他，在去接待一个比我们更重要的客人之前，他匆匆地对我说了几句，关照我只管放心：“在法律允许的范围内，我会帮你叔叔的忙的，大家都是老同志嘛，真要是有人陷害他，法律不会饶恕那些人的。”

叔叔老朋友的老婆又陪我们坐了一会。她看上去都快六十岁了，穿着一条半截子的旗袍裙。那旗袍裙的衩开得太往上，里边的花短裤又太长，她一边和我们说话，一边不住地用手指把裙衩拼起来，试图挡住里边的短裤边。“你叔叔这个人，我多多少少还是有些了解的。怎么说呢？你叔叔心的确是不坏。但是有一句说一句，他是有很严重的毛病，譬如感情太滥，当然，他可能对哪个女人感情都是真的。一个人怎么可以这样呢？还有，我可是有话直说，你叔叔这样，你婶婶可是有一定责任的。告诉你们，夫妻生活不和谐，这是桩很不得了的事。”

后来，从郑阿姨那里我才得知，叔叔老朋友的老婆，远在五十年代，和叔叔有过感情上的纠葛。他们当时都还年轻，虽然各有家室，却差一点干出吃安眠药双双殉情的荒唐事。我对这样的陈年旧账，没有多大兴趣。它们对于我来说，仿佛已经隔了两个世纪。我没办法理解叔叔和婶婶的婚姻有什么不和谐。小曹曾自以为是地和我做过这样的分析，夫妻关系不和睦，十有八九离不开两种可能性。一是我婶婶有什么行为不检点的地方，我叔叔对女色疯狂的追求，不过是一种报复心理的反映。一是在性行为中，我婶婶表现得过分冷淡，我叔叔得不到法定标准的满足。我让小曹给我解释，什么叫做“法定标准”。小曹支支吾吾地说了半天，我依然不得要领。最后他只好以发火下台阶：“既然是在谈可能性，就不应该吹毛求疵。”

在我的印象中，婶婶是最好看的女人。我不知道该用什么样的形容词，才能把婶婶的好看说出来。她的好看有一种富贵相。到我开始懂得注意什么样的女人是好看时，婶婶都快四十岁了。毛毛在学校时，素有美人之称，但是她的美和婶婶相比，实在微不足道。毛毛的美是外在的，再加上一些泼辣和风骚，像她这样的年轻女人并不难找。记得那一年在北戴河，婶婶和毛毛并排坐在海滩上。夕阳掩盖了婶婶额上的皱纹、正在开始泛白的鬓发，从背影望过去，她和毛毛仿佛是一对姐妹。她一只手臂搭在膝盖上，另一只撑着海滩，宁静得恰如一尊雕像。她衬托出毛毛粗野气十足。毛毛就好像是坐在针毡上，扭来扭去地动个不歇，她的游泳衣背带歪系着，一副放荡不羁的样子，要是她嘴里再含上一支香烟什么的，电影导演准会把她请去扮演女特务。和婶婶光滑细腻的皮肤相比，毛毛身上的汗毛像男子汉一样轰轰烈烈。我向毛毛保证，说这一大片海滩上，绝不会有第二个女人像她这样，即便男人，也未必人人大腿上有她这样的汗毛。她大骂我无耻，别人在海滩上日光浴只是为了身体健康，我却兴致勃勃地在研究女人的大腿。她的话让我十二分地狼狈。我只恨自己不该把观察成果轻易说出来。海滨浴场是个公开的地方，你可以肆无忌惮地看女人，当然包括看女人的大腿，但是你要是把这些告诉别人，便活该挨骂。

婶婶死于胃癌。在最后的一个月里，婶婶几乎没吃过东西。她的死留给我一个很恐怖的印象，我第一次真正理解了皮包骨头的确切含义。有两个人始终认为婶婶的毛病，是叔叔造成的。妈妈常说，天下任何一个女人，做了叔叔的老婆，都会气出胃病来。生气必定影响食欲，而肠胃老空在那里便要得病。妈妈的意思是，生气是胃癌的开始，胃癌是生气的结局。郑阿姨也抱着同样观点，虽然她一心一意要为叔叔翻案说说话，然而依然不能饶恕叔叔在男女关系上的不道德行为。她觉得婶婶是天下最好的贤妻良母。她说她过去曾是婶婶最好的朋友，她们要好得就跟亲姐妹一样。“你叔叔专门喜欢那些最不要脸的女人，”郑阿姨向我抱怨现在女人的裤带太松，她们只要能利用叔叔，什么样下流的事都不在乎做，“什么都只是互相利用，你叔叔利用她们不把这事当回事，她们利用你叔叔太把这事当回事。”

郑阿姨说婶婶能活到她那个年纪，已经是一桩奇迹。没有一个女人经受得了这样的刺激。为了叔叔的荒唐，婶婶不止一次想到自杀。“哪怕她想到要死，她也没有想到过离婚。你叔叔真不配有这样好的女人。对了，你知道你那个宝贝叔叔做过什么下流事？他，还有他那个难兄难弟吕辉，他们两个相约互相勾引对方的老婆，还美其名曰是君子协定。”

要是一个人稀奇事听多了，你告诉他蚂蚁一口吞掉只大象也不会吃惊。叔叔生前的业绩，让我吃惊的地方太多，因此我已经不太吃惊。吃惊也会让人麻木。我只是感到难为情。尽管叔叔的所作所为，和侄儿肯定没有什么关系，但是我多少有点羞于轮到有这么一位长辈。郑阿姨以为我的沉默不语，是不相信她所说的“君子协定”。她找出婶婶的一封旧信予以证实。在这封信里，婶婶表达了她宁死也不屈辱的心情。“看见没有，林林，就是你叔叔的好友，这种人，他什么做不出？这回你相信了吧？”

8

那一年从北戴河回来，婶婶住进医院，全力以赴治疗她的胃病。治疗的结果，证实是癌症。后来叔叔一直对我抱怨，说是不该把婶婶送进医院。他大骂那家医院混账，杀人不眨眼睛，活生生的一个婶婶送进去，却让她躺着拖出来。既然一样是死，又有什么必要把那宝贵的最后时光，浪费在空虚的病房。

北戴河的一幕幕，我总是不太容易忘掉。当时叔叔开一个什么会，我们跟着一起沾光。叔叔住在中海宾馆的一个单间里，最初只是叔叔婶婶合住，后来又借了张小钢丝床，让毛毛住里面。服务员对于这样的事情，仿佛已经习惯，并不过问，只是偶尔关照我们要尽量节省洗澡的热水。“这里是海边，淡水值钱着呢。”她大约是刚从农村上来的，怕生得厉害，每次和我们谈话，脸都是通红的。

我住在远离海滩的一家小旅馆里。正是旅游的季节，到处都挤满了游客。当地的空房子全腾出来做招待所，甚至派出所也被迫每天接待几十号游客。我住的那家“快活”旅馆由一个生产队经办，盛名之下，它比三流的招待所还要差。我们住的那排房子，用来养猪可能更合适一些。我们每天可以免费得到一盘蚊香，一张铺在地上的草席。这里的蚊子和蚊香都厉害，我不是让蚊子叮得果实累累，便是让蚊香熏得半死不活。

后来我索性睡在中海宾馆的走廊里。这里有纱门纱窗和草席地毯。每天看完彩电睡觉，在服务员送热水瓶前爬起来，真可谓神不知鬼不觉。在最初的一个星期内，叔叔每天要象征性地开一两个小时的会。婶婶便带我们上大街买土特产，我们买了一大堆形状各异的草帽，草包，还有专门用来垫东西的草垫，多得足以回去开小杂货铺。吃饭的时候，我们总是最先走进宾馆的餐厅，又最后离开。我们每顿都开两瓶青岛啤酒。大家的胃口很好，我和毛毛平均每天吃两只大海蟹。我们还尝到了许多稀奇的海味。叔叔和婶婶在海滩上散步，常向渔民买一些刚打上来的海货，让餐厅里的大师傅加工。

叔叔和婶婶一有机会，就上海滩散步，他们没完没了地走着，手老拉在一起，亲热得就像一对恋人。要是有人说这两人是世上最和谐的一对夫妻，准保没有人会不相信。天知道怎么会有那么多的话说不完。他们老是走得腰酸背痛，回到宾馆，连话都快说不动了。婶婶说她一辈子也没走过这么多路，但是叔叔却怪她记性不好，他声称他们恋爱时走过的路，足足可以沿长城走两个来回。“生命和运动分不开，恋爱，也是一样的道理。”叔叔洋洋得意地向我和毛毛宣布他的发现。

叔叔对婶婶的体贴，简直有些过分。在炎热的中午，为了让婶婶顺利入睡，叔叔不住地为她摇扇子。婶婶睡着了，他不允许我和毛毛说话，哪怕我们是静静地在走廊里坐着也不行。他总是千方百计地支走我们。对待婶婶和对待我们两个小辈，叔叔表现出了明显的不公平。他常常剖半个西瓜给婶婶，自己却到我和毛毛的一份上来揩油。什么都以婶婶为中心。宾馆里有外面难以看到的录像，但是只要婶婶表示需要安静一会，叔叔就一定不许我们收看闭路电视。他用各种借口搪塞我们，一会儿说今天游泳太累了，应该早点休息，一会儿又说既是出来旅游，月光下的海滩不去走走，实在有些太可惜。我和毛毛有时憋不住，就把彩电搬到走廊上去看。我曾经一失手把一台十八英寸的夏普掉在地毯上，幸好那玩意质量太好，没有任何损失。

只有一次婶婶和叔叔大闹别扭。她拒绝叔叔对她的各种照顾，甚至拒绝到餐厅里去吃晚饭。如今回想起来，只有一种可能性，才会把婶婶气成这样，那就是叔叔在这个旅游胜地，遇上了他过去的相好。叔叔当时十分狼狈，他既要在我们面前做出长辈的样子，又不时低声下气地和婶婶搭讪。好在不久就风平浪静，待第二天一早我走进房间，他们已经和好如初。吃早饭时，叔叔当我们的面嘲笑婶婶已经到了老太婆的年纪，心还是不老，婶婶却说真正心不老的是叔叔。他们像小青年似的斗了好一会嘴，临了叔叔便在餐厅的小卖部买了副扑克，“从今天起我们开始增加个内容，林林，别看我们两个老了，玩争上游你们可不是我们的对手。”我说，“争上游”是小学生玩的花样，我们应该玩一些更高级的，譬如桥牌。毛毛却认为只有神经有毛病的人，才会千里迢迢到这来玩什么扑克。但是叔叔临了还是叫我们就范，他一边宣布要杀我们个片甲不留，一边又暗暗地和我打招呼，让我们有意识地输几盘，以便让婶婶更高兴一些。

我和毛毛开始能天天看闭路电视。每当屏幕上出现一小段空白，我们便知道这准是抹去了一段不宜观看的镜头。叔叔和婶婶已经改成了晚上散步，他们觉得在月光下走走，比迎着夕阳漫游更有诗意。因为各得其所，我们大家都觉得这次北戴河之行很有意义。可惜叔叔他们似乎太不懂得节制，常常弄到深更半夜才肯回来。海滩上风很大，夜凉如水，到临了，宾馆的医生不得不来给婶婶打退烧针。“你们这么一把年纪了，还是不知轻重，我们这些年轻的该怎么办呢?”毛毛不止一次嘲笑道，“难道我们应该通宵达旦地去跳迪斯科?”

还是在念小学的时候，我就听老师说过眼见为实的道理。在大学里做论文，辅导老师喋喋不休地关照我：你要提出一种观点，起码得有三个证据来证实它。这些经验之谈，听起来，千真万确，事实上似是而非。我可以找出一打的证据来证明叔叔和婶婶感情甚笃，同样也可以找出另一打证据，说明一个截然相反的东西。这些工作干起来毫不费力，易如反掌。

要是人们知道叔叔在婶婶死后不到一百天，就和一个有夫之妇公开鬼混，那么婶婶刚死的一个月中，叔叔的丧魂落魄准保是骗人的把戏。但是，我敢保证叔叔的花样都是真的。至少叔叔根本就没有意识到自己在做戏。辈分上，他是我的叔叔，然而他的行为，常常和天真的小孩没多大区别。他脑袋里缺少一根必要的弦，总是想怎么做，就怎么做。临了，他想从楼上跳下去，于是就跳了下去。他这人就是这样。

那一天我因为没有饭菜票，到叔叔家打秋风。我有进大门的钥匙，但是门反锁着。毛毛出差去了，叔叔应该是在上班，我猜想一定是小潘在干什么不能见人的勾当。也许她在换衣服，或者是洗澡，可是有什么必要把大门反锁呢？我意识到自己这么做未必恰当，仍然死命地揿电铃。上四层楼对我这个天天玩排球的人来说并不十分吃力，可我不愿意就这么轻易地下去。我揿了足足有十分钟的电铃，一直到怀疑电铃里的干电池快用完了，叔叔才突然打开门来。“你，林林，怎么了?”叔叔显得有些气急败坏，“公安局查户口，也不能像你这样，你干什么?”

我觉得叔叔没必要发这么大的火。毕竟是我在门口干站了这么长时间。“我，我急着要上厕所。”我找了个让叔叔哭笑不得的借口。不用说我是他的嫡亲侄儿，就是一个陌生的路人，他也没理由把我继续拒绝在门外。我故意十分匆忙地向卫生间奔去，急得叔叔在我身后大声说里面有人，让我再稍稍等一等。这时卫生间的铁门响了一下，走出一个又高又瘦的女人。她穿着条灯芯绒牛仔裤，很腼腆地扫了我一眼，贼似的从我身边溜了过去。

这天晚上小潘准备了许多菜。我和那个又高又瘦的女人已经心照不宣地知道对方是谁。叔叔十分尴尬，背后偷偷地关照我，说这事无论如何不能让毛毛知道。“我迟早会娶她做老婆的，”叔叔以一个平辈的口吻和我商量道，“什么事都得有个过程是不是？我可是什么事都不瞒你。”

那女人长得并不漂亮，看上去足有四十多了，后来我才知道她刚三十出头。天知道叔叔怎么会迷上这么个宝贝。她给我最初的印象就很不好。我觉得作为一个女人，首先就不应该像她这样瘦。她的脸上全是骨头，眼睛大而无光，手指就跟她现在抓的筷子一般，又细又长，而且惊人的黑。其次是她太不检点。她甚至连起码的拘束都没有。除了开始的一刹那，她根本不把我放在眼里。她和叔叔一边吃饭，一边有一句无一句地闲聊，仿佛我只是饭店里和他们合用一张桌子的陌生人。虽然她仅吃了小半碗饭，她面前的桌子上到处都是米粒，所有的菜都让她翻得乱七八糟。我从来没见过吃相这么糟糕的人，尤其没想到竟会有这种吃相的女人。最让我受不了的，是她那尖刻的笑声，就像一支次品粉笔在黑板上来回地乱划。要不是菜太好了，我早扔筷子到别的房间去了。我心里不止一次地这么想着，假如婶婶活过来，她会再得一次胃癌。到小潘开始收拾桌子时，那又高又瘦的女人斜坐在沙发上，一会抱怨今天的豆腐应该那么做，不该这么做，一会又说豆腐怎么做都不好，她别有用心地问叔叔是不是最喜欢吃豆腐，并且故意当着我的面，在叔叔的后脑勺上拍了两下。

好多人都和我一样的想法，叔叔风流一世，临了为这么个女人身败名裂，实在不值得。“玩女人第一要紧的，就是不能让她缠住，”有人这么对我说，“亏你叔叔还是个老手。”人们告诉我，叔叔傻得就像个害单相思的小伙子。郑阿姨干脆说：“叔叔只要拿出对这烂女人感情的十分之一，用在婶婶身上就足够了。越是下流的女人，越能让你那位叔叔神魂颠倒。”我听到一大串有关这女人名声不好的说法。有人说她十四岁起，就和她的继父不干不净。有人说，她在乡下插队，她的住处是当地泼皮的“公共夜宵店”，为了她的缘故，公社的书记连续换过三个。她是颗扫帚星，任何一个男人撞上她都得倒霉。

有一个深刻印象，我是逐渐得到的，这就是大家对叔叔深表同情。不少人认为法律只是固守着保护妇女的教条，而全不考虑男人所受的损失。女人勾引男人，要比男人勾引女人便当得多。为什么不能辩证地看问题呢？一切都是互相利用，叔叔不过利用他自己的名声和地位，别人同样也利用这些东西。真正受到损害的，该是这些名声和地位才对。

我按照郑阿姨的指示东奔西跑，走了许多地方，见了许多人。我并不指望这番辛苦，能探讨出叔叔之死的谜来。事实上，我对叔叔翻案这件大事，始终不是太认真。天下哪有这等便宜之事，你只要找出一两个有力的证据，就可以把叔叔的作为整个地翻个身。说来也许不太应该，我只是觉得自己这么奔来走去，可以听见许多有趣的事。依我的傻想法，男女间的事，听着或许比干着更有趣。

因为我不太会说话，或者说在这样的场合不想说话，我常常把小曹带在身边。小曹那篇描写“莫名其妙的一代”的小说，寄给一个青年杂志，不到五天便来信通知录用。他显得比过去更趾高气扬。那天我和小曹一起去找胡小军，一路上，小曹和我大谈他的小说。他嘲笑当今的编辑全是笨蛋。“他们懂个屁，老实说，我猜想他们甚至都没仔细读过我的文章。林林，不是跟你吹，就凭我那封信，就足以把他们全部打倒。他们对我的文章五体投地。你知道，这篇小说，我是严格按照霍甫哲学的定义写出来的。霍甫是谁？你不知道吧？人家是当代西方哲学的宗师，历史上只有黑格尔、马克思这样的老家伙，才能和他建立的哲学体系相比。告诉你一个窍门，你要是想拿出力作来，你脑子里就必须永远充满着这些一流的大师。”

我对小曹也佩服得五体投地，他总是比我知道得多。他这样的人永远不会信心不足，即便胡说八道，也能表现出一种特殊的魅力。带着这样的活宝去见胡小军，我觉得是个极聪明的办法。胡小军也是个斐然成章的才子，这几年南京文坛就数他走红。叔叔之死，正是从他的那篇报道开始的。小曹对这人的成名一直不服气，不止一次把他的文章叫作狗屎。我真盼着小曹这次能把胡小军打个落花流水。

但是我很快就感到后悔。这两个书呆子一碰到一起，就大动干戈，吵的全是和叔叔毫不相干的事。他们一个又高又胖，一个又矮又胖，活像两只大小不同的狗熊在斗嘴。又喊又叫了足有二十分钟，我连一个最简单的意思都没有捕捉到，我有点担心，周围邻居会不会多事把公安局的人找来。

胡小军显然没有把小曹放在眼里，他突然一言不发，从上往下地看着小曹，完全是一副嘲弄的表情。接着他随手捞起一本杂志，心不在焉地翻起来。小曹被深深地激怒了，他一把夺过杂志，“你必须用人性的观点，来解释这个世界。你只要把握了人性的本质，同时你也就把握了世界的本质。你不应该揪住那些鸡毛蒜皮的框框条条不放，你必须正视现实的血肉模糊的人生。”胡小军试图去取另一本杂志，但是小曹一把捏住他的手，“我是在以人的观点和你对话。毫无疑问，你的教条老得都掉牙了，不是吗？你依然严格地遵守一夫一妻的教条。试问，难道你就没想过，能和你老婆以外的女人睡上一觉？告诉你，天下没有一个男人没有过这样的念头。就像在三岁小孩子眼里没有男女关系一样，人性和三岁孩子，都是我们这世界上唯一纯洁的东西。”

甚至我也觉得小曹扯得太远，我的脸开始发烫，胡小军内心一定在讥笑我怎么会有这么一个神经质的朋友。小曹继续喋喋不休地开他的炮：“人的观点早就该发生根本的变化，为什么自己的老婆，就一定不许别人染指呢？我们已经习惯，把道德的东西当作不道德，不道德的东西，反而道德起来。我问你，和没有感情的老婆睡觉，和马路上找个婊子又有什么本质的区别？要是你的老婆对你已经腻味，你完全可以告诉她去另找一位。天下并不只是你一个男人。女人也是人，女人不能承包。唯一的契机是感情，也就是说，是爱情!”

胡小军送我们出来时，在我肩膀上拍了一下，表示有话要对我单独讲。他首先责怪我不该带一位吃错了药的朋友在身边。“你想干什么呢?”他用嘲弄的口吻说道，“就这样，你们就想把你叔叔的案子翻过来?”我摇摇头，不知道该说什么好。“这人神经有毛病，你知道不知道，他只会把事情搞得更糟。况且你叔叔的事，都是明摆着的，你瞎折腾什么?”

我于是说了句丝毫不搭界的话。我说我就一个叔叔，他死了，我就没叔叔了。好比一个人爸爸死了，再也不会有爸爸。我的话让他一愣。他想了一会，说这的确是很遗憾的，可是又有什么办法呢？人都死了。

9

没想到我和胡小军后来成了莫逆之交。我们单独谈了好几次，每次都很投机。他可真是个能说会道的家伙，有几次我都着了迷。他对叔叔之死表示的唯一遗憾，就是早知道叔叔要从四楼跳下去，那篇文章说什么也不该答应写。“不过这道催命符总有人写的，”他笑叔叔是个毫无用处的脓包，“好汉做事好汉当，为什么要这么害怕自己做过的事呢？林林，我告诉你一个真理，要是你想叫一个人彻底完蛋，只需要找一个恰当的时候，把他所有的过错公之于众。你叔叔他们这号人，最怕这个。”

我向他请教有没有别人陷害叔叔的可能性，为了不使他摸不着头脑，我把郑阿姨说的话和盘托出。那个姓吕的家伙不是个东西，过去我一直把他当作叔叔的好朋友，但是我现在有许多证据说明他在叔叔的事情上投井下石。胡小军一声不吭，显然是在有意识地回避。临了，他说他再也不想卷入到这些纠葛中，“当然，你真要想为你叔叔找一个垫背的，也没什么不可以，这并不难。”我不太懂他的意思，他继续说道：“你只要照你那位郑阿姨的话去做就是了。”

实际上，我一直有意无意地在照郑阿姨的话做。我可是个没主意的人，要是没人帮助我，我准保一事无成。郑阿姨这次帮了大忙。除了石伯伯，她又带我去见张伯伯、李伯伯。她提供给我一连串有力的证据，这些证据都是掷向吕叔叔的重磅炸弹。首先，“人命关天”这一条就让他吃不了兜着走。其次，在未和本人打招呼的前提下，以报纸的形式搞突然袭击，完全是“文革”中整人的一套办法。

为了弄清叔叔盗名窃誉这件事，我和那本书的原作者见了好几次面。那人姓沈，是叔叔单位一个部门的小负责人。我过去一直不知道，他和我在叔叔家见到的那个又高又瘦的女人是夫妻。直到看见他们两个坐在一张桌子上吃饭，我才明白报纸上所说的“以色取人”，是怎么一回事。报上说，这个姓沈的，是因为老婆的裙带关系，才调到叔叔单位。

但是他极力否认此事。当我们单独在一起时，他向我起誓：叔叔和他老婆的那层关系，肯定是在他工作调动解决很久以后的事。“你叔叔真他妈不是东西，”每当提到叔叔，他多少还有些怨气，“他把我的书拿去出版了不算，还跟我老婆来这一手。”

我感到有点遗憾，甚至有点内疚，仿佛叔叔死了，该我来代他受过。虽然还有各种各样的借口，可惜事实都是明摆着的。我知道叔叔没取分文稿费，但是他却受了人家酬谢的一箱子洋河大曲。尽管姓沈的后来也承认，他老婆即使没有叔叔这件事，也会闹出些别的风流笑话来，然而这依然无助于恢复叔叔的形象。一个人既然把自己的形象扭歪了，谁也不可能把它再拨正过来。事情就是这么尴尬，要是叔叔什么都没做，该多好。

好在姓沈的心直口快，什么都乐意讲。他不隐瞒是他主动找叔叔出那本书的。“老实说，书的事，算不了什么。这书也不过是我根据几本外文资料编出来的，反正发表了一点影响都没有，用谁的名字都一样。”报纸上登的那篇报道，他事先一点也不知道，“不晓得是哪个狗东西，把这事捅给报纸了。你想想看，要让我知道了，我能给他发表吗？这种事大家出丑，对不对？”

我们有幸在一起喝了次酒。也许彼此都发现对方和自己原先估计的不一样，我们大家很快就不见外了。他是个矮个子，正稍稍有些发胖，酒量却惊人的大。除了三杯酒下肚，我发现他总是避免谈老婆。让我吃惊的是，他对我大谈叔本华。天下的女人叫他骂得一塌糊涂。他问我记不记得裴多菲的一首诗，没等我回答，他已经把这首诗背了一段出来：

假如一只鹧鸪唧唧啾啾，
它的意思是远避女人，

女人引诱男人，

正像大海引诱小河。

他一杯接一杯地喝酒，临了吐了一地的倒是我。这简直是个奇迹，在我的印象中，他一开始喝酒就醉了，喝到最后反而清醒过来。“你和你叔叔一回事，中看不中用。”他为我泡浓茶，拧热毛巾，言谈中得意非常。他真是叫人吃不透，虽然对叔叔还是耿耿于怀，但是他意见最大的，不是做了王八的事实，而是当王八的名声。为了同样的理由，他觉得吕叔叔十恶不赦：“真正岂有此理，姓贾的又没有睡了他的老婆，他起个什么劲儿。妈的，好事不出门，他这么一搅浑，全世界都知道了，他称心如意，贾书记的小汽车让他坐了，我他妈出丑活丢人。”

常言道：一死百了。叔叔的死，自然换回不了名声，然而起码博得了不少宽容。名声是断了线的风筝，放出去了便收不回来，宽容则是大家都能有的，惠而不费。人们都不觉得叔叔是个好人，同时也不至于坏到一定要死。死者往往莫名其妙地便得了便宜。相形之下，吕叔叔成了众矢之的。我发现几乎每一个人，多多少少地对他都有意见。他继承了叔叔的职位，却远没有叔叔做官时的那份安宁。记得我第一次找吕叔叔，要求给叔叔重新下结论。当时他新官上任，踌躇满志，正跨上叔叔常坐的那辆小汽车，准备去开个什么会，显得很不耐烦：“林林，你这是干什么？也不想想你叔叔是怎么死的。赶快回去吧。你知道我现在多忙，光今天就有三个会呢！”没说上两句话，他便官腔十足地打发我走，好像他开会太多是我造成的一样。可是过了没半个月，他又托人带信给我，说叔叔的事他一定竭力帮忙。他和叔叔是众所周知的好朋友，即便是叔叔死了，他也不能亏待他。

这些话除了我，没有一个人相信。即便是我，也只是刚开始时半信半疑。“他这是做贼心虚，”郑阿姨毫不含糊地戳穿道，“林林，不要信他这套鬼话。告诉你一个好消息，上级领导对他这种欺上瞒下的行为，非常气愤，马上就要成立个专案组处理这事。你张伯伯亲自出马。”

但是我觉得吕叔叔毕竟还是叔叔的下级，让叔叔停职反省的是比叔叔更大的官，倘若把叔叔之死的全部罪名，推在吕叔叔一个人身上也不公平。郑阿姨不以为然，“当然，姓吕的上面也有人，但是有一句说一句，上级领导嘛，也不可能事事都明，尤其是当报纸都公布了，不很快地表个态，也是很被动的。这道理你懂不懂?”我点点头。实际上我并不太懂她的话，我只是用了个习惯的动作。

“你说得对，”郑阿姨突然很有力地说，我不知道我什么地方说得对，呆呆地看着她，等待下文，隔了好一会，才听见：“不管是谁，只要在你叔叔这件事上，做过小动作，他就别想跑掉，首先是吕辉这小子。一步一步慢慢来就是了，好戏还在后头。”

我想象不出会有什么好戏可看。第一，叔叔不会再活过来。第二，除非吕叔叔也像叔叔一样，从楼上跳下去。这样的事除了不了了之，不会有什么爽快的结局。我正面临着毕业分配，过不了几天，天知道会把我派往什么地方去。早在叔叔出事之前，辅导员就向我暗示，像我这样的条件，留在南京没有多大的可能性。叔叔曾以我爸爸将来离休回南京为借口，希望系领导把我留下来。辅导员觉得这样的借口根本不能成立，他一再要我做好去外地的准备。分配方案还没有公布之前，同学们都在纷纷议论，说一定会把我分到新疆。小曹觉得我有句话很不得体，因为当辅导员询问分配志愿时，我回答“哪里好玩便到哪里去”。我只不过随口说说，没想到这句话会一时成为笑柄。

辅导员大为恼火，他前前后后一共熊过我五次。作为好朋友，小曹认为我有必要向辅导员赔不是，“好汉不吃眼前亏，你叔叔再也不是什么贾书记了，赶快认个错拉倒。”

我并不知道这句话错在哪里，但是我知道这句话不该说。我主动去找辅导员，希望他就当我没说过这句话。

辅导员说：“问题并不是你说没说过这句话，关键是你的态度问题。”

我想说自己本来准备说：“哪里艰苦就到哪去”，谁知道嘴边一打滑，变成了这么一句。然而这种话，不要说辅导员不相信，就是我自己也不敢相信自己会说。于是我一言不发，做出低头悔过的样子。正是分配前夕，辅导员忙得不可开交，他想我一定有什么话对他说，过了好一会，他大为失望，“你还有什么话说?”我想了想，说：“没了。”

过了好几天，辅导员托人带信要我去一趟。当时我正在宿舍里和人打扑克，慌忙丢下一手好牌，下楼直往系里去。没想到在楼梯口会碰上毛毛，她赤着一双脚，狠狠地吓了我一跳。“怎么这副腔调，你的鞋呢?”毛毛的脸涨得通红，鼻尖上一粒粒的小汗珠，两手空空，一双长筒丝袜踩得又黑又脏，对着我气喘吁吁不说话，仿佛刚从强盗手里逃出来似的。

“把你的鞋给我，还有，给我点钱。”她用近乎命令的口气说道。原来毛毛今天上班一早就溜出来，她打算约我一起回去，没想到在校园门口遇上那位早就 pass 的法律研究生。不打招呼倒好，两人一敷衍话便多，故情未起，旧恨又生，临了两人斗起嘴来。也许是那个法律研究生提起毛毛脚上的那双麻编凉鞋，是他千里迢迢从什么什么地方买来的，也许只是毛毛多了心，反正她一时性起，当着围观者的面，噔噔两下，把鞋子踢了，就手扔在路边的垃圾箱里，直向我宿舍奔来。

我的鞋她穿一定太大，是四十二码的，但是她拖着我的鞋，气冲冲地走了。我猜想她会在附近的商店里，尽快买一双合适的鞋子。辅导员正在系里等着我，我赶紧返回宿舍找了双拖鞋穿起来。穿拖鞋在校府里走来走去，可不是件礼貌的事，校长办公室特地出了张布告，不允许学生这么做。为了不让辅导员看见，他和我谈话时，我尽量把脚往桌子底下藏。我打算到了万不得已，便谎称自己的鞋子叫人偷了。穿拖鞋来见辅导员固然不上路子，然而总比光着大脚丫子好得多。

辅导员告诉我这一次留南京的名额很多。“我们打算把你留下来。考虑到你父母以后离休还要回南京，我们能照顾尽量照顾嘛。”我一时坠入云里雾里，不知所以然。辅导员却紧接着对着我大念苦经，他说负责分配工作，是一件最吃力不讨好的事。“真不知道要得罪多少人。其实我们又何尝不想让大家都满意。所以分配方案一下来，好，那我们是真高兴，要是不好的名额太多了，我们的工作简直没办法做。”我不知道辅导员为什么对我说这些，不过我心里很感激。他提供给我一串单位的名单，让我在其中任选一个。“你可以到宣传部去，现在这些地方就需要你们这样年轻的大学生。当然，新华社也不错，当个记者到处跑跑。”我只觉得眼花缭乱，所有的单位似乎都很好，哪个单位我都愿意去，要作出个正确的选择可真不容易。于是我胡乱地点了两个，辅导员把它们记在笔记本上，然后对我很坦率地说，实际上留我在南京和分到什么地方，他根本做不了主。“这都得领导讨论了才能决定。有个叫吕辉的同志来打过招呼，大概是你叔叔的什么战友，他的话，还是蛮有作用的。葛书记当时就表了态。”

我大吃一惊。为什么吕叔叔要特别关注我呢？我照着郑阿姨的话东奔西走，他早就一肚子意见。况且这一阵他正为叔叔的事焦头烂额。据讲他自称自己的处境，离叔叔当时从四楼上跳下来，只差小小的一步。我满腹疑虑地下了楼，在门口碰上系办公室的周主任。他说想不到我这人来头不小。我害怕他会因为穿拖鞋而骂我，慌忙嬉皮笑脸地跑开。我想，来头不小当然是指吕叔叔专程跑来打招呼。假如我要知道周主任说的是省里陶伯伯也来打过招呼，我一定更吃一惊。运气是小孩子的脸，说变就变，突然间星转斗移，连我自己也纠缠不清是怎么一回事。不过有一点我似乎还能明白：叔叔从四楼上跳下来，迄今为止，只有我，唯一得到些好处。

## 10

只有一个人，对叔叔之死，有特殊的见解。她觉得叔叔是因为失恋。“像你叔叔这样的情种，怎么会为了怕丢官想不开呢？况且他也未必就没有官做了。林林，你是他的亲侄儿，难道你对他还不了解？”

自从第一次见面，以后每次碰到我，她总是林林长、林林短地叫个不歇。我一直不知怎样称呼她才好。在我的印象中，她就是那么一个又高又瘦的女人。如果我不得不提到她，我便用“姓沈的老婆”来替代她。她不止一次地告诉我她姓什么，但是我似乎永远也弄不清她到底姓胡还姓吴。这两个字在吴语系中是一个音，一翻译成国语，我常感到束手无策。因此，我选了个极明智的办法：干脆不称呼她。见面时，点个头，告别时，再点个头。

“怪来怪去，都怪我不好。要是我答应嫁给你叔叔，他说什么也不会到今天这一步。可是林林，你说我怎么会知道你叔叔会痴成这样？难道离婚容易吗？”

我已经习惯她那咄咄逼人的嘴巴，也习惯了她不肯饶人的眼睛。每当我听她说话，我总是注视着她一口洁白整齐的牙齿。她那发干的嘴唇上，抹着厚薄不匀的唇膏，常让我暗自发笑。要不是她答应我亲眼目睹一下叔叔死于失恋的证据，我根本没有情绪见她第二次。

“你叔叔这人，一点都不现实，真的。”她一次一次和我约会，又一次一次地失约。每次她都有一大堆借口。她在电话里哇哇大叫，仿佛是我失约了一样。只有一次，她承认自己确实忘了：“实在对不起，林林，我真不是故意的。这样吧，明天大华电影院放《柔情怜意》，下午两点四十分有一场，你先去把票买好，我们不见不散。”我还没来得及申辩，她已经把电话挂断。

这事真有些荒唐。起码陪这样的女人看电影毫无乐趣。我该怎么办呢？第二天我在电影院门口等她。电影已经开场，她才气喘吁吁地赶来。“你的票呢？我们快进去。”我告诉她还没有买，她显得有些不高兴，“快快快，还有当场票，你去买，少看就少看一些吧。”她说着，掏出手绢来擦汗，好像我该乖乖听她使唤似的。

看完电影出来，我们一起吃了些冷饮。这一次是她花的钱。“你答应给我看的东西呢？”我问着，心想这一次不论成否，是最后一次见面。“你急什么，我马上带你去，看你那头汗。”她把手绢朝我递过来，一股香水味直扑鼻子。我情不自禁地皱眉头。冷饮店里坐着的一对对男女，都是谈恋爱的，我们掺和在这里面算什么玩意。

她带我去的地点，离新街口不远。但是横一弯，竖穿一条小巷，不一会我便分不清东西。我不知道她打算把我骗到什么地方去，巷子越走越窄，沿街的房子越来越矮。在南京，只有下放户才会住在这些简陋的房子里。一个四十多岁的胖女人，上身穿着一件绷得多紧的汗衫，下面一条粉红色的三角裤衩，坐在门口的竹凳上，毫无表情地看我们走过。天的确有些热，我觉得我应该目不斜视地走路，然而眼光还是止不住地扫来扫去。

“我和你叔叔，第一次就是在这幽会的。”她指了指远处的一排房子，“真有意思，林林，别看你叔叔一把年纪了，他还真会吃醋，小伙子也没他厉害。告诉你都不相信，他管我，比我男人管得都严。噢，这儿有个厕所，林林，你是不是先去方便方便，我们家可没有厕所。”

“你们家?”

“我妈住在这儿。我小时候就是在这儿长大的。你去厕所好了，我等你。”

她母亲约莫六十岁，看上去很健壮。“妈，这是小杰的侄儿，”我一进门，就被这样介绍道，“你随便一些好了，我妈是自己人，没关系的。”小杰是叔叔的小名，除了爸爸妈妈，我这是第一次听到有人这么称呼。“林林，我们上阁楼谈吧。妈，去打点冰水，热死了!”

“反正你一回来，就是要这要那。”她母亲嘀咕着，对我客气了一下，抱着热水瓶上街买冰水了。

这地方很小，一进门是个两三平方的小客厅，又乱又脏，客厅后面用木板隔了间卧室，是老太太睡觉的地方。只有阁楼上宽敞一些，总有十个平方左右，收拾得也比较干净。可惜矮了一些，我刚上去，脑袋便在屋顶上撞了一下，嗡嗡地响了半天。伸手一摸，当时凸起来一个包。

她咯咯地笑个不停，说我叔叔第一次来，也这么撞了一下，“他可没你这么坚强，当时就跪了下来，你看，就这样。”她就势跪在阁楼的铺板上，一手撑地，一手做捂头的姿势。

我感到一阵燥热，阁楼上空气不流通，“这地方真热。”我早在上阁楼前，就把衬衫脱了。“你把长裤脱掉好了，没关系的，在这就跟在自己家一样，何况，按说我还比你大一辈呢。你叔叔头一次来，也是觉得热。”我发现在这阁楼上，哪怕光屁股也一样嫌热。再说，我也不愿意在她面前穿短裤。叔叔在这样的地方和她幽会，真是活受罪。

“今天是热了些，”她改跪为坐，撩了撩裙子，趁势把腿上的长筒丝袜褪了下来，卷成两块饼，“你别看这薄薄的一层东西，死热。好，我妈回来了。”她趴在楼梯口，喊道：“妈，快送上来，今天真热。”她妈站在楼梯的中间，把热水瓶递给她，又递了两个茶杯上来。

“你们谈吧，我上街买点菜。”她母亲在梯下说道。

“买点鱼回来，好久没吃鱼了。”

她母亲嘀咕了一句什么，我没听清。心定自然凉，加上喝了两杯冰水，我觉得舒服多了。“对了，我答应给你看东西的，你等一会，我找找。”她跪在铺板上，开始翻箱倒柜，弄得烟雾飞扬。我坐着无聊，眼光落在一幅镜框上，里面镶着十几张照片。

“这都是你的照片？”我随口问道。

她拿着一卷东西，弯着腰走过来，嘴里说：“全是我结婚前的照片。这是我一岁的时候，这是我爸爸。”

“你爸爸？”

她脸上很快地掠过一层阴影：“我还没到三岁，他就死了。要是现在，也不会死了。肺病，吐了点血，那时就没办法治。”她淡淡地笑了笑，不过我看得出，她心里很难过。

过了一会，我指着其中一张照片说：“这是在北京，还是‘文化大革命’呢？”

“那是串联时照的，”她又恢复了固有的神态，“你看这张，插队时照的，像不像个乡下妹子？我的妈哟，那时候胖得就跟老母猪似的，每顿都得吃几大碗。”

不过，我宁愿她还是胖一些好。她现在这副腔调，说句冒昧的话，活像个鸦片鬼。我们离开那个镜框，回到原来各自的地方。由于父亲早死引起的不快，在她身上似乎已经荡然无存。说来也怪，她给我留下的唯一好感，顷刻间子虚乌有。我开始有些后悔没有必要到这地方来。她那瘦骨嶙峋的手里，捏着一卷东西。我知道这就是她所要给我看的证据。

但是，她似乎有意卖关子，突然提了个很荒唐的问题。她直勾勾地看着我，“也许我不该这么问，不过我想你到底是你叔叔的亲侄子，你多少有点知道，你叔叔是不是和你们家的那个小保姆有一手？”

我感到一股热血直冲上来。自从叔叔死后，我这是第一次愤怒。“胡扯，谁他妈这么说的。”世界上最下流的，莫过于人们无耻的想象力。

“我觉得也不可能，不过，”她依然直勾勾地看着我，“不过人们都这么说。看你那样子！告诉你，有一点我敢肯定，你们家那个小保姆，肯定不是个姑娘，女孩子的屁股绝对不会是这样。”她意识到我已经到了忍无可忍的地步，连忙把话题转开，“噢，你看吧，这都是你们家那位叔叔的情书，一封不少。”

她借口下楼找些吃的，让我一个人拜读叔叔的杰作。阁楼上突然热了起来，她在楼下心不在焉地哼着一支不成调的曲子，更让人觉得心烦。我真想大叫一声，请她不要再唱。这到底是干什么呢？我穿街走巷，一次一次地约会，就为了到这破地方，看叔叔热昏时留下的手迹？也许我该点把火，把这些东西烧掉才好。

但是，她又出现在阁楼上，“你为什么不看呢?”她向我挨过来，随手指道，“这是你叔叔的第一封信，你看一看嘛。”

我匆匆地浏览了一遍，上面滚烫的字眼，熏得我都不敢睁大眼睛。阁楼上更热了。我实在为叔叔难为情，这种老式的花里胡哨的情书，即便是年轻人也写不出来。要是人们知道写信人是一个两鬓泛白的老家伙，准保把牙都笑掉。什么永远呀，始终不渝和海枯石烂的誓言，对于一把年纪的人来说，真有些不合时宜。人生的路都快走完了，偏偏要回过身来说开头的话。我想到那些老态龙钟的歌唱家，在舞台上姑娘长姑娘短地唱情歌，总有些说不出的滋味。也许年轻人永远体会不到老年人的心情。叔叔的信让我十二分的羞耻，我身上一阵阵地起鸡皮疙瘩，仿佛刚吞过一只新鲜的蜗牛。我第一次意识到，一个人没有这么一位叔叔，也是一桩幸运不过的事。

“你叔叔给我起了个外国女人的名字，”她继续向我炫耀她的信，“他真会说话，林林，你叔叔什么都敢写。你看这一封，还有这封。”

“你把我叫到这儿，难道就是为了让我见识见识，你们怎么吊膀子的?”我脱口而出，打算即刻离开这。她吃惊地看着我，好像我是突然从什么地方，刚冒到她面前来似的。足足僵了有一分钟，她才充满激情地说：

“你怎么这么说话?”

“怎么说话?”

“他可是你的亲叔叔，你们情同父子。”

我打心底深深地憎恨面前这个女人。亏她还说得出这种话。只要她还有一丝仁慈，就不该继续毁坏叔叔在我心目中的形象。回避现实，远不是一个理智的选择，但是我宁愿这样。

“难道你也，你也觉得我和你叔叔，”她低下头，轻轻地摇着，没有把下半句说出来。“我让你来，是想告诉你，你叔叔死，我是有责任的。”当我们下楼梯时，她在我身后这么说着，“要是我们不断掉的话，他也许不会走这步。”

我穿上衬衫，心里只有一个想法：赶快离开这儿。

“自从出了报纸上那件事，你叔叔只剩下一个简单的想法，就是要我嫁给他。他不止一次地说，要是我不嫁给他，他便死，林林，我怎么知道他真会死呢?”

当我们又在那些小巷里弯来弯去时，我对她的谈话已经毫无兴趣，直到她说“我是多么喜欢你叔叔”，才止下步来。我以一种说不出的心情注视着她。她的脸上虽然还有笑容，泪水却在眼眶里打转。“林林，你叔叔是我天下最爱的人，我对不起他。我一生中就盼望这么一个男人，他是父亲，又是丈夫，他是一个女人的一切。你可以看不起我，骂我不要脸。你们只管在背后把我说得一塌糊涂，但是，但是林林，千万别恨你叔叔。你要恨，恨我一个人就是了。”

我耸了耸肩膀，嘴毫无意识地动了几下，无话可说。前面的大街隐约可见。不时有汽车引擎声传过来。我的脑袋，打出娘胎，从来也没这么混乱过。沿街的人家，有的已经在吃晚饭。暮色将临，大人对孩子的召唤，行人毫不相干的说话，和自行车的铃声响成一片。我究竟干了些什么？似乎干了不少，又什么都没干。忽然间我有个很荒唐的想法。我觉得叔叔正在向我招手。我站在一个极高的地方，一种莫名其妙的诱惑使我情不自禁，我便像长了翅膀似的飞了过去。

11

叔叔为什么要从四楼上跳下来，世界上只有一个人最清楚，就是叔叔自己。我开始时糊里糊涂，临了，还是糊里糊涂。那些似是而非的原因分析，早让我兴味索然。我讨厌自以为是。我对自己说，叔叔既然死了，就让他安心地死吧。一颗星星从天上掉下来，总有它掉下来的原因，世上有许多事用不着我们去费心。

虽然叔叔在最后一束情书中，仍然充溢着无与伦比的热情，但是这种疯狂，不过是回光返照、强弩之末罢了。早在婶婶去世时，叔叔便流露出了悲观厌世的念头。那天在火葬场，我们一起在焚尸炉外等婶婶的骨灰，叔叔不时地凝视高耸的烟囱。“林林，你说叔叔活着有什么意思？人生一世，到头来都是空的。”

自从婶婶死了，叔叔开始懒得修饰边幅。过去他的外套，三天五天就得换一套，现在可以几个月不换。但是他天天要洗澡，“他比过去更爱干净。即使下雪天，他也一定要洗个澡，为了洗澡，他老是感冒。”当我和小潘一起说到叔叔时，她总是以不知所以的表情，向我讲述叔叔的乖张行为。“除了洗澡，他每天都得喝酒。别人都是吃饭前喝酒，他偏偏喜欢下午和临睡觉时喝个没完。有时看电视他也喝酒，客厅里酒气冲天，连厕所里都一股酒味。”

叔叔的酒量并不算太大，但是他喜欢捧着酒杯走来走去，因此很容易给人一种他永远在喝酒的印象。我们常常一起喝酒。哪怕是在他最后的日子里，他也不是个酒鬼。他只是做出一副酒鬼的样子。他脑子里始终有根弦，因此，酒后的胡说八道，多少有些做戏的味道。在我的印象中，他从来没有喝醉过，也谈不上什么酒后吐真言。

毫无疑问，报上的那篇报道，对叔叔打击极大。几天之内，他掉了一身肉，眼睛眍了下去。他是个最要面子的人。尽管他以漫不经心的态度不止一次地谈到这篇令人不愉快的文章，然而依然掩盖不了他的惊慌。最初的一段时间里，他像爱逃学的小孩一样害怕上班。到后来，他干脆拒绝让小汽车把他接到机关去。“我觉得还是骑车子更好一些，”他对我们这么说，“你想什么时候去，就什么时候去。回来的道理也一样。”机关里再也听不见他那爽朗的笑声，大家只是偶尔见到他匆匆来去，像个幽灵一般。他开始对机关的工作不闻不问，急需他签字处理的文件材料越堆越多。虽然到处传说叔叔已经离职查办，事实上直到叔叔自尽，也没有这方面的正式通知。倒是叔叔不停地打报告要求离职，“反正我也没有几年了，迟下来不如早下来，我何苦呢?”他逢人便说，仿佛对领导工作，已经腻味到了极点。

他的记忆力突然坏起来。有时甚至在星期日，他也会骑着自行车到机关。他的手表老是忘了上弦。有一天他骑车和一个走反道的小伙子撞个正着，摔下来时，手在地上撑了一下，一只手腕不知怎么的便骨折了。从此之后，机关的人再也没见过他上班。

在最后的日子里，他变得婆婆妈妈。他对我从来也没有这么关心过。每到星期六，他一定关照小潘为我多准备些菜。要是我去晚了一些，或者被什么特殊事耽误了不能去，他便一个劲地往学校打电话，毫不考虑这种电话我是否能收到。喝酒时，他老要我为他讲学校的情况。到我大学都快毕业了，他似乎才忽然想到关心起我的学习来。“你应该考研究生，读书是好的，天下只有一桩事才有意思，这就是做学问。像叔叔这样一辈子，最没意思。”

在出事前的三天，叔叔关照我给爸爸写一封信。这也是我们最后一次见面。“让你爸爸到南京来玩玩，我们兄弟一场，天南地北，多少年没见面了。”这封信我根本没写，我想叔叔一定是酒喝多了，才说出这种话。即便他现在活转过来再这么说，我也未必会当真。

叔叔死的这一天，正好是我的生日，我不知他为什么偏偏选中这个日子。要是迟两天，是他在抗美援朝中负伤的纪念日。他的肚皮里曾经钻进过炸弹片。当时他大学刚毕业，正当年华。谁能想到几十年后会是这样一个结局。也许他存心要我对他的死念念不忘，否则，一个人的生日，硬是和另一个人的忌日连在一起，实在有些丧气。

谁也不知叔叔在最后一天里，究竟干了些什么。他一早就爬起来，在晒台上活动了好一会，毛毛和小潘才起床。“我们洗脸刷牙时，他一个人在晒台上浇花。我说，爸爸，昨晚上刚浇过，怎么又要浇了，爸爸一声不吭。”毛毛回忆道，“等到我匆匆地吃早饭，他已经把花浇完了。他就这么坐在我对面，呆呆地看着我。我心里记挂着上班，没情绪和他说话，后来我要上班，他让我早点回来，我们便争了几句。其实也不为什么，但是你不知道他那天火气有多大。”

“毛毛下楼以后，贾书记一直站在窗台上看她。我当时不知他看什么，等到我也往窗外看时，才知道是看毛毛。过了好半天，毛毛早无影无踪了，贾书记还是站在那里。我说：‘贾书记，吃早饭吧。’他不理我。过了一会，他自己去吃早饭。一杯牛奶，两块蛋糕。平时他总是只吃一块蛋糕。以后，他便一直待在他自己的房间里。对了，他还特地关照我，说：‘小潘，今天不管哪个来，都说我不在，我要一个人安静一会。’其实，打贾书记手腕跌断以后，根本就没有人上过门。

“到吃中饭的时候，他才出来。谁知道他在房间里干了些什么。我进去收拾房间，发现床上的被子已经叠好，桌上干干净净。他让我找点细软的东西，把你婶婶的头像擦一遍。‘中午有什么好吃的呢？’当我擦你婶婶头像时，他这么问我。

“我告诉他中午有鱼。他说，‘有鱼最好。’他喝了两小时酒，没吃饭，光是吃鱼。对了，喝酒时他还问过我，说林林今天会不会来。我说，今天又不是星期六，林林怎么会来呢。他笑着说，‘林林会来的，你信不信?’以后他又回房间，大概三点钟，他让我去接毛毛。”

叔叔在自己房间，前前后后到底干了些什么，永远是个谜。可能是这样，可能是那样，人们只能以丰富的想象力来添补这段空白。在人生的尽头，叔叔和我们大家开了个不大不小的玩笑。

约莫四点钟光景，叔叔从窗台上跳了下去。人们只听见重重的一声，仿佛整座大楼都动摇了。一定是哪家的大花盆掉了下来，要不便是晒着的棉被，大家这么想着。要是掉在什么人头上，就热闹了。大楼上同时伸出来几个脑袋，但是都没有看清怎么回事。

大楼四周都是平房。只有在西南角上，有个简易的二层楼。楼下过去是个车库，楼上是宿舍，住着一所中专学校的几个青年女教师。这一天只有一个女教师在家，她大学刚刚毕业，正在给自己的男朋友写信。其他的人，不是去学校，便是上街买东西。据这个年轻的女教师回忆，她睡午觉的时候，就看见四楼的窗户里，有个男人的脸老往窗外望。“他经常从窗子里向我们这面偷看，有一次，他甚至用望远镜，偷看我们同宿舍的一个人洗澡。他老是这样，吓得我们都不敢在厕所里洗澡。哪怕是换件衬衫，我们也只好把窗帘拉起来。等我睡午觉起来，我们宿舍的人都出去了，我坐下来写信，却看见四楼的那个人，坐在窗台上，脸一动不动，正盯着我们这个方向看。他这是干什么呢，我想他一定是又在动什么歪脑筋。难道我的同伴正在厕所里洗澡?

“我匆匆赶到厕所间，里面一个人都没有。我一进去，那人死死地盯着我看。我假装上了回厕所，又回到宿舍。原来他不是直接坐在窗台上，他大概是坐在紧挨着窗台的桌子上。他的脚搁在窗沿上。我开始接着写信，他呢，就这么坐在那，看着我写。起先我还不时地注意他，到后来也没那份心思，只顾低头写信。”

这封信一定很长。女教师说她把厚厚的一叠信，正往信封里装时，听见了那一声巨响。她和大家的想法一样，肯定是楼上的东西掉了下来。她开好信封，换了一件衣服，准备到街上去寄信。临出门，她想到还应该在信上添几句，于是又用小刀拆开信封。这时楼下噪声大起，只见一群人拥了过来。不一会，派出所的警车也赶来了。

叔叔是侧面的脑袋着地。楼下一根晒衣服的绳子，让叔叔的脚带断了。据派出所的人分析，要不是这根绳子，叔叔很可能手或者脚先落地。但是在这坚硬的水泥地上，无论什么部位先接触地面，幸存的可能性都不大。死实在太容易。

叔叔生前，我们一起喝酒，常从西边的窗子，往远处眺望。叔叔家的大楼，建在一个高岗上，和周围的矮房子相比，有鹤立鸡群的味道。远处是清凉山和古石头城，再过去是滚滚东流的长江。金陵自古有王气，多少英雄在这登基做了皇帝。我们一边喝酒，一边论说古今。夕阳悬在一大片高矮不同的房子上，有时暮云遮日，只见淡淡的一个晕圈，有时天高气爽，红了半边天。只有在五月的黄昏，那昏沉沉的太阳，才选了个最好的落脚点。那儿是一片空旷，没有一栋大楼，居民的平房，黑压压的仿佛一片黑森林。太阳缓缓地沉落，远远地照过来，碰巧便落在眼前的高脚酒杯里。六十度的烧酒，清得像自来水似的。有时，红太阳浮在酒杯的上端。有时又沉入杯底，透明的玻璃透明的液体，血染过一般。五月的黄昏永远宁静。五月的黄昏，永远红红的令人难忘。

1985年8月13日完稿

一片蝉声中

# 艳歌

迟钦亭是校足球队的后卫。每次运动会，长跑的各项目都有名次。历史系是体育成绩最差劲的一个系，迟钦亭是历史系的体育明星。

班上的大龄学生都集中在迟钦亭他们的寝室。一共六个人，最大的是班长李浩，已结婚并且有了两个小孩，最小的是李文林，对象在中文系，比他低一届。迟钦亭是大龄学生中唯一没有女朋友的。

李文林那位在中文系的对象经常来，和寝室里的人都很熟。有时也和迟钦亭聊天，知道他没有女朋友，便要把她的一位同学介绍给他。通过李文林把这意思向迟钦亭说了，李文林用的是半真半假的口吻。迟钦亭不置可否。李文林说："各人有各人的缘分，反正不是什么拉郎配，你们见一面，成不成，兄弟你自己看着办吧。"

那天，迟钦亭正在运动场练球，碰巧遇上李文林的对象。中文系的几个女孩子在那边打排球。排球滚过来，李文林对象追着来捡球，她捡起球，一看面前是迟钦亭，眼睛往自己的同伴那边瞟了一瞟，笑着做了个怪脸，抱着球往回跑。迟钦亭心头不由一阵快跳，脸刷的一下红了，一边按着教练的吩咐继续练习带球过人，一边忍不住偷看那边打着排球的中文系的几个女生。

过了一会，中文系的那几个女生不打球了，说着笑着走过来。在离迟钦亭他们训练场不远处停下，看他们练球。迟钦亭只觉得说不出的别扭，所有的动作似乎都僵了，怎么样也控制不住脚下的球。一个不小心，脚下一滑，跌了个朝天跤，场外一阵哄笑。

教练吹了吹哨子，让队员们练习射门。中文系的那几个女生依然兴致勃勃在看。轮到迟钦亭射门时，李文林的对象在场外喊了一声，迟钦亭没听清，拔脚怒射，球总算进了。他抬起头来，看着中文系的那几个女生，见有一位长得极漂亮，是一张晒不黑的脸，额角上几缕汗湿了的头发，大眼睛含情脉脉看着迟钦亭。两人的眼锋一对上，迟钦亭触电似的麻了一麻，竟没有勇气再向那个方向望上一眼。

中文系的那位漂亮姑娘给迟钦亭留下很深的印象。多少年后，他眼前还会有意无意地飘过那含情脉脉的笑脸。到晚上，李文林嘻嘻哈哈和他说约会的事，迟钦亭发现自己很难再摆出无动于衷的样子。初次约会定在三天后，他却有些迫不及待。都在一个学校，不过隔了几幢楼，抬头不见低头见，约会非要放在什么三天后，真是有点多余的蠢。

三天说过去就过去。这一天恰好迟钦亭的生日。见面地点是在寝室，时间是晚饭后，由李文林的对象领来。吃晚饭时，迟钦亭在食堂碰到李文林的对象，她笑着说："喂，别一毛不拔，去买几瓶汽水，多买几瓶。"

当李文林对象的声音在楼道里再次响起的时候，迟钦亭突然有些觉得不安。开门的一刹那间，他产生了那种出了差错的预感。他的手开始发抖，发抖的手把门拉开，李文林的对象领进来一位陌生的毫不相干的姑娘。

迟钦亭的脸上是一种认错了人的尴尬表情，两只手僵在那，挡住了门仿佛不让人进。李文林的对象冲他看了看，笑着说："怎么，第一次见面就想握手呀!"迟钦亭更尴尬，忙请二位进屋坐，惊惶不堪地去搬板凳。那开汽水瓶盖的扳头就在桌上，他却没头苍蝇似的乱找，背上湿漉漉的已是一层汗。

适当的笨拙有时候可以大占便宜。迟钦亭给人的初次印象很不坏，虽然他自己对人家的印象稀里糊涂。那种搞错了的遗憾太强烈，以至于初次见面的女朋友相貌到底如何，他都缺少一种准确的判断。不漂亮是无疑的，因为迟钦亭心目中原有的那位姑娘太漂亮。美是一种比较，一种最残酷的比较。

“你小子到底怎么想的？人家还等着回话呢！”李文林自从初次会面结束，捞着机会便这么问迟钦亭。

迟钦亭说：“我们彼此又不了解，她老问我‘你们足球队是不是天天训练？’”

“废话，”李文林笑着说，“刚开始谁不是他妈的没话找话。不了解？睡一觉就什么都了解了，你当找个女人那么容易啊，见鬼。怎么样，继续了解了解吧，不要黏糊糊的，拿一点男子汉的气派出来。”

迟钦亭从来没和女人打过交道。进大学前和进大学以后，他无一例外地都是在看人家谈恋爱。作为大学的四年级学生，在女人这个问题上，他不比别人想得多，肯定也不比别人想得少。虽然迟钦亭心目中有更中意的姑娘，但是他很现实地决定进一步了解另一位姑娘。另一位姑娘有个很特别的姓，姓沐。迟钦亭在学校办的墙报上，曾见过署名“岚”写的一首诗，诗好诗坏记不清了，沐岚这名字想忘掉倒不容易。

迟钦亭和沐岚的关系就算马马虎虎地定了下来。刚开始双方并不热心，大家都抱着了解了解再说的念头。沐岚是那种一眼望过去没有什么特别处的姑娘，不高、不矮、不胖、不瘦，都是中间值。迟钦亭给沐岚造成了一种错觉，这错觉说不上好，也说不上坏。沐岚一直以为迟钦亭对她太一见钟情。她身上很有些女诗人气质，男女之间的事看起来都带点浪漫色彩。他们最初全靠介绍人传递信息。介绍人通常习惯两边说好话。李文林不费吹灰之力，便把迟钦亭塑造成一个痴心男子形象。

据说女大学生找对象，十有八九不满意，十有八九都是那种食之无味、弃之可惜，如鸡肋一般的未婚夫。不过对象和未婚夫这类概念，对于沐岚似乎还嫌太早。开始的两个星期里，沐岚一方面不反对所谓目的在于进一步了解的逛马路游公园，另一方面，大谈独身主义又是她有意无意的话题。她扮演的角色，在施舍爱情方面非常吝啬，好像她之所以不得不陪陪迟钦亭，只是不愿太伤他的心。可是两个星期以后，沐岚终于深深地伤了一次迟钦亭的心。那天，班上负责邮件的同学扔给迟钦亭一封字迹陌生又娟秀的信，打开一看署名，是沐岚。

迟钦亭同志：

你好！谢谢！

这封信思之已久，几次提笔，几次放下。真难呀！

我们经过初步接触，彼此有了一定的印象。我们之间的交谈是令人愉快的。可是这封信里我要告诉你的也许会让你吃惊。但是希望这不会引起你对我的误解，我想我不说明你也应该明白我的意思。

过去的就让它过去了，两个星期是很短暂的一瞬间，没有必要去追回，时间流逝，一切将在记忆中淡漠。你的一片真心我也知道，很感激，也使我不安。想来我这样突然与你分手没有刺伤你的感情，你也不会因此而恨我。请你相信我过去待你也是真心诚意的，究竟为什么分手也就不要再追究了。我希望我们平静地分手，平静得像一潭古水，这很容易做到。我们毕竟才刚刚相识。

请原谅我！衷心祝你幸福！

再见了！

沐岚

另一张纸片上是首小诗，迟钦亭吃不准到底是不是沐岚写的。

常常，我为我的笔感到羞惭
它像一只无力的小鸟
囚禁在这片温柔的天地
突不破那隔绝了蓝天的栅栏
只是谛听着这颗爱恋的心，
怯怯地轻轻地跳动：嘀嗒嘀嗒
描绘它兴奋时的鲜红
和失血时的苍白……
如果我是上一个世纪的姑娘
也许，我会安于柔情似水的谈吐
用褪色的丝带系上这束纸片，伴着
心跳和迷乱的眼光献到你面前
然而，一旦爱情已闪烁崭新的光彩
难道还要去拨弄那古老的琴弦

迟钦亭很有些摸不着头脑，哭也不是，笑也不是。他发现自己被迫尝了一次失恋的滋味。中文系的学生干什么事都喜欢文绉绉的，虽然历史系也算近邻，但迟钦亭无论如何也猜不透沐岚的本意。那信和小诗被翻来覆去读了无数遍，一切都莫名其妙，一切都太岂有此理。

两个星期的交往的确不是很久，况且那种捉迷藏的谈话，不仅不能有助于进一步了解，反而加深了进一步的不了解。迟钦亭有一种叫人捉弄了的感觉。他傻乎乎陪人家散步，无目的地逛公园，听那种女强人的独身主义观点，包括毫不相干的对尼采的瞎议论。迟钦亭从来没读过尼采的任何一种著作，他只是听沐岚说尼采怎么怎么好，便从书店里抱一大堆回来。叔本华也跟着沾光，因为沐岚曾说过，要读懂尼采就必须先读懂叔本华。这两位德国哲学家和迟钦亭显然咯咯不入，每次都是读不了几页就扔下。尼采和叔本华的著作成了他第一次恋爱经历的讽刺。

寝室里只有一个大书架，每人有一层可以放书。崭新的哲学书放在书架上很好看，然而迟钦亭每次看到了都嫌别扭。中文系和历史系在一个食堂吃饭，自从迟钦亭和沐岚结识后，他们想不见面也不可能。有时各人排着各人的队，一侧过脸来，发现两人正并驾齐驱。沐岚常见的表情，是那种似笑非笑的歉意。这歉意最让迟钦亭觉得恼火。一天吃完饭回来，他坐在那生闷气，一眼瞥见整整齐齐排在书架上的尼采和叔本华著作，恨不得立刻点把火烧成灰烬拉倒。突然，他产生了一个近乎恶毒的念头。在和沐岚交往的两个星期中，他们唯一的一次上馆子，因为迟钦亭身上带的钱不够，是沐岚会的钞。当时总觉得以后机会多的是，迟钦亭也没有往心上去，如今回想起来，他男子汉大丈夫的，也犯不着白吃人家一顿。干脆把尼采和叔本华的著作送给沐岚，权当着那次上馆子付的饭钱。说干就干，他夹了张条子在书里，说这书是特地为沐岚买的，自己留着也没用。又找了张过期旧报纸，包得方方正正的，托李文林的对象带给沐岚。

等到下一次遇到沐岚的时候，她脸上的歉意没有了，脸很红，眼睛不敢看迟钦亭。迟钦亭以为她会说一句致谢的话，但是沐岚什么也没说。

第二天，迟钦亭收到一封字迹娟秀却不陌生的信，字数不多：

小迟：

真后悔写那信。我干什么要折磨你呢。我知道你爱我，可是我偏偏折磨了你。无论谁，折磨一个爱她的人都是残酷的。我都不敢相信，你知道，真的不敢相信，我发现我可能已经爱上你了，真的。我们干什么要自己折磨自己呢。

明天在过去的老地方等我。对不起了，别再生我的气。

岚

对了，时间是晚饭后，和过去一样。

迟钦亭又一次哭笑不得。他产生的第一个冲动便是，根本不去赴约，让沐岚傻傻地白等一次，没有比这更好的报复了。想到能天赐良机地教训一下那位自以为是、又再三故作多情的女才子，迟钦亭顿时感到一种由衷的愉快。得好好地煞煞沐岚的傲气，他心里暗暗盘算着，考虑了一套又一套方案。

那天，沐岚穿的是淡青色的羊毛衫，胸前是白细绒绣的兰花，一条很厚的粗呢裙。迟钦亭印象中，这是沐岚打扮得最漂亮的一次，合适的打扮使沐岚身上的优点发挥得淋漓尽致。正是天要黑非黑之际，沐岚站在一株小树边，安静得仿佛是座塑像。迟钦亭突然发现沐岚比他想象的迷人得多。

也许他们各人事先都准备了些话要说，事态的发展出乎两人意料之外。他们沿着校门前那条大路往下走，一直走到了大路尽头，有相当长的一段时间，两人就这么走着，什么话也不说，默默地走，大家心里都感到不错。路灯下，他们并排的影子一会长一会短。汽车远远地开过来，车灯猛地大亮，刺得眼睛都不敢睁。迟钦亭不止一次想走上前一步，挡住那直逼过来的灯光。

这一次他们再也没谈什么独身主义，也没谈尼采和叔本华。许多话不知不觉地便会涌到嘴边来。有些话事后想想并没有什么可笑的地方，但是他们当时确实开心得哈哈大笑。有个乡下口音的人找他们问路，他们瞎指点了一气，为那乡下口音的古怪乐了半天。他们走过的那条路长得近乎遥远，来回用了四个多小时，脚底下都打了泡，也没觉得累。

这以后的发展十分顺利。那个称为缘分的玩意开始起作用。他们起码在一点上是一致的，这就是并不觉得对方令自己最最满意。好在谈恋爱不可求全责备的道理两人都懂。谁都免不了好高骛远，谁都不会永远好高骛远。沐岚以一种无可奈何的口吻说："既然我们相爱，就爱下去吧。不过，有一天你也许要后悔的。"这话让迟钦亭疑惑了不少天，因为沐岚紧接着的一句话更让人吃惊，"你要是知道了我的真面目，你可能真的会后悔的。"迟钦亭不知道她所说的真面目是什么，为什么要让他后悔。难道沐岚有过什么见不得人的恋爱经历，有过小说上常写的那种事？

中文系的男女人数比例有些失调，男的少，女的多。历史系是近邻，近水楼台先得月，跑到中文系去找女朋友似乎也成了惯例。中文系的男生因此忿忿不平，大有自家鱼塘被人钓了鱼的恼火，横眉冷对之余，既嘲笑历史系的女生不肯生得漂亮一些，又酸溜溜地夸迟钦亭钓鱼真会找地方。

鱼已经上钩毕竟是个事实。迟钦亭好像存心要气气中文系的小伙子们，越是当着人面，越对沐岚表示亲热。时间不知不觉地过去，迟钦亭和沐岚又都发现对方身上有不少意想不到的优点。秋高气爽，再下来刮了西北风，天气越来越冷，他们之间的吸引力，却滚雪球似的，越滚越大，越滚越结实。

迟钦亭不是什么高材生，不过他的外语程度比沐岚好得多。沐岚选修了外语阅读这门课，期终考试是从《读者文摘》上选一段译成中文，当然是开卷。她吞吞吐吐地请迟钦亭帮忙，说有些句子不懂要请教。迟钦亭差不多逐字逐句为她讲了一遍。文章太长，要一下子都记住也太难，迟钦亭索性越俎代庖。好事做到底，加夜班赶了个初译稿出来。

情场得意，迟钦亭一顺百顺。他把初译稿交给沐岚的时候，顺带又告诉她一个好消息。迟钦亭在学报发表的一篇论文提纲，引起一家省级刊物的重视，刊物的主编写了封热情洋溢的信来，要求刊登迟钦亭论文的全文。沐岚十分高兴，说了些祝贺之类的话，让迟钦亭赶快准备。她自己把那封主编来信读了又读，又去图书馆查那本有迟钦亭论文提纲的学报，偏偏这一期没有。迟钦亭手头有一本，但是要派用场，沐岚只好等他整理好全文再借来细看。迟钦亭干活很爽快，将近一万字的文章，加两个夜班便完成，得意地捧来给沐岚看。字迹有些潦草，涂改的地方也多，有的地方是用不同的稿纸拼贴的，黄是黄，白是白，看上去极不顺眼，隔了一天，沐岚把论文还给了迟钦亭，却是她亲笔重抄过的，一手娟字，干净得仿佛都能闻出清新的芳香来。

冬天来了，沐岚住的房间朝北，又靠窗，冷得出奇。一个大意便得了感冒，沐岚和迟钦亭约会逛马路，不时地要掏出手绢来擤清水鼻涕，渐渐病加重了，头有种撕裂的痛，课也不能去上，只好躺在床上休息。这期间，迟钦亭每天都去看她。因为宿舍里还有别的女生，他总是坐一会就走。

一天，李文林的对象说："小迟，小沐有一盆衣服在这呢，本来我想代她洗了。不过，这可是你立功的机会，我们不敢抢。"沐岚急忙从床上支撑起来连连喊"不"。

迟钦亭想，洗几件衣服算什么，端起脸盆拿了肥皂便走。

盥洗室紧挨女厕所，一个女大学生系着裤带往外走，差点撞上迟钦亭。迟钦亭目不斜视，略有些不自然地朝水龙头走去。女厕所是弹簧门，人进进出出，砰砰直响。迟钦亭一边搓洗衣服，一边想大家必定都注视着他，悄悄地议论着什么。

等沐岚病好，期末大考已经迫在眉睫。谈恋爱多少误了些功课，沐岚和迟钦亭不免临时抱佛脚，应付完了考试，两人都觉得好几天没在一起，要像补功课一样的补上。气象系大楼东头是个死拐角，虽然露天，却没有风，比较来比较去，这地方约会，比在寒冷的大街上来回走好得多。沐岚似乎瘦了些，然而更添了一层娇弱的可爱。月光慢慢地向西移，他们脚底下的树影也跟着动。

沐岚说："我们班的同学，都夸你好。"

迟钦亭笑着问："夸我什么？就为了我给你洗衣服？"

沐岚用脚去踩地上的树影子，笑着说："是又怎么样。告诉你，如今世道变了，女孩子都喜欢男的温柔一些。"

迟钦亭又笑着问，难道他不温柔？沐岚笑而不答，脚依然踩那树枝的黑影。突然树影没了，沐岚抬头看，只见那月亮已移到大楼顶部，四下里一下子黑了许多。迟钦亭迟疑了一下，手伸出去，找到了沐岚的手，搭在上面，用一种异样的声音说："今天我要吻吻你。"

沐岚不说话。不说答应，也不说不答应，人有些微微发抖。迟钦亭侧过身去，捧住了沐岚的脸乱吻一气。他第一次做这种事，干得很笨拙，想像电影上那样吻沐岚，好不容易找到了她的嘴，但是她一动不动，像座雕像一般僵在那，吻了一阵，沐岚还是没反应。迟钦亭急了，叹着气说："难道你不乐意?"

沐岚扑哧一声笑了，说："我真的不乐意，你怎么办?"

迟钦亭说："什么怎么办，你不乐意，我也照样吻你。你信不信?"

沐岚说："那干嘛还要问我呢?"

迟钦亭笑了笑，说："这叫先礼后兵，先君子后小人。"说了，又要吻沐岚。

寒假里迟钦亭回老家探亲，他母亲知道儿子有个女大学生的对象，说不出的高兴。一有机会，便拉住儿子问这问那。未来儿媳的相貌自然是要问的，不过，老人家最关心的还是对方的家庭条件。她曾听儿子说对方是干部家庭，这真是又好又不好。好是儿子果真有了出息，要不然干部子女怎么会看上他。不好的一点也明摆着，干部的千金可不是好伺候的。儿子老实，将来一定受委屈。她自作主张想了一大套能治服未来儿媳的办法，极认真地教给儿子。迟钦亭听了啼笑皆非，知道母亲也是个犟脾气，干脆不反驳，由她去说。

沐岚是本地人，父亲是省里的一个厅长。不过，迟钦亭从来不觉得沐岚身上有什么厅长千金的架子。也许这正是她的可爱之处。迟钦亭是那种完全靠自己努力闯出天下的人，一向很有自信心。虽然出身贫寒，但是作为名牌大学的大学生，门第观念对他已经没什么束缚。母亲的提醒充其量是增加了他的一点不愉快。他不承认自己会在做厅长的未来的老丈人面前怯场。然而当沐岚第一次带他登门拜访时，迟钦亭却免不了心慌意乱。

厅长家的房子并不像设想中那么好，那么豪华，唯一的特点就是比普通老百家的住处高级一些。也没什么了不起的家具，大大小小的沙发好几只，都有点陈旧和俗气。比沐岚小一岁的弟弟婚期已近，忙出忙进，正在布置自己的新房子。见了迟钦亭，不当回事地点了个头，火烧火燎地又去忙自己的事。

迟钦亭既未受到冷遇，也未得到什么热情招待。厅长陪他在沙发上坐了一会，借口有文件要看，一头栽进自己房里。沐岚母亲不停口地抱怨如今保姆难找，系着个围裙在厨房转，不停地指使沐岚做这做那。迟钦亭穷极无聊，坐在沙发角落里读过期的报纸。熬了半天，总算到了吃饭时间，沐岚母亲把沙发上的报纸理了理，塞进一个角落，回过头来问迟钦亭要不要喝点酒，迟钦亭犹豫了一下，客气着说不要。结果饭桌上只有迟钦亭和沐岚两人捧着碗吃饭，厅长和沐岚弟弟喝低度白酒，沐岚母亲是葡萄酒，除了迟钦亭不吭声，大家都争先恐后地谈自己的事，又争又吵闹了一阵，沐岚怕冷落了迟钦亭，不断找话题给他撑场面，又向父亲大谈特谈迟钦亭发表的那篇论文。

下次见面时，沐岚问迟钦亭，为什么那天在她家不肯开口。迟钦亭赌气说："在你那样的家里面，我怎么敢开口?"沐岚说："你这人怎么这么说话，我们家怎么了?"迟钦亭赌气不说，沐岚又问一遍，说："我爸我妈怎么了，难道对你不好，得罪你啦?看你生气的样子，你说，难道谁对你不好了?"迟钦亭恶狠狠地说："好，好得不得了!"沐岚拿他没办法，只好说："想不到你这人也会这么不讲理。你喜欢生气，那活该。"迟钦亭憋了一会，头昂起来说："别以为我配不上你，你回去跟你爸你妈说，我既然看上你了，你想不做我老婆也不行。别说你是什么厅长的女儿，就是省长、国家主席的千金，我照样要娶！你去跟他们说好了。"

沐岚忍不住笑了，说："你这人莫名其妙地不讲理。告诉你，我爸我妈对你还是满意的。他们说你有出息。"说完，把手伸进迟钦亭的掌心，让他捏她。附近还有别的人，这是她能表示的最亲热的办法。

迟钦亭已经很长一段时间内不参加校足球队的训练了。教练拿他毫无办法，一来他反正是毕业班的学生，派不了几天用场了，二来凡是谈恋爱的队员，球总是越踢越差。迟钦亭突然发现，毕业分配已迫在眼前。

系里开始找毕业班的学生谈话。迟钦亭家在外地，系里一个领导和他谈话时说，凡是外地学生，原则上还是分外地，但不一定回原籍。系领导的意思再清楚不过，很显然迟钦亭的对象在中文系而且是本地人已不成为什么秘密，因此他必须做好棒打鸳鸯分两地的准备。沐岚觉得这事问题不大，她爸爸在省里的熟人多，打个招呼就可以。

迟钦亭说："谁要你爸爸打什么招呼，我靠自己。分外地就分外地，没什么了不起的。"

沐岚觉得迟钦亭犟得可爱，也不跟他争，回去跟爸爸讲了，求他和历史系领导打个招呼。爸爸说："其实分在哪里不是一样工作，你们这些人呀，优越感实在太强。"隔了两天，委托打招呼的人来电话说，历史系领导表示迟钦亭留校没问题，他成绩好，而且在校期间发表过有影响的论文，系里面应该把尖子学生留下来。迟钦亭有一阵情绪很不好，分配方案公布以后，各人的名单一对号入座，他竟然在留校之列，不禁喜出望外。他没去想沐岚是不是起了什么作用，沐岚也不说，因为她自己确实也说不清。迟钦亭是要面子的人，她向他祝贺，买了一大罐可乐请他喝。

迟钦亭说："正好，我那笔稿费也来了，两百块呢，我们一起去游黄山。我请客。"

沐岚说："本来就应该你请，黄山我还没去过呢。"

两人定好在暑假中旬去黄山。迟钦亭毕业留校，新分了两人合住的寝室。没想到和他同住的那位老兄古怪得出奇，一天到晚，除了上厕所洗澡吃饭，不离寝室一步。也不像个读书人，成天什么书都翻，半导体一开就是半天。迟钦亭有个难说出口的印象，就是这位同室存心不让他和沐岚单独留在房间里。有一次这位怪人总算买了张电影票去看电影，刚看了一半，突然杀回来，大骂那电影不好看，搞得迟钦亭和沐岚十分尴尬，又哭笑不得。

倒是沐岚寝室的人渐渐走空。只剩下的李文林对象也要走了，走前一天，她笑着对沐岚说，她一走，这房间便是迟钦亭和沐岚的天下。沐岚脸大红，笑着要打李文林对象。

女宿舍的大楼前，一到夏天，便有女学生手书标语：“暑天期间，男宾莫入。”但这毕竟是非官方的，男大学生要去找对象，照样堂而皇之闯进去。假期中因为留校人数少，看楼老太婆把关极严，动不动就是审贼似的问。她对迟钦亭没什么好印象，迟钦亭每次像是熟人似的和她套近乎，她也一概无动于衷，“不是我老太婆要存心刁难你，我知道你找女朋友，你想，这大热天的，如今这些大姑娘娃儿，露胳膊露腿的，你一个男的就这么闯进去，你想，你想呀。”

迟钦亭毫无办法，在楼道口站了好半天，那看楼老太婆才放他进去。有许多寝室已经没人。迟钦亭一边出汗擦汗地上三楼，一边无意识地东张西望。他没想到沐岚正好出去，迎面却碰上那位极漂亮的曾造成过误会的中文系姑娘。她住在沐岚隔壁的房间，大约是午觉刚醒，只穿着条小三角裤，上身是件白衬衫，睡眼惺忪地去上厕所，见了迟钦亭大吃一惊，又不好再退回去，硬着头皮从他身边走过。迟钦亭大窘，一边高声呼唤沐岚的名字，一边敲门，心里却忍不住要侧过脸去偷看。一道白光一闪，那位极漂亮的中文系姑娘已拐入盥洗间。

白的印象深印在迟钦亭脑海里，白白的两条腿，和白衬衫浑然一体。沐岚很显然不在房间里，但是迟钦亭忍不住地还在敲门，只是越敲越轻，仿佛怕惊醒了沐岚一样。中文系的姑娘在厕所里屏了一会，总以为迟钦亭走了，偏偏一出厕所门拐进楼道，又和他打了个照面。

沐岚也在找迟钦亭，好不容易在校园里碰到他，埋怨说："你到哪去了，到处找你。"迟钦亭支支吾吾地说："哪去了，找你！"

沐岚说："明天就去黄山，我还有些东西没买呢，你陪我上街。"

迟钦亭不乐意地说，"买什么呀。"拗不过她，只好陪她去。买了一包东西回来，迟钦亭要陪她去宿舍，沐岚先是不答应，说他才去过，老去女宿舍不太好。迟钦亭很委屈地说，他刚刚跑的是个空趟。又赌着气反反复复地问："怎么不好？怎么不好？"

到了女宿舍门口，恰巧看楼老太婆不在。迟钦亭脸上是一种"你无话可说了吧"的表情，跟着沐岚就进了楼道。一个人也没遇上。沐岚摸出钥匙开门，隔壁房间的收音机在响。楼道上没人。沐岚的钥匙已插进锁眼，迟钦亭一阵躁动，忍不住推了推沐岚，也不知是让她快一点，还是怕惊动别人让她轻一点。门开了，他们几乎同时挤进去，沐岚回过头来，还没有把门销上，迟钦亭已经迫不及待地抱住了她。

去黄山旅游是桩花力气的事。第一天的长途汽车就够呛，吭哧吭哧地颠了一整天，气候又特别闷热，沐岚一路想吐，到了目的地，人软得都散了架子。游客多得到处都像刚散了电影，人声鼎沸，谈笑的声音，找人的声音，吵架和旅馆电视里的声音，叽叽嘎嘎搅成一片。虽然吃和住都由旅行社负责，却仍然有诸多不便。什么都讲究集体行动，统一吃早饭，统一出发，统一休息，统一这样和那样，到晚上睡觉也得统一，男的去男的大统铺一样的宿舍，女的也是。这情景仿佛是在战争年代，又有些像"文化大革命"中的学生拉练。

沐岚差点生场大病。女人生病，有一种别样的可爱，沐岚变得喜怒无常，动不动就发小姐脾气。每次发过脾气，又对迟钦亭无比亲热。迟钦亭也奇怪自己怎么被她治得服服帖帖。沐岚高兴时，便像小孩一般天真地与迟钦亭一起欣赏风景，不高兴时，嘟着嘴一声不吭，眉头紧皱着，就像谁得罪或欠了她什么似的。那天两人的兴致都很好，迟钦亭突然发现西边有一块云，因为夕阳的缘故，红得真像新流出来的鲜血，笑着指给沐岚看。沐岚脸一沉，冷笑着说："你为什么一看见血就高兴呢?"迟钦亭顿时有些不自在，想到自己曾经说过的一句话，连忙讨好地向沐岚表示亲热，但是任迟钦亭怎么哄她也没用。第二天早上看日出，山坡上凡是能坐的地方都是人。天冷得出奇，太阳偏偏搭足了架子迟迟不出来。迟钦亭怕沐岚冻出病来，让她坐在自己腿上，紧搂着她。天色微亮，看不清楚人脸，就是看清也没关系，反正大家来自天涯海角，互不相识。迟钦亭老低下头去问沐岚冷不冷，趁机轻轻地吻她。

迟钦亭发现他远比想象中的自己更爱沐岚。从黄山回来，李文林的对象有一封信给沐岚，说是要比原计划迟返校。寝室里依然是沐岚一人住。迟钦亭的确没有少去纠缠她，但是她每次都坚决拒绝。有一次沐岚忍不住哭了，怪迟钦亭只顾自己，她还有一年才能毕业，万一怀孕，怎么办。迟钦亭心里仿佛叫针刺了一下，不禁有些内疚。他和沐岚的关系，已到了一个很高的层次，为什么不能再熬一年呢。他心灵深处那根叫作圣洁的神经被触动了，举止陡然地就变得文明起来。文明得连沐岚都觉得有点怪，忍不住问他。他说："你反正是我的人了，不怕你跑了。"说了，有些后悔，怕沐岚生气。沐岚用拳头轻轻捶他，忘情地说："只要你喜欢我，我永远不会跑掉。"

一年的时间并不好熬。好在他们并没有什么机会，尽管住在一个学校，天天能见面，想不像修道士那样修行也不行。只是有一段时间是个考验。迟钦亭的同室带学生出去一个星期，这星期里他有些神魂颠倒。记得市中心的那家药店，显赫的地方有个柜台专供避孕药品。有一次，迟钦亭去买药，无意中发现一男一女扭扭捏捏进药房，女的假装东张西望，男的走向供避孕药品的柜台，掏出红塑料封面的工作证扬了扬，一本正经指指柜台下面。柜台的营业员是位年轻姑娘，不当回事地取了一包塑料纸包着的什么，递给男的。一男一女高高兴兴手拉手走了，记忆中一些印象有时会像石刻一样凸出来，迟钦亭身不由主地骑车去了那家药店。买了管眼药水，又在那特定意义的柜台前犹豫。女营业员的白眼搞得他信心全无，他做了亏心事似的仓皇而去。

直到结婚以后，迟钦亭才把在药店里出的洋相说给沐岚听。沐岚无端地有些不高兴，突然变脸说："你脑子里全是这些下流的事。"沐岚这时候大学已毕业，分配在一家银行工作。

迟钦亭并不赞成沐岚去考什么研究生，女人只要能是大学毕业便足够。但是沐岚执意要考，考的结果是分数差一大截。她的锐气和傲气大减，委屈地哭了一场，把过错全推在迟钦亭身上。迟钦亭竭尽安慰之能事，安慰来，安慰去，沐岚便怀了孕。她又是委屈地大哭一场。迟钦亭想结婚，沐岚不答应，找了个地方流了产。流产以后，迟钦亭一再催着要结婚，沐岚一再坚决地不答应。临了，迟钦亭整个地没了信心，沐岚却松了口。口松了，却还留着个小尾巴，是先领结婚证书。

从领结婚证书到结婚，时间短得他们自己都不敢相信。也迫不得已，沐岚很快又一次怀孕。再一次流产双方大人不答应，迟钦亭不乐意，沐岚也害怕。于是只好结婚，草草地搞个仪式，仓促得就像去赶一场已经开场的电影，又像是无票上车的乘客被逮住了匆匆补票。

新婚的日子里，沐岚一直情绪不好。她这人满脑子现代意识。没恋爱时想的是独身，结婚前想的是不要孩子。偏偏迟钦亭不把标志着现代文明的避孕当回事，只图一时自在，全不为沐岚着想。沐岚觉得迟钦亭是存心想用小孩来捆绑住她的手脚。

新房就安排在学校里，是一个朝北的单间。大学已经毕业了，沐岚却改不了学生脾气，依然在学校听课。迟钦亭拿她毫无办法。女人的精力往往过剩，沐岚白天上班，晚上听课，十十足足像一位女强人。肚子里的胎儿已三个多月，她依旧穿条牛仔裤，赶来赶去，一头一脸的不知疲倦样。胎儿五个月的时候，一天晚上下课，她走得迟了些急了些，下楼梯时脚下一滑，屁股在台阶上磕了一记，当时只觉得疼，回家便有了流产的先兆。于是慌忙去医院，医生瞎折腾了一气，配了些药，关照要卧床休息，保胎。

沐岚又一次大折锐气。迟钦亭因为她不听自己的劝，正好有了说风凉话的机会。沐岚忍不住说："你这人怎么这么没出息，自己不求上进，也不让人家上进。真正俗气。"

迟钦亭便说："我是不上进，是俗气，不过你别以为上上什么夜校，听那么几节课，就上进了，就不俗气了，没那么容易的事。"

沐岚要保胎，不敢和他大吵，唯一的招数是赌气不理他。迟钦亭吃准了她不敢吵，趁机占便宜。沐岚没办法，只好哭。一哭，小夫妻便和好。迟钦亭上街买营养品，又买了价格极贵的荔枝给沐岚吃。

沐岚说："荔枝这么贵，你买它干什么？"

迟钦亭说："你跟了我尽过穷日子，吃几回好东西，也应该。"

沐岚不甘心自己独自吃，硬要迟钦亭一起享用，迟钦亭不肯。沐岚十分带感情地说："你别以为我是厅长小姐，吃不了苦。只要你真心喜欢我，穷，我不怕。”

穷是迟钦亭的心病。他们两人虽然都是大学毕业，却是地地道道的无产阶级。读大学没工资拿，因此两人的个人积蓄都谈不上。迟钦亭一向靠家里省吃俭用地养着，一旦工作，脸皮再厚也不忍心问家里要钱。厅长总算给了女儿一千块钱，加上迟钦亭家寄来的三百元，买了几样家具，添了些棉被和衣服，小两口的流动资金便是每月的薪水。好在大学是个宜于守贫的地方，大多数青年教师都穷，尽管知识不能当饭吃，然而大家都没有电冰箱彩电的，日子一样过。

沐岚的产期说到就到。厅长知道女儿女婿的窘境，又拿了一千块钱出来。又把一架因为买了彩电淘汰下的黑白电视机送给女儿坐月子时看。厅长夫人老是诉穷，迟钦亭陪沐岚回娘家，每次都得听她谈开支花销，抱怨涨价和钱不经用。

迟钦亭赌气不上老丈人家。沐岚知道他自尊心极强，穷得有骨气，凡是提到钱的地方都小心翼翼，就怕触到他那根犯忌的神经。可惜越想回避，往往越回避不掉。一来过日子不谈钱根本不可能；二来物极必反，沐岚越是表现出对金钱的无所谓，越是不在乎什么彩电冰箱之类，越是觉得穷日子反而罗曼蒂克，迟钦亭越是无法忍受贫困的窝囊。

沐岚正经八百地生了个儿子。这小孩承袭了他们两人的优点，极神气可爱。早在产房外徘徊等沐岚生产时，迟钦亭就打定主意，坚决不用沐岚家再次送来的那一千块钱。他把钱存入银行，而且存的是定期。没有什么比养活不了老婆孩子更丢人的。他也不知道自己是跟谁赌气。产房门口其他几位丈夫看他神态焦虑，小范围里来回一趟趟走着，只当他是在为产妇担心，又以为他是重男轻女的人，怕老婆生不了儿子。沐岚折腾了一夜才生，护士出来报喜讯，让他去取糖开水。

他突然感到十分疲乏，拖着沉重的步子去病房。黎明的阳光从东窗射进来，照在病房的走道上，映着角落里的氧气瓶和挂生理盐水的铁架，红红的，像是一幅画。

迟钦亭往家里拍了电报，一是报讯，二是让已经退休的母亲前来照顾产妇婴儿。迟钦亭的两位哥哥和一个妹妹都是生的千金，他母亲嘴上说男女一样，时代不同了，心里却按捺不住抱孙子的喜悦，得意洋洋地去买了车票，一路风尘仆仆。下火车是半夜，他母亲知道儿子接不到电报不会来接，独自一人大包小包又怕有些不安全，在火车站坐到天亮，总算有人相帮着挤上公共汽车，问来问去，一直问到迟钦亭的房间。

三个儿子中，迟钦亭自小最不得宠。偏偏越宠爱的小孩越没出息。迟钦亭的母亲似乎有了悔过之意，一门心思想对小儿子好一些。沐岚从医院回来，看不过婆婆里里外外老农民一般地忙，讨好着说："妈，有些事你让迟钦亭做，儿子是他的，他应该忙的。"

因为只有一间房子，解决问题的办法便是迟钦亭去住学校的学生宿舍，借地方借床睡觉。月子里沐岚名正言顺地卧床休息。婆婆和媳妇初次遭遇，又像住旅馆似的天天在一个屋里挤着，客客气气相处了一阵。迟钦亭的母亲一向是做主脾气，凡事皆喜欢她说了算。她因为儿子媳妇是大学生，喝的墨水多，处处注意谦让。嘴上说："你们都是新派，我不跟你们争的。"看不顺眼的地方忍不住还是要说。迟钦亭和沐岚过惯了集体生活，天天吃食堂，到时间泡开水，锅碗瓢盆都不齐全。考虑到要生小孩的缘故，新买了一个小煤油炉。月子里炖鸡汤，小煤油炉玩具一样地不经烧，一会就没了油，火焰发红，锅底熏得漆黑。迟钦亭的母亲看看这小夫妻实在不像会过日子，一定要让儿子去买了煤炉和蜂窝煤回来烧。她又嫌食堂的菜贵而无味，索性叫儿子陪她去菜场认了地方，然后天天自己去买，买回来又是自己忙自己烧。儿子便把家整个地托给她管，反正是吃现成，而且吃得好，高兴时就说几句好话表扬她。沐岚却不以为然，觉得把时间都花在吃上，不值得。

矛盾是从经济开始的。小两口的死工资有限，月底总是银根紧缺。况且自家开伙并不比食堂省钱。食堂的大锅菜不好吃，毕竟是在公家菜场买，价格相对合理。大学的食堂向来以价廉物美著称。不像私人菜场上的小贩，素菜卖了肉价钱，还要笑话顾客吃不起别买。迟钦亭的母亲开始把自己的私人积蓄投资在伙食账上，迟钦亭和沐岚起先浑然不知，后来知道了，也不客气，只说还是吃食堂好，省事，省钱。老太太觉得儿子媳妇是嫌她多花了钱，心里一千个不痛快。吃辛吃苦地维持了这个家，结果反倒吃力不讨好。

沐岚的产假满了，要去上班，便对婆婆说，她一人又带小孩又烧饭，显然忙不过来，干脆吃食堂算了。做婆婆的无话可说，赌气说："就舍不得个食堂，也不知有什么好吃的。"脸色极难看地把托她当家的钱还给儿子，背后到处对邻居说："我们大老粗说，那食堂都吃不来，她一个干部家的小姐，倒吃得津津有味，真亏她的。省那几个钱干什么？"

这话自然会传到沐岚耳里，她叹着气对迟钦亭说："想不到你妈这人这么俗气。我吃食堂是吃得津津有味，怎么样？"

迟钦亭尴尬地打圆场说："其实妈妈的意思也不坏。"

沐岚说："真想不通，我不在乎穷，倒有什么不对的。本来就穷么，有什么办法。"一句话触动了迟钦亭的心病，不耐烦地说："反正她是你妈，你不要跟她吵。"沐岚冷笑说："你也太看错人，我会跟她吵，跟她一般见识？"

迟钦亭因此心烦意乱，动不动就发火。为了老婆的面子，他和母亲吵。为了母亲的尊严，他又和老婆吵。有时弄不巧，婆媳两人都和他吵。吵来吵去，加上小孩的哭，家里从此没了安静。他赌气住在学生宿舍不回来。他母亲舍不得，去找，去哭，搞得全校都知道。

接下来，是迟钦亭的母亲要走。她觉得自己做了不花钱的老妈子，越是能吃苦耐劳，越被儿子媳妇看不起。对媳妇自然更是一肚子不是，既看不惯她那不会过日子的小姐脾气，又恨她那整天爱理不理的活死人模样。有好几次成心和媳妇干一架，但是沐岚冷冷的就像听不懂她的话，临走，沐岚照样不冷不热地送她，该说的客气话都说了。

送走了母亲，迟钦亭闷闷不乐，问沐岚下来的日子怎么过，沐岚仿佛早有准备，看着他皱眉头的苦脸说："没什么大不了的，找个小保姆就是了。"找小保姆要多花钱，沐岚的意思，是父亲给的一千块钱该用就得用。迟钦亭有一种屈辱的感觉，但又没有别的选择。

找保姆也不是桩容易事。几乎所有的保姆都嫌他们家的条件太差，住房太紧，没卫生设备，没煤气，没彩电冰箱，没洗衣机。在保姆介绍所，大多数一问沐岚家的条件就摇头，也有的说是去看一看，看了以后，有当场走的，有干了一两天就走的，长的也不过十天半个月。一个年轻不漂亮看上去老实敦厚的小保姆做了一星期后，突然问沐岚什么时候买彩电。当时的彩电供应还不像几年后那么紧张，进口原装货付了钱就可以扛回家。沐岚支支吾吾地回答说："买了彩电，要影响读书的。"小保姆反问说："黑白电视不是一样影响吗?"沐岚和迟钦亭哭笑不得。事实上他们自己忙得很少看电视，厅长淘汰下来的十二英寸黑白电视一向是个摆设，小保姆来了，怕她寂寞，便成了她的专利，没想到她想看的是彩电。

有一天，沐岚从外面回来，发现小保姆正在房间里用痰盂大便，心里有些不高兴，说了她几句，小保姆回嘴说：“谁叫你们家没卫生间的。”沐岚生气说：“厕所就在楼梯口，为什么不能走几步，你想想，我们还在这房间吃饭呢，臭不臭呀。”小保姆说：“当然臭，屎还能不臭！”沐岚想到找保姆难，只好不理她。到晚上，小保姆去洗碗，手上一滑，一叠碗除了搪瓷的，都碎了。迟钦亭发火，训了她一顿，她便哭着要算工钱，要走。小保姆正巧干了十四天，沐岚打算给她半个月工钱，迟钦亭执意不答应，十四天就十四天，一点便宜不让小保姆赚。小保姆没想到遇上这么吝啬的主人，顺手牵羊拿了沐岚一双八成新的红皮鞋。

再下来的保姆是熟人介绍的。小姑娘因为受了后娘欺负，赌气跑出来。这是他们遇到的最好的小保姆，人老实，又特别喜欢他们的儿子，可惜不多久小保姆的父亲便找了来，不由分说，拉了女儿就走。

过日子想不到会这么难。他们对找保姆整个地失去信心。请教境遇和他们差不多的青年教师，都说最好的办法是把小孩托人带。附近的几个街道居委会迟钦亭都去打听，得到的回答几乎一样，现在的日子富裕了，没人愿意给人家带小孩。乐意带小孩的都是些年龄已大的家庭妇女，这些人现在要么是自己小孩大了，要带孙子和外孙女儿，要么是家里的第三代虽没出世，但是第二代考虑到面子问题，不让自己母亲给人家带小孩。帮人家带小孩怎么说也不是桩光彩的事。幸好历史系一位老师有熟人，所谓熟人，就是曾经带过她女儿的一个家庭妇女。这位家庭妇女的两个儿子在外地工作，两个女儿还在上学，男人已退休。沐岚和历史系的那位教师横求竖求，说了一大堆好话，又是辅导他们女儿考大学，又是认亲戚，最后算是答应。说好了星期一把小孩送去。

想到马上要把六个月的儿子送给陌生人去带，小夫妻很有点舍不得。沐岚说：“想想也没什么，反正是白天送去，晚上要回来的。”又说：“看看那家很干净，那奶奶人也和气，肯定会对我们儿子好。”说了，竟暗自落下眼泪来。她心里想，要是迟钦亭的母亲肯帮忙，他们也不至于把这么小的小孩托出去。自家人毕竟是自家人，自家人不帮忙，有什么办法。

小两口带儿子去儿童乐园玩，儿子太小，只能看别的小孩玩。

到送小孩的那天早上，迟钦亭和沐岚一起去送。小孩一到奶奶手上就哭，奶奶是有经验的，不当回事地说：“不要紧，不要紧，你们走。”沐岚心疼地又要流泪，她银行的上班时间快到，硬着心肠走，关照迟钦亭无论如何陪一会儿子。奶奶说：“小孩都这样，刚开始哪能不哭!”迟钦亭搭讪着留了一会。奶奶的脸色越来越不好看，连忙告别。一出门，他儿子的哭声响得整幢大楼都听得见。他折回去，奶奶说，他这么一来一去，小孩只有哭得更厉害。迟钦亭商量说：“我偷偷走，不让他看见。”

中午吃了饭，迟钦亭正要睡午觉，沐岚哭着回来说：“你倒有心思睡觉。儿子在那，嗓子都哭哑了，那奶奶也是，太不好说话了，我自己的儿子，凭什么不让看。”

迟钦亭牢骚满腹说：“有什么办法，只有这条路，不求她也不行，我们总得做事。”他后悔当初没听沐岚的话，一结婚就要个小孩真是个错误。沐岚在一旁哭个不停，迟钦亭说：“哭有什么用，又不能把小孩重放回到肚子里去。”

沐岚哭了一阵，还要去上班。上班时顺带又去弯弯。她不敢进屋，只在远处听。远远地仿佛听见了儿子沙哑的哭声，偷偷走近，才知是错觉。到晚上，儿子接回来，怎么哄他都不笑。半夜里无缘无故地死哭，嗓子是哑的。

这样的日子直到儿子两岁，让人心酸的事实在太多。迟钦亭住的那个楼道，有一家的情况和他们绝对相似。男主人是数学系的讲师，女主人在省级机关工作，小孩也托给一个老奶奶带。两家碰一起，有意无意便会讲到小孩给人带的种种不好。都是有一肚子意见不敢提，借背后议论发泄发泄。都抱怨大学毕业生的工资太低，除了名气好听之外，一点好处都没有，都恨自己死板不灵活，学校的奖金可怜，偏偏书呆子脾气挣不到一点额外收入，都和社会上的同龄青年比，同混得好的熟人比，越比越穷，越比越潦倒。人穷志短，想怄气都不敢。

迟钦亭的儿子学走路时，有一次奶奶没看好，竟从楼梯上滚了下来。跌得不轻，颧骨上皮戳了一块。迟钦亭心痛地说了几句责备话，奶奶忍气吞声听了，第二天便找借口，说是不能带小孩了，奶奶说："我那两个女儿一直不让我带，说还当真缺那几个钱呀，是我自己不好，硬要撑着带。其实我这身体也不行，你们另找人吧。找个保姆就是了，又多花不了几个钱。"那天正好是沐岚送儿子，听了奶奶的话，赔笑脸说现在保姆不好找。奶奶说："没这话，有钱还怕找不到保姆。你们都是大学毕业，还在乎这几个钱！"

沐岚忍无可忍，冷冷地说："那好，我们找找看。"

回家和迟钦亭说了，要他拿主意。迟钦亭光火说，"我有屁的办法，没听说现在小保姆比过去更难找。你也是的，答应奶奶找保姆干什么！你就跟她说我们找不到。"

沐岚很委屈："我没法不答应她。"

迟钦亭说："什么没法，你答应的，你去找。我，反正找不到。"沐岚觉得他太不讲道理，人是他得罪的，他一时痛快，擦屁股的事却要别人来做。迟钦亭不以为然地说："我当然应该教训她，她把我儿子摔成那样，凭什么不能说她。”

结果是小夫妻两人吵一架，都说气话，说狠话。吵过了便和好，两人恩爱一番，坐下来心平气和地商量对策。对策是上街买些东西，到奶奶家赔礼道歉。沐岚眼睛红着，克制着不让泪水流出来。奶奶过意不去，说：“我哪是这意思。娃儿我带好了，礼物你们带回去。”迟钦亭和沐岚执意不肯，奶奶又说：“娃儿跌了，老实说我也心疼。唉，人老了，手上滑，连我都差点摔了。如今都是独生子女，都宝贝得不得了，你想我能不怕负责任吗？我也不是逼你们，我也知道，你们也难。大家说过就算了。”说着，见沐岚的眼泪已流出来，心头也跟着难过，哽咽着说：“你们放心，娃儿我喜欢。我就是拿他当孙子一样看的。人老了，脾气犟，你们别在意。”

沐岚很感动。迟钦亭回家酸溜溜地说：“有什么好哭的。我们出钱，她拿钱，凭什么涎着脸去求她。”沐岚好好的心情又让他搅坏，嫌他死要面子活受罪，赌气不理他。迟钦亭开始让步，说好话哄她，他从内心不愿意为小孩一天吵两次架。

他们的居住环境要想不吵架也难。十二平方米的一间北屋，没阳光，整日在阴郁的气氛中。小孩一回来，高兴时笑，不高兴时哭，房间里没有一刻的安静。空间太小，放个屁都没有不臭的地方。也不能有一个人心境不好。坏心境传染起来，比流行性感冒传得还快。结婚两年多，他们吵架怄气的日子和恩恩爱爱的时间一样多。总算不像一般夫妻吵架那么大声嚷嚷。迟钦亭急了有时会高声大叫，但是沐岚从不。沐岚是一种文明的吵，冷战，真有气或者假有气，动不动就是三天不理迟钦亭。周围的邻居情形仿佛，恶劣的生存环境使夫妻无法不吵不闹，男女双方像是置身于一个小小的蛐蛐罐中，物价问题孩子问题事业问题乱七八糟的问题，刺激得人发疯似的好战。正在吵架的夫妻往往被暂时休战的夫妻劝，表面上是说服别人，实际的对象是自己："何苦呢，大家过日子这么不容易。"

吵架怄气和恩恩爱爱是对孪生兄弟，民间有不打不骂不成夫妻之说，又所谓打是疼骂是爱。就一个房间一张床，想不吵架避一避的地方都没有。怄气时也想到离婚。离婚的念头又叫各式各样的困难吓倒吓退。大家得睡一张床，了不得是一人睡一头，背朝背。结果都一样，轰轰烈烈吵架，上床；甜甜蜜蜜和好，下床。

沐岚的绝招是逃回娘家，一住三天。有时带儿子，有时不带。住在娘家也怄气，她弟媳妇气量极小，外面虽然有一套住房，一天三餐都吃在公婆处，沐岚为弟弟找了个小市民老婆感到惋惜。

迟钦亭有一天照镜子，无意中瞥见鬓角之际有根白发，用手指摘了半天，捉不住，让沐岚帮忙。沐岚捧着脑袋，看了一会，说："呀，不得了，好多根呢。"迟钦亭顿时有了感叹。说，不知不觉中，人竟老了，三十功名尘与土，镜中衰鬓已先斑。沐岚说："你别掉书袋子，我才是真老呢。前几天我把那牛仔裤找出来穿，你知道，简直套不上。"迟钦亭说："那是胖。"沐岚说："废话，女人的胖，就是老。"迟钦亭说："那小姑娘胖呢?"沐岚说："不跟你说了，你这人不懂。"隔了一会，沐岚极有深意地说："那你说，我有没有老?"

"你——"迟钦亭迟疑了一下，笑着说："没注意。"这话滑头得恰到好处，迟钦亭知道不论肯定与否定，沐岚都不满意。果然她说："你滑头。"想了想又笑着说："你根本不注意我，我知道，你对我早没什么兴趣了。"

"哪能呢，"迟钦亭做出一本正经的样子，"我正是太注意了，所以看不出。所谓熟视无睹嘛!"其实他心里倒喜欢沐岚的变化。纯情少女形象的沐岚并不出色，起码是风韵上有些欠缺，各方面看上去都单薄。迟钦亭喜欢成熟些的女人。

迟钦亭的老同学李文林分配在出版社工作，近水楼台先得月，人在出版部门，熟人多，信息准确，出书便容易。李文林拉着迟钦亭一起翻译外国通俗小说，说好了稿费从优，而且可以预支，迟钦亭一口答应。沐岚知道他要译书，总觉得是在干什么大事业，千鼓励万支持，家务事不要他碰，尽量给他创造条件，眼见着翻译好的稿纸一张张多起来，沐岚感叹说："外语到底有用的，你看，可以译书。"她这话是针对迟钦亭一向认为外语没用而发的。迟钦亭说："这能算什么用，翻译点通俗小说，骗几个稿费是真的。"

大学的教学任务并不重，迟钦亭笔头很快，一个多月，就把自己的一份译好了。能者多劳，他又帮李文林翻译。李文林的水平显然不行，有不少地方译错了，迟钦亭核对了原文，能改的地方都改过来。接着稿子交给出版社，很快就发稿，而且征订的印数极高，畅销已经没有疑问。出版社依约预支了稿费一千块，又向他约稿，翻译另一部通俗小说。李文林知难而退，说下一部你自己一个人干吧。

迟钦亭把一千块钱捧了回去，心头止不住有些乱。大学教师实在太穷，一千块几乎是他一年的工资，小夫妻合计了半天，吃不准是先买彩电，还是先买冰箱。沐岚受过小保姆的气，建议先买彩电，厅长给的那一千块尚未动用，凑在一起正好买彩电和洗衣机。迟钦亭想了想，摇头说："不，先买冰箱，我就是不想动那一千块钱，都熬到今天了。"沐岚说："钱是你挣的，随你。"

书出版以后，很快销售一空。紧接着重印第二版。有一家刊物打听到迟钦亭正在赶译另一本畅销书，跑来找他，要求先在刊物上连载他的译稿。当时那书已译了大半，迟钦亭便让刊物抓紧连载，他自己又和外地的一家出版社联系第三部译稿。结果两三部译稿几乎同时交给两家出版社，原著的档次虽然很低，但都是因为能赚钱，出版社欢迎得不得了。

迟钦亭因此在翻译上小有了些名气。好几家出版社纷纷和他订约稿合同。他也变得越来越精明，懂得了怎样谈条件，怎样要挟出版单位。不过一年多时间，迟钦亭名利双收，经济上翻了身，只差套房子。沐岚单位正在建造，算来算去，横竖有她一套。

书稿多得来不及翻译。迟钦亭在译第三部书时，历史系的两位学生曾来帮过忙。这两位学生是迟钦亭的得意弟子，一男一女，正悄悄谈着恋爱。迟钦亭和他们说好，下一部书与他们一起翻译。没想到恋爱谈着谈着谈崩了，男弟子中途退出，不再介入翻译，结果这部书变成了迟钦亭和女弟子合译。

女弟子经常来向迟老师请教，于是和沐岚也十分熟悉。她属于那种没多少信心的女孩子，动不动便非常惶恐地说："迟老师，算了，别签我的名吧，我不行。"迟钦亭和沐岚都觉得极其可笑。沐岚背后说："这小丫头怎么这样，没信心，干脆别干算了。"迟钦亭说："其实她还是不错的。"又说，"小女孩都这样。"沐岚笑着说："你怎么知道都这样？"

迟钦亭成了一架翻译机器。历史系领导开始有意见，迟钦亭是青年教师中的尖子，人的精力毕竟有限，他一心扑在翻译上，个人业务水平当然受影响。失恋的男弟子又有失体统地告了自己老师一刁状。系领导更加慎重其事，把迟钦亭找去谈话，既要他能耐得住清贫，不可赚钱赚昏了头，又要他在和女弟子的交往中，掌握分寸。分寸一词只可意会，不能言传，系领导拍拍迟钦亭的肩膀，相信他全懂。

迟钦亭一肚子牢骚回家，后一个问题比较敏感，他不敢提，只是反反复复说系里看不得他赚钱："我怎么了，这钱是我一个格子一个格子爬出来的，他们妒忌也没用。”沐岚说：“我看你们领导也没什么错，你呀，就是一下子栽到钱眼里不肯出来。”她接着举例说，迟钦亭每天译完了一定字数以后，从来不说译了多少，只说是又赚了多少多少钱。迟钦亭顿时语塞，十二分的不满憋了一会爆发出来说：“你讲什么现成话！赚钱怎么了，你说怎么了，别摆出人家俗气自己清高的腔调来，这钱你也用的。”

沐岚说：“你本来就是俗气嘛。”

迟钦亭恨得咬牙切齿，瞪着的眼珠子像子弹似的随时会脱膛而出。沐岚说：“用不着这么凶，你想吵架，吵就是了。”迟钦亭恶声恶气说：“吵就是了，你早就想吵了。”

结果沐岚回娘家住了一星期。这一次的隔阂最深，表面的和好消解不了已有的矛盾。潜在的危机躁动不安，大地震的前兆开始出现。迟钦亭和沐岚决定心平气和地坐下来，郑重其事谈一谈。迟钦亭说，贫贱夫妻百事哀，他们的毛病出在生存环境太差，动不动就吵已成习惯，老是吵，很自然就伤了感情。迟钦亭觉得自己拼命赚钱，是为了改变生存环境。“掉钱眼里就掉钱眼里，有了足够的钞票，坐下来做学问也不晚。难道我不知道这些畅销书没什么意思，这是叫生活逼的，你若不理解，还有谁能理解？”

沐岚说：“我说问题还在我们自己身上。感情这玩意，要不断发展才行。你好好想想，你心里有没有我了？”

迟钦亭觉得沐岚永远改不了那种罗曼蒂克的女才子脾气。夫妻就是夫妻，这关系是特定的，所谓继续发展感情，在理论上是通的，有意识地实践便变得滑稽可笑。感情怎么发展，到了尽头却还要走回头路，难道再谈一次恋爱，再结一次婚？太太平平地过日子比什么都强。还有什么比过日子更难呢？他们好不容易熬到今天这一步，大家很好地珍惜过去就足够。

沐岚单位的新房子分配了。银行是有经济实力的衙门，沐岚这样的一般干部，也分到一套比大学副教授好得多的住房。迟钦亭突然发现自己梦寐以求的东西都有了，不禁有一种失落感。失落了什么，他也不清楚。

儿子满了三岁，因为外公的缘故，进了全省最好的一家幼儿园，全托。

该有的都有了。想实现的也实现了。迟钦亭不知道沐岚有没有类似的失落感。他们开始像谈恋爱时期那样逛公园，看通宵电影，甚至计划重游黄山。

有一天，迟钦亭正在家翻阅译稿的校样，沐岚领回两个人来，一男一女，男的叫李银，是沐岚单位的同事，长得极其瘦小，文绉绉的戴一副高档的平光镜；女的是沐岚中文系时的同学，就是那位曾让迟钦亭产生过误会的美人儿。美人儿毕业后也是留校。和迟钦亭是大范围内的同事。他知道她丈夫是物理系的老师，正在美国攻读博士学位，过去在校时因为不在一幢楼，常见面却从不曾打过招呼。他奇怪沐岚怎么会领了这一男一女来。

沐岚说："巧了，今天来的这两位都是有事求你。噢，他们不认识，偶然碰到的。这是李银，我们办公室的，他对外语有兴趣，非要叫你指导指导他。这位呢，我们老同学，唉，你们见过吧，她叫庞鉴清。"

庞鉴清笑着点头，迟钦亭也跟着点了点头，转向李银说："其实我外语极差，哪能教你。"

李银说："哪能呢，沐老师说，你都翻了好几本书。"迟钦亭第一次听人称沐老师。"迟老师你别客气。"李银又说。

迟钦亭说："这有什么客气的。"眼睛望了望庞鉴清，又望沐岚，沐岚说："庞鉴清，老同学了，你自己和他说吧。"庞鉴清笑着摇摇头，眼神极亮，四处打量着，不说话，怔了怔，突然说："你们家真漂亮。"一边去拉正忙着泡茶的沐岚，"唉，沐岚，还是你帮我说吧。"

沐岚无可奈何地耸了耸肩膀，说："好吧，非要我说，我就说。"原来庞鉴清教书之余写了部长篇小说，知道迟钦亭和出版社方面的人熟悉，请他帮着推荐推荐。

两个客人先后走了，沐岚向迟钦亭大谈李银："我跟你说，这小家伙用功着呢，就可惜差一张文凭。你真该好好教他。"迟钦亭有些想不透，学外语可以去上夜校，可以跟广播学。为什么偏偏找他这个非科班出身的半瓶醋呢。他不忍心在同事面前驳沐岚的面子，但是很快就发现李银根本不是什么读书的料子。原先说好，由迟钦亭为他排难解疑，可是他连疑难的问题也提不出，而且一点谈不上用功。迟钦亭很快明白他的本意是找沐岚聊天的。

庞鉴清由迟钦亭领着去见李文林，李文林笑着说："哟，都是老同学嘛，有什么不好说的。"迟钦亭突然想起李文林的老婆和沐岚包括庞鉴清都是同班，脸不由得红了一下，说："真是，要我介绍什么，你完全可以直接来找他嘛！"庞鉴清说："你现在名气大了，当然要找你。"

事后，沐岚有一次无意间问起庞鉴清的小说写得怎么样，迟钦亭说："我怎么知道，又没看过。"沐岚又说："哼，保证好不了。"迟钦亭问为什么。沐岚又说："她那人，那么轻浮，能写出好东西来？告诉你，当年她是我们系有名的系花，上大学时，谈的男朋友多着呢。"迟钦亭相信沐岚说的是真话，庞鉴清的性格一眼就能看出来。在出版社，她几乎一下子就和李文林打得火热。迟钦亭因此和沐岚开玩笑，说她不应该把这样的女人带回家来。沐岚说："就你这样，她才不会看上呢！你别做梦。"

迟钦亭的女弟子毕业分配去一个边远城市，心绪极不好地来向老师告别。她没想到自己的分配去向会这么不如意，既没有留校，也没有留在本市。很显然迟钦亭帮了倒忙。虽然他和女弟子的关系经得起最严格的挑剔，但是系领导为了防患于未然，早就有了把女弟子分得远远的设想。生米已经煮成熟饭，分配结果一旦公布，便彻底失去了讨价还价的余地。迟钦亭望着凄凄惨惨的女弟子，除了安慰她来年可以考研究生，竟找不到更好的更恰当的话说。女弟子忽然伤心得哭起来。

沐岚回家时，女弟子依然泪痕未干。迟钦亭十二分的狼狈，极其尴尬地送女弟子走。下了楼，女弟子迟迟不去，迟钦亭心烦意乱。

仅仅是凭直觉，迟钦亭便知道有一场暴风雨要来临，沐岚的脾气是让人横不好，竖不好。迟钦亭知道自己无论解释不解释都讨不了好。沐岚虎着脸等在那里，迟钦亭见了一肚子窝囊，一肚子恼火，故意不看她说："真正岂有此理，那么远的地方根本轮不到她去。"说了，抬头看沐岚，她已经忙别的去了，迟钦亭冲她的背影喊道："我跟你说话，听见没有?"

沐岚白了他一眼，冷冷地说："对不起，我不知道你和谁说话。"迟钦亭光火说："见鬼，这房间就我们两个，我能和谁说话?"沐岚说："那谁知道。"又说："你发什么火?"

吃晚饭时，沐岚只拿了自己的碗筷，独自一个人闷声不响地吃起来。迟钦亭打心里不想吵架，又取了副碗筷，一边盛饭，一边笑着搭讪说："你这人，吃醋都是邪门歪道。"

沐岚说："你别得意，我吃什么醋啦。"说了，低头只顾吃饭。吃了一会，斜着眼睛说："你这人也能让人吃醋？"

迟钦亭解嘲说："是呀，像我这样的，哪能让老婆吃醋。"沐岚极其厌恶地瞪了他一眼，他没察觉，以为一场暴风雨躲过去了，一本正经地又说："其实，我们应该讲些平等才是。"

沐岚不说话，等他说下去。

"你看看我的表现，每次你单位的那个李银来，我表现怎么样？"

沐岚不懂地问什么怎么样。迟钦亭说："换了别的男人，早打破醋坛子了。我多好，那小子跟在你后面，屁颠颠地，心术绝对不正，我只当没看见。"沐岚带点挖苦地说："是呀，你真宽宏大量，人家勾引你老婆也不急的。"

迟钦亭一时改不了口，只好说："能勾引就好，说明你还是有吸引力嘛！"

沐岚差点跳起来，继而转为冷笑，幽幽地说："我吸引你不容易，吸引吸引别人恐怕还不难。我跟你说，李银就等着你和我离了婚娶我呢，你信不信？"

迟钦亭变脸说："我当然信，有什么不信的。"沐岚说："当然相信。你那可爱的女弟子，今天还不就是来说这样的话吗？难怪你还要讲什么平等。可惜——"

"可惜什么？"迟钦亭的脸变青了。沐岚咬牙说："可惜还不够漂亮！"迟钦亭恨不得扬手打沐岚一记耳光，两眼充满敌意地看着他，足足一分钟。气时的沐岚忽然十分难看，头发蓬乱，满脸倦容，迟钦亭一股恶意油然而生，忍不住脱口说："你说不漂亮，我看还可以，起码不比你差到哪里，没听说情人眼里出西施吗？"沐岚眼里要喷出火来，发着抖说："好，好，是你说的。"迟钦亭说："是你逼的。"

两个都动了肝火，索性大吵一场，或许倒好一些，偏偏两人像贮存能量似的把怨气都积蓄起来。到睡觉时，沐岚把迟钦亭盖的那条被子扔到了长沙发上，独自蒙头就睡。按照惯例，只要迟钦亭把被子重新捧上床，便是和好了一半。惯例的另一组成部分，是他钻进沐岚的被筒。这晚上积怨太深，迟钦亭赌气在长沙发上睡。沙发的海绵太软而且高低不平，他翻来覆去地睡不舒服。沐岚同时也在辗转反侧。夜深人静，偶尔可以听见汽车在马路上高速行驶的声音。正是月色最浓的时刻，银灿灿的月光风一般地吹进来，房间里黑是黑，白是白。迟钦亭突然翻身站在地上，走向录音机，把音量钮调至最低，摸出一盘磁带来放，是沐岚最爱听的一位台湾歌星的抒情歌曲。沐岚下意识地裹了裹被子，迟钦亭转身走回长沙发，重新躺下。音乐声像泉水一样在房间里汩汩流着。

美妙的音乐可以改善人的心境。因为都睡不着，都在听女歌星温柔的歌声，迟钦亭和沐岚都觉得今天的行为太过分，无论是自己还是对方。道高一尺，魔高一丈，大家硬着头皮斗来斗去，仔细想想何苦。感情这玩意脆弱得像张薄纸，一戳一个洞，一拍一道痕。歌声越来越轻，倦意越来越浓，两人脑袋昏沉沉，似睡非睡，似醒非醒，似梦又非梦。

第二天，沐岚匆匆忙忙去上班，迟钦亭还在睡觉。恰好是星期六，接儿子回来的日子。小孩是夫妻和睦的催化剂。儿子接了回来，尽管还保持着冷战，两人的斗志已是强弩之末，暴风雨即将过去势在必然。一周不见，儿子有许多话要和爸爸妈妈说。爸爸长，妈妈短，迟钦亭和沐岚在儿子一连串的追问下应答不暇。

谁也没想到李银突然会来。很显然，不速之客来得不合时宜。迟钦亭第一次注意到李银不是称呼“沐老师”，而是极亲切地叫“小沐”。他一进门，神色匆忙地看了迟钦亭一眼，然后目光转向沐岚，叹了口气，双手一摊，嘴里含糊不清说了句什么，想说又不方便说的样子。迟钦亭起身走向卧室，卧室门砰的一声。

沐岚和李银说了一会话，儿子在一旁无聊，便进卧室找爸爸玩。迟钦亭问儿子李银走没走，儿子说："没走，李叔叔还要在我们家吃晚饭呢。"

这顿晚饭是历史上最窝囊的一顿晚饭。沐岚似乎存心气气迟钦亭，旁若无丈夫地与李银说笑。李银有时找出话来和迟钦亭说。迟钦亭只当没听见，一声不响。吃了晚饭，李银要告辞，沐岚白了迟钦亭一眼，赌着气说："干吗，你别走，"一边起身收拾碗筷，一边又说："我还有话呢。"

李银坐在沙发上为迟钦亭的儿子说故事，沐岚在洗碗，迟钦亭坐在一旁等着说一句话。这句话直到李银再次告别时才说，他用的是极平静的语调，一点都不激动："在我们还没有最后离婚前，希望你下次不要来。"他的食指微弯，指点着李银戴的那副考究的眼镜，就像平时吓唬儿子不许做什么事一样。李银大惊失色，想笑，笑不出来。沐岚也是惊得无话可说。事后才想到她当时完全可以理直气壮地说，房子是以她的名义分配的，她想让谁来，就可以让谁来。这句话没说，沐岚后悔一辈子。

迟钦亭毫无疑问地又睡了一星期长沙发。因为睡不自在，腰酸背疼。白天乘沐岚上班不在家，迟钦亭才有机会上床睡午觉。夫妻之间的冷战最无聊。大家还在一个房子里，都做出怄气的样子。样子摆久了，不仅像是做戏，而且压根在做假。两个人搞得兴味全无，气还在怄，硬做出的气鼓鼓，其实都已是走了气的皮球，瘪塌塌的。一周以后儿子回来，迟钦亭领着他去儿童乐园玩，到晚上睡觉，儿子吵着要和他一起睡沙发。迟钦亭说："沙发这么窄，两个人怎么睡？"儿子要沐岚和迟钦亭换地方，沐岚只当没听见。

迟钦亭因此说："老这样做戏大家都累，我们好好谈谈怎么样?"

沐岚没好气地说："谈，有什么好谈的，我等着你'最后离婚'的日子呢!"这句话一直让沐岚耿耿于怀。

两人都在等台阶下，偏偏又都不给对方台阶。只要一闹别扭，心里想的嘴里说的实际做的，全不是一回事。迟钦亭已经上床，在哄儿子睡觉。沐岚站一旁，毫无表情地看着他。迟钦亭说："要睡沙发，你睡，凭什么老该是我。"沐岚一阵冲动，上前抱了被子就走，迟钦亭想拉住也来不及，嘴上只好说："我可没叫你去，这是你自找的，别怨我。"

沐岚看穿他似的狠狠一个白眼，赌气在沙发上睡了。迟钦亭有些恼火，说："我们要吵，就吵个痛快，这样不死不活的，太难过。"沐岚猛地坐起来，冷笑说："离婚就离婚，干吗要吵个痛快呢!"迟钦亭说："我不是这意思。"又觉得自己话太软，赶紧补一句："离婚，离婚吓唬谁?"

儿子半夜醒来，突然要妈妈，迟钦亭睡意蒙眬地敲了他两记屁股，小家伙索性放声大哭，一定要沐岚陪他睡。夫妻两个只得忍气吞声换地方。迟钦亭这一忍，直忍到天亮。气越忍越足，早上起来，他气鼓鼓地这样，气鼓鼓地那样，又上街买了张小床，气鼓鼓地搬回家，放进他那六平方的小工作间。

最初的分居像游戏。在喜剧气氛中，沐岚参观什么似的，极认真地研究了那张小床，半真半假说："我们是不是还应该分开来吃?"她仿佛早看透了迟钦亭迟早会不睡这张小床，似笑非笑地拍了拍床板，"既是买，何不买一张好点的呢?"迟钦亭也是似笑非笑。

两人纯粹在闹着玩。两人同一个房间吃饭，看电视，配合默契地分工做家务，最后像外国夫妇那样各自回房间睡觉，只差相互道声晚安。两人孤零零地上床，正是因为孤零零，孤零零的滋味提醒大家还在怄气，怄气已到了尾声，谁也没想到这场分居会这么长，长得像细细的风和流水，像小蛇游过的踪迹，而且最终可能导致离婚。

儿子从幼儿园放假回来，对老子的小床羡慕得不行，爬上去乱蹦了一气，质问迟钦亭：

“爸爸，你不是说这小房间将来是我睡的吗？”

迟钦亭说：“你急什么？”

儿子说：“不，我要睡嘛！”

迟钦亭说：“好，你一个人睡。”

儿子想了想，说：“我跟妈妈睡，就让你一个人睡这儿，让大灰狼来拖你。”

迟钦亭叫儿子画图画。儿子用老子的笔老子的稿纸，画了个头上梳着辫子的小女孩，两只眼睛一大一小，嘴和鼻子是两个差不多的圆圈。迟钦亭笑着说：“丑死了，这腿和膀子像树棍。”

夫妻俩不在一张床上睡觉，实实在在可以省掉许多事，迟钦亭和沐岚的脸色红润了不少。都觉得这样也好，各自好干些事。自从儿子进了幼儿园，沐岚一直有那么点精力过剩。再去考研究生，这是几年前的旧梦，如今不敢重温。将就的办法是去读夜校，上公共关系课。公共关系近几年颇时髦。招生广告上说得如何如何，沐岚缴了学费，听了几次再也不乐意去。教学质量差得不像话。一位刚死了老婆的特聘先生，主讲的内容是关于如何与异性交往。特聘先生有些口吃，除了亮出他那张印着一长串头衔的名片时有几分威风之外，结结巴巴地讲课，更像是在法庭上交代问题。来听课的大多是工厂的青工和机关中没文凭的干部，沐岚觉得自己一个正牌大学生，和这帮人酱在一

中国本土最专业的网上书店
在线销售300,000种的图书、音像、礼品、服装
订购／入会:400-6699-699
A.《玩火的女孩》
[瑞典] 斯蒂格·拉森 著
人民文学出版社 2010年8月出版
B.《文学少女1》
[日] 野村美月 著
人民文学出版社 2010年9月出版
C.《瘦身我最大》
[台] 英特发股份有限公司 编
中信出版社 2010年12月出版
D.《可不可以不要铁饭碗》
E.《弯家有娘初长成》
[台] 弯弯 著
人民文学出版社 2011年1月出版
送
送
送
送
送
www.99read.com
网上书城
Read club

起，真正没那个必要。况且天天晚上迟回来，也怕迟钦亭多心，醋意大发。

迟钦亭想写一部书，学术性强一些的。这念头由来已久。过去心总是定不下来。翻译小说毕竟不属正业，他翻的都是蹩脚的畅销书。好像有一股惯性在拉着人走，他的目的既然是在稿费，自己就成了架造币机，只要机器运转，钞票便会哗哗地淌出来。钱不是什么坏东西，出版社盯着他索稿，读者喜欢看，钱的诱惑总使他撒不了手。他老想着有一天自己会赚足了钱，然后定下心来做学问。

沐岚借了厚厚一叠的琼瑶作品回来消磨时间。结局是迟钦亭也成了琼瑶的读者，一本接一本地和沐岚换着看。沐岚说，琼瑶的书写给我们女人看的，你来什么劲。迟钦亭说，就是因为给女人看的，所以男人也得看。沐岚鼻子里哼的一声，看透似的白了他一眼。

类似的小斗嘴不断。本义显然是为了和好，结束怄气。偏偏事与愿违，抬杠子的话一扣扳机就从嘴里面射出来。有一次，迟钦亭甚至服软说："我们和好算了，老这么做戏，也累。"

沐岚有些吃不透，脱口说："原来你是一直在做戏？"

迟钦亭说："我不想和你吵，这一阵，这一阵我心情不好。"

沐岚想说："心情不好不想吵，那心情好的时候，还得吵了？"她不想和迟钦亭再斗嘴，因此采用不开口的绝招。迟钦亭脸色有那么点难看，她不愿意在他心情不好的时候惹他。两人都在等对方说话。僵了一会，迟钦亭叹着气回自己的小工作间继续译书。

第二天，趁迟钦亭去上课，沐岚为他收拾房间。房间里乱得像单身汉宿舍。臭袜子只剩了一只，另一只怎么也找不到。翻开枕头，沐岚发现几本外国画报，一眼看过去就知道是有裸体女人的那种色情意味的画报。她体验到一种说不出的滋味，有些赌气，又有意无意地忍不住要翻开来看。

楼下有人叫了一声。隔了片刻，沐岚才突然想到似的奔下楼去。送信的人刚刚走。信箱里有两封信，沐岚发现自己忘了带信箱钥匙。

信都是迟钦亭的。一封来自出版社，一封来自迟钦亭的女弟子去的那座边远城市。沐岚一阵冲动，两封信全拆了。女弟子的信绝对经得起沐岚的挑剔。很显然，迟钦亭就心境不好诉了一大通苦，女弟子根据这话题，反过来对老师说了一大通安慰的话。

沐岚陡然间有了一大堆后悔，后悔不该拆信，这事至少有点失她的身份。后悔不该拆两封信，两封信都拆了，失手拆错信的借口也不可能成立。后悔去读那信的内容，没抓住把柄，反落下了把柄。后悔该她说的话，却让一个小毛丫头去说了，把安慰男人的专利拱手转让实在有些不甘心。迟钦亭的心境明摆着的不好，他的脸上藏不了什么事。沐岚前些日子遇到历史系的一位领导，这位领导以爱给人穿小鞋闻名，爱给人穿小鞋的领导叫沐岚劝劝迟钦亭。

最后悔的，是沐岚把女弟子的信就那么留在迟钦亭的写字台上。这一着棋大错特错。索性作弊，把拆过的信照原样封起来。索性撕开脸训斥几句，拼着吵一场。偏偏沐岚选择了一个最窝囊的办法。女弟子的信偷偷地放在那，偷偷地就没了。也许沐岚还指望迟钦亭会老实坦白交待，她真是太傻。

秋天很潇洒地就到了。沐岚买了套惹人注目的衣服，烫了发，在房间里旁若无人地走来走去。这架势有些咄咄逼人，迟钦亭感到自己快招架不住。

求和的信号弹已经发射，但是沐岚似乎在等待对方的无条件投降。

迟钦亭千方百计地想唤起自己往日对沐岚有过的激情，他知道她在想什么，正如沐岚知道他在想什么一样，大家都在硬着头皮做戏。天真的可笑和可笑的天真，像是那种老牌的没了油的打火机，除了啪啪冒出无效的火星之外，再也燃不起能够点着情感的火焰。也许本意都是为了维护两人共同创造的一切，然而事与愿违，越是想守的东西越守不住。迟钦亭极力使自己去想结婚以后过过来的不容易日子，总以为会有些感伤，实际上却是无动于衷。

老是这么僵下去真正无趣。不战不和，不死不活，迟钦亭打定主意要尽快结束这场闹剧。夫妻分居造成了性欲的很大压抑，迟钦亭发现自己这方面的要求时而像快喷发的火山，时而像千年古井中的死水。冷战使人成了非人，夫妻成了非夫妻。他想到译书时曾遇到的一句名言，那是情场屡屡得意的男主人公说的："男人对付女人，只要再野蛮一些，再温柔一些，就行了。"

迟钦亭不知道自己是该野蛮一些还是温柔一些。反正主意已定，不战不和的局面一定要到此为止。他打算对沐岚好一些，不失身份地对沐岚再温柔一些，甚至那天晚上李银突然来了以后，迟钦亭也没有最后放弃自己的想法。那天晚上李银来得太突然，当时他正在小工作间里翻大厚本的字典，听到那个不想听到的男人声音，他最初的冲动是闯出去。这念头在他捏紧拳头的一刹那就已经消失。他不想让自己太可笑太丢脸。天毕竟刚刚黑，而且李银的高声恰恰是故意让他听见的。他既不愿去研究李银在说什么，也不想再一次使这文绉绉戴着高档平光镜的小伙子狼狈不堪。小伙子胆敢再来的勇气就该佩服。迟钦亭发现自己直想笑。

李银刚走，沐岚就进了迟钦亭的小工作间。看得出，她想解释什么。迟钦亭有一种大获全胜的预感。沐岚在他身边立了一会，看了看他译的草稿，搭讪着问他要不要喝水。迟钦亭点点头，沐岚拎起水瓶倒了水，带些不满说：“你哑啦!”说了，到外间去看电视。

迟钦亭心不在焉地胡乱翻了半天书，才到外间去。沐岚正极认真地在看电视，丝毫没有意识到迟钦亭来的表示。迟钦亭在长沙发的另一头坐下，一起看电视。电视上正播放健美比赛，男女运动员鼓起了一块块失去了真实感的肌肉，对看电视的人做表情。摄像机拍特写时，镜头始终围绕着女运动员上半身转。看了半天，迟钦亭弄明白的唯一一桩事就是运动员的夹肢窝里没有毛，没有黑的汗毛。

“这有什么好看的?”迟钦亭把脚搁在长沙发上，看着沐岚说。

沐岚侧过头来，冷冷地看了他一眼，继续认真看电视。隔了一会，才说：“当然没什么好看的，你要看的，都是光屁股的，藏在枕头底下，一个人偷偷看，多有趣。”沐岚脸冲着电视，有些赌气，有些讥笑，仿佛是在议论电视机里的人。

迟钦亭感到有盆冷水从头顶上浇下来。他的腿本来想去碰沐岚的，却僵在途中再也伸不出去。这是潜意识中已经预料到的结局。迟钦亭像个局外人一样，猛地看清了自己，他没有表情地看着沐岚，似乎有些没看透她，又似乎太看透她了。大家都是既看透又没看透。

突然，沐岚起身，说：“对不起，我睡了，请你关关电视。”

迟钦亭还没有反应过来，只听到一阵乒乒乓乓的碰撞声。沐岚在卫生间忙了一气，走出来，径自进卧室，砰的一声，门关上了，插销刺耳地响了好几下。

迟钦亭不愿意去琢磨卧室的门到底有没有销上。他觉得好笑，觉得自己好笑。电视里正在进行发奖仪式。一位胖胖的赞助单位的西装笔挺的企业家十分尴尬地在发纪念品。迟钦亭直到电视机里最后一个频道对他说再见，才把电视关掉。

刺耳的插销声似乎一直在响。连续几天，都这样。

从阳台上，看得见楼前的马路。下班时分，迟钦亭有意无意地会在阳台上往下看。沐岚和李银总是一同过来，分手，两人都习惯性地往阳台上望，匆匆忙忙地一瞥，像是完成一个规定动作。迟钦亭明白沐岚的用心所在。不知怎么的，他觉得自己时时想笑。

庞鉴清的长篇小说终于没能出版。出版社的借口是这样的小说不赚钱。庞鉴清自己倒不觉得怎么样，迟钦亭却有些帮不上忙的内疚。两人好歹算是熟悉了。庞鉴清的家就在学校附近。迟钦亭有课去学校，正碰上她也有课。下了课，走在一道，庞鉴清发出邀请，迟钦亭很自然就去做了客人。

一个小套，又是在最高层，庞鉴清的家让人有一种超脱的宁静感。家具简单却极有风格，两只小半圆沙发，一张席梦思很随便地放在地上当床。床上的被子没有叠，凌乱而不破坏整体的和谐。适当的不整齐往往比过度的整齐更能体现生命意识。正午的阳光从南窗射进来，明亮得逼人。庞鉴清问迟钦亭要不要把窗帘拉上，他摇摇头。

连迟钦亭自己也没想到他会在庞鉴清家里吃饭，虽然已不是第一次来，虽然他和庞鉴清已是相当的熟。电饭锅煮的饭，炒鸡蛋，炒青菜，午餐肉罐头。吃了饭，庞鉴清冲了两杯咖啡，雀巢咖啡。满屋的咖啡香味。

庞鉴清说："什么时候，你带着沐岚一起来玩。"

迟钦亭不说话。庞鉴清说："你们吵架了？"

庞鉴清又说："其实我丈夫在国内时，也经常吵。吵吵就好了。你——"

迟钦亭盯着贴在墙上的照片看。庞鉴清的丈夫正在美国的一幢高层建筑前盯着他们看。

庞鉴清说："我丈夫倒好，他一个人在美国，连家都不想要了。"

咖啡喝完了，庞鉴清问他还要不要。

迟钦亭突然说："我想瞎说几句，你不会介意吧？"庞鉴清一怔，看着他，眼睛里已经没有了吃惊，很随便地一笑，仿佛是在鼓励他说。

迟钦亭想说是她造成了他和沐岚的姻缘。想说没有她，自己的故事就得改写。想说她给他带来的美妙瞬间和永远的失落感。想说得含蓄些，又想说得大胆些。想拐弯抹角，又更想直截了当。无数个念头同时碰撞，冒出五颜六色的火花来。他说了，结结巴巴，说了什么，自己也弄不清。

庞鉴清缓缓地走到窗前。她有些脸红，情不自禁地用手去搓。阳光照在她身上，女人的线条显得更突出。风吹着她额前的头发，轻轻地动着，动着。很久，她才转过脸来，看着迟钦亭。迟钦亭也正对着她看。要是能永远这么看下去就好了。

迟钦亭回家，天已黑下来。他很疲倦，说不出的疲倦。沐岚捏着他女弟子的一封来信正在等他，一推门，一张毫无表情的脸对着他。这场面实在有些荒唐滑稽。沐岚脸上没有一丝激动。迟钦亭伸出手去，要那封信，沐岚盯着他看了一会，把信给了他，好像是准备研究他到底怎么拆那封信。

迟钦亭没有拆女弟子的信。转身，想往小工作间逃，沐岚追在后面说："我和李银在一个办公室，不说话，大家也难处。"

迟钦亭很奇怪沐岚会说这些，忍不住掉头问："你们怎么了？"

"什么怎么了，"沐岚气汹汹地说，"我们没怎么。自从那次，那次我拒绝和他一起看电影，他是聪明人，也该明白我的意思了。"

"什么意思？"

沐岚狠狠白了他一眼，脸有些紫胀。迟钦亭不在意地又问："电影，什么电影，他请你看什么电影?”

“《柔情蜜意》，内部票。”

迟钦亭想说什么，无从开口。

沐岚说：“我让他和他女朋友一起去看，他说他女朋友看过了，他女朋友……”说到这，迟钦亭已走进了小工作间，猛地一下，坐在小床上。嘭的一声吓了沐岚一跳，自己也吓一跳。小工作间的灯没开，一种灰蒙蒙的黑。沐岚站在那，人倚在门框上，看着迟钦亭。迟钦亭坐在黑暗里，手上捏着女弟子的信，看着沐岚。夜光台钟上的阿拉伯数字放着微光，暗绿色的光，秒针吃力地走着，走得很慢。每走一小格，轻轻地跳一下，轻轻地抖一下。

# 红房子酒店

# 第一章　上海姑娘

## 1

上海姑娘来，是个春天。

我们站在祠堂前的高地上，远远望过去，麦地一片青青，菜花一层嫩黄。青黄之间，移过来几条人影。正是下课时间，金老师不经意地走出教室，搓着手指上的粉笔灰，做手势叫老扁头回去扫地。老扁头说："你们看，我爸爸。"

我们终于看清了那几个人。还是远远的，老扁头爸爸肩上一副担子，走在最前头，一头戳着被头铺盖，另一头是网线袋，鼓鼓囊囊一大包。等过了那片菜花地，只见那担子换了个方向，从背后闪出两个人影来。一男一女，男的没见过，女的也没见过。

队长阿三家的狗首先叫了。我们拍腿捶屁股地叫它冲，那畜生箭一样蹿过去。老扁头爸爸的骂娘声十分优雅，拖着尾音，狗已经夹着尾巴跑了。

上课哨声极刺耳地响起来。我们叫着，喊着，跳着，回教室。金老师斜倚在教室门口，仰着头，神气十足地吹着。吹了一阵，老扁头爸爸领那两人走到祠堂前。"金老师，上课了？"老扁头爸爸问着，歇下担子，撩起衣襟擦擦汗，又回头对那两人说，"这是小学堂的老师。金老师，这两位，是'上海'人。"那上海两个音，想模仿上海话，说得十分怪。

我们一起跪在板凳上，磕着窗台往外看。窗台上的位置满了，就往门外冲。金老师守在门口，站成一个大字，仿佛是尊门神。我们在这"大"字的空隙中往外看。

我们看见一位上海姑娘，一个上海的小伙子。那小伙子呆呆地看着我们，背有些驼。

上海姑娘从书包里抽出一条毛巾，擦冒热气的脸，冲金老师笑。我们站在金老师身后，金老师动了动，那上海姑娘又是一笑。

队长阿三家的狗龇牙咧嘴地跑过来。上海的小伙子直往后退。老扁头爸爸跺了跺脚，嘴里一声恶骂，那狗便钻过金老师的裤裆，悠然进了教室。我们一阵欢笑。老扁头搂着那狗，依然从那“大”字的空隙中往外看。

老扁头爸爸说这说那，“这是祠堂，过去。”又顺着上海姑娘的目光，指着竖在那的毛竹竿说，“这是小学的旗杆，挂旗子的，”手僵在那不动了，笑着回头对金老师说：“怎么挂了把破扫帚？”

金老师十分尴尬，他回过头，红着脸扫了我们一眼。

上海姑娘扑哧一下笑出声来。仰头，盯着那旗杆上的破扫帚出神。所有人目光都集中在那把破扫帚上。那是一把废弃的芦花扫帚，把子处已经折了，高高地悬在旗杆上，好像是只火腿，隐隐的还有股香味。

队长阿三家的狗，再一次从金老师的裤裆里钻出去，悄悄地走了。我们都盯着那把破扫帚看，没有人注意到。

2

几十年前的春天，好消息从上海传过来。当时也是在这祠堂前的高地上，集合了近十条想去上海杀猪的好汉。西头阿三在上海杀了一年猪，据说日子过得蛮不错。九条好汉在祠堂里磕了头，祭了祖宗，先坐小火轮，然后是敞着篷的火车，风尘仆仆到上海。西头阿三果然混得有了上海人味道，会摆阔，能装穷，而且娶了一个说上海话的老婆。那几条好汉也跟着一同杀起猪来。杀了一阵子，上海叫解放军围了，接下来上海解放，再接下来土改。凡事一干久，远不是原来觉得的那么回事。杀猪这碗饭吃起来太辛苦且不说，而且女人不好找。于是怎么去的，怎么回，依旧是敞着篷的火车，噪音大得惊人的小火轮，风尘仆仆赶回去参加土改，分地，娶老婆，只当上海逛了一圈，见了世面。

队长阿三听说上海的知青到了，嚷着要去见见西头阿三的儿子女儿。队长阿三也是当年去上海杀猪的一条好汉。他嘻嘻哈哈地去了，身后跟着自家的那条狗。

"人哪？人哪？"他大声地问。

西头阿三娘捧着香烟出来，只是笑，递烟，不说话。

队长阿三说："老太婆怎么只是笑，人哪？"一眨间两位客人已经到了面前，队长阿三一边笑，一边点烟，一边咳嗽，一边说："好好好！老太婆，真是好。这两人，哪个大？"

"当然丫头大，"西头阿三娘踮起脚尖，凑在队长阿三的耳朵旁，"这孙子，是阿三后头一个老婆养的。"队长阿三听了，一怔，忙说："噢，蛮好，蛮好。"

西头阿三娘说："好什么，蛮好的上海不能待了，反倒要跑到这乡下来，阿作孽？"

队长阿三哈哈大笑，说老太婆想不开。"你儿子这贼坯死赖在上海不回来，让孙子孙女回来侍候你，倒不好？"说着，眼睛眯成一条线，看着上海小伙子笑，又转向上海姑娘，目光一亮。

3

我们很快就发现那上海小伙子有点傻。瘦高个，像根细竹竿，又是个小脑袋，拳头一般大，头顶上永远一蓬乱发。老扁头第一个发现他有摇头病。只要坐着不动，那嘴便吃奶似的翘起来，引着脖子不时地向左摆，抽筋一样乱动。

上海姑娘和生产队的女人一块干活。

上海小伙子和乡下小伙子一起干了没几天，不像个能做事的样子，队长阿三让他去帮聋子养猪。聋子不会说话，会伊里哇啦地叫，一身牛力气。又过了没几天，上海小伙子叫聋子治得服服帖帖。

队上的母猪发情了，派人去找北村的毛胡。毛胡不姓毛，养了只种猪，方圆十里八里地赶个不停。那种猪大得像牛，我们一见，便追在后头打。毛胡不在乎，种猪也不在乎，神气活现地继续走。

场上放了一捆稻草。聋子伊里哇啦乱叫。上海小伙子站在一旁发怔。母猪赶来了，瘦成一摊骨头。毛胡把种猪系在大树上，过来把那摊稻草捆捆紧，又踏上脚试试，然后退到一旁吸烟。种猪挣扎着要过来。聋子指挥上海小伙子把母猪拎到稻草捆上。

种猪急巴巴地上去了。老扁头跟在后面，扯住了猪尾巴想拉，后脑勺上叫毛胡重重拍了一记。毛胡说："畜生就和人差不多，你爹和你娘干这桩事时，你也去拉他尾巴？"

老扁头退后三步，骂道："你爹你娘才有尾巴！"捡了石头要扔，笑着跑了。

上海小伙子怔在一旁。毛胡有一句无一句和他搭话，心里觉得这人脑子里有毛病。

此后一连几天，上海小伙子总是发怔。直到有一天，他寻了根小树棍子，往母猪的那个里面戳，大家才相信，这上海小伙子，真是有点傻。上海人称傻子叫戇大，于是都叫那上海小伙子叫阿戇。

阿戇既然有点傻，那摇头病也就不奇怪。从此村上多了桩乐趣，就是逗他玩。阿戆明知道人家逗他，偏喜欢听那一类话。队长阿三说：“你好歹也是个城里人，怎么比乡下人还下流？”阿戆听了，也不脸红，痴痴摇着头笑。西头阿三娘听说人家拿她孙子耍猴玩，起先也生气，也站在祠堂前海骂。有一天，她坐在澡盆里洗澡，洗好了站起来擦下身，听见身边的床板嘎嘎响，就手掀起放下的蚊帐，阿戆正跪在床板上，两个眼睛瞪得多大。

4

上海姑娘下乡，刚巧十八岁。十八岁，上海姑娘过得糊里糊涂。

西头阿三前头娶的老婆，是个有钱人家的女佣人，叫小娟。小娟伺候人惯了，服侍起西头阿三来，十足的好。可惜坐月子难产死了，留了个女儿。这女儿快一岁了也没起个名字。西头阿三起先叫她小娟，后觉得不对劲，改叫阿娟。阿娟直到上小学，才知道和弟弟不是一个妈。西头阿三有些怕老婆，阿娟也跟着十分的怕后妈。

阿娟小学里留了两级。

阿娟十五足岁过了，手脚才开始往长里长。

队上女人和阿娟干活，都说，后妈的女儿，和乡下人一样能吃苦。

男劳力聚在一起，干男劳力的活。

女劳力也聚在一起，干女劳力的活。

大家累得半死，农忙过了。

农忙过了，是人便有了些闲散的派头。知了在太阳底下死叫，湖水晒得微烫。中午是小雅的时间，或卸下一块门板，斜搁在前后门大敞的客堂里，人作一个“大”字摆开，或搬了竹椅竹榻进竹园，听一会鸟叫然后入眠。清风过处必有鼾声，有鼾声的地方，又必有流着涎水的美梦。

这一天又来了两位上海姑娘。衣着十分时髦，说是阿娟过去的同学。人长得漂亮，又是一口甜滋滋的上海话，问路之处，远近就有许多双眼睛紧紧盯着。

那阿娟也换了衣服，领着两位同学，村前村后地走过。一路清脆的笑声，全不察无数投向她们的目光。天热人亦热，一双双眼睛中有了种种欲望。眼见着阿娟领了两人回家，又拿了椅子板凳出来，坐在门口说笑。

吃了午饭，两位同学嫌太热，和阿娟一起换了游泳衣。人们只看见西头阿三家后门口闪出三个苗条的身影，披着花的或格子的衬衫，光着白得晃眼的大腿，互相笑着招呼，向白马湖走过去。又过了一会，那笑声的清脆，在白马湖里回荡，传过来，回过去。

三位姑娘水淋淋地从白马湖里站出来。人们闹不清阿娟究竟穿的是红的还是蓝的游泳衣。烈日毒毒地射下来，湿漉漉的脚印留在乡间的小路上，转眼便没了踪迹。那红的蓝的游泳衣，久久留在乡下人的记忆中不肯去。

从此乡下人多了心。

阿娟远远地前头走，后面就有眼睛仔细研究。上海姑娘到底上海姑娘，皮肤永远晒不黑。那腰一样有劲，硬比乡下人细。腿瘦长，肉都在结结实实的屁股上。一样赤脚，阿娟的脚背上仿佛从来不沾泥。一样卷起裤脚管，她卷得偏比别人的整齐。

那天几个小伙子捉住了阿戆寻开心。其中一个便问："阿戆，你姐姐的奶子怎么那么大，该不是用了什么药？"另一个也说："乖乖，外国人用了那药，奶子像半个篮球！"阿戆便傻乎乎地回去问阿娟。

阿娟脸一红，低头对自己胸前扫了一眼，骂道："什么半个篮球，不要瞎说八道。"骂完了，细细想想，也忍不住笑。阿戆偷了阿娟的胸罩，捧着献宝似的给旁人看。依旧是那几个经常寻开心的小伙子，夺过胸罩研究来研究去。那是只老式的有着一大排纽扣的胸罩。几个人捉摸了半天，争得脸红，有的说："幸好有了这玩意，要不然，那奶子还不知怎么的大。"有的却说："所以觉着大，恰恰就是用了这玩意。"争来吵去，差点把那老式的胸罩撕成两半。

5

那天在白马湖游泳，老扁头最出风头。阿娟领着两位同学刚下水，我们便脱了裤子往湖里跳。我们当中，只有老扁头一个人，能在湖底里摸着淤泥。阿娟游得不好，只敢在边上扑腾。两位同学中有一位极好胜，也到湖中心和我们一起摸淤泥。摸了半天没摸着，直向湖对岸游。老扁头最先追过去，我们又去追老扁头。

那姑娘游得快，早早地就在对岸等我们。我们气喘吁吁到了，她却说："你们怎么都是狗爬式?"

我们问："什么叫狗爬式?"

她学我们的动作。脚一打水，扑通一声，头沉在水里，喝了一口水。我们笑起来。她抹了抹脸上的水珠子，问老扁头："喂，你几年级了?"

我们跟着一起问："喂，老扁头，你几年级了?"老扁头是留了两级的二年级学生。

我们一起往回游。那姑娘游得快，老扁头跟在后头，我们跟着老扁头。刚上岸，队长阿三家的狗跑来了，阿娟说："别怕，这狗不咬人。”我们又笑。那个好胜的姑娘脸一沉，“笑什么，一个个光着屁股，真不文明!”

我们还是笑，忙不迭地穿裤子。她们披上各自的衬衫，向西头阿三家走去。我们跟在后头，队长阿三家的狗跟着我们。她们躲进阿娟的房间换衣服，我们起哄着要进去。还是那个好胜的姑娘摆了脸，把门隙了条缝喝道：“怎么不知道难为情的，是你们看的事吗?”

一年后，阿娟到我们小学来了，教一年级新生，我们忍不住地要她带我们去白马湖游泳。我们常说：“这天还不冷，阿娟老师，就带我们去一次，一次，还不行?”阿娟说：“我只管一年级的事，要去，你们去找金老师，去呀!”

她嫌我们麻烦，我们便和她作对捣蛋。她教新生识字，我们便在外头跟着念，声音比谁都响、都认真。

“工，工人的工；人，工人的人。”

我们叫得声嘶力竭：

“工，工人的工；人，工人的人!”

阿娟急了，便去找金老师。金老师在我们后脑勺上挨个地拍巴掌。

金老师成了救星。

阿娟遇事就找金老师。

我们都归金老师管。一上课，金老师让二年级学生抄课文，三年级习大字，四年级五年级各布置十道算术题，然后去看阿娟上课。我们的教室比一年级的厢房大得多，金老师前脚走，后头就闹翻了天。老扁头走上讲台，拎起金老师的一支破斗笔，蘸上水，在黑板上胡写一气。金老师几乎成天和阿娟在一起。他不太管我们，我们也不管他。

队长阿三的侄儿小丁宝，所有新生中最坏的一个。人小鬼心眼多，成天拍阿娟的马屁。我们都管他叫干儿子。小丁宝是阿娟的干儿子，也是我们的干儿子。

6

这村上，是女人，一旦生养了孩子，夏天里便打赤膊。乡下人看着阿娟领了俩上海人，穿着红的蓝的游泳衣，跳到白马湖里游水，稀奇得不得了。阿娟见乡下的女人夏天里光上身，想到了脸就红。

若是来了远方的客人，女人们慌不迭地穿上衣。反过来，当家的男人便说："又不是啥外人，衣裳干吗不脱了，捂汗啊？"到晚上大家都在门前搁了凉床乘凉，微风爽爽地吹过来，东家的男人对西家的男人说，你家女人奶子如何如何，西家男人又对东家男人说同样的话。女人们听了嗤嗤地笑，有时似真非假骂一声，骂完了还是笑。赤膊是这一带女人的专利。那些尚未出嫁的姑娘，眼睁睁地看着村上老少媳妇们，光着上身理直气壮走来走去，热得火烧火燎，气不服地说："恨不得也赤膊！"

阿娟是上海人，带来了上海的习惯。

姑娘们和阿娟在一起，总闻到一股异样的香味，研究来研究去，临了明白不过是肥皂的味道。从此乡下姑娘洗澡，必定抹上一点肥皂。又羡慕阿娟脚上那双红塑料拖鞋，于是三个五个说定了，有机会进城一人买一双。

在乡下人眼里，阿娟的一条睡裤有些怪。宽宽大大，因为是泡泡纱，坑坑洼洼仿佛人脸上的麻子。又是笔直的条纹，从腰眼里直挂下来。那风从四下里吹过来，或是灌了满满一裤管，或是把睡裤紧贴在大腿上，隐隐地便露出三角裤的轮廓。比下来，乡下女人清一色红的乱花大裤衩，半长不短，穿在身上就没了屁股。

阿娟在小学堂教书，穿着那条睡裤，宽大的泡泡纱的笔直条纹让人心乱。脚上一双红塑料拖鞋，祠堂前有一眼井，常看得见阿娟打水冲脚。

村上的小伙子也常在祠堂前的场地上显本事。这本事是耍石锁。石锁极大，是当年闹长毛时，长毛玩过的遗物。小伙子中，队长阿三家的忠宝耍得最好。远远的阿娟若是站着看，那石锁便潇洒地在空中翻跟头。

西头阿三家又小又破，夏天里十分闷热，阿娟搬到小学堂去住。小学堂前身是祠堂，屋顶极高，空落落的一个人住着怕，喊了村上的姑娘来陪。阿娟在村上有三个相好的同伴，说好了一人陪一天，临了却狠狠地争吵起来。都觉得住在学堂里有意思，都想听金老师肚子里的故事，反正天热不要什么东西，一高兴都住下来，一赌气，又都搬回去住。撇下阿娟一个人。时间长了，阿娟倒觉得一个人住着自在。

转眼到了秋收季节，学堂里放农忙假。按道理阿娟也得下地干活，她割了半天稻，人又困又懒，躺在床上不肯起来。赤脚医生来看了，吃不准这个病还是那个病，要她去公社医院看。阿娟第一次有这么强烈的不愿干活的念头，想到公社医院在镇上，譬如去玩玩。

给阿娟看病的医生姓陈。这位姓陈的医生，内科看到外科，妇科兼管儿科，自我觉得这医院她水平最好，什么病都能治。她是个相信直觉的人，听阿娟含含糊糊地说了一遍，又聚精会神地想了一会，便问阿娟身上那玩意什么时候来的。阿娟也记不清，少说也有两个月了。陈医生一笑，撕了张化验单给她，要她去验小便。化验室的人拿了化验单看一会，又对阿娟看一会，把化验单还给她，说："拿明天早上的第一泡小便来。”阿娟嫌麻烦，又只好照着办。第二天赶早把小便送了去，却说还要第二天才能拿报告。

阿娟不喜欢生病，不知道看病的麻烦。队长阿三又来问病，见她支支吾吾，似乎有了疑心。也不过歇了两天，阿娟觉得别人都在怀疑她偷懒，赌气去干活。人还是困，还是懒。一下工回来赶紧上床躺着，那化验单也懒得去取。

渐渐竟把化验单的事忘了。忽然有一天，公社医院的陈医生让人带信来，说阿娟的肚子里有了。带信的人是村上心里最搁不住话的人，这消息还未到阿娟耳朵根，村子里上上下下几乎已无人不晓。阿娟听了好笑，也没往心里去，想这事总会自生自灭。西头阿三娘发了一通火，又在祠堂前的场地上骂了一阵娘，然后领了两个人去公社医院问罪。医生在这带颇有些骄横，因为时常有人要求到他们，那姓陈的医生格外惹不起。吵了一顿，陈医生两眼望天说：“废话少来，明天早上撒了尿再来验，就是错了，又有什么了不得?”西头阿三娘跺脚道：“清清白白的一个大姑娘，就这么白糟蹋了不成?”陈医生冷笑说：“清白不清白，验了再说。白的黑不了，黑的白不了，而且你知道，化验也不是我的事，你凶什么?”化验员早躲了起来。

又过了一个月，阿娟发现自己当真有些不对头，那玩意还没来，摸摸肚子里，却仿佛有个硬块。再过一个月，那硬块竟然动起来。阿娟只要人在床上，双手必定捧着肚子，按或者摸那硬块，吃不准，想不透，心里有各种慌，各种怕。很快到了瞒不住人的时候。西头阿三娘气得想打自己老脸，人前人后一个劲骂，恨不得逼着阿娟跳河。

那时候常有知青被奸污的事。不知怎么县知青办公室知道了，正赶上严惩这类犯罪的红头文件刚下来，便责成公社派人调查。阿娟急得只会哭，说不出所以然。来调查的人到处访问，可疑之点全写在笔记本上。牵涉到的对象越来越多，最先是金老师，因为他和阿娟接触最密，接下来又想到阿戆，这小子下流坯，什么事都干得出，而且有充分的机会。追来查去，弄到临了，村上是男人就有了嫌疑，甚至队长阿三的大名也被记到了笔记本上。

调查既然没有结果，阿娟被带到公社医院强行引产。陈医生少不了风言风语，许多人乘机看热闹。阿娟足足吃了些苦头，仍然由妇女队长陪着回来。妇女队长是队长阿三的弟媳妇，浓眉大眼，是个爽快脾气。手术时她一直在旁边看。消毒以后，医生说："活是桩怪事，她竟还是个姑娘，"边说边指给在座的人看。妇女队长过来人，侧过头去看了一会，也觉得奇怪，回来便当笑话讲，说给大家听。

## 7

我们依然泡在白马湖里玩。

老扁头在湖心里扎猛子。

小丁宝加入了我们的行列，我们还是叫他干儿子。

太阳躲在一株柳树背后看着我们。柳树下，堆放着我们的衣服。

## 第二章　小学教员

金老师的父亲是小学教员，父亲的父亲还是小学教员。金老师的办公桌上，长年累月放着架老式显微镜。这显微镜最初的主人是金老师的爷爷，当时正在上海念书。金老师的兴趣是生物，课余休息，便伏在那显微镜上一个劲看。小学生们常常自告奋勇地去捉青蛙。青蛙捉来了，养在一个大玻璃瓶里。然后由金老师亲自从玻璃瓶里取出来，用小钉极细心地钉在木板上，有时手持铅笔刀切片去皮，有时找一截小麦管戳进小洞吹气。又把淌出来的汁水滴在玻璃片上，在显微镜下细看。小学生们在一旁目瞪口呆。金老师若高兴，就让捉青蛙捉得多的小学生，看一会显微镜。

金老师一条腿长，一条腿短。他的运气不太好，除了腿跛，背还有些驼。因为有病，所以大学不曾读完。他的病是肺结核，都说幸好解放了，若在解放前这病没法治。拖到了三十岁才结婚。他那老丈人当过兵打过仗，退伍下来了在供销社里做事，亦算一乡之望。吃商品粮的老丈人选女婿，吃商品粮的金老师中了选。老丈人喝了酒就说："我家美芳比你小了近十岁，你凭什么？还说运气不好？"

美芳是独女儿，有两个哥哥。她嫁给金老师十年没生养，整天有做错了事的感觉。金老师买了一打医学书，业余研究生育问题。各种医书上的观点都不统一，书翻多了，研究越往深里去。金老师弄不清到底是谁的过错。他和老丈人有一种咯咯不入的感情，自己也吃不准究竟为什么。

这一天，习惯成自然，金老师又伏在那儿看显微镜。正看得仔细，队长阿三领了阿娟来了，站在背后有一阵没说话。队长阿三用手指点了点金老师，阿娟忍不住笑出声。金老师慌忙回头，一时有云里雾里之感。阿娟还是笑，队长阿三说："喏，又看镜子。金老师，我人是给你领来了，你可得给我照应好呀！"金老师十分尴尬地让座，又听见队长阿三对阿娟说："人家金老师，是我们这有学问的，你跟着他，错不了。有事多问着些。哎，金老师，一年级新生的椅子还缺不缺？不缺，好，不缺就好。阿娟，你看到什么了？"金老师连忙回头去，阿娟已经趴在显微镜上看了，嘴里还在嘀咕："没什么，就是有东西在动，你看。"队长阿三也把脑袋凑上去看，看了一会，揉了揉眼睛说："乖乖，是在动。金老师，啥玩意？"金老师脸一红，犹豫着说："是，是青蛙。"

"青蛙？"阿娟不相信地问着，忽然想通道，"噢，小蝌蚪，是不是？"

金老师十分尴尬地笑。忽然对队长阿三说，厢房的玻璃要装，天说冷就冷，而且要下雨。队长阿三不当一回事地答应了。三人又闲聊一阵，阿娟不住地笑。

吃了晚饭，金老师把阿娟到小学堂来当老师的事告诉美芳。美芳说："当老师就当老师吧，老说有什么意思。"金老师光火说："谁老说了，今天倒是说了第二次不成？"美芳不吭声，端着一个大白搪瓷缸子，牛一般地饮水。这白搪瓷缸是美芳爸爸部队上发的，陪嫁时带来，美芳一生气，就特别地能喝水。金老师冷眼看着，讥笑说："才吃足了饭，又这样喝水，哪是人？"

美芳边收拾边说："我不是人，是畜生，你和畜生说什么话呀？"

金老师也懒得斗嘴，点了煤油灯，捡了本字帖出来，翻着看了一会，拎起毛笔临起来。临了一张，收起字帖，改坐为站，取了一叠旧报纸，先写两个一寸半的颜字，然后信手写下去。渐渐地，鼻尖上出了汗。那美芳收拾完了，气也消了，过来看男人练字。她自小骄纵惯了，又没个孩子，虽是农村女人，却是个闲散脾气。一个人呆呆地在一旁看，觉得挺有劲。金老师写了一气，意犹未尽，手腕却有些酸了，便搁了笔，振着手腕对美芳说："你又不识几个字，看得跟真的一般。"这美芳小学毕业，成绩差得一塌糊涂，因此不吭声，只当男人没说。

金老师又拎过笔来，在纸的空闲处写了个草体"娟"，问美芳认识不认识。美芳说："我又不识几个字，你不要问。"

又过了一会，美芳打了水服侍男人洗脸洗脚，然后自己洗。洗完了，捧起那个白搪瓷茶缸喝水。喝完，脱了衣服上床，嘴里招呼金老师一起睡。煤油是计划供应的，早睡了省油。金老师笑着说："亏好你不生养，要不然，天天这么早就叫人上床，那小崽子还不得下他几十个！"美芳恨声说道："算是会讲话怎么的，难道有文化的，说话都像你这么毒?"说完，裹了被子独自睡了，一转眼又起身，一口吹灭了煤油灯，黑暗里咯咯地笑。金老师也困了，就势上床。美芳水喝得多，半夜里几次起床。其中一次正遇上电灯亮，因而叹气说："这电灯索性没有倒好，老这么半夜里来，吓人一跳。"侧过脸去看金老师，只见他睡得十分香甜，脸上仿佛有一种异样的光和神采，美芳不由得多了一层心思。

金老师似乎知道了美芳的心思，偏要一而再再而三地说学校的事。美芳越是一听到阿娟这名字就发急，金老师越是要提。两人三天两头真吵假吵，十分热闹。美芳发起火来，骂男人不要脸，金老师笑着说："男人里头不要脸的，谁还能比得过你那个老子，供销社里老的小的，只要是头母的，你老子放过了哪个?"美芳说："也别稀奇，别当着自己有文化了，就咬着自己的舌头当肉嚼，自己哄自己算是吃着荤的了。人家是大上海来的，能看上你？那三两几钱的文化，还是省着算了。”

金老师说：“算你说对了，人家是看不上我，偏偏我看上她了，怎么办？”说完，哈哈大笑。美芳倒让他笑得无话可说，嘴里叽里咕噜地叨咕着。金老师又说：“你急也没用。喏，明天我又要和阿娟到城里去开会了，弄不好还得住一天呢。怎么办，工作嘛！”

第二天，美芳眼睁睁看着男人喜气洋洋地走了。她心里窝着火，便自作主张歇了工。偷偷去小学堂查看，果然停了课，那阿娟果然也不在，心里这才火越烧越旺。回家路上，见鸭子在水塘里叫得心烦，捡了砖头就砸。邻家的狗摇着尾巴来串门，扛起门闩就打，没打着，又气汹汹地追出去。中饭也没心思吃，想自己男人一定和阿娟在城里上了馆子。

傍晚，美芳到自留地找活干，眼睛不住地往大路上看。正巧队长阿三走过，歇下脚聊了一会，谈到金老师去城里的事。美芳说：“说是弄不好要在城里住一夜的，这会还不来，还不是住下了。城里就跟没去过似的！”队长阿三走了，美芳弯下腰去拔了会草，直起腰来再往大路上看，太阳已经接近了地平线。几个农家孩子在祠堂前的空地上打闹，吵叫声远远传过来。美芳无端一阵悲哀，把拔下来的青草拢了拢，装在篮里正待要走，却看见那一头人来了。阿娟走在前头，步履轻盈的样子，金老师大约拖后了两步，一边走，一边侧身看西边的天。夕阳西下，红颜色正迅速褪下去。

美芳心头一阵乱，拎了篮子拔脚就走。一路走，一路有了轻松的感觉，笑着对自己说：“你还笑，自己男人和别的女人上城去玩，还笑？”进了家门，又对自己说，“今天不和他吵，什么日子再吵？”手里的篮子放了，忙不迭地舀了米去淘，忽然觉得肚子极饿，才想到中饭还未吃。天直黑下，淘了米回来，美芳又点上煤油灯，划着的火柴刚要扔，却从桌上的小台镜里看见自己，又圆又胖的脸似乎瘦了，两眼也失了神。她禁不住对镜子里的自己眯了眯眼睛，听见外边有声音响，知道是男人回来了。

金老师正坐在外间叹气，说城里大白天都有电灯，这鬼地方不到半夜，电是死活不肯来的。美芳只当没听见，把灯放在灶台上，点火做饭。金老师说："忙到这会，饭竟然没烧，真昏头了。"美芳说："我哪知道你回来不回来，不是说了，要在城里住一宿的，回来干什么？"

金老师一时语塞，美芳坐在灶背后烧火，又看不见她的脸。灶膛里噼噼啪啪地响着，火光把坐着的美芳的身影扔在背后墙壁上，像动画片里的黑熊。转眼饭干汤了，美芳站起来掀锅盖，金老师说："原来指望回来就有饭吃，这倒好。中午就吃了两个什么饼子，这会饿得头都晕了。"说完了又叹气。

吃晚饭，金老师当真比平时多吃了一碗。看着他急巴巴的狼狈样，美芳心头又好气又好笑。气和笑的两种感情中和了，变成一种新的情绪。金老师吃饱喝足，嘴里还在嘀咕："就那两个小饼子，哪能管饱！"

美芳说："我当你在城里上了馆子呢！和那小妖精在一起，还不乘机摆阔？不知道骨头怎么轻呢！"

金老师说："你骂我骨头轻不要紧。我这人好说话，不和你计较。你无缘无故骂人家妖精干什么？神经病！"

美芳声音大起来说："怎么无缘无故？"

金老师说："就是无缘无故！"

"我骂她妖精你心疼啦？"

"心疼怎么样！我心疼她干什么？"

金老师正自言自语，美芳的声音还是那么大："自家有鬼自家知道，我告诉你，别想得好，我不会让你称心。"金老师冷笑着问这是什么意思。美芳极干脆地说：“什么意思？我，我杀了她。”接着又补一句，“要么你先杀了我。就这意思！”金老师狠狠吃了一惊，轻描淡写地说：“我说你神经病吧，还不相信。”

这以后，美芳索性撕破了脸。金老师过时不回，老实不客气地就去请。她吃准了金老师最要面子，存心找机会大庭广众骂他一顿。金老师知道她的用心，人前人后因此忌她几分。阿娟虽是个马大哈脾气，却也从美芳脸上看出了意思，不免有些尴尬，想金老师分明是坐怀不乱的人，而他那老婆倒正像他所说的那样，有神经病。乡下女人吃醋仿佛木匠推刨子，直来直去叫人觉得好笑，受不了。

课余时间，金老师依然坐在放着显微镜的桌子旁边，桌上堆着大叠医学生物的书，其中经常打开的是一本解放前的旧杂志，还是商务印书馆印的。桌的左前方又新添了几个药瓶，原有的标签都撕了，新贴的白纸标签上画着怪模怪样的符号，没人认识。村上人因为他懂些医道，有时图省钱，头疼脑热、牲口家禽不正常，都说去找金老师。金老师当真装模作样地诊断，或开个方子，或免费送几粒药，反正治好治不好都没有钱财上的来去。这天正好星期日，说好了老丈人中午要来喝酒，美芳赶早在镇上买了些肉。正忙着，邻家的狗闻着了肉腥，摇头晃脑转来转去不肯走，美芳一边忙一边骂不停口。临了还是金老师出来，才把那畜生撵了走。

到中午老丈人来了，便由女婿陪着喝酒。酒过三巡，老丈人发了话，说金老师夫妇天长日久，没有个孩子总不是事，“倒不如从阿二那过继个小孩过来，美芳她二哥反正有三个儿子，你看怎么样?”美芳心里大约事前就有谱的，也不插嘴，盛了饭先吃起来。金老师怔了怔，不以为然地说：“养儿防老，我不比那些新当老师的，我有劳保。”老丈人恨女婿不给面子，心里有火不便发出来，只得和女婿一同喝闷酒，各想各的心思。美芳坐一边尴尬，又找不出话来打圆场。

忽然邻家的小孩抱着狗跑了来，说这狗不知得了什么毛病，要金老师帮着治治。美芳惊叫："刚刚还活蹦鲜跳的，怎么一会儿工夫，成了这样?"只见那狗的四条腿变成四根棍，僵僵地挂在那儿，眼睛也闭了，嘴角处还在抽动吸气。邻家小孩抱着狗嫌累，就手地上一扔，那狗仿佛睁了睁眼睛，瘫死在地上一动不动。美芳又说："吃饭前还在这讨嫌呢。"眼睛看着金老师，似乎要自家男人作证。金老师不知所措的样子，想上前看，又不敢，临了还是过去，用脚碰了碰狗的头，那狗一动，不禁吓退了一大步，嘴里嘀咕了一句什么，极不清楚。邻家的孩子追着问。金老师瞪眼睛想了会，摇摇头。邻家的孩子还要问，老丈人喝道："简直没了个规矩，这死猫死狗的，捧到人家大门上来，算什么？还不给我死走!"邻家孩子吓一跳，把狗抱了就走。翁婿两人回到桌前喝酒，仍然没有话。

老丈人前脚走，金老师就把老婆熊了一顿。美芳一张笨嘴，不服气地还想辩，金老师说："我告诉你一个办法最好，你去偷人，准保养儿子。要你二哥家的小崽子干什么。"

邻家的狗没有死，靠晚又醒过来，最初动作有些迟钝，隔一会摇着尾巴觅食去了。邻家的孩子又来告讯。金老师盯住问了半天话，邻家孩子说得神乎其神，眉飞色舞。

美芳背后偷偷哭了几次。她只知道男女一锅吃饭一床睡觉即是夫妻。自从小学堂添了临时的女教员阿娟，眼见着金老师三魂丢了两魂，馋嘴猫似的吃不着墙壁上挂的鱼，美芳不由得有些心疼，甚至觉得都是阿娟的过错。男人眼里越是没有她，美芳越发觉得自己男人的可爱。男人穿少了怕冷着，吃少了怕饿着，如果闷着不说话，又千方百计地找话给他解闷。金老师嫌烦了便说："蠢女人，只有待她说了聪明话，才叫真蠢呢!”

老丈人因为和女婿不对路，住得虽然不远，却极难见面，忽然发现女儿又瘦又黑，太阳穴旁灰了一片头发，回去说给老太婆听。老太婆听了半信半疑，奉了老男人的命令，带着老母鸡去看女儿。美芳好胜脾气，娘老子面前从不说男人的坏话，所有的委屈全忍了，只说自己好好的身子怎么突然间全垮了。母女俩关着房门说私房话。美芳说：“说给娘听都不相信，我现在贪睡得要命，整天想睡。”娘说：“什么贪睡不贪睡，总是太吃力的关系，你那个男人活是个老爷，油瓶倒了也不肯扶的，老宠着他，娘跟你说，有苦吃呢!”

美芳申辩着说：“娘，不是的，我过去还不是一样忙吗！现在，也不知怎么眼前就黑了，有时坐在马子上也会睡着，就这么坐在那儿睡，也不跌下来。”

娘说：“他是有文化的，要懂得些道理才行。我听说得过肺病的人，在这上头贪得很。不带着点，弄不好你们两个一起完。”

美芳连忙岔开说：“你不知道，娘，我现在胃口差得不得了。都多少时候了，就没知道饿过。”

母女俩私房话说了一大堆。第二天，美芳想到男人是得过肺结核的，便把娘家送来的母鸡杀了煨给男人吃。金老师吃了大半只，觉着不过意，也喊美芳吃。美芳喝了碗汤，和男人说自己的身体状况，两眼怎么的发黑，两脚怎么的发软，等等一切说了半天，金老师已经无动于衷地干别的去了。

美芳的病当真一日一日加重起来，常常无缘无故地昏睡过去。那一天正在自留地里干活，眼前忽然一黑，跌坐在地上，心里似乎还清醒着，人已经昏睡过去。恰巧有小孩子走过，便喊起人来。队长阿三远远地听了，领着阿戆赶过来，忙不迭地把美芳从地上扶起，嘴里大呼小叫，那美芳也没个反应。队长阿三让阿戆背她，谁知人一昏过去如一摊泥，想背也没办法背，只好要小孩子进村去叫人，拿躺椅扁担来抬。美芳这么一折腾，人仿佛也醒了，睁开眼睛看看四周，想站起来，却用不出一点劲，又昏睡过去。队长阿三急得跳脚，村上迟迟没人出来，他一边骂娘一边迎着跑过去。

阿戆一个人留下，起先有点怕，那美芳就歪在他腿上。等到看见那边村上几个人拿着家伙过来，心倒定了，低下头喊了几声美芳婶子，见她仍然没知觉，陡然产生了一个下流的念头，手猛地伸进美芳的衣服里乱捏。美芳还有知觉，只是人失了控制，手脚仿佛都是别人的，又好像在梦中，既清楚又模糊。转眼人都到了，阿戆有些后怕，屁颠颠相帮着把美芳抱上躺椅送回来，然后贼一般地溜了。美芳醒了又睡，睡了再醒，糊里糊涂总算清醒过来。前不久发生的事，恍恍惚惚犹如隔世。心里有一种委屈，却不想说给男人听。

美芳的病很快到了卧床不起的地步。金老师的中饭便在小学堂吃，小锅小灶自己动手。早晚将就着和美芳一起吃，美芳病歪歪的只想吃稀粥烂饭，就着死咸的大头菜。金老师也请赤脚医生来看，赤脚医生说："金老师，我这几下子，你还不心里开着扇窗户，明明白白。我常和人家说，你金老师的水平，那是城里的医生未必比得了的。不信，你去问他们好了，我是不是说过？"

美芳还是好胜脾气，人一觉得好一些，就挣扎着想爬起来。金老师在小学堂。美芳有时好不容易脚踮着地，试着走两步，依然跌坐在地上，歇上好大一会，再挣扎着往床上爬。转眼到了新年里，学校放了寒假。美芳好一阵，歹一阵，日日由金老师扶着太阳底下坐一会。她依旧改不了好喝水的脾气，太阳下时时捧着那只陪嫁带来的白搪瓷缸。一天正喝着水，美芳忽然问道："这水里你搁了什么，怎么这么浑?”金老师吓一跳，忙说：“怎么浑了，我看看，给你换一杯吧。要不搁点糖，老是白开水有什么味!”

新年里走亲戚，美芳娘家的人都来了，见女儿病得实在不像样，都心疼。金老师说：“我想由二哥陪着，一起去县城看看，我这腿不好，一人又带不了她。”丈母娘说：“新年新节的去什么医院，说什么这个吉利也要图的。依我的话，出了正月再去，要不然，也得过正月十五。”金老师说：“就怕这病拖不起。”老丈人听了不入耳，喝道：“什么话，我女儿难道就这么急着死不成?”丈母娘急得大叫，说新年里少说些死不死的行不行。

美芳独自一人太阳下坐着的时候，便从怀里摸出面小圆镜，还是那种老式的镶着铁片边的镜子，对着镜子默默地看自己。镜子里完全是一个憔悴枯槁的自己，美芳脸上毫无表情看着她，心头发麻发木。伸手去抚摸垂在额角上的一缕头发，干涩得仿佛破旧的棉絮，毛胡胡的有些燥手。记得刚出嫁的日子里，这镜子里的美芳整二十，算不得美人，脸上的肉也是白里透红，捏得出水来。就算在一年以前，她美芳在同年龄的女人中又输给过谁? 都说是不养孩子的好处，她想起阿戆在她身上乱捏的模糊印象，想起了自己男人。

圆镜外的美芳心头一阵难过，镜子中美芳黑洞洞的眼眶里便淌下冰凉的泪珠子。

金老师坐在几步开外。冬天的太阳明亮得刺眼，太阳照着和照不到的地方，黑白反差分明。阴影正一寸一寸向金老师移过去。美芳示意男人过来，极吃力地说：“我知道一切都是报应。后悔也来不及了，我总咒着那小丫头死，心太毒了，到头来却咒到自己头上。我的命太硬了。”说着，脑门前头发黑，眼睛已经闭起来。金老师呆了一阵，说：“我扶你回去吧。”

## 第三章　乡村骑士

那天从公安局下来了四个人，三男一女，女的大约是位领导，三个男的都看她的脸色行事。吉普车开到镇上没法往下开，四个人便沿着乡间土路，散步似的到了祠堂前。许多孩子围着他们看。其中一个穿制服的公安人员掏出香烟来，一边撵那些小孩子走开。一支烟还没抽完，队长阿三火烧火燎地赶来，刚说一句话，那女的公安说："把你们小学堂的两位老师找来，老王，小李，你们俩陪着去，就在这祠堂里审讯。"

队长阿三陪着老王去提金老师。他心里七上八下，不住地问老王，金老师好好的犯了什么案子。老王说："事情复杂，一会你就全知道了。"队长阿三百思不解，回头骂那帮孩子不要跟着。

孩子中腿快的早就捷足先登，已经到了金老师家门口，大声喊道："金老师，公安局抓你来了。"

金老师正在家躺着。自从美芳死后，他一人在家，八九都是这么躺着。孩子们"公安局"三字让他眼前一阵发黑，惊坐起来，只听到自己的心咚咚跳像打鼓。墙上美芳的照片在笑他。他趿着皮鞋，没等到门口，队长阿三和老王已经迎过来。老王就是那个穿制服的公安，对金老师上下一阵打量，让他跟着走。金老师求援似的看看队长阿三，队长阿三看他慌得没个人样，想他果然犯了案子，头不由得一扭，不理他，两手往背后一抄，和老王一起挺胸抬头走着，嘴里还在骂前后拥着的孩子。

阿娟已到了小学堂，关在厢房审问。金老师没知觉地东张西望，看见妇女队长也在厢房作陪，脚步不由地往那边移，老王拍拍他肩膀，领他到大教室。大教室的课桌已经拼成张大方桌，女公安上首坐着，表情严峻地看着垂头丧气的金老师。女公安的手势还没做，金老师极识相地到了下首的椅子跟前，迟疑着不敢坐。老王说："坐就是了，"又对队长阿三说，"你坐这，咱俩坐。"手里不知怎么变出笔和小本子来，准备记录。

女公安说："你就是金老师？我想，你大约知道我们会找你的吧。党的政策我也不多说，做老师的嘛，这还能不懂？"

金老师点点头，似笑非笑。老王走笔如飞，队长阿三想，"难道这话也要记？"又听见女公安说："林彪事件以后，阶级斗争的形势，更复杂了，对不对？"队长阿三脱口接着说："那是。"女公安有些不高兴，队长阿三恨自己多嘴，老王心里暗笑。

女公安绕了半天弯子，才点到要害。原来镇上发现了不少反标，反动标语。金老师松了口气，人仿佛活了过来，坐直了身体回答问题。

这是个写反标判重些就可以枪毙的时代。

女公安义正词严讲了一通。极紧张的空气经不起拖，渐渐松弛下来。原来两周前县城里开小学生运动会，会场附近发现好几条标语前头，一概用粉笔加上了"打倒"两字，那字写得趺趺爬爬，一看就是小学生手笔，有人检举是白马湖小学的学生写的，县公安局的人便当真追了来。

到了下午，事情有了眉目。原来是小丁宝和人打赌写的。这小丁宝本是个最听话的孩子，因为听话，同学之间就都说他胆小。小丁宝偏偏好胜，不服胆小这口气，那几个比他大的学生便哄他，"你若是胆大，标语前头写两个字。"小丁宝问什么字，那几个学生说了。小丁宝看看前后没旁人，在祠堂墙壁的标语上飞快写了，那几个学生又说，在村上写不算本事，有种开运动会时在城里写。

那四个公安随着一帮人出来，果然看见祠堂前那条“将革命进行到底”的大标语的前下方，斜写着不匀称的“打倒”两个字。

接下来，便是审讯小丁宝，说是审讯，其实只是哄他说出幕后。小丁宝已经哭了几场，那几个大些的学生，没一个肯承认指使。

妇女队长先是一本正经坐那儿的，小丁宝是她儿子，一恨之下，撅着嘴走了。回去把大儿子福宝一顿死揍，大儿子是那几个指使的大孩子之一，经不起揍，便由堂哥忠宝陪来招供。顿时又添了几个孩子的号叫。忠宝发火说：“什么了不得的，搞得这村上鸡飞狗跳，不就是毛孩子玩玩的事吗，活见鬼。”那个穿制服的老王说：“小兄弟，怎么这样说话。”队长阿三忙解释：“我这儿子脾气就这么冲，你们别理他。忠宝，你回家。”忠宝还在那捋胳膊，嘴里叽里叨咕。女公安说：“这是极严肃的事，严肃些好不好！油腔滑调。”忠宝因为有许多人围着，高声说：“严肃什么？我又没写反标，你能把我怎么样。你们有能耐，把小丁宝抓走好了，我看你们敢不管他饭吃，饿死他？真是的。”

忠宝就此出了名。那年头人们不怕见公安，就怕“反动”这两个字。四个公安商量来去，天见着黑了，于是说好了班师回县城。又极严肃地说了一通，乡下人都以为隔日还会来。渐渐都把这事忘了，只记得忠宝这人，胆子大，邪头。

忠宝不仅胆大，而且心细。因为心细，所以手巧。他在县里读过初中，土包子沾点洋味，又能写一手好字，画几笔人物画。公安人员既然一直不再来，便由队长阿三做主，把祠堂前“将革命进行到底”的标语铲了，重画一幅宝像。忠宝第一次画大头像，先画的一尊不像，太胖太圆，因此铲了再画。这一次是慢工细活，一天最多只画个鼻子，特别是那两粒眼珠子，迟迟不肯点上去。

阿娟自从堕了胎，祠堂前的场地上，再也见不到小伙子们耍石锁。甚至队长阿三家的狗也懒得到小学堂里串门。阿娟足足尴尬苦恼了一阵，闲时便倚在门框上看忠宝画像。看着看着，问忠宝为什么总是不把两粒眼珠画上去。忠宝说：“没听说画龙点睛的故事，不到最后，能画吗？”阿娟不知道画龙点睛的故事，又不好意思问，怕忠宝看轻了自己，只是淡淡地笑，笑自己，笑忠宝，也笑那张画了一半的宝像。

忠宝说：“我看前村南京下来的知青，都走了，你怎么不走？”

阿娟说：“怎么走？还不是你爸爸一句话。”

忠宝笑着说：“你若能走，我爸爸留你干什么？”

阿娟想了想，说：“我们又不讨喜，当然没人留。真是，又要我们扎根，又要我们走。”

忠宝还是笑，说：“你们上海人全这脾气，横不好，竖不好，刚不好，柔不好。”

阿娟说：“怎么突然又弄起石锁来？”

忠宝说：“别看这画画，手腕实在酸。我这叫刚柔结合。”

过了半年，大队里分到一个大学名额。队长阿三说：“我们队里也派两人试试，一个你，还有个你看是谁？”忠宝说：“谁，那还不让阿娟去？”队长阿三皱眉想了一会说：“阿娟能行？”

全大队共推荐了七个人。于是请前村的张先生出题考试。张先生是县中的老师，私下对忠宝说：“考什么，这一带谁能比过你。”忠宝是张先生在县中的得意门生，当时就有议论，说一个名额，除了忠宝还能是谁。到考试那天，七个人只来了五个，一个想反正考不过忠宝，干脆不去，一个是忠宝本人，极出乎大家意外。阿娟考了回来，乡间泥路上远远看见忠宝，便问他为什么不去考，他笑而不答，问阿娟考得怎么样。阿娟说，“真倒霉，最后一大题，怎么也想不起来。”掏出笔，写给忠宝看。忠宝看了脸发青，光火说：“这题，这题我不是跟你讲过了，你这人怎么这么没用，笨——”还有一个字没出口，阿娟脸上窘得仿佛蒙了层红布，抬不起头，不敢看忠宝，嘴里只会嘀咕：“你干吗不去！”心里却是无数种味道，甜酸苦辣。

正是夕阳残照之时，两人默默走，偶尔一回头，去看那红的颜色。忠宝忽然笑了，安慰起阿娟。阿娟说：“我没什么可惜。我可惜你为了我——”忠宝说：“我可惜什么？”转眼到了祠堂前，两人不得不分手，忠宝又说：“这有什么难过的，机会当真就没了？我爸那儿我会说话，不会让你在这一辈子。你哭什么。”

阿娟不说话，光抹眼泪，又破涕为笑。

忠宝和阿娟的婚事，很费了些周折。先是队长阿三死活不肯同意，忠宝跳手跳脚跟他吵。队长阿三说：“堕胎不堕胎那事我不管，阿娟这人我也是喜欢的，就凭你们同姓同宗这一条，我说什么不能答应。我不能让全村姓黄的，都戳你爸爸的脊梁骨骂。就算我答应，姓黄的祖宗也不会答应。”

忠宝说：“姓黄的祖宗在哪儿，你给我找出来。”

队长阿三光火说：“操你家祖宗，你就这么跟你老子说话？我为了谁？当年阿五和银芳结婚，闹成什么样子，忘了？”忠宝说：“人家现在有儿有女，不是一样蛮好。我只当都姓黄的在一起就生不出儿子来呢。哼！”那鼻子里的冷气刚出来，队长阿三扬手就是一记耳光。忠宝举着拳头说：“有种你再来一下？”队长阿三反手又是一记耳光，自己胸前便叫儿子推了一拳。忠宝娘忙不迭冲上来，嘴里大叫小祖宗。队长阿三往地上跺脚，说狠话恨话。

忠宝娘把儿子拉到一旁说：“你爸是队长，要的就是个脸，你怎么连这都不懂。”忠宝说：“我还没给他脸？是我讨老婆，又不是他讨。什么一个祖宗不祖宗的，‘文化大革命’，少来这一套，还是哪辈子的事呢，封建一套！”忠宝娘说：“一年前，为了这丫头，你把现成的大学都丢了。她好歹是上海人，你守得住？”忠宝说：“真做了我老婆，我还能让她走呀！”

忠宝娘想了一会说：“忠宝，你和娘说老实话。我和你爸早就觉得有些不对劲。三番五次问你，又死不承认有这事。现在火烧火燎的，说老实话，你和她是不是有了那事？”

忠宝脸一红，装糊涂说：“什么这事那事，我们不懂。”

忠宝娘说：“你不和娘说实话，娘怎好依你。”

忠宝只好说：“我们刚说好的。还有那事，她不会肯，我也不会干。娘，跟你说了，这事你们要拦也拦不住。”忠宝娘叹气说：“小祖宗，不管怎么说，也不能打你爸呀！”忠宝说：“谁打了，不过推了一下，他禁得起我打！”

当天吃晚饭，忠宝又找到阿娟，板着脸说：“今天你去我们家吃晚饭。”阿娟说：“你爸不同意，我怎么敢去。”忠宝说：“你叫他一声爸，他若敢说一个不字，今天我们就结婚。”阿娟拗不过忠宝，被他硬拖回家。队长阿三和忠宝娘吃了一惊。老夫妻俩商量了一下午，对策还没有，这会陡然见到儿子和阿娟直逼上来，方寸有些乱。队长阿三说：“忠宝，我和你说大实话，这年头，知青和军人的老婆一样，碰不得，你小子横就是了，吃官司的日子在后头。”忠宝只作听不懂，对阿娟说，别站在那，帮妈做点事。忠宝娘听了，连忙嚷用不着。忠宝又不知从哪摸出瓶酒来，取了两个碗，向阿娟使眼色，嘴里说：

“给我们倒酒。”阿娟极不乐意地斟了酒，偷眼看到队长阿三故意不看她，心里不由得觉得好笑，也不顾忠宝一旁再三示意，咬着嘴唇不说话。忠宝急了，便说：“阿娟听说我打了爸，让我买了酒，给爸赔罪。爸，你看，你看呀！”队长阿三说：“你只管和我邪头好了，有什么厉害的招数使出来，别什么城里的上海的姑娘还没找到——刚找到，就先学会和老子来这一套！”

队长阿三这头口一松，忠宝和阿娟趁热打铁，立刻远征上海。西头阿三夫妇收到女儿来信，一时理不出头绪来。男的说：“这怎么办，人说到就到。”女的说：“迟早得嫁人，有个队长的儿子，也蛮好。”男的又说：“蛮好？这下子不真扎了根？”女的冷笑说：“不真扎根怎么办，除非你女儿有本事找省长的儿子，有本事吗？哼，你什么时候又想到自己儿子的呢？”西头阿三照例惧内，也不多说话。忠宝和阿娟来了，万事都由女人做主。

忠宝早知道阿娟有个后妈。乡下人眼里，后妈不是个好形象，因此忠宝事先存了一个念头，弄僵了索性大闹一场。没想到丈母娘看女婿，越看越欢喜，忠宝竟有些得宠。西头阿三家小而简陋，厨房隔不开，房间里整日煤气味道。上海虽大，却又不是乡下人理想中的那般模样，忠宝世面不曾见到多少，自家的信心倒增加了许多。由阿娟陪着东转西逛，忍不住要用不以为然的口吻，说你们上海人怎样怎样。阿娟说，在乡下人眼里，我是上海人，上海人眼里，我又成了乡下人。忠宝不服气，说乡下人怎样，城里人又怎样。白天，西头阿三夫妇都要上班，忠宝看准了机会，便纠缠阿娟。阿娟说什么事情都能答应，就这一桩绝对不行。忠宝赖在椅子上不起来，阿娟过去把门开了，又回过来站在他身边，抱着他的头压在自己的肚子上，嘴里哄他求他说好话。忠宝知道门开着，他不可能有进一步的希望，就势在阿娟那地方抓了一下，两人红着脸上街逛。阿娟毕竟上海长大，知道小偷的厉害，出门一个黑人革包始终抱在胸前，忠宝忽然嫌小气，怕被上海人笑了，硬夺过来军用书包一样的背着。人当真神气了不少，靠晚回家一看，那人革包已叫小刀划了口子，钱早没了。

队长阿三儿子的婚事让许多人感到羡慕。早些日子，毛胡的那头种猪有些不中用了，队长阿三以极便宜的价买了来，又请人阉了。那猪屁股后头肿得如两只小水桶，肉直掉地瘦下去，不吃不喝了两天，渐渐又恢复了元气。接着队长阿三下死命喂好的，那畜生本来胃口就好，加上清心寡欲，吹气似的猛胖出来。到忠宝结婚那天，光净肉就下了三百来斤。

西头阿三夫妇也千里迢迢赶来参加女儿的婚礼。乡下人眼里又多了件新鲜事。西头阿三土生土长，因为从大上海来的，不免摆阔吹牛。他老婆第一次回乡，嫌这嫌那，又捉住队长阿三不住地讲条件，要队长阿三保证，一有机会就让阿娟弟弟回上海。一来二去，两亲家心头都存了些不高兴不愉快。队长阿三觉得西头阿三老婆到底上海人，精得仿佛两个脑袋三个心眼，背后对人说："他那傻蛋儿子，若是能调走，我做队长的真正谢天谢地。狗日的人太精了，养出了儿子就这腔调，信不信？"西头阿三老婆只有位男人能听她发牢骚，不由得耳朵根听出老茧来，不想听，还得听。"不是我存心说坏你们乡下人。阿娟那老公公，我看也是太热心了，怎么说，也是儿子讨老婆，又不是他讨老婆。这么起劲干什么？我跟你说，刚刚我跟阿娟在房里，他就这么直直地撞进来，招呼也没一个，阿娟还坐在马子上呢，哼！"

时间一晃过去近十年。忠宝说："阿娟，我们生个儿子。"儿子刚满月，又说：“再来个女儿。”女儿满月了，阿娟说：“你说再来个什么呢?”忠宝想了想，说：“儿也有了，女也有了，妈的，歇几年吧!”

那儿女都渐渐大起来，先是儿子背着书包去上学，接下来女儿。阿娟有时也想起自己上学的情景，这情景几乎成了童年唯一清晰的记忆。也是背着差不多的书包，书包带放得极长，缓缓地拖下来，一走路，小书包有节奏地拍打着小屁股，铅笔盒随着喀喀响。必定要穿过两条马路，大人们叮嘱着当心汽车，路边的橱窗里，陈列着各种各色好吃好玩的东西。冬天里起得早，人行道上已有人蹲着生小火炉，扇出滚滚的白烟。阿娟常喜欢从那烟里走过。路口是一个汽油桶似的烘山芋炉子。炉子上端的铁板上，引人口水地放着两只熟山芋。烘山芋的老头留着白胡子，远远地看见孩子们过去，便笑，便招手，白胡子便在风中飘。

因为读书不好，又因为有个喜欢骂人的后母，阿娟从小喜欢和陌生人在一起。既然有人要讥笑留级生，上学就不是桩愉快事。爸爸对后母一味地迁就害怕，这样的家庭也不会有什么乐趣。阿娟自己有了孩子以后，忙里偷闲，搬了凳子竹园独坐，隔着时间的薄纱，看电影一般把童年再回顾一番，甚至当年最不愉快的经历，经过岁月的磨洗，也有了特殊亲切之感。真该感谢那段上海人的经历。上海人眼里一钱不值的经历，却是乡下人眼里的神话。这神话充满魅力，增加了阿娟作为女人这块货币的价值，虽然她一样有身白白的肉，高而结实的胸和屁股。知青已是个历史名词。上海知青大都物归原主回了城。阿娟至今尚不清楚，自己放弃回上海的选择，到底是对还是不对。上海是阿娟最后的骄傲，是队长阿三家无上的光荣。正是为了骄傲和光荣，阿娟的放弃便有了维护的味道。就连阿娟八岁的儿子，一般大的孩子中闲谈，口吻中也是上海怎样怎样，如何如何，外婆家门前的马路有多宽，屋后的楼有多高。

忠宝家的房子原来极小。幸好他是独子，又沾着了阿娟的光。当年县里有过规定，知青可以分一批木料和砖，队长阿三又从队里账上挤了些油水下来，盖了两间屋，一间阿娟，一间阿戆。阿戆不久回了上海。

县里分下来的砖都是红的。这一带土质怪，烧出来的砖，清一色灰蒙蒙，反衬出红砖砌的房子有些特别。乡下人便都管那房子叫红房子。

阿娟做媳妇最初那几年，日子极不好过。最初是拖儿带女的辛苦，以后婆婆风湿病重了，干不了活。阿娟忙老忙小，忙里忙外，从早忙到晚。种田的差事终不是桩有出息的事。队长阿三芝麻大的官，靠嘴皮子指使指使别人，不过自己少下了几回地，经济上并没有什么好处。好在阿娟从小苦过来的，也不怨。忠宝有一身乡下人的牛力气，脑瓜子也灵活，在当地能算数一数二的人物。都说机会属于脑袋瓜灵活的人。人的运气不好，怨不得机会，只应该怨自己的脑袋瓜。

忠宝的机会来得莫名其妙。这一带的人都能喝酒。喝酒，又都喝自己土酿的锅巴酒。所谓锅巴酒，便是以锅巴为原料酿的酒。这酒有种种好处，乡下人喝惯了，也不知道。承包以后，忠宝有一次和两个乡下人去县城，因为口袋里有几个钱，便进了一家咖啡店喝啤酒。居然有个女招待，很时髦，穿着裙子，眉毛扯得极细，也许看出这三个乡巴佬不像太有钱的样子，敷衍了事地送了酒上来，就去和老板闲聊。忠宝等三人于是恶作剧，一瓶一瓶要酒，一直要到十五瓶。女招待气不服，又只得气不服地侍候。那老板见有生意可做，满脸堆笑地过来闲聊。幸好出门拐角就有厕所，忠宝等进进出出，眼角里免不了偷看那女招待，私下又议论她和老板肯定有一手。老板说来说去无非那两句，不过是乡下人有钱，县城不比上海，咖啡没人喝。忠宝说："咖啡我们喝过的，是没啥道理。你这啤酒，马尿一般，我们真叫喝着玩玩算了。你要尝到了我们的锅巴酒，才知道什么叫好酒呢。不信，赶明儿带一桶上来，你尝尝看，保证你好卖。"忠宝不过说说大话，老板当了真，一定要忠宝送来。

下次进城，忠宝便拎了一塑料油壶的锅巴酒。老板和那个女招待一起尝了。女招待喝了一口，皱眉说："不好喝，跟那咖啡一样，一股怪味。"老板是懂酒的，一口酒慢慢地嘴里抿着，头微微点，听了女招待的牢骚，眼睛一亮，当即和忠宝拍板，让他送一百斤来。忠宝回家尽其所有，又跟邻居家借了些，勉强凑了八十来斤。那老板兴冲冲贴出大红的广告来，请大家品尝世界最新潮流的"咖啡酒"。咖啡店就在电影院旁边，散了电影，那大红的广告轻而易举把人骗进了咖啡店。人的嘴并不好骗，很快有人知道了那最新潮流，只是此地乡间的土造酒。但是咖啡店生意日益兴隆，一来中国人多，每人轮到一次受骗机会，也可以造就几个百万富翁，二来那土造酒的确好喝，味道香美，且能开胃健脾。无论乡下人城里人，都有个差不多的念头，那咖啡再好，毕竟只是水似的饮料，花同样的钱却算作喝了酒，何乐不为。

忠宝于是和老板结交了朋友。有时带着阿娟进城，就住他那。老板有个老婆极丑，知道忠宝老婆是上海人，说不出的羡慕。那雇来的女招待也刮目相待。忠宝知道老板时常听女招待之言，也给点好处。"咖啡酒"的名声渐渐大起来，其他的馆子饭店也找忠宝订货，后来土产公司成了忠宝最大的买主，并借了贷款。于是忠宝大张旗鼓地猛干，全家挤在旧屋住，那红房子后面大棚大缸，正经八百地开起酒厂来。听阿娟说上海有家"红房子"餐厅极有名，忠宝自己又能写字，找了布，写了“红房子酒店”的招牌，用根竹竿挑着，高高挂在红房子前头。锅巴酒没有什么秘方，当地百姓都能做，忠宝无师自通地知道了垄断的厉害，自己提高酒的产量之外，大收乡里乡邻的酒。又花钱请人写文章在小报上义务宣传，因此不久便有了“正宗红房子酒店的咖啡酒”的说法。

锅巴酒的讲究，首先在烧锅巴上，锅巴要香脆，要薄而呈黄色，如果火头不足或过了火头，都酿不出好酒。忠宝重价雇了两位高手专门烧锅巴。他自己在城里印了“红房子酒店”经理的名片，四处订合同，买了数不清的酒坛回来。不多久，又买了台手扶拖拉机。又过不久，城里租了间屋，用红漆漆了，正式开了爿分店。就这么折腾几年，那“咖啡酒”在华东几省的大城市里，都有了稳定的销售。忠宝家陡然富得让人有些害怕。

破旧的老屋拆了，新房子的气派，省长见了都自愧不如。阿娟在拖儿带女最苦的日子里，依然坚持在小学堂里上课，现在却做了老板娘，不再为那农转非的名额烦神。队长阿三夫妇也成了伙计，人实实在在比过去辛苦了，不过心里头乐意。最有趣的是忠宝的一儿一女，读书成绩愈来愈好，连着是“三好”。

忠宝姨妈有个小女儿，十五岁多一点，人生得小模小样，小脸庞上却是两只大眼睛，一张大嘴。那姨妈有个想法，忠宝家譬如雇个人，而小女儿出嫁前也可以有份嫁妆，便让她来忠宝家干活。忠宝娘想她毕竟是外甥女儿，从不当她雇的人。只是这外甥女儿少一窍，时时笨得让人发笑。大家笑过之后，忠宝娘就说：“小梅这丫头，真像阿娟那宝贝弟弟。”又和她开玩笑，说要把她嫁到上海去，给阿戆作老婆。小梅明知道大家哄她，不当真，忍不住时也问阿娟，上海的阿戆到底啥模样。

忠宝自从得了意，有些忘形。乡下当年虽穷，忠宝是独子，爸爸是队长，也算养尊处优惯的。这些年的好运气，更增添了忠宝的优越感，自信不是凡人。那次出远门回来，因为新成了笔不小的生意，很有些趾高气扬。到了家见没人，知道都在酒店忙呢，便大大咧咧地去看看。忠宝娘和阿娟见他回来，忙让小梅回去给他做些吃的。忠宝和小梅又一起回新房子。途经祠堂，忠宝看见当年常玩弄的石锁，正有几个小伙子在玩。小伙子请他露一手，忠宝捋捋袖子，石锁刚拎起来，就知道今非昔比，勉强弄了一下，差点失手砸了脚。

回家以后，小梅手忙脚乱煮鸡蛋，嘴里问忠宝哥外头碰到了什么新鲜事。忠宝因为她傻，和她说话一向很随便，顺口编了几桩滑稽事哄她。好不容易水开了，小梅把鸡蛋敲了壳放进去，却嚷着小便急了，要去用马子，让忠宝自己看着。转眼人又出来，手上还在系裤子，嘴里喊着“我来，我来”。忠宝笑着说：“也不洗洗手，乡下人就是这么不讲卫生。”小梅笑笑说：“忠宝哥哥城里去多了，乡下人看着就不顺眼了。”忠宝说：“怎么不顺眼，我们小梅妹妹看着就挺顺眼的。”他本是随口说的，说了无意看着小梅，心头不由一乱。小梅端着鸡蛋碗看他，正做着极顽皮的笑，两只眼睛睁得一大一小。忠宝想起咖啡店女招待就是时常对老板扮这种脸，这念头让忠宝心头又是一乱，脱口问道：“小梅，你今年多大了?”小梅一本正经地想想说：“我也弄不清，过了年就长一岁，哪个晓得我现在算多大了。”忠宝说：“真是傻丫头，自己多大都不知道。”眼睛却往小梅胸前看，看着那微微隆起的地方，越看，心越乱，便神使鬼差地说：“小梅，忠宝哥哥带你到城里去要不要?”小梅点头说要，歪着头笑。忠宝又说：“你依忠宝哥哥一件事，忠宝哥哥给你好多钱——”小梅还在捉摸意思，忠宝心一横，上前抱了小梅就向房间走。走到半路，心头的乱已经没了，只是隐隐有些怕，但是另一个念头更强烈，怕也顾不上。小梅一路问着干什么干什么，直到被放倒在床上，忠宝的手向她腰间伸，才大声叫起来。忠宝慌忙停手，用好话哄她。小梅好话愿意听，忠宝一动手就叫。弄得忠宝心急吃不到热豆腐，小猫抓心一般的难过，想硬来，又不忍心。正纠缠着，忠宝娘和阿娟先后脚进了门来。小梅见了便说："姨妈，你快来，忠宝哥哥要和我睡觉。"忠宝急了，大叫，"你别瞎说。"小梅跳下床来，嘴里喊："谁要你的一千块！"

这事花了好大气力才平息。忠宝娘把儿子拉进密室，嘴里"小祖宗，小祖宗"叫个没完，忠宝却哑巴似的，不开口。他娘说："如今谁不眼红我们，恨得牙咬咬的，你不太太平平过日子，反倒去惹事。你那个姨父，你又不是不知道，有名的无赖，竹杠不知怎么敲呢。还有，小祖宗，你想吃官司呀。真要命。"

忠宝娘又下死劲拍儿媳的马屁。阿娟也成了哑巴，千呼万唤金口不开。做婆婆的盛夸儿媳有帮夫运，又大谈胳膊向里拐的道理。"一日夫妻百日恩，阿娟你是懂道理的，忠宝是吃了屎的，你和他计较什么。我帮着你，还有他爸。阿娟，我不多说，你想想。"阿娟日日销了门睡，不让忠宝进屋。忠宝有时早早地睡进去了，阿娟便到别屋去睡。有一天，阿娟没提防，在房间里叫忠宝抱住了，下死劲地推他，推不开。忠宝只是发傻地抱她，也不说话。阿娟说："你不要当我回不了上海了的，我要走，照走。"忠宝说："你要走，我就死，真的。"阿娟听着冷笑。忠宝又说："那天我喝了酒了。"阿娟说："屁话，你那天喝什么酒呢。"见忠宝不吭声，又说："你是酒店的老板，喝酒的日子多呢！"忠宝放了阿娟，阿娟床沿上一坐，不看忠宝，忠宝说："我有一句话，说了你要生气。"阿娟说："既然我要生气，你别说好了。你还会怕我生气？我倒想听听，你说呀！"忠宝说："我哪会看上小梅。我只想知道，想知道姑娘是怎么回事。你别生气。”阿娟笑笑咬嘴唇说：“我生什么气?”忠宝看阿娟脸直挂下来，脸上青是青，白是白，慌忙说：“阿娟，我心里就一个人，就你一个，说谎话要死的，阿娟，真的，你不信?”说着怀里摸出把雪亮的菜刀来，给阿娟看，嘴里自言自语道：“我知道你不信的，我剁个手指头你看看，总信了吧!”手搁在床头柜上，举起菜刀就砍，阿娟扑上去抢菜刀，忠宝手一歪，没剁到手指，却深深地砍在手背上。

## 第四章

金老师一直没有死。早在医生宣判他死刑的那一天，大家就翘首等待关键时刻到来。金老师的一言一行都是讽刺，一切早已注定，仿佛一场实力悬殊的象棋赛，金老师大势已去，却在用垂死挣扎和人们开着玩笑。

这个玩笑也许开得太久了一些，人们甚至对自己异样的眼光也感觉到疲倦。也许医生的判断本身就是个错误。但是，任何亲眼目睹过金老师行为的人，无疑会觉得如果医生判断错误的话，所有的判断便将都是错误。人们清清楚楚地记得那一天。那一天，正是队长阿三儿子的大喜之日。所有的男人都有了喝酒机会。据说那头风流一世的大公猪，光鲜血就放了一桶。祠堂前架起了烧猪食的铁锅，男女老少免费喝着猪血汤。那是个春天的末日，初夏短得露水一样，空气干燥仿佛一点火柴就着，男人们露胸袒腹，女人们则打骂孩子。只有金老师独自一个静坐在小码头上，任人劝说不去喝酒。队长阿三找了来，不容分说，拉了就走。大鱼大肉全上了，金老师喝了碗酒，一转眼，人没了。

孩子们看见金老师又独坐在小码头。他的手捧着大白搪瓷茶缸。天太热了，孩子们悄悄地下了水。

当金老师从河里被救出来，没一个孩子说得清他是怎么落水的。有的说金老师像跳水一样，身段很优美。有的说，只是简简单单走下去，由浅入深，渐渐水淹了头。孩子们争来吵去，都说别人错。谁也没对这最初的自杀尝试起疑，大喜的日子，不喝酒的人也似乎喝了酒，天又太热，直到有一天，金老师吃了整瓶的安眠药，人们才知道事情的严重。幸好县城的一位好医生，在公社医院蹲点。

人们第一次知道自杀也能遗传，并且知道这是精神病的一种。金老师的爷爷死得很早，然而他爸爸却是上吊死的。当时人们都以为他是得了一种治不了的病，所以走了这么个绝路。县城医生指出这种精神病的显著特征，就是自杀不需要任何理由。问题的关键是“病人并不想死”。这是一种由下意识造成的自杀，人控制不了自己的下意识，因此也躲不过这种自杀。县城医生举了许多极通俗的例子，乡下人仍然云里雾里，唯一清晰的记忆，就是金老师迟早都得自杀。

一切都像医生说的那样，金老师压根就否认自己想到过自杀。事实上，他感觉到自己活得很有趣。甚至连吞下整瓶的安眠药，也被他解释为拿错了瓶子。他的神经质已经显而易见，当他越想表现自己的神志清醒，他的行为就变得越怪异。在许多人的梦中，金老师早死了，有的可能不止一次，人们在梦中惊奇地发现，自杀的方式竟然可以有那么许多种。没有人知道金老师自己会做些什么梦。也许有一次，他梦到阿娟叫人谋杀了，因为在大庭广众之下，他曾经十分惊奇地问阿娟怎么没死。美芳的爸爸为了贪污和女人问题吃了官司，人们有目共睹地见到了盖着红印的公告，他却悄悄地对人说，这不过是个骗局，法律从来不禁止拿钱和玩女人。所有的人都开始厌恶他，人们想到几十年前，金老师刚上大学回来过年的那个得意劲，那些晚上甚至月亮也特别圆，特别亮。

金老师成了行尸走肉。祠堂小学已没办法办下去，只好和镇上小学合并。没有领导敢再让他上课，他的胡说八道，足以使小学生入魔。除了孜孜不倦依然看他的显微镜，抄写布告黑板报，是金老师唯一的工作。金老师正式尝试和狗打交道，他最先从队长阿三家抱了头小公狗回来。刚开始，那狗只是软绵绵的一团肉。逐渐长出个模样来，叫得出声，龇牙咧嘴要咬人。以后更大了，能和别的狗打架，又总是赢。金老师本来对这狗还喜欢，偏偏有一次看见它和队长阿三家的母狗在地里干那事，心里便生了厌恶，恨畜生到底是畜生。从此有一顿没一顿，那狗饿极了到处找吃的，临了让人套了去宰杀吃了。如今这母狗是几年前集市上买的，是条矮脚狗，让金老师训得像只猫，温顺得对什么人都摇尾巴。在小母狗发情的日子里，金老师总是找根极结实的绳子，把狗拴在家里，引得方圆几里的公狗都在门前屋后乱转。有时，那狗胆大的也往屋里钻，甚至往室主人的床上跳，金老师逼急了，只好用安眠药塞在馒头里喂狗吃。

金老师当年的学生中，只有小丁宝最有出息，考取了一所三流的大学。这小丁宝学理科的，却喜欢写小说。自我感觉中，金老师是一篇小说的好材料，暑假回乡便带了几个儿时同伴探望老师。金老师正静坐养神，见着一班旧学生，独夸小丁宝一人。闲聊了一会，小丁宝觉得收获不大，而且没意思。回来路上，几个人一路说笑，都是金老师的荒唐。

老扁头此时新做了父亲，依旧不改儿时顽皮，因为气不服小丁宝的得意，笑着说："金老师真叫瞎了眼，只知道夸你有什么劲。你们当中有能耐的，也给我生个双胞胎看看。告诉你们，一枪打两个可不是桩容易事。这年头，生一个儿子就跟过年一样！"

小丁宝已是高高大大的小伙子，熊腰虎背，回家搬了张竹椅，钻进竹园写小说。计划中的短篇成了中篇，小丁宝时而充满自信的激动，暗笑世界文豪，时而有写不下去的苦恼，自信心像馊了的粥饭，怪味不可闻，又皱眉头又缩鼻子。他爸爸妈妈为了他是大学生，小祖宗似的供着。哥哥福宝恨得咬牙，也不敢打扰他。乡下人路过见了，都说他用功，又都带比较地咒骂自己小孩。苦了大半个暑假，小丁宝为自己的小说掉了两次泪。终于写完，感觉中这篇小说得奖也有余，兴冲冲去镇上挂号寄了。

暑假到了尾声。小丁宝是有女朋友的人。女朋友住在舅舅村上，都叫她四妹子，属于漂亮一类的姑娘。小丁宝高兴时把他们的关系，称作青梅竹马，因为两人中学同过窗。有时又说是包办婚姻，因为双方家长先中意了，正经八百地请了人说媒的。

四妹子在队办的小工厂里做事，新买了自行车，下了班常来望望小丁宝。她也考过大学，又幻想当电影演员。前一阵，省电视台下来了两个记者，都戴眼镜，一瘦一胖，准备就“红房子酒店”拍点什么。那瘦的戴眼镜的记者许诺四妹子，有机会，一定让她上上镜头。两个记者在忠宝家饱吃饱喝三天。四妹子疯得差点丢了魂，知道了许多事，给人家留了地址，又找来自己最喜欢的笔记本，请记者签名留念，那瘦的记者一双眼睛极花哨，瞧起四妹子来像钩子似的。四妹子有心把瘦记者的事，说给小丁宝听，却找不到恰当的机会。

小丁宝写完小说，脸上的表情顿时深刻了许多。又喜欢谈世界文学，谈现代派。四妹子怕冷了他的心，总是天真和专心地听。丁宝娘因为儿子假期就要结束，有心多给些机会，让四妹子住过来。又忌引起闲话，只让四妹子住在大伯家，反正是新房子，空房间多。这天晚上月亮极圆，忠宝一家和小丁宝全家都在场上乘凉，看彩电里的连续剧，小丁宝和四妹子坐在忠宝家的客堂说话。风扇吹着，多头的玉兰吊灯只点了一盏。小丁宝说：

“四妹子，你真不知道我内心有多痛苦，我知道说了，你也不会理解，只能使你更伤心。人活着，该是桩多痛苦的事，你要是知道些存在主义就好了。”

四妹子见小丁宝眼眶里一池泪水，有些心疼，她也是个多愁善感的性格，理想中的自己若是演员，一定是演悲剧的主人公。她对美的最直觉感受，就是流着极度伤心的泪，默默地注视着冷淡的世界。咬嚼痛苦的滋味才是真正的美。她不知道怎样安慰小丁宝，只觉得小丁宝的痛苦，就是她自己的痛苦。这世界正因为有了痛苦，所以才美，才有幸福这样的字眼。她听小丁宝海阔天空地大谈，听他庄严地剖析人生的无意义，直到他提出来要和她分手。“四妹子，和我这样的人在一起，毫无幸福可言。与其将来更痛苦，倒不如现在快刀乱麻，真的，四妹子，你要理解我。”

第二天，没人注意到四妹子眼睛有些肿。小丁宝妈问她为什么不去上班，回答是小丁宝明天就要走了，请一天假问题也不大，算是补休好了。也没人注意到小丁宝神色尴尬。忠宝夫妇因为小丁宝将走，便留他和四妹子吃饭。到半夜，阿娟梦中醒来，仿佛听见了什么声响，一摸忠宝，美梦十足地打着呼，刚想闭眼，砰的一声有东西倒在地下，因想到门未关掩，狗进来吃东西了，穿着三角裤出去看，一拧灯，小丁宝正蹑手蹑脚往四妹子睡的房间去。大家吃了一惊。阿娟想说什么，没说，只觉得有些狼狈，手不自觉地理了理三角裤的边。小丁宝不声不响退了出去，像挨了顿饱打的狗。

小丁宝偷偷走了，已经到了开学的日子，没人知道他存着一去不返的念头。四妹子只对阿娟一个人哭了一场，十分的伤心。阿娟百思不解，十二分小心地问：“怎么能这么轻易就散了，你们又不是一般关系。”四妹子哭喊说：“他爱我，我爱他，但是，但……”

阿娟奇怪四妹子的声调，依然百思不解，依然十二分小心地问：“要我说，既然你们不打算长久的，那事怎么能做，小丁宝这家伙也是，他应该为你想想！”四妹子仿佛不懂阿娟的话，痴痴地看着她，又转眼看着别处，陷入极深的遐想，好像不是在和阿娟说话，而是面对一个看不见的幽灵，“我们一直没有机会，多少次，都这样。那天他临走，提出要分手，我就答应了他，让他晚上来。他没来，他不愿毁了我，他是爱我的。”阿娟想到电影电视上曾见到的“临别纪念”，只觉得不通和荒谬。她不愿再说什么。

小丁宝又有女朋友的时候，四妹子已嫁了人。她嫁的是个养貂的专业户。忠宝的事业到了尽头，打算和阿娟一起搬到城里去住，去做新的寓公。队长阿三早是古老的封号，人们因为他是阔佬的父亲，免不了依然几分敬重。好在他极识时务，又图个虚荣，夕阳在山之际，便在空场上放好了二十吋大彩电，到了月白风清之时，彩电的色彩调准了，门前黑压压的一群人，都在看。

# 最后

## 1

阿黄手放进口袋，紧捏冰凉的刀刃。

刀很钝，他用手指试了试刀锋，不禁有些担心。他本该一进门就把家伙掏出来，对着老板的肚子就是一刀。自从那个歹毒的念头像受精卵一样在大脑的子宫里膨胀后，他便不止一次想到老板的肚子。老板又矮又胖，肚子里全是脂肪。这样的肚子不捅几刀真是可惜。

想不到老板如此经不起引诱。作为机关头头，阿黄的顶头上司，老板死到临头，一定后悔为一套铅印本的《金瓶梅》送命太不值得。他向来不把阿黄放在眼里，甚至阿黄已把手伸进口袋，捏着冰凉的刀刃，眼睛中全是恐惧时，老板依然没把阿黄当回事。“阿黄，我的书呢?”老板大模大样说着，仿佛回到自己家似的，走到写字桌前，拿起一盘放在上面的磁带，匆匆瞄了一下，“这里面什么玩意?”

这句话提醒了阿黄。放录音本来是计划中的一部分，他选的是一盘节奏极强的曲子，疯狂的旋律足以使人们怀疑地狱的门已被打开，魔鬼正从里往外逃。冰凉的刀子被阿黄的手焐热，他惊惶不安地看着老板，手慢慢往刀柄上移，嘴里低声说：“好，好曲子，你把它放进录音机，对，就那个键，再揿那个。”

老板揿下按钮，回过头来，阿黄手上发亮的刀刃正对着他。

“阿黄——”老板往后一缩，人靠在写字桌上，半举起两只手，其中一只摇扇子似的抖着，“你要干什么?”

“你不是要《金瓶梅》吗? 这就是我的《金瓶梅》。”阿黄腿有些打颤，略略向前跨了半步。老板脸上的恐慌，对他来说是一种邀请，他又向前略略跨了半步。最后的犹豫惊慌已从阿黄身上消失。录音机里响着磁带头上那段空白的沙沙声。突然，疯狂的旋律爆炸一般充满整个空间。阿黄跳上一步，凑着强烈暴躁的节奏，刀子往老板肚子缓慢而又十分有力地送过去。没有任何障碍，刀子好像被吸进了肚子。老板往下一蹲，人更矮了半截，一只手抓在阿黄捏刀的手腕上，可怜兮兮地看着阿黄。

如果老板还是表现得和往常对待阿黄一样，一样绝对地居高临下，一样永远地傲慢专横，一样横竖都有理，一样好歹都喜欢给人小鞋穿，阿黄的谋杀很可能功亏一篑。如果老板大声训斥，如果老板脸上能有那么一点点愤怒，如果，甚至如果老板的表情里，只是有那么点痛苦，阿黄的最后抉择，一定是丢下那把插在老板肚子上的刀子，像小偷叫人发现似的仓皇而逃。

然而矮了半截的老板，脸上除了可怜兮兮，还是可怜兮兮，眼泪鼻涕正在酝酿着出来，他的手抓住阿黄捏刀的手腕，既像是在求阿黄把刀拔出来，又好像是在和阿黄商量干脆把刀留在肚子上算了。他一会儿看看阿黄脸上的表情，一会儿又把头垂下去，仿佛在研究那血是不是已经从伤口流淌出来。

录音机在惊天动地地响着。阿黄发现自己的胳膊像树棍一样僵硬。他有些惊慌失措，浑身开始颤抖，颤抖的频率正好凑得上音箱里疯狂的节奏。刀子已经被什么东西固定住了，它似乎和老板的肚子拼成了一个整体，进，进不去，拔，拔不出。

老板嘴里嘀嘀咕咕说了句什么。阿黄没听清，甚至老板自己也没听清。空气中回响着强烈暴躁的曲子，一个拆散了的拼凑起来的音符鬼火般地移来移去。事实上，阿黄和老板在这特定的时刻内都有些走神。他们的注意力都集中在那插着把刀的肚子上。

阿黄的想象中，老板的肚子里，屎、尿、血水，那些黏糊糊的液体正在对流，盘根错节的大肠小肠，被小刀刺穿，有的地方断路，有的地方短路，乱得一团糟。老板的想象力都停滞在肚子里丰富的脂肪上。两年前，老板做手术切除阑尾。当时一位颇有姿色的中年护士，边为他剃尽下身的毛，边开玩笑说：“你应该就便让医生给你拿掉些脂肪。这玩意肚子里多了，可没好处。你的脂肪起码有三寸厚!”这个玩笑两年来常在老板耳旁响起。他的年龄不算太大，前程乐观。以医生的眼光看，脂肪多不是件好事。

在换曲子的间隙，老板突然向门口逃去。阿黄被动地跟到门口，他借着老板手上的力，使劲一撬，把刀拔了出来，一股血腥的气味顿时引人呕吐。老板可怜兮兮地求饶，然而这种怯弱却为阿黄注射了强心针，他忍住了胃里的翻腾，随着音乐的疯狂节奏，舞蹈一般向老板猛刺过去，继续不断地猛刺。

老板喝醉酒一般软了下去。门上钉了个大钉子，钉子上挂着阿黄的书包。老板的一只胳膊正好伸进了书包带里。

阿黄感到一种前所未有的兴奋，他的舞姿疯狂得接近潇洒。连续不断地猛刺，他僵硬的肌肉变得越来越轻松。刀子很短，恰恰因为短，捅起来十分得力。老板的头靠在门板上，阿黄每捅一下，他便呻吟着侧过头来看阿黄一眼。血像花朵，一簇一簇地开放在老板衣服上，满嘴的血和唾沫，给人的错觉是他正在用红颜色的牙膏刷牙。

老板一生中的最后的感觉，是“我要死了”。他自言自语默念了几遍，眼前突然一片光明。他发现自己的脚已经离地升空，轻轻地慢慢地飘出去。“我要死了”，这四个字像一口痰似的堵在他喉咙口。

音乐声戛然而止，紧接着是按钮跳起的啪嗒声。

阿黄后退了几步，一屁股坐在床上，大口喘气。他像注视什么怪物一样，吃惊地看着自己面前的杰作。一切和预料的差不多。阿黄打算杀死一个人，他已经杀死了一个人。屋子里静极了，他不停地鼓励自己，“没什么好怕的。”但是，他忍不住还是要害怕。房间里太静了，静得像一张照片，像老鹰在天空滑翔时留下的一道阴影，像夜间墓地里冰冷的石碑。

老板已经死了。他的膝盖几乎跪在了地上。书包带勾住了他的胳膊，他斜挂在门板上，活像一尊受难者的雕像。血正从四面八方继续涌出来，老板看上去仿佛一名穿着湿漉漉迷彩服的战士。

计划中的下一步，是尽快离开自己的房间。阿黄对自己的小窝毫无眷念之情。他坐在床沿上，大口地喘着气，把安排好的计划重温一遍。房间里的安静令他无法忍受，他只好把磁带取出来，换个面，塞进录音机继续听。

他手上有血，衣服上鞋子上袜子上也有。房间里没有水龙头。他想了一会，倒出热水瓶里的水。水太烫，冒着热气，他把手放在热气上熏，然后使劲地搓血垢。

当阿黄换好衣服准备永远离开自己的房间时，他遇到的难题，是老板血迹斑斑的尸体封住了门。要拔开插销，必须请老板让开。阿黄止不住又是一阵恶心。谋杀已经结束，他说什么也不愿意用自己的手再去接触那具正在凉下来的尸体。

外面楼道上传来了人的脚步声。阿黄迟疑了一下，搬了张椅子，打算从门框上方的气窗里爬出去。老板的尸体有点碍事。他站在椅子上听了一会，等外面的人声没了，打开气窗，一只脚小心翼翼地踩在老板僵硬的肩膀上，手一撑，腰一挺，腿再弯过来，人骑在了气窗框上，正准备往下跳。

楼道里远远站着一个人。那人走过来，看清是阿黄，吃了一惊："阿黄，你干嘛要、要爬出来？"

阿黄下意识地掸着身上的灰，结结巴巴地解释自己钥匙忘了带。

“我的钥匙，没了，没了，钥匙没了。”

2

作家写到那段杀人场面时，的的确确感到血在淌。血黏糊糊，像是红颜色的胶水。那把用于谋杀的小刀，正好与作家手中的黑钢笔一样长。作家一边写稿子，一边把钢笔捏在手心里，作刺杀状。阴森森的故事使星期三的月亮深深藏入云层。空气浑浊，黑色的风仿佛散步一样缓慢走着。作家像阿黄那样大口地喘着气，突然站起来，移步到窗前，把开着的一扇窗关上，又把旁边关着的另一扇打开。

外面，路灯下的围墙上躺着一只猫。

作家看着猫，看着路灯，抽着烟。阿黄的谋杀已经告一段落。最精彩的部分结束了，作家必须交代阿黄的杀人动机。这是一项棘手的工作，作家为此做了充分准备。

除了放稿纸和墨水瓶的那一小摊地方，宽大的写字台上堆满了各种关于犯罪的专著。仅仅书名相同的《犯罪心理学》就有好几种，台湾人写的，大陆人写的，翻译过来的日本人写的，美国人写的，前苏联人写的，多得来不及看。虽然作家花了大气力，塑料封面的笔记本上学生一般地摘抄了许多段落，但是他自己仍然还闹不清阿黄杀人的真正动机。正如钻牛角尖的道理一样，作家发现他的工作越是做得细，越是研究得深入，对阿黄的真正动机便越糊涂。

犯罪显然是门深奥的学问。为了使自己的小说真实可信，并同时兼有理性的力量，作家甚至不惜血本，和一位有过短暂婚史的女犯罪心理学家交往。这段交往使本来就有些复杂的事就变得更复杂。

女犯罪心理学家有一张十分文静的脸，三十岁再出去一截，话多得让人受不了，作家和她初步接触，便充分领教到了她身上那种单身女人的古怪。第一次见面是在女犯罪心理学家的办公室里，情景就仿佛是个病人去看医生。很显然，作家的名声占了些便宜，女犯罪心理学家摆出乐意效劳的架势。她很耐心地听作家讲，即使是对那些颠来倒去的重复叙述也不皱一下眉头。她不置可否地听着，毫无表情地看着作家的嘴动。

作家口干舌燥，摆了摆手，表示他全说完了。女犯罪心理学家喝了口茶，掏出钢笔来，在纸上刷刷写，然后极潇洒地把那张纸递给作家。纸上是一张犯罪心理形成过程的示意图：

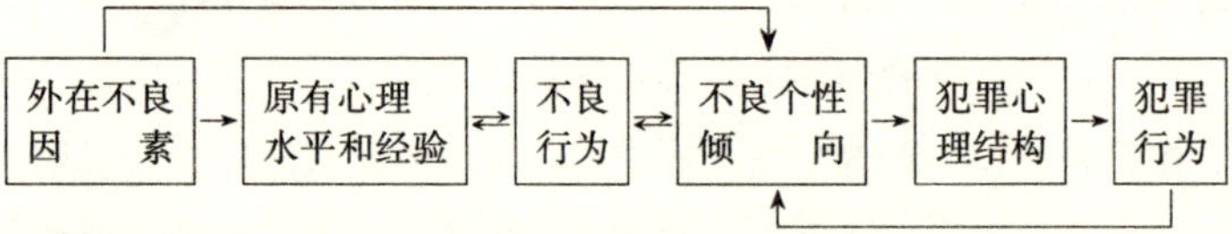


接下来是上课，女犯罪心理学家滔滔不绝，作家免费听了一次“犯罪心理结构”的讲座。分手时，作家大有黄鹤一去不复返的意思，女犯罪心理学家却提出下次见面，由她自己亲自登门拜访。

关于阿黄的谋杀动机，女犯罪心理学家提供的结论，是一大堆言之有理查无实据的假设和推理。她以一个学者的严谨，对作家叙述的任何一个细节进行分析。既然阿黄尚未逮捕归案，无论下什么样的肯定性结论都为时太早。“杀人罪是指非法剥夺他人生命的行为。”女犯罪心理学家口若悬河地套用着一连串术语，概念像链条似的一环套一环，“杀人又有故意杀人和过失杀人，在故意杀人中，你知道，很显然，可以排除政治谋杀和图财害命。”

“那么你认为最大的可能性是什么呢?”作家忍不住问道。“当然，你说得对，什么样的可能性都有，但是总有更大或者最大的可能性吧。你比如说可能性是一个个放在你面前的苹果，总得有哪个苹果更大的比较，是不是，当然，我这例子也许有点不恰当。”

“不，你的例子完全可以说明问题。但是，但是你得知道，最大的可能性，往往蕴藏在人们通常认为的不可能中。”

“老天爷，你能不能简单些，我这水平，实在有些跟不上。”作家用狼狈来掩饰自己的不耐烦。

女犯罪心理学家宽宏大量地笑了。她连忙说几句无关紧要的话安慰作家，然后话锋一转，说阿黄的杀人动机很可能是报复。她的理由是作家提到老板一向给阿黄小鞋穿，“你想，为什么人们要给他起这么个绰号呢，‘老板’，这很说明问题，说明什么？说明作为一个领导，一个上级，他对下属很不怎么样。”她列举了一大堆作家提供给她的事实，诸如调级加工资时的故意作梗，动不动就乱扣阿黄的奖金，常常在公开场合有意无意地奚落阿黄，一向视阿黄老实无能软弱可欺。“很显然，你说的那个阿黄，是个性格懦弱的人。性格懦弱，正是这种缺陷，这种不良的个性倾向，导致了他的杀人动机。就像你提供的那样，阿黄因此会在笔记本上写‘总有一天，我会向老板证明，我并不是像他设想的那样窝囊。我会证明的。’证明什么？你不是要动机吗，这种想证明自己什么的心理就是动机。在一个犯罪心理学家看来，懦弱者往往比坚强者更可能杀人。”

女犯罪心理学家向作家分析了报复杀人的典型特征。犯罪分子由于某种原因，她解释说，处心积虑地寻找报复杀害对方的机会。她说，一旦实施犯罪时，似乎是仇人相见分外眼红。她又说，犯罪分子往往感情冲动到无法抑制的程度，因此心狠手毒，必置对方于死地而后快，达到所谓报仇雪耻的目的。

当作家快要被女犯罪心理学家说服的时候，她突然又转向另一个结论的推理。她做了个作家已经熟悉了的手势，开始声明她并不是弗洛伊德的弟子。“当然，性的问题不能忽视，事实上，任何一个高明的犯罪心理学家，很可能首先想的就是性的问题。在日常生活中，杀人犯的比例里，奸情杀人，占了绝大多数。你已经指出了你说的那个犯人对同单位的一位中专生有单相思。单相思，这就是问题所在。有迹象说明，这个女中专生和老板关系暧昧，更有人怀疑女中专生已不是什么处女——”

作家连忙声明他没有任何确凿的证据。

“你永远也不可能有这方面的确凿证据，”女犯罪心理学家流露出一丝被打断的不愉快，老板已经死了，所谓死无对证。况且法律对通奸无能为力。我们不妨分析一下女中专生的心理。

“女中专生，这就是说，是个高不成低不就的角色。你不妨这么想，如果她再出色一些，那就应该去念大学，退一步说，如果她再差劲点，就念不了中专。这样的女孩子，通常都是心比天高，命如草贱。她心目中的男人，该是什么样子呢?”

作家说：“阿黄可是大学本科，娶她绰绰有余。”

“问题就在这。他很可能曾经一度引起了女中专生的好感。但是交往下来，他性格中的缺点全暴露出来。因此，女孩子变了心。当然说不上什么变心。总之一句话，感情缺少了进一步发展的基础。于是就在这时候，老板开始骚扰那个女中专生。”

作家觉得有必要提醒女犯罪心理学家，老板并不像她估计的那样有吸引力。他特地提到了老板肥胖的肚子。

“这无关紧要，”她不耐烦地做着完全程序化了的手势，咽了口唾沫继续说，“男人往往并不知道什么才是男人真正的魅力。对于有些女人来说，男人的外貌只是个极小极小的因素。很显然，老板有很多讨便宜的地方。首先，作为一个领导——你别激动，我这话并不意味着只要是领导，便可以轻而易举地和下属睡觉，我所说的只是前提的一部分。他也许给了女中专生这样那样的许诺，也许掌握了什么把柄，也许，唉，你知道，一个有性经验的男人，勾引女孩子并不难。女人总是软弱的，软弱的女人便意味着有机可乘。女人，女人不怕她有文化，也不怕她没文化，最可怕的，是她拥有的文化不多也不少。你的犯人的笔记本上，不是还有这么一句话吗，'我一看到老板色迷迷的眼睛，就恶心，我奇怪她为什么一点都不反感。'前面已经说过，你的犯人有那么点单相思。因为嫉妒对方获得自己理想中的恋人而杀人，这一条，也很可能就是你所要的杀人动机。"

作家按照女犯罪心理学家的分析，编造了几个颇有戏剧性的场面。报复杀人也好，奸情杀人也好，作家突然发现自己写的小说，和别的什么作家没有任何区别。他甚至尝试用恐惧杀人的动机来写，他安排了阿黄是因为害怕老板而不得不行凶的细节，阿黄所以要杀人，是由于他总觉得老板要杀他。

窗外，路灯下围墙上躺着的那只猫，瞪着两只发亮的眼睛，仿佛在责怪作家的牛头不对马嘴。作家的思路叫那该死的猫打断了，他站起来，隔着窗户挥手，想把那只猫撵走。猫做了个受惊动作，目不转睛地继续看着作家，看了一会，索性埋下头来睡觉。

"这该死的猫，不是那个该死的女心理学家，它对所谓谋杀的动机，毫无兴趣。"他对自己说着，看着满桌的犯罪学著作叹气。他想起他小说的一位评论家说过的话，"现代小说只知道干什么，至于为什么，这是读者的事。读者有大脑，有一个现代人的思维，读者自己会知道为什么的。"他突然意识到自己愚不可及，既然他根本不知道为什么，又怎么可能写这些为什么。人笨就笨在老是要去做那些做不到的事。

关于阿黄谋杀动机的一些戏剧性描写，被作家扔进了废纸篓。他换了一叠新稿纸，开始写计划中的下一章。

3

这一章是阿黄离开谋杀现场后的遭遇，结尾正好和作家计划中的第二个故事衔接上。作家的提纲如下：

阿黄惊慌失措地跑，跑了一段，突然意识到应该走。路边车站，阿黄等车，上车，在一家公园门口下。进公园，从另一个门出来。上火车站。

火车开动。阿黄惊惶的重复描写。乘警查票。阿黄中途下车。

自然过渡到江边，这里的过渡一定要自然。

阿黄溯江而上，赤脚踩着松软的沙滩。关于阿黄童年的回忆。顺便写一点小人物的悲哀。一座小庙，阿黄借宿。宁静的隐居生活。摆脱不了的惊惶，乘客仿佛是化装的警察。

阿黄继续流浪。命中注定的姑娘出现。

4

阿黄出现在那个山坡上，斜靠一棵老槐树，昏昏欲睡，他看见那位命中注定的姑娘。不远处，孤零零的有幢房子，泥墙，茅草顶。姑娘正是从那旧房子里走出来的。一身花衣服，不急不忙的样子。她手里捧着碗水。中午的阳光很有力地射下来，槐树的阴影外一片光明。一只什么鸟儿在吱吱地叫。命中注定的姑娘捧着手里的那碗水，缓缓向他走过来。

姑娘走近时，阿黄听到一个男人沙哑的骂声。他侧过头去，突然发现槐树的另一端有个扁豆藤搭的小凉棚，一个又瘦又小的老头坐在躺椅上。姑娘对那老头说：

“还喝，从早上到现在，就没停过。”

“肏妈，老子就喝，老子，就喝。”

姑娘把水递给老头。老头端在手里，鼻子下闻闻，抿了一口，把水泼了，又是粗鲁地海骂。骂了一阵，拾起地上的一个瓶子，样子有些潇洒地往小酒盅里倒酒。姑娘在一旁呆呆地看。很显然，她已经注意到了阿黄。

老头轻抿了口酒，轻松快活地又骂了句下流话。他端着酒盅，好像故意要使姑娘发急似的，连续不断地喝，嘴咂得极响。

“老子就一个女儿。一个女儿怎么样？一个女儿也不让你喝酒，老子就喝，就喝。你在看什么？”

姑娘有点惊慌，忙说自己没看什么。其实她一直在偷看阿黄。顺着姑娘的眼锋，老头已发现了不远处的那个陌生男人，他做出心里全明白的样子，继续往酒盅里倒酒，嘴咂得极响地连着喝。

“喝！喝！总有一天喝死了才好，”姑娘斜眼看着阿黄，“童医生说了，再喝，你非死在酒上不可。”

“老子就喝！”

“你真是个酒瓶子！”

“酒瓶子怎么样？老子就喝。”

姑娘还在偷眼看阿黄，阿黄叫她看得很不自在。扁豆花开了，一串串地垂在凉棚顶端，像是悬挂着的彩色葡萄。那姑娘十七八岁，极漂亮，可惜有点傻样。阿黄注意到了她的奶子超正常比例的大，她忍不住地扭来扭去，胸口仿佛有两只兔子在跳。她似乎全心全意地欢迎阿黄注意她，一个陌生男人的目光使她感到特别兴奋。

老头局外人似的把一切都看在眼里。他自顾自地斟酒喝酒，小小的三角眼睛在女儿和阿黄身上斜来斜去。姑娘说："越说越来劲，我说你喝死了才好呢。"老头极潇洒地骂出一串粗话，其中最下作也最刺耳的，是说女儿作为女人的那玩意痒得难受。姑娘已经熟悉了父亲的骂，她只是怕他再说出些难听的话叫阿黄听见，因此做了个鬼脸，并非太生气地走了。老头回过头，盯着女儿去的背影，叫道："你别当老子不敢揍你。就是那鹅贩子来，老子照样揍。怎么了，养大了你，揍揍还不行？肏妈。"

姑娘已看不见了，老头依然慢腾腾地喝酒，嘴里叽里咕噜说着什么。"喂，小伙子，你过来。"阿黄听见那老头叫他，便站起来，朝他走过去，进了凉棚。老头说："你小子靠在那干什么？我知道你准没什么好心，看你胡子拉碴的样子。妈的，你坐呀！"阿黄有些忐忑不安地坐下，一阵阵酒气向他逼过来。

"我晓得，你们都在打我女儿的心思。狗屄香千里，你们这些狗日的鼻子真尖！"老头拎起酒瓶斟酒，发现还有小半瓶，不相信地摇了摇，又说："妈的，这酒真耐喝，还有这么多。怎么样，来一点。"阿黄带点扭捏地摇摇手，表示自己不会喝。

老头笑着，不相信天底下还有不会喝酒的男人。他看出阿黄是个老实人，招招手，叫阿黄坐近一些，他自己酒气醺醺地凑在阿黄的耳朵边，告诉什么秘密似的说："我们家那个小骚货，只要是男人，她都肯的。不过你要当心，那鹅贩子厉害着呢，乖乖，他厉害。"

阿黄想不到老头会这么说自己的女儿，有点吃惊，同时也不知道鹅贩子是谁。老头看阿黄摸不着头脑的狼狈样，禁不住小孩一样天真地笑了，笑了一会，故作神秘说："那鹅贩子，到哪身上都带把刀，这么长，嗨，一刀就、就不得了。"

正说着，那姑娘端着一碗饭，边吃，边走过来。老头又匆匆对阿黄补了一句："我告诉你，那家伙，是牢里头放出来的，肏妈，真正邪头!"姑娘看见阿黄和老头子在一起说话，兴奋得不得了，嘴里嚼着饭，说："还喝，还喝，你真是个酒瓶子!"说完，脸转向阿黄，扑哧一笑。

饿的感觉大梦初醒似地在阿黄身上折腾起来。姑娘碗里的饭香一阵风地往他鼻子里钻。耳朵边是姑娘的咂嘴声。阿黄发现自己胃里养了一群耗子，耗子四下奔走觅食，跳来跳去。饿的滋味让阿黄想到了腿部肌肉酸疼，膝盖发软，脑袋变重。姑娘大口大口吃着，吃了一阵，停下筷，眼梢里扫着阿黄，偷偷笑。

瘦老头干完了酒盅里的酒，拎起酒瓶想了想，眼睛转向阿黄，一边往酒盅里斟酒，一边让姑娘为他盛饭去。阿黄发现瘦老头眼睛虽然望着别处，酒却一点也没洒在外头。

"给这小伙子带碗饭来，肏妈，人家也要吃的。"瘦老头冲姑娘匆匆而去的背影喊着。

阿黄想拒绝的念头一闪而过，甚至他举起的手还没有来得及摇，他胃里的那群耗子已经全部安静下来。他不好意思地对瘦老头笑了笑，带着点歉意端起屁股底下的凳子，坐得离瘦老头更近一些。

"你从哪来的?"

阿黄指了指东边。

"妈的，东头来的人，可都是有钱的。你没有，别急，我知道。不跟你借钱，你往哪去?"

阿黄指了指西边。

“往那去干什么。人就跟这河里的水一样，你得往低处流。我跟你说，你越往西边去，这日子就越难过。你到底去干什么？”

阿黄流浪在外，最怕别人盘问。幸好有人从他们身边走过。那人眼睛里笑着，对瘦老头说：“酒瓶子，还有哪次见你，不喝酒的。肏你的妈，来客了？”

“肏你的妈，”瘦老头懒洋洋说，“酒瓶子不喝酒，还叫什么酒瓶子？”

姑娘端着两只碗走过来，一碗满得仿佛上面又合了只碗，另一碗浅浅的，全是菜。她把满的那碗递给阿黄，又塞给他一双筷。全是菜的一碗递给了瘦老头，瘦老头把盖在表面的菜拨拨开，找下面的米饭吃。阿黄吃着白饭，心中充满一种屈辱感。姑娘眼望在别处，抿着嘴笑。吃了一会，阿黄突然发现自己饭底下埋伏着许多菜。那菜是大块大块的炒鹅蛋。

吃过以后，瘦老头又是喝。边喝，边和阿黄有一句无一句地瞎说。喝着说着，老头忽然睡着了，呼噜呼噜打起呼来。打了一阵呼噜，他喉咙口一口痰堵似的喘起粗气。阿黄连忙走上去，正要问，瘦老头眼睛一瞪，人抖了几下，哇的一声吐一地。“肏妈。”瘦老头喘过气来，不服气地骂骂咧咧，骂完了，难受半天，接着又呼呼睡。阿黄有些担心，姑娘却不当回事地说：“死了才好，回回都这样，人家都叫他酒瓶子。回回都这样，天天这样，把酒倒进去，又倒出来。别管他，喂，帮我做点事怎么样，我那鹅还没喂呢，走，拎着那桶，帮我喂鹅去。”

## 5

鹅贩子第一次从东面走过来的时候，酒瓶子的女儿正好那天过十三岁的生日。鹅贩子胡子拉碴地坐在阿黄五年后坐过的那株老槐树下，看酒瓶子踌躇满志信心十足地往酒盅斟酒，他的十三岁的女儿跪在一边，可怜兮兮垂着眼泪。酒瓶子已经看到了鹅贩子，他邀请他过去和他一起喝酒，边喝酒，边数落女儿。“我养的女儿，凭什么我就不能骂，凭什么我就不能打，凭什么？”酒瓶子仿佛是在问鹅贩子，又仿佛是在问自己，突然站起来，跌跌撞撞走出去几步，朝姑娘腰眼里就是一脚，姑娘就势一滚，赌气似的重新跪好。

酒瓶子往回走，趾高气扬的样子。他发现鹅贩子正拎着他的酒瓶对着瓶口喝。“肏妈，你好——”好字没说完，鹅贩子训斥道：“你他妈还喝，还想喝呀！”酒瓶子上去抢酒瓶，被他手一挥，推出好远去。

“老子好心叫你喝酒，你，你就这么喝？”

“就这么喝。”

“老子肏你妈，肏你亲妈！”

鹅贩子眼里射出两道冷光，不动声色地问酒瓶子打算怎么肏。酒瓶子有些服软，嘀咕着让鹅贩子好歹让他再喝一杯。鹅贩子冲跪着的姑娘看了一会，喊她过来陪自己喝酒。姑娘气鼓鼓地站起来，走到鹅贩子身边，气鼓鼓地往下一坐。酒瓶子一旁跳脚道：“胆子当真是叫拉屎拉掉了，你也不去问问我是谁？”鹅贩子将酒盅斟满了，让姑娘喝。姑娘傻傻看着鹅贩子。

“她又不喝酒，你倒非要让她喝。”酒瓶子委屈得想哭，他搭讪着凑过来，小心翼翼地去端那个小酒盅，端稳了，手僵在那儿不敢动，“老子退回去二十年，饶得了你？”他对女儿做了个鬼脸，恶骂道：“小婊子，待会还得揍你。”说了，左手捏成个小瘦拳头，挥了挥。鹅贩子一仰头，吹喇叭似的把瓶子里的酒全部喝完。

酒瓶子心目中的英雄是黄天霸。凡是黄天霸的故事他都要听，都听不够。谁要是说黄天霸好，谁就可以借他的钱不还。他有钱的时候并不多。要不是被人手里捏着当过战俘的短，方圆十里也许没有他的对手。这一带的人都记得他从朝鲜战场上下来时的惨样，弯着腰，瘸着腿，瘦得像只猴。

从三十岁熬到四十岁，酒瓶子打了十年光棍。十年的光棍生涯，他对女人有一种特别的感情。那时候还谈不上什么酗酒，不过瘦猴一般的酒瓶子已经开始有了酒鬼的苗头。他捞到了机会就是死喝，喝醉了便理直气壮地打老婆。打老婆是他对女人特别情感的充分体现。女人的身体像藏着个磁场似的吸引他去进攻，每次打老婆对他来说都是次真正的战斗。他全力以赴地出击，一直打到冰冷的瘦拳头里直冒冷汗。酒瓶子在打老婆的好汉中名列第一。

酒瓶子的老婆能活那么多年本身就是个奇迹。新婚的第三天起，他老婆开始经常性地鼻青脸肿。酒瓶子的进攻向来不要任何理由，他总是拣骨头最少的地方下手，拳打脚踢之外，他最喜欢的方式，是足球赛中头球攻门似的撞击对方胸脯。他出其不意地一跃，最佳战果能把老婆撞出五米远。传说他老婆也是个厉害角色，天生了一张可以吃人的大嘴，接连克死了几位丈夫。这下凡的白虎星做姑娘时便有邪气，据称有个土改干部，只在她身上那地方摸了摸，当真被撤了职查办。她做梦也不会想到自己的克星是她最后一任丈夫。这个又瘦又小的一喝酒就醉的男人，成把地拔下她的头发，毫不含糊地打落了她最后的一颗牙。如果那一次自杀成功，她的悲剧便可以早一些结束。但是当她解下裤带挂在门框上，挽成个圆圈，犹豫着把脑袋刚伸进去的那一会工夫，酒瓶子突然出现在她通往天国的途中。她垂死挣扎着挂在门框上荡秋千，酒瓶子却抬起腿来冲她下身猛踢。踢过以后，他扶起已经跌倒的方凳，让老婆晃晃悠悠地重新站好。也可能当时他害怕过一阵，然后他清醒过来的第一件事，就是用拳头教训尚未清醒的老婆永远不许再发生类似的行为。系在他老婆脖子上的裤带终于解开，酒瓶子十分吃力地把老婆往床上拖。一待在床沿上坐稳了，他郑重其事地揪住她的那头乱发，往自己的膝盖上猛撞。撞了一会，他怀疑老婆是假装昏过去，掀开旁边的马桶盖，拎稳了她的脑袋让那臭烘烘的味道熏。暴力场面持续了三十分钟，酒瓶子才意识到自己应该休息一会。他坐在那喘气，以一种胜利者的心情，欣赏着老婆用草纸一张接一张地擦鼻子里流出来的鲜血。水一样的鲜血仿佛永远也流不完，红殷殷的草纸很快就把马桶填满。

这次残暴的结局，是酒瓶子老婆第一次也是最后一次获得做母亲的机会，九个多月后，酒瓶子没任何喜悦地当了父亲。红红的老鼠一般的婴儿让酒瓶子感到讨厌，从一开始他就和自己的女儿结下仇。他迫不及待地指望着坐月子快些结束。满月的太阳刚刚升起，酒瓶子便在婴儿的啼哭声中痛击老婆。适当的休整和压抑使他精力更加充沛，他的拳头刁钻古怪，打得老婆触电似的跳来跳去。

女儿渐渐分享了母亲的痛苦。酒瓶子让她在很小的时候，就饱尝了拳头的滋味。人所能承受的打击简直不可思议。打老婆的经验让酒瓶子明白女人身上并没有不能袭击的地方。很长的一段时间内，女儿是一个浸在痛苦的泪水中的标本，瘦骨伶仃的样子，仿佛永远也长不大。在酒瓶子的印象中，女儿似乎一夜之间成了大姑娘。这一发现使他从交替地揍母女两人，发展到每揍老婆一次，非得先揍女儿三次。这时候他已经是个地地道道的酒鬼。每当喝足了酒，他便兴致勃勃地在女儿身上用力，他变得越来越精明。女儿身上叫人看不见的地方，经常性地被酒瓶子掐得青一块紫一块。他的老婆有一种逃避的喜悦，女儿杀猪似的号叫对于她向来无动于衷。这个年老色衰的女人已有些挨不过丈夫蛮横的暴行，甚至酒瓶子也怀疑下手再重些就会送她的命。她幸灾乐祸地看着女儿挨打，然后一个人躲起来恨得咬牙切齿。在最后的岁月里，除了诅咒她别无乐趣，当死神悄悄走近的时候，她临终的祝愿，是让她的丈夫和唯一的女儿共同下地狱。

酒瓶子的女儿叫贞丫头。贞丫头八岁时开始没完没了地做噩梦。她反复梦到一只瘦骨伶仃的黑公鸡栖在她头顶上。黑公鸡的鸡冠又黑又亮，它不停地低下头来，在贞丫头怦怦乱跳的心脏上啄。鸡爪子有力地扒着，贞丫头老觉得自己的头发像新犁过的地，又好像一把极钝的镰刀，慢吞吞割着成片的麦苗。即使在大白天，贞丫头对各色各样的公鸡也有一种莫名的恐慌。公鸡在场地上悠闲傲慢的胜利者姿态，不止一次让她心烦意乱。还是在很小的时候，贞丫头便明白公鸡扑腾着跳在母鸡身上意味着什么。她忍不住也会拣块石头扔过去。石头和鸡相撞发出沉闷的声响，接着是恐慌的惨叫，公鸡母鸡各奔东西。

酒瓶子彻底堕落成酒鬼的日子里，贞丫头最大的乐趣是看人杀鸡。这样的机会并不多，但是每一次机会都让她激动不已。她喜欢毕恭毕敬站在一边，看人霍霍地磨刀，看人把鸡的嘴捏住，轻轻拧过来，拔去颈子部位的毛，在一个碗里放一点清水，一小撮盐，血一条线似的往下淌，淌，然后鸡被扔在一旁，有气无力地扑腾翅膀。她喜欢趁人不注意时，伸出脚去踩那已经开始僵硬的鸡爪，她的脚像踩着了一根树棍一样碾来碾去。这情形使她身上的每个细胞都感到兴奋，口水不知不觉从嘴角边滴下来，仿佛一个饥饿的人面对着一席丰盛佳肴。

除此之外，贞丫头内心的秘密，是盼望着有一天会出现一个喜欢她的小伙子。喜欢她的小伙子应该又高又大，很轻易地就把又老又瘦的酒瓶子打得落花流水。在忍受父亲暴行的同时，贞丫头的脑海里不断出现一些幻觉，她觉得那位爱她的又高又大的小伙子正从远方走来，有时是骑着马，有时骑自行车。路上有各式各样的桥梁，又高又大的小伙子似乎始终走在桥上面。当贞丫头感到身上的痛苦再也不堪忍受的时候，她便在内心里大声疾呼那小伙子快来。痛苦愈趋向高潮，小伙子的步伐愈快。贞丫头终于忍不住大声呻吟起来，那个爱她的又高又大的始终走在桥上面的小伙子终于赶到，气喘吁吁的酒瓶子终于不当回事地被打翻在地。小伙子笨重的黑皮靴以最快的节奏踹向酒瓶子，每踢一脚，贞丫头心灵深处便感到一股潮流涌来的兴奋。酒瓶子痛苦不堪在地上滚着，揉着，先是低声地咒骂，接下来是求饶。他跪在那里，极可怜地流鼻涕，黏糊糊的鼻涕没完没了往下淌。

贞丫头幻觉的最后一部分，是她心爱的小伙子喜洋洋地带她远去。她搂着小伙子结实而柔软的腰，跨上骏马或是骑坐在那辆崭新的自行车后座上，尘土飞扬，酒瓶子一个人坐在那里暗自悲伤。虽然父亲是她一生中最痛恨的形象，然而父亲毕竟是父亲，仅凭这一点她便可以毫不犹豫地原谅她。是她为酒瓶子求的情，想到她说什么，小伙子就乖乖为她干什么，贞丫头心中一片无限的幸福。

很长一段时间内，鹅贩子成了贞丫头幻觉中的骑士。尽管他远没有她心爱的小伙子那么英俊，而且根本谈不上温柔。鹅贩子的伟大贡献在于用酒和拳头把贞丫头从父亲旧的暴力中拯救出来。他打跑了所有和贞丫头可能有关的男人，并且毫不含糊充分行使了丈夫的权力。一年以后，在陪着酒瓶子父女去一家小医院的路上，他第一次动手打了贞丫头。当时他的心情非常坏，贞丫头突然像受惊的小鹿似的想往回跑。他一把拎住了她的胸脯，狠狠扇了几记耳光。

酒瓶子从侧面趁火打劫地踹了女儿一脚，恶狠狠骂道：“小婊子，你跑什么?”

鹅贩子脸色铁青，一路上没有半句话。

到了医院，鹅贩子掏出一叠人民币，用指甲刮着弹了弹，递给酒瓶子，不耐烦地看了看贞丫头，挥挥手让他们进去。他自己坐在医院门口的石阶上，一支接一支地抽烟。一群人像是从口袋里抖出来似的走过来，很显然死了一个什么人，男男女女老老少少都在哭。

过一会，酒瓶子神色慌张跑出来，眼睛找到了鹅贩子，摇着手乱做手势。鹅贩子手中的半截香烟往地上一扔，很不高兴地让酒瓶子把话说清楚。

“这次不行，这次，不行。”

“怎么不行?”

“那鸡巴医生要证明，要到那什么大队部开个什么证明。”

鹅贩子皱了皱眉头，脸上的表情是不高兴里面夹着几分不信任：“前几次都行，为什么偏偏这次不行?”

酒瓶子掂了掂手指头，说：“我看是这玩意太少。我刚拿出来，肏妈，他只瞄了一眼，就说，不要不要，我——”

“你他妈就这么大明大白地给他!”

“房间里没别的人，”酒瓶子有些委屈地看着鹅贩子铁青的脸，“哪次不是收了？跟你说，就这么回事，不能老是这价钱。”

“你说，这鬼地方，你带她来了几次?”

“几次？你问这干什么?”

“老子就要问!”

“这时候，又管起这档子事来了，她又不是你老婆！要我说，你又没吃什么亏。”

“你哪是养女儿，你他妈养了个婊子!”

酒瓶子叹了口气，认倒霉地说：“这小婊子就这样，什么屌男人，只要一碰她，准他妈的肚子马上就大。又不是就你一个人拿出钱来，你们快活了，不能撒手就算。”

“那医生，你说，那杂种医生到底要多少?”

“这我怎么说得准，又不是我拿钱，也不是我拿出钱来，我怎么知道，老子只要有酒喝。老子只要有酒喝，老子……”

“那杂种到底要多少?”

“你看，又急了。跟你说，你𡚸妈的自己进去，我们干干脆脆明谈，大家出个价钱。我酒瓶子反正已经绝了后了，你索性拼着多拿些钱出来，我们三家说个明白。你要是怕下次再花钱，我们干脆叫那医生给小婊子结扎了拉倒，大家省事，你看怎么样? 拿几百块钱出来，在你算什么? 你给个话!”

6

作家写这篇小说并不顺利。天气很干燥，习惯性便秘和痔疮搞得他痛苦不堪。此外，他总是被莫名其妙的会议和乱七八糟的事情打断写稿进程，常常连续几天一个字也写不了。他的情绪烦躁透了。年关将近，各单位都想突击花些钱，一家杂志准备给他的一篇旧小说评奖，另一家杂志约他去黄山旅游，还有家杂志不讲理地用优惠条件让他速成一篇命题文章。写小说是桩苦差，作家一有机会找到了借口便逃之夭夭。当地的一家名牌大学聘请他去讲学。站在高高的讲台上，作家大胆老脸胡说八道。他自己感觉良好，爱好文学的学生却纷纷写信骂他。他们把他挖苦得一钱不值。一个学生复印了几份材料寄给他，用确凿的引文，证明他抄了谁谁谁的文章。讥笑他的信每天可凑满一打，有的学生劝他改行，有的学生劝他自杀，还有的学生要他向广大读者忏悔认罪。一个叫王玲的女学生给他寄了本《青少年性知识手册》。作家阅读这本小册子时发现，在谈到手淫问题那一栏里，有一句话被红圆珠笔划了出来。这句话的意思是，精液并不是什么了不得的东西，中学生们大可不必为此担惊受怕。

另一件分心的麻烦事，是作家的老婆新结识了一个小伙子。虽然不是愉快的话题，作家老婆偏偏三番五次反复谈起。四十岁的女人实在太成熟了，作家看着自家老婆女中学生似的激动不已，发自内心的哭不得笑不得。作家并不是什么天才，尽管很会编故事，他发现自己不可能一边写小说，一边同时应付那么多乱七八糟的打扰。

他不得不给向他约稿的那家出版社写信。因为心情沮丧，他用有些夸张的笔调描述了自己的糟糕处境。当然，对正在撰写的小说的乐观前景，他并没有忘记在信中吹嘘一番。他暗示了自己小说可能得某某奖的可能性，并暗示另一家出版社正试图挖他的稿子。几天后，出版社方面研究过一番，派了个女编辑来。女编辑长得十分能干的模样，她先是和作家老婆一个劲说笑敷衍，然后让作家收拾行李，当天她就像押犯人似的把他送往沿海一家宾馆。

作家匆匆忙忙和老婆告别。他老婆很有些依依不舍，不放心的眼光在作家和女编辑之间扫来扫去。她丝毫没意识到自己的一份过错。在作家往手提箱里放稿纸的同时，她一边和女编辑说自家男人的痔疮怎么怎么，一边赌着气往手提箱的空隙里塞高档卫生纸，塞止痛片和开塞露。

长途空调车吭哧吭哧跑了近一天，作家一会觉得饿，一会却晕车想吐。到那家宾馆时正赶上停电，女编辑像男人一般骂骂咧咧，摸着黑安排吃住。这一天因为停电，晚上连洗澡水都没有。

女编辑把一切安排妥当，这二天便走。作家开始在高级囚禁中写作。最初有些不习惯，宾馆生活就好像是个正常人有病住医院或者出家当和尚。硬着头皮写了几天，作家的思路才开始通畅，便秘也有好转的趋向。他写信向老婆报喜，同时诉说自己的寂寞。这家宾馆远离市区，隶属一家中外合资企业。正赶上了旅游淡季，整整一层楼面，空落落的就作家一个人住。因为地处偏僻，经常习惯性地突然停电。服务员老是说宾馆的一台发电机正在修。

作家在寂寞中一口气写了五章。这五章里，他花了不小的篇幅交待了鹅贩子的来龙去脉。对于男主角阿黄，作家的侧重点在于他如何借住在酒瓶子家，并如何逐渐获得贞丫头的好感。有关他和鹅贩子的冲突已初露端倪，但是腰间大把钞票的鹅贩子只是隔一段时间才光临，冲突的戏剧性高潮因此暂时还不会出现。写完了五章以后，作家又回过头来，重新修改和充实到宾馆之前所创作的部分。他补写了一段近乎猥亵的细节。这个细节颇花了作家的不少心血。虽然猥亵下流是生活中难免的事，然而作家不得不感受到一种道德上的恐慌。在这个出人意外的细节中，贞丫头突然令人难以置信地对鹅贩子那个和女人有区别的东西感到了极大兴趣。事实上作为一种能有酒喝的代价，贞丫头早就变相抵押给了鹅贩子。只要不断地能有酒喝，酒瓶子的酒瓶里装得下世界上的一切罪恶。作为一个十三岁就差点当了小母亲以后又不断堕胎的悲剧角色，作为一个曾经让各式各样的男人临时或长期使用过的工具，在鹅贩子像揍贼似的痛打酒瓶子后的一天晚上，贞丫头第一次因为身边躺着个全裸的打呼噜的男人感到充实。她第一次真正意义上认识到自己是个女人，并且整个身心都沉浸在自己是女人的乐趣中。

辛勤写作之余，作家每天两次去海滩散步。一次是清晨，红红的太阳正从大海的另一头冉冉升起，灰蒙蒙的海水逐渐被血色染透，一切都暗示这世界仿佛刚刚开始。远远退去的海浪，成片成片裸露的沙滩，拖着渔网慢吞吞走向大海的渔民，眼前的情景既和作家毫不相干又密切相连。天地间如此广阔，作家的灵感像孤独的海鸥，无声无息地飞过来飞过去。

半个多月以后，作家平静单调的写作生活，忽然注入了新的不安因素。这新的不安因素是作家住的那层空落落的楼面上，住进了一位年轻还算漂亮的女记者。女记者咋咋呼呼地安顿下来，打听到宾馆里还住着个稍有些知名度的作家，当天晚上便趿着鞋来拜访他。她抱怨这抱怨那，不一会就和作家熟得不能再熟。毫无保留地介绍了自己的情况以后，春意盎然的女记者对作家正在撰写的小说产生极大兴趣，她迫不及待地翻阅作家已经完成的手稿，并用打破沙锅问到底的耐性，逼着作家交代下面的情节和故事。

女记者的任务是采访拥有这家宾馆的那家合资企业的中方代理人。通过女记者的关系，作家很快和她的采访对象有了接触。这是个女强人类型的实业家，四十岁出头，风韵犹存而且精力绝对旺盛。她似乎对作家有良好的印象，第一次谈话分手时便提出要做东请客。在一次小型然而丰盛的宴请中，作家禁不起女记者和女实业家的轮番敬酒，喝得神魂颠倒，大出洋相。

“你知道李总经理刚开始干的那阵子，有多少钱?”第二天，女记者又来拜访他时问道。

作家浓睡难消残酒，一时不知所云。

“就五万，五万，我跟你说，就靠五万块钱贷款。你知道，现在人家有多少，哼，说给你听都不相信!”

女记者果然报了个天文数字。作家说，“她一个女人，要这么多钱干什么。赶明儿打老虎，非打她不可。”女记者说：“她身上有六个国家的护照，打老虎？算了吧，到时往国外一溜，谁也拿她没办法。”

地处偏僻的宾馆，没有一个频道的电视节目看得清楚。因为顾客太少，闭路电视也只是象征性地难得露回峥嵘。每天上午是作家和女记者的额定写作时间。写作之余，他们全靠闲聊消磨时光。闲聊的主题常常围着文学的圈子转。很显然，女记者已经喜欢上了作家正在写的小说，她为作家笔下人物的命运担心，并且十分天真地按着自己的见解给作家出馊主意。类似的话题没完没了。有一次作家忍不住说：“为什么我们就不能干点别的？”

于是由女记者出面，给住在市中心的女实业家打电话，问她借几盘录像带来放。女实业家一口答应，说是因为公务繁忙，她每周都要在宾馆住一夜，届时把录像带带来。那天晚上一下子放了三部片子，地点是女企业家住的套间。三部片子中有两部是美国的娱乐片，一部法国片。作家和女记者第一次看到了货真价实的裸体镜头。最后一部片子快结束时，宾馆的业务经理突然用钥匙开门进来，有些吃惊有些尴尬地说：“李总，还在看啊？”这是位不满三十岁的小伙子，人生得很白净。

女企业家不当回事挥挥手，让他待会再来，说了，又补一句：“算了吧，明天再说。”

看完电视，夜已渐深。作家和女记者回到自己房间，抓紧时间洗澡。洗了澡，困意全无，作家又打电话给女记者，让她到自己房间来吹牛。女记者犹豫了一会，带几分勉强说：“好吧。”一吹牛又是一小时。作家说：“你干脆再给李老板打个电话，叫她多弄几盘带子，我们索性好好地开开眼界。”女记者拿起电话就拨号码，电话接通了，是个男人的声音，她吓得连忙把电话挂了，嘴里说：“要死，拨错了。”接着再拨，还是那个男人的声音，恶狠狠地问找谁。女记者小心翼翼问：“难道不是李总的房间，对不起——”电话那头已换成了女人的声音，问她有什么事，“噢，没什么，我想，我们想问问，你那边有什么录像带？随便问问……”

电话挂上了。作家冷笑着说：“都几点了，她房里还有男人，哼，准干不了什么好事。”说了便有些后悔，事实上这话使他和女记者都感到尴尬。冷了一会场，女记者几分微笑着说：“时间不早了，我去睡了。”

作家感到一阵惆怅。人去室空，作家突然觉得房间里唯一有生命的，就是安在床头柜上的电子钟显示出来的红色阿拉伯数字。他身上每个细胞都变得活跃起来，那种被称为睡意的玩意儿一点影子都没有。“我的小说已经写到什么地方，嗯?”他自言自语地问着。然而大脑的另一频道里，却正闪现着女实业家目前可能会有的镜头，这个镜头也许并不比几小时前看的电视差。“食欲旺盛的女人，性欲也一定旺盛。”作家的思路整个地松弛下来，控制的缰绳已经不起任何作用，“男人在过去想的是女人肯不肯，而今天的男人，都是担心自己行不行。”女记者大约正在入睡，这层空荡荡的楼面上住着孤男寡女。作家朦朦胧胧意识到，他小说中出现过的那些人物，正散兵游勇似的走进他的房间。

7

酒瓶子死得很突然。虽然谁都知道他有一天会死于喝酒，然而这天一旦真正来临，大家仍不免感到意外。事实上那天他喝得不多，正因为喝得不多，死神降临的那个辉煌瞬间，酒瓶子依然对女儿耿耿于怀。他回忆起把女儿揍得服服帖帖的日子，满口粗话大话。

贞丫头飞快地收拾碗筷。自从有了鹅贩子，她不但没有了对酒瓶子往日的恐惧，而且越来越觉得他可怜。“㑚妈，㑚妈，成天就这句话，妈都死了，你去找她好了。”酒瓶子还坐在那忿忿不平。

贞丫头拿着扫帚走过去，敲了敲他的脚，“喂，让人家扫地。”

与此同时，鹅贩子掏出香烟，递了一根给阿黄。阿黄忙摇摇手，说自己不会。鹅贩子带几分看不上地说：“你他妈酒也不会喝，烟也不会抽，活着干什么！”阿黄抱有歉意地笑笑，站起来，想走。鹅贩子说：“嗨，老子和你说话，你往哪走。”阿黄想说自己去撒尿，话到嘴边，没好意思说。鹅贩子足足吸了一口烟，再缓缓地吐出来，眼睛对自己手里的香烟看了一会儿，说：“你这人怎么这么窝囊，叫我看，你也像是读过几天书的，怎么反到乡下人家来打短工，真正滑稽。”阿黄毫无反应，很有些拘束地坐在那儿。鹅贩子又说：“我见着了有嘴不肯说话的，头就大，你这人怎么老是三拳头捶不出个闷屁来。你笑什么？”贞丫头一旁插嘴道：“人家老实，你别尽拣老实人欺。”“老实？哼，”鹅贩子回过头来，对贞丫头上上下下打量一番，“你大概是看上这小白脸了，”又冲阿黄冷笑说，“你小子别看老子不顺眼，老子看着你还不顺眼呢。”

正说着，酒瓶子扑通一声，从椅子上跌倒在地上，吓了大家一跳。阿黄首先跑过去，想把他扶起来。贞丫头一边悻悻地往杯子里倒水，一边挖苦说：“还说不够，还说不够，老是这样，怎么喝不死的。”酒瓶子一摊泥似的瘫在地上，呻吟着不知说什么。贞丫头端着水极不乐意地走到酒瓶子面前，弯下腰，叫他喝水。酒瓶子没任何反应。阿黄免不了有些着急，鹅贩子也说：“这老家伙，真不行了，喝多少酒，都这样。”贞丫头喂了一会水，见酒瓶子没办法喝，便让鹅贩子和阿黄把他抬上床睡觉。两个人的劲儿总是使不到一起去，鹅贩子光火说：“你撒手，我一个人来。”

当时正是黄昏，从酒瓶子跌倒在地到被抱上床，天已经全黑了。恰巧这天没有停电。三人在酒瓶子床前站了一会，听他隐隐约约地似乎还在骂谁。

两天以后，酒瓶子的骨灰盒从一辆手扶拖拉机上搬下来，捧回家，在门厅放了一会儿，送到后山去埋了。贞丫头哭了几次，天黑下来，她独自一个人在门口傻坐。阿黄这一向一直睡在门旁的稻草堆上，他觉得她现在心头一定很难过，因此从稻草堆上站起来，走过来劝她。没想到贞丫头突然笑着说：“他死了才好呢！喝，喝，一天到晚地喝，早就说过他会喝死的，非要不相信不相信。”阿黄一时无话可说。自从杀人之后，他总是处于那种恍惚的状态。贞丫头依然傻坐在那，阿黄不声不响地走回稻草堆，把稻草尽可能理理齐，蹑手蹑脚爬上去。他听见贞丫头的声音像风一样传过来。她在问他什么时候走，说知道他迟早有一天要走的。又说他走了，鹅贩子走了，这该死的家就只留下她一个人。

鹅贩子幽灵似的猛地从黑暗中钻出来。他在毫无知觉的贞丫头身边站了一会，侧着脸，怒气冲冲看躺在稻草堆上的阿黄。阿黄不知自己怎么就得罪了这个人。他看见他伸出手掌在贞丫头肩膀上重重敲了一记。“喂，你睡不睡觉?”他拎住贞丫头的耳朵，迫使她的脸转向自己，“今天的精神怎么这么好?”

贞丫头孩子气地说：“今天你别想我陪你睡，我爸爸刚死，你别想。”

“这话真他妈倒老子的胃口，你老子死了，又怎么了，你不是盼着他死吗？不想陪老子睡觉，你他妈好好想想，老子花的钱找你这样的女人，找十个都够了。”

“那你去找十个好了。”

“嘴还凶，”鹅贩子手上一用劲，贞丫头触电似的哇地叫了一声。他把她的脸拧向阿黄躺的地方，“我还不明白你的意思，陪老子睡觉你不干，要你陪着小白脸睡觉，你他妈的就来劲了，是不是？”

贞丫头不说话，鹅贩子抖了抖，她伸出一只手去护耳朵。阿黄身不由已地从躺着改为坐势，他听见贞丫头边挣扎边说：“我就是想和他睡觉，就是，你怎么样？”鹅贩子松了手，接着她的话说：“老子怎么样，老子把你那玩意抠了。小屄丫头，现在嘴怎么变得这么凶的。”贞丫头说：“我就凶。”说了，去打水洗脸洗脚。阿黄听见乒乒乓乓的碰撞声，水翻动的哗哗声，含混不清的对话声。他听见贞丫头突然笑着说：“你不是要我陪你睡觉吗，那你把我的洗脚水倒了。”又听见鹅贩子骂：“见你妈的大头鬼，竟敢要老子倒洗脚水。”

天似亮非亮之际，阿黄酣睡中正梦到和别人打架。梦里的自己比他设想的更软弱窝囊。当鹅贩子把他摇醒的时候，他一时不知道自己身在何处。鹅贩子变得十分陌生，甚至已经和他说过几句话以后，他仍然记不起面前的人是谁。鹅贩子说：“你别跟老子装糊涂，老子的话，你到底是听清没听清？”他看见鹅贩子随手捡起地上的一根断掉的杂木凳腿，架在他脖子上威胁说：“别当老子不晓得你打什么主意，话和你直说了，你小子要是碰她一根毛，我饶不了你。”他想坐起来，但是鹅贩子手中的凳腿压得他动弹不得。

“你哪儿不能去呀，非他妈赖在这，老子下次来，再看见你，不打断你的腿，我是你养的。你小子到底信不信？”

一口浓痰猛地吐在阿黄手背上。

## 8

天大亮时，鹅贩子早走了。阿黄仍然觉得那杂木凳腿搁在脖子上。他用手在那地方来回地摸着，仿佛轻轻地抚摩着别人的脖子。一种潮湿的感觉使他大吃一惊，一刹那间他想到了汩汩流动的鲜血。很显然，那潮湿的感觉源于他不知不觉淌下的泪水，冰冷的泪水蚂蚁一般地在耳朵根附近爬着。他记得老板有一次就是借打招呼，把他肥胖短小的手指，塞在女中专生白皙的脖子上面。女中专生羞答答略带暗示的反应好像就在阿黄眼前。阿黄的手指摸着自己湿漉漉的耳朵根，脑海里涌现的，都是老板的肥短见不到骨节的手指，胶水粘住似的揿在白白胖胖凸起来的肉上。

贞丫头睡眼惺忪地从房间里走出来，手还在裤腰带那地方忙着。她看见阿黄的脑袋往里一别，在稻草堆上翻了个身。“喂，”她走过去，在他小腿肚子上敲了一记，“别睡了，你没听见那鹅在嘎嘎地叫哇，起来，帮我喂鹅去。”

阿黄从小就被人教训。什么人都只是教训他，永远的教训。谁也不把他当回事。那根架在脖子上的断掉的杂木凳腿，唤起了阿黄对自己一生的屈辱感受。屈辱的感受太沉重，甚至屠杀老板这样的冲动也不足以抵消。作为一名东藏西躲的逃犯，阿黄发自内心地产生了一切快些结束的渴望。他不能一辈子睡在这肮脏而且不平的稻草堆上。一切应该快些结束，哪怕是最糟糕的结束。他突然翻身下来，拎起喂鹅的桶，大踏步走向鹅栅。鹅群放肆地叫着，阿黄把大半桶饲料像扔什么似的，使劲朝鹅群扔去。扔完了，又大步走回来，桶往角落里一掼，吓得正在烧灶的贞丫头以为出了什么事。

吃早饭的时候，阿黄的目光久久地落在那把挂着的菜刀上面。菜刀插在水缸上方的一个竹筒里，锈迹斑斑，仿佛很有些单薄。他一边注视，一边吃，既不觉得饿，也不觉得饱。

贞丫头说："我爸死了，他走了，你什么时候走？"

阿黄心不在焉地看着那把菜刀。

"你不走，我不会撵你的。"

阿黄心不在焉，菜刀锈迹斑斑。

"你怎不说话，我爸死了，我就一个人，你要留下来，我不撵你的。说话呀。"

阿黄看着那把菜刀说："我当然要走。"

"就知道要走，走，走就是了，你们都走才好呢。"贞丫头有些赌气地夺下阿黄手中的碗，"不给你吃了，你不是要走吗？"

阿黄上前取下那把菜刀，手指试了试刀锋，回过头去，看着自己睡的地方，说："我不走，就一辈子睡在那烂稻草堆上？"

"我爸死了，你可以睡他的床。"

阿黄弯下腰，在水缸边找到了一块磨刀石，他把磨刀石固定好，沾了些水，霍霍磨起刀来。贞丫头十分吃惊地看着他，看了一会，边收拾起碗筷，边斜眼看他，忍不住问他为什么磨刀。

一种难以容忍的焦躁不安，像梦魇似的突然使他浑身无力，虽然磨刀的动作还在持续。阿黄又一次体验到杀老板前的那种身不由己。他机械地动作着，一来一去，心脏忽快忽慢地跳。贞丫头已经放下手上的活，站在了阿黄的面前。她蹲下去，仰起脸来看他。磨刀声猛地停住了，阿黄看着贞丫头说：

"你留住我干什么？我看你，还是老老实实地等他算了，那个贩鹅的贩子不是你男人吗？"

这一次轮到贞丫头咬着嘴唇不说话。

“他有钱。女人都他妈喜欢有钱，或者有权，女人比男人更是金钱和权力的奴隶。他狗日的别以为自己有什么了不起的。”

贞丫头依然咬着嘴唇，不说话，有点摸不着头脑。阿黄变得十分激动，又霍霍磨起刀来。

贞丫头忽然说：“他有什么好的，我才不喜欢他呢，他——我还说他讨厌呢。”

阿黄停住磨刀，问：“那你还做，还要做他老婆。”

贞丫头脸上显出十分悲伤的样子，委屈的眼泪顿时流下来。“他才不要我做老婆呢，他有老婆。”贞丫头把目光留在阿黄手中的菜刀上，痴痴地说：“他带我去过他家，他有老婆，他，有儿子，都这么大了!”她的手往上一抬，比划了一下，然后捂着脸，假哭似的哭了一阵。一边哭，一边偷偷地从手指缝里看阿黄。这一切都落在阿黄的眼里，一股发自于内心的不满油然而起，他深深喘了口粗气，又恶狠狠地霍霍磨刀。

锈迹斑斑的菜刀开始发亮，阿黄的手指在刀口上试了试，捡起撂在地上的那半截凳腿，轻轻地削起来。木屑刷刷地往下落。

“磨这菜刀干什么呀?”贞丫头仿佛已经忘记了悲哀，十分好奇地问。她看见阿黄把那半截凳腿放地上，菜刀对上面使劲一砍，深深地吃在木头上，分都分不开，等费了力气将刀拔出来，刀口上已崩裂了一小块。“菜刀哪能这样砍木头，好，磨了半天，要你赔!”贞丫头兴致勃勃笑着，看阿黄继续愁眉苦脸地磨刀。

机械的磨刀动作，使阿黄想起老式座钟肚子里那不知疲倦的钟摆。他觉得自己是这间黑黝黝农舍里一颗正跳动着的心脏。贞丫头的一举一动，都在他心灵上投下那遥远的女中专生曾留过的阴影。那种难以容忍的焦躁不安，突然之间，强烈到了要喷发的地步。他越来越觉得眼前的不是姑娘的姑娘讨厌。一阵恶心又一次涌上来。

贞丫头又傻乎乎地问他到底干什么。

阿黄阴森森地说："干什么，杀人。"

贞丫头不当一回事，笑着问杀谁。

"杀你。"

"杀我？"

阿黄怒气冲冲看着她，她仍然不当回事，说："杀我干什么，有本事你去杀他。"

"我就是要杀他。"

"算了吧，你才不是他的对手呢，我告诉你，我爸讲的，他真的杀过人。"

"我也真的杀过人。"

"你？"贞丫头脸上短暂的害怕很快无踪影，"你杀过人，我也杀过人。我们都杀过人，杀人有什么了不起的。"说完，咯咯地傻笑。

阿黄的声音有些颤抖，说："我知道，非要杀了他，你才相信。"他的手在刀口上试了试，轻轻一按，红得发黑的血流成一道粗线。他很庆幸那疼痛的感觉并不像设想的那么厉害。

贞丫头正式开始害怕。她小心翼翼后退了一步，眼睛盯着阿黄那正在淌血的手指，突然半明白半不明白地说："你杀过人？你真的杀过人！"

阿黄陶醉在杀过人的喜悦中。他杀过人，他的确杀过人。他身上的一种本能得到过充分的宣泄。他的面部表情怪诞得足以令贞丫头不寒而栗，她又向后退一步，两只手往外推着说：

"你别杀他，你别杀他——"

"他又不娶你做老婆，又不是你男人，你有什么舍不得的——"

这说话的腔调阿黄自己都有些奇怪。

“不——”贞丫头大叫了一声，拔腿向门外跑去。待阿黄犹豫了一下，赶到门口时，贞丫头已经没了影子。他连忙回转过身体，眼珠子匆忙四下里一溜，就手捞起酒瓶子留下的一件破衣服，三缠两绕地裹住了菜刀，捧着冲出去追贞丫头。

见不到贞丫头，阿黄感到一种担心。他这样轻易暴露自己实在有些窝囊。很可能贞丫头找人报警去了。杀人毕竟是桩惊天动地的事，他的心开始咚咚地击鼓。作为一个被通缉的在逃凶犯，他脑海中浮现出自己设想过的各种束手就擒的场面。正义的子弹似乎总装在枪膛里，扳机已被钩住，警笛长鸣。死刑，死刑，然后一切全部结束。他为自己不能和鹅贩子决一雌雄觉得悲哀。

天知道贞丫头哪儿去了。阿黄爬上一个高坡，坐在那无精打采地往四处看。这一带人烟稀少，孤零零的农舍七零八落地掩映在树丛之中。还没有到做饭的时间，看不见袅袅升起的一道道炊烟。贞丫头很可能就在那些孤零零的农舍里。现在仓皇逃跑还来得及，他可以继续过那狼狈的流窜生涯。短暂的流窜生涯对他来说已是太漫长。两只叫不出名来的鸟儿从天空飞过，他目送鸟儿远去，真心地盼望自己要是一只鸟多好。

突然，贞丫头抹着眼泪走过来。很显然，她事先并没有看见阿黄。一旦和阿黄的目光接上，她吓了一大跳。她站得远远地说：“你走吧！”

“你到哪去了？”阿黄冷冷地问。

“没去哪儿。”

“我的事你都告诉人家了，是不是？”他十分失望地站起来，手上捧着酒瓶子留下的旧衣服裹着的菜刀，很有些垂头丧气。

贞丫头脸上的表情，足以说明她什么人也没见过。她懒得回答阿黄的问题，嘴里喃喃地说：“你走吧，我不要你这样的人留下来。”

阿黄自己也不明白他为什么会跟着贞丫头走。他的手伸进旧衣服摸了摸发凉的刀柄。走下高坡，他和贞丫头之间的距离越来越近。当他已经贴紧在她身边的时候，贞丫头回过脸来，用哀求的口吻求他别杀鹅贩子。这哀求让阿黄一阵阵作呕，他身不由已地吐出向个含糊不清的词儿，“好——吧，等你回家再说。”

“你真的不杀他了?”

“好吧。”

待进了家，贞丫头又不放心地问：“真的不杀他了?”

“好吧——”阿黄显得十分冲动，他把旧衣服裹着的菜刀放地上，回身闩门。他知道自己的举动一定引起她的严重不安。在她问着为什么大白天把门闩上的同时，阿黄已经捡起地上的那包旧衣服，极其果断地向她走过去。他抽出菜刀，眼睛尽量不去注视她面部的惊惶神情，把酒瓶子的旧衣服在空中绕了绕，使劲向后甩去。“你——”他喘着气，将菜刀背抵在贞丫头的脖子上，口气十分歹毒，“你，舍不得我杀他，是不是？是不是你昨天晚上刚跟他睡过觉？你，你说!”

“我怕，怕——”

“怕什么？怕我，还是，怕他?”

“我怕你杀他。”

“你就不怕我杀你，”他突然以一种自己听起来都觉得刺耳的口吻说，“妈的，我们大家一起完蛋。”

阿黄开始动手撕贞丫头的衣服。他仿佛扯什么东西似的往各个方向用劲。一旦遇到障碍，他便用菜刀去割。贞丫头打摆子一般地乱抖。她越是抖，阿黄越激动。她胸前逐渐露出大块白的肉来。阿黄第一次见到活生生的女人体，他用菜刀背去挤压那肥肥大大的乳房，贞丫头疼得哇哇大叫，他想起了念大学时初次见到的美术画报上的裸体画。

贞丫头突然停止了叫喊。她似乎已明白阿黄正试图做什么。极大的恐惧像床棉被那样没头没脸地罩在她身上。她浑身上下既发软又僵硬，手全力以赴勒紧了自己的裤带。房间里很暗，老式的农舍好像地窖。一道刺眼的光芒从高高在上的小窗子里射进来，好像一根倾斜在那的白颜色的柱子。阿黄把贞丫头逼到那根柱子里，菜刀背继续在她胸脯上挤压。一道道红蚯蚓出现在雪白的肉体上。当贞丫头疼痛难忍，想用手抱住自己双臂的一刹那间，阿黄的左手闪电般地伸向她的裤腰带。那细细的绳子因为三只手用力，叫菜刀轻轻一碰，弓弦崩裂似的发出哨的一响。

满地五颜六色的布片，贞丫头仿佛置身于鲜花丛中。红的碎花布短裤，只剩下两条细长的彩带，她忙乱地挥动着，东遮西挡。阿黄有意识地迫使她在那白的倾斜的光柱里旋转。他的目光留连在女人最引人注目的地方。贞丫头上上下下的肉都是活的，光滑的皮肤下无数只大大小小的白老鼠跑来跑去。

阿黄身上的每个细胞都感觉到了疲倦。思想的野马正在一条僻静的小道上奔驰，根据偷偷获得的性知识，阿黄知道一个男人不费吹灰之力，每月就可以制造出三百亿个精虫，三百亿，在“3”这个小小的阿拉伯数字后面，得老老实实加十个零，而女人一个月只能排出一颗卵子。三百亿和一对比，鹅贩子作为男人所制造的液体，显然还在眼前这女人的体内运动。他显然已处于了领先的地步，阿黄知道成千上万的精子正毫不含糊地游向卵子。在这场声势浩大的奥林匹克运动会上，所有虫子一般的精子都在竞争，谁都想获得金牌，俘虏住那唯一的卵子。阿黄已是无数次地感到一阵恶心，终于忍无可忍，胃里乱七八糟的食物全部呕吐出来。

9

在和鹅贩子交手的第一个回合里，阿黄便彻底被打垮了。鹅贩子的出手比阿黄事先设想的要快得多，他的动作潇洒娴熟，风风火火地挥了一阵拳头，连气都没让阿黄喘一口。

阿黄有一种置身于暴雨之中的感觉。他的嘴里充满了一股咸菜味。不止一处在流血，他甚至怀疑自己的腰叫打断了，人像虾子一样地弯着，手不知捂在哪儿好。根本没有还击的可能性，腰部剧烈的疼痛使阿黄想到了死。死神的阴影在简陋的农舍里徘徊。他意识到自己无形的手，正在伸向那把磨得雪亮锋利的菜刀。

鹅贩子的出手太快，阿黄周密的计划尚未实施，他已经跌入到了失败的底层。失败的沮丧清晨浓雾似的笼罩着阿黄，但是他最后的希望仍像曙光的第一道光芒隐隐约约闪着，他知道，一旦转机出现，一旦他的手握住了那冰凉的菜刀柄，一旦他把鹅贩子砍翻在地，一旦那血像水一样汩汩流出，一旦，阿黄深深喘了口气。深深地喘气使他感到好受不少。

鹅贩子迟疑了一会，开始用膝盖猛撞阿黄的面部。他的手揪住他的后背，撞了无数下以后，手上一使劲，阿黄的脚离了地，鹅贩子拎着他转了一圈，扔在他以往常睡的稻草堆上。“揍你这样的窝囊废，老子都觉得脏了手，你他妈怎么这么没屌用，妈的，你也能算是男人?”鹅贩子抖了抖手腕，回过头去看正瑟瑟发抖的贞丫头，“一个月不到，老子不在还没有一个月，你就，就翻了天了——”

贞丫头拔脚向门口跑去，鹅贩子有效地截住了她，扬手一巴掌，“还想跑，你往哪跑?”

阿黄挣扎着想站起来，他脸上的每一块肉都在膨胀，浑身的骨头像是散了架，没有一处关节愿意听他的使唤。自从出娘胎以来，他第一次真正品尝到了暴力的滋味。虽然还没放弃最后的希望，但是他的的确确意识到自己远不是对手。他已经整个地被打败了。鹅贩子的出现太突然。阿黄的周密计划仍然是趁其不意攻其不备。他打算先用那截断的板凳腿，猛击鹅贩子的后脑勺，然后再用菜刀慢慢地收拾他。

鹅贩子像对付个面粉口袋似的，在贞丫头身上捶了一阵，捏了一阵。

贞丫头突然挣脱开来，赌着气说：“你打完没有，打完没有，你打死我好了。”

鹅贩子做了个挥拳头的动作。

贞丫头像只小鹿一样跳后一步。

鹅贩子笑得有几分难看，说：“你当老子还舍不得揍你，是不是?见鬼，你倒凶起来了。我先不跟你烦，你快给老子乖乖地搞些吃的，老子吃饱了再和你算账。”

贞丫头赌着气点火做饭。趁鹅贩子不注意时，她偷偷地向阿黄做手势。阿黄的眼圈肿得仿佛充了气，他不明白她的手势是什么意思。

鹅贩子往门外走去。

贞丫头跳起来，借着要拿稻草，跑到阿黄身边说：“他走了，我还是和你好。”

鹅贩子又走进来。

贞丫头捧着一把稻草，仓皇往灶台奔。

“你鬼鬼祟祟，搞什么名堂？妈的!”

“什么搞名堂?”

“还嘴凶，老子一看见你这个小婊子来劲，拳头就痒。”

“你拳头痒就是了。”

“好哇，这话是你说的。”

“我说怎么样?”

“你他妈真来劲了是不是，好，你现在凶，老子吃饱了再找你。你怎么老是欠揍?”

贞丫头找了酒瓶子喝剩下来的烧酒，咕嘟咕嘟倒在一个大海碗里，抹了抹桌子，端上菜，用赌着气的眼睛招呼鹅贩子吃饭。鹅贩子盯着酒碗看了一会，说：“妈的，今儿个是不是想灌醉老子?”

“你能醉?”

“那不一定，老子今天可是空肚子。”

鹅贩子离阿黄不远。他狼吞虎咽地吃了一气，胡子拉碴的脸上开始泛出些红光，侧过头来眯起眼睛看着阿黄，看了一会，笑着说：“孱人，你过来和老子喝口酒吧。”

阿黄的目光像冰一样，如果不是想到自己迟早能宰了鹅贩子，他宁愿现在就死。他想不透自己一生为什么总是受辱。鹅贩子正以一个胜利者的喜悦看着他。阿黄觉得面对这样的笑容，比忍受暴风雨般的打击还要难熬。

“小婊子，你拿个碗来，”鹅贩子接过一只空碗，从自己碗里分了些酒进去，摆了摆手，“喂，你给老子端去，让他喝一些，男子汉大丈夫的，别那么窝囊。”

贞丫头捧了酒过来，做了个眼色，轻轻地说：“别理他，别理他。”

阿黄把头别了过来，心里说：“好，好，你等着，你等着!”

“喝一点就是了，”贞丫头劝着，又压低声音说：“别理他，不惹他就行——”

“小婊子，你在那说什么？”

“没说什么。”

“没说什么？妈的，在老子眼皮底下就敢这样，喂，你倒是喝不喝，真不肯赏脸？”

阿黄接过碗，仰头全喝了，一股酒味直往上冲，他咬了咬牙，把碗朝地上一扔。

“好，这还有些像话。小婊子你过来，老子问你话。”

贞丫头慢吞吞地往鹅贩子那边移，脸上做着似乎正在生气的表情。

“你过来，老子问你话。”

“有什么好问的？”

鹅贩子一把抓住她，把她往膝盖上一放，阴森森地问：“老子不在的一个月里，你给我说老实话，和这小子睡了几次，嗯？”

“没。”

“没？”

贞丫头想挣脱开，鹅贩子暗暗用了下劲，“妈的，老子花在你身上的钱，睡十个婊子都够了。你给我说实话，到底和这小子睡了没有？”

“没。”

“胡说！”

“就是没嘛，哎哟，疼死我了！”

鹅贩子问阿黄：“好，你说说看。好汉做事好汉当，这道理你总懂吧？你说，你跟她睡了没有？”

“睡了。”

阿黄的回答使大家感到意外。贞丫头忙不迭地做暗示，然而已明摆着来不及。鹅贩子脸上露出无可奈何的苦笑：“嘿，你倒爽快了。就是么，这烂婊子跟她死去的爹说的一样，什么男人都能睡。你再给我说句老实话，到底睡了几次?”

“老子天天跟她睡!”

“好大的气派。”鹅贩子的脸色越变越难看，“你也敢称自己是老子了，打架动真的不行，斗斗嘴倒还像那么回事。来，你再叫一声‘老子’让我听听。”他狠狠地喝了一大口酒，脖子一仰。

贞丫头说：“我又不是你老婆，别人跟我好，干你什么事。你又不打算娶、娶我。”

鹅贩子极做作地点点头，仿佛突然明白似的，连声叫：“有道理，有道理。你若是我老婆，还他妈能活到今天?好哇，我成全你们。是娘养的就给老子当场表演一下，来，今天我成全你们。”

阿黄挣扎着要站起来，他觉得那称之为最后时刻里的最后时刻，已经毫不犹豫地迫在眉睫，他的目光移向水缸，移向水缸上方插着的早磨得发亮的菜刀。

贞丫头像触电一样叫了一声，她在鹅贩子脸上猛抓一把，然后从他膝盖上下来，撒腿往自己房间跑。鹅贩子大怒，大海碗里的烧酒一饮而尽，骂咧咧地追出房间。

一阵剧烈的疼痛使阿黄重新跌坐在稻草堆上。他愤恨地在最疼的地方猛拍一掌，人像放松的弹簧一样从稻草堆里戳出来。迈步之前，他咬牙切齿立在原地哆嗦了一会。痛苦的滋味几乎使他窒息。他小心翼翼地迈出步去，深深地屏住呼吸。他的手仿佛一根棍子似的抵在腰部，每走一步，他都在心底里恶狠狠地骂自己一声。房间里传来贞丫头的叫声。那叫声交织着痛苦和欢乐。阿黄听见鹅贩子在笑，贞丫头也在笑。

那把磨亮了的菜刀终于握在手上。面对沉重的使命，阿黄觉得自己变得神圣起来。他举起菜刀，朝空中劈了几下，又用另一只手在刀锋上抚摸。菜刀似乎没有他曾经使用过的那把小刀顺手，而鹅贩子跟那死去的老板相比，显而易见是个难以应付的对手。

他向门口走去。房间里声音越来越轻。一种可能要失败的阴云朝他飘过来。他止不住一阵沮丧。这阵沮丧极其残酷地唤起了他一生的屈辱感受。他充满深情地对手中发亮的菜刀看了看，幽灵一般走进房间。

贞丫头正扑在鹅贩子身上忙乱。鹅贩子的手搭在她屁股上，十分笨拙地把她的裤子往下拉。极粗糙的手和洁白的屁股对比强烈。

阿黄又悄悄走出来。这一次他真正成了幽灵。肉体的激烈痛苦已经无踪无影。全世界似乎都在沉重地喘着气。他麻木异常地僵立在门外，宇宙间任何声音都传不进他的耳膜。他知道，只要鹅贩子跨出这门槛一步，雪亮的菜刀便会闪电般地劈过去。阿黄极有耐心又无动于衷地等待着。他轻轻咳了一声，咳声像春雷爆炸一样凶猛。

极有耐心的等待实在太长，阿黄觉得一阵倦意伴着想象中的呼噜声，向他毫不留情地席卷过来。他觉得一种劈头盖脸的疲倦。漫长的等待太漫长了。他以一种无可奈何的心情，拖着铅一般沉重的步伐，走到鹅贩子刚刚坐着喝酒的地方，想了一下，坐下来，把菜刀搁在鹅贩子留下的筷子上。在疲倦的一个角落里，皮肉痛苦和饥饿不时像个小虫子那样猛咬他一口。他狠狠打了个哈欠，恍恍惚惚觉得自己可能就要睡着。

鹅贩子突然出现的时候，正遇上阿黄噩梦惊醒。他们用不理解的目光互相看了看，注意力都集中在那把雪亮的菜刀上。

鹅贩子说："怎么，你难道还真想和我动刀子?"

阿黄感到一阵懊丧，他知道自己失掉一次极好的突然袭击的机会。贞丫头出现在门口，她衣衫不整，闷闷不乐地看着面前两个男人。

"为这么个女人，真想和我动刀子，好，够意思，我服了你这小子了。"鹅贩子依然不把阿黄放在眼里。

阿黄说："我们俩，总得有一个人死。"

阿黄又说："得有一个人死。"

贞丫头朝他们走过来。

鹅贩子指着她说："这女人是把尿壶，什么样的男人都能用。你这小子真为了这把尿壶，动刀子，也算好汉，你过来砍我两刀。"

阿黄的膝盖打着战，他的手慢慢伸向菜刀。

鹅贩子出其不意地抢过菜刀，笑着说："你他妈别给老子硬撑了，凭你这屌样，动刀子?"说了，拎着菜刀舞弄玩具似的在空中挥了两下，一扬手，菜刀扔在了阿黄睡过的稻草堆上。

"好吧，这把破尿壶，你留着慢慢用吧，"鹅贩子大踏步地向门外走去，到了门口，又回过头来，对贞丫头说："小婊子，你好好想想，老子在你身上，花了多少钱！好好想想!"

阿黄以自己不敢相信的速度扑在了稻草堆上，他忙乱着，终于摸索到了那把菜刀。雪亮的镜子般的菜刀有些耀眼。他紧紧握着菜刀，很果断地站直了身子，仿佛点着了引线的爆竹和拉了导火索的手榴弹，箭一样向门外冲去。

贞丫头更紧地抱住了他。在阿黄狠心用力凶猛地摆脱她的束缚之前，他感到自己连呼吸都困难。贞丫头温柔的手在他敏感的部位抚摩着袭击着。他意识到自己正在冲锋陷阵，就像古时候最杰出的勇士那样。一连串温柔的细语伴随着鹅贩子越来越小的身影，画外音似的在阿黄背后响起：“他走了，再也不来了，走了，就剩下你和我，我们两个人，你，我……”

10

警察老李和小张赶到那幢孤零零的农舍，正是太阳落山的时候。天上云彩很少，红红的一大片。老李是副队长，胡子拉碴的脸配合着一双小而机警的眼睛，一看就是经验十足的模样。小张捋了捋袖子打算破门而入，被老李一把拖住。

“你先别急，他跑不了。”老李回转身来，问缩在一边的报信人，“你肯定他在里面?”报信人说：“那当然，就在这房子里。”

老李说：“那好，你先进去看看，不过别惊动他。”

报信人欣然从命，他理了理衣服，走到门口，定在那想了一会什么，突然大叫：“贞丫头，你们家的小白脸呢?”

门本来就是开的，掩在那，报信人轻轻一推，人进去了。

又隔了一会，报信人十分沮丧地走出来。四下望了望，蹑手蹑脚走到老李和小张隐蔽的地方，猛地往下一蹲，压低了嗓子说：“妈的，他不在。”

老李猜着似的点点头，小张却有些发急，“不在?他跑哪儿去了?”报信人笑着说：“跑不了，不会跑，他天天在这，我们等着他不就完了。”

老李皱着眉头思索了一会，问报信人：“你敢肯定他不在?”报信人脸上出现一种教人小看了的表情，“我当然敢肯定，跟你说，我连床上都瞄了。”小张不解地问：“大白天的，你往床上看什么？”报信人笑着说：“唉，小同志啊，这你就不懂了，你不知道那小娘——”

“别说话！”老李轻轻喝了一声。那边门响了一下，贞丫头探了探头，走了出来。她走上一个高坡，往四下里看。

报信人轻声说：“怎么样，她在等那小白脸吧。这小婊子，是男人她就都喜欢。这种事你们公安局倒不管，妈的。”

老李示意报信人别说话，等贞丫头走回屋里时，他问道：“你估计那家伙来，从哪条路？”

报信人故意卖关子：“这难说。你们想，这么多路，他哪条不能走？”

小张说：“路再多，他总得回来吧。”

报信人说：“小同志，这回你说对了。他是得回来，这水灵灵的大姑娘等着他呢，他能不回来？”

老李脸上显露出明显的不愉快，他干咳了一声，对小张说：“我们就守在这。”又对报信人说：“时间长的话，你给我们弄些吃的。”

天很快黑下来，虽然伸出手去依然还能见着五个手指，但是老李和小张都意识到他们执行的任务有些窝囊。极浓重的露水使他们有一种浑身已经湿透的感觉。“我们乡下老是停电。”报信人已经开始不耐烦，他突然站了起来，走出去几步，哗啦啦撒起尿来。一道银灰色的斜线印在了昏黑的背影上，那响声传出去很远。“我给你们去弄些吃的吧，”他对老李要他轻一些的吩咐毫不在乎，“干你们这行，还真有些苦的。逮着了那家伙，你们有钱拿吧？”报信人的身影消失在黑暗中。

在老李的夜光表短针指向阿拉伯数字9的时候，报信人拎了一大锅极稀的稀饭来，“妈的，我老婆真不是个玩意，叫她烧干一些，烧干一些，偏他妈的搁这么多水。也好，你们省得喝茶了。”

饥肠辘辘的两位警察各自喝了几碗热稀饭，报信人前脚离开，他们便接二连三地撒尿。一直折腾到半夜，小张抱怨说：“我们这么守着门口，倒不如进去等。我大概已经感冒了。”

正说着，一个黑影子偷偷摸到门口，凑在了门缝上往里瞧，又走到窗下，伸脖子作踮脚状。要不是老李一把拉住，正在掏枪的小张很可能一个箭步冲过去。

那黑影在窗下听了一会，回过身来，向老李他们隐蔽的地方摸过来。“喂喂，你们在哪?”黑影子是报信人，他激动无比地说：“哎呀，你们还在这，在里面，我的老天，在里面，这会正在床上呢，我跟你们说，这两人正忙着呢，这会进去，正好。”

报信人兴冲冲地要走在前头，老李有些不放心地问：“他真在里头?”

“在里头，唉，在里头，再迟就晚了。肏妈的，这下有戏看了。”

报信人比过节还要兴奋。老李忽然止步不前，小张和报信人都有些诧异。老李说：“他反正跑不了，我们待会进去。”

报信人仿佛被迎头浇了盆冷水，悻悻地说：“待会？待会？你们搞什么鬼?”

老李说：“你回去吧，没你的事了。”

报信人说：“要我回去？我半夜三更地来了，你要我回去?”

“对，”老李的话中突然没有了商量余地，“你去吧，没你的事了。”

小张不明白老李为什么突然撵报信人走。报信人的影子远了，老李说：“天快亮时，我们再进去抓他。他只要是在，跑不了的。”说了，人一蹲，坐在了地上。

天上一颗流星一闪而过。老李和小张不知不觉中注视起天上的星星来。看了一会星星，老李干咳一声说："小张，你坐着睡一会，我到时叫你。"小张执拗着要老李睡一会。

时间过得极慢，好容易东方有了些鱼肚白，老李站了起来，活动了一下手脚，果断地说："走了，这事该结束了。"

两人走到门口，用力敲门，敲了一会，听见贞丫头的声音问谁。小张说："快开门，公安局的，听见没有？"里面一阵忙乱，小张要砸门，老李吩咐小张再喊一遍。

里面依然一阵忙乱。老李和小张同时退了一步，猛地撞上去，再退后，又是一撞。连续无数下，老李伸手一拨那已快散了架的木闩，大步走了进去。

房间里还很黑，老李小张的两个手电像机枪似的四下扫着。"把灯点起来，老实一些。"

令人难以置信的是到处见不到阿黄的影子。老李摸出火柴，划着了搁在床头的油灯。

贞丫头瑟瑟抖着，拥着被子坐在床上，像遇见强盗似的看着两个陌生人。床脚下只有阿黄的一只鞋。所有的迹象都说明阿黄刚刚肯定在这。

"你把他藏在哪了，告诉你，他可是杀人犯。"老李小而机警的眼睛子弹一般地射向贞丫头，他注视着她脸上的任何一个细微表情，"包庇罪犯，这也是犯法的，你懂不懂这道理？"他突然大喝一声："喂，你出来，躲是躲不了的。"

他们翻箱倒柜地搜了很长时间，除非他们要抓的人钻到地底下去了，否则眼前的现实太不可思议。

天已经彻底亮了，床头油灯放出的黄色光芒依然在贞丫头脸上跳动。年轻的小张突然变得十分不耐烦，他跳到贞丫头面前，手中的电筒棍子似的在她头上方乱舞。

“他到底在哪，我们知道，他就在这。”小张咬着牙捏了捏拳头，继续喝道：“他就在这。到底在哪?”

贞丫头脸上表情恐怖到了极点，她显然什么话都不想说。油灯放出的光芒越来越暗，贞丫头脸上有几条小蛇一般的光影游动着。她把被子拥拥紧，好像感觉到很冷。

老李重重叹了口气，对有些垂头丧气的小张苦笑笑，转过身，看着贞丫头说：“不开口没什么好处，你穿好衣服吧，跟我们走。”

老李缓步向门口走去。小张的目光有些发直。贞丫头慢腾腾地披上上衣，毫不犹豫跳下床来。她的下半身什么衣服也没穿。在把那细细长长扭七扭八的长裤往上套的同时，贞丫头抬起头，意味深长地看了小张一眼。

## 11

和阿黄同时被枪毙的，还有好几个。快过节了。布告上用红线勾出了一长串名单。排在阿黄前面的是个强奸犯，黄黄瘦瘦的一张脸，二十岁刚出头，却已在半年内，强奸了四位五十以上最老的一位八十岁的老妪。和这样的性变态犯人坐一辆车去刑场，阿黄一定觉得十分窝囊。警车呼啸而去，冷风扑面，一股失禁的屎臊味令人作呕。

戳着红印的布告贴得到处都是，有不少人围着观看。漫长的雨季结束前，最后一场细雨依然有气无力地下着。天又黑了。一面极肮脏的墙前，半圆形地圈着好多男女，借路灯昏黄的光看布告。一个小女孩在问另一个小女孩：“什么叫鸡奸?”

作家手抄在袖筒里，混在人群中间挤着。这布告他已经看了无数遍。

人越来越少，雨还在下。

只剩下作家和一个戴睡帽的老头。他们似乎在较一较劲看谁到底是最后一个。终于戴睡帽的老头失去耐心，他依依不舍地看了那布告一眼，悻悻而去。作家若无其事地四下望了望，很果断地把那张布告揭了下来，剥了剥粘在上面的泥块，叠得十分方正，塞进怀里。雨始终在下，胜利的喜悦涌现在作家脸上，他对自己的成功感到十二分满意。他知道，这布告起码还能让他再写篇小说。

# 去影

1

十五年前老掉牙的故事，好像压箱子底的旧衣服，抖开来闻闻，淡淡的感伤夹着霉味樟脑味。那小得不能再小的池塘早就填了，池塘边一株洋槐依然，大了些，粗了些，满地残叶满地阴影。十五年走过的路遥远得像本厚厚的书。打开这本厚书，迟钦亭记忆中，最初的印象，是站在洋槐下数他的第一次工资。一同进厂的徒工似乎都在那数钱。政工干部小宋伸着细长的脖子，夹着腿，站在简陋的厕所门口，系着下面的小纽扣，十二分得意地问大家是不是都拿到了工资。

新进工厂的徒工老规矩学习十天。读报纸，听该听的话，参观车间，了解厂史，象征性地讨论，每人交篇小结表态，十天过去，负责新徒工学习的政工干部小宋仿佛完成一桩大事，撵鸭子似的带他们去领工资，又一个个送到车间，边打哈哈边往各自的师傅那儿塞。

迟钦亭的师傅张英显然知道他要去。初次相遇，显而易见有些不好意思，匆匆扫了他一眼，笑着让座，回过头去和政工干部小宋说笑，说笑的内容早忘了，只记得嘻嘻哈哈说了笑了半天，迟钦亭的师傅和前来串门的武师傅缠着政工干部小宋，不让他走。

“我还有事呢。”政工干部小宋说。

“别搞得像个人，你有事，吓唬哪一个？”武师傅年龄和迟钦亭的师傅仿佛，小小的眼睛一张大嘴，说话干脆利索，“你少来这套。”迟钦亭的师傅在旁帮腔，说越有事越不让他走。接下来的话有些猥亵意味，政工干部小宋涎脸作逃跑状，两位师傅追着要打他。

迟钦亭坐在那有些发木。两位师傅好像突然想到似的，关心起他来。迟钦亭的师傅介绍说：“噢，这是武师傅。”

武师傅说：“这小伙子长得真不错，妈的，小宋倒给你送了个小白脸来。”

迟钦亭的师傅很不高兴地瞪了她一眼。

武师傅不当回事地继续说：“喂，小家伙，今年多大了？”

“十七。”迟钦亭止不住一阵脸红。

“十七岁！”两个女人互相对看了一下，各自叹口气。

“也好，这么大岁数进工厂，是早了点，可总比下乡好。”武师傅看着迟钦亭的师傅说，“我那娃儿，再过两年，也是初中毕业，我代他算过了，肯定也是下乡的命。”

房间里只剩下迟钦亭和师傅两个人。坐在那一言不发，有些尴尬。大家都找话，找出来的话说不了几句就完。迟钦亭突然问道：“张师傅，你今年多大了？”

“我？你猜猜。”

迟钦亭红着脸摇摇头。他只是随口问问，要他猜，得动会儿脑筋。

下班回家，迟钦亭的母亲和姐姐正在卫生间。听见儿子的声音，母亲连忙问候，问了一会话，母亲忍不住说：“你师傅是个女的？”

儿子白了母亲一眼，这话用不着回答。母亲又问：“她多大？”儿子说：“你管她多大。”母亲说：“妈随便问问都不行！”儿子说：“你问就是了，人家多大，跟你什么相干？”

迟钦亭的姐姐气鼓鼓地从卫生间出来，瞪着眼睛，说：“怎么了，怎么了，有话都给我好好说，怎么了？”

母亲转向女儿求援，“你看你弟弟，刚上班就凶成这样子！”

姐弟俩都不把母亲放眼里。姐姐新洗的脸，一股雪花膏香味直往迟钦亭鼻子里钻。母亲局外人似的站在旁边。姐姐说：“你工资拿了？拿了，就得请客。”

弟弟说：“下次拿了，再请。”

“不行，要请，当然得用第一次工资。”

“这次不行。”

“不行也得行。”

“跟你说我这钱有用，下次，下次一定。”

“不行。”

“那我不管，”弟弟开始撒赖，“你再逼我，下次也不请了。”

“那得告诉我，你要用第一个月工资干什么？”

母亲赌气去忙别的事。迟钦亭脸涨得通红，发急说：“不干什么。”

“不干什么？”姐姐一排细牙紧咬住下嘴唇，审视了一会弟弟，十二分狡猾地说，“哼，你不说，我也知道。”

“你知道什么？”迟钦亭一阵心慌，刚白下来的脸刷地又红了。

“你脸别红！”

“谁脸红了？”

“你，就是你。”

迟钦亭胸口怦怦乱跳，仿佛有几只肉乎乎的小白鼠在心脏上爬过来爬过去。他完全没必要这么心慌。没人知道他想要干什么。他想要干的还没开始，别人没办法知道一个人脑子里正在想的事。他姐姐胸有成竹的样子实在让人担心。整整一个晚上，他都在盘算自己有没有露出马脚。熬到上床睡觉，迟钦亭脱了衣服在被窝里躺了一会，又跳下床，重新披挂上毛线衣毛线裤，跑到姐姐和母亲睡觉的房间，有一句无一句地说闲话。母亲奇怪儿子迟迟不睡觉，儿子却说第二天是厂休。话越扯越多，越乱，越不着边际。做姐姐的像是在故意兜圈子。好不容易母亲睡着，姐姐说：“你有话快说，要不睡觉去。”迟钦亭觉得很无聊，既憋气，又怕显出自己心虚，讪讪地又闲扯几句，仓皇而去，回到床上，他开始后悔自己该说的该问的话一句也没有扔出去。

第二天回想起来，迟钦亭的担心毫无道理。做贼心虚的说法按说跟他根本沾不上。就算姐姐已经知道，说穿了也没什么大不了。他知道自己将要做的事迟早会被姐姐知道。纸包不住火，男子汉敢作敢为，他似乎已体验到一种英勇献身的崇高。

这一天阳光灿烂，吃了早饭，从刺眼的阳光下走过，到处一片辉煌。二胡正在家等他，迟钦亭敲门进去，迎面碰上二胡奶奶。因为住在一个大院，老奶奶免不了拖住他说几句话。二胡不耐烦地过来干涉，说人老了废话啰嗦，见着谁都没完。老奶奶让孙儿教训得有些难为情，不高兴地嘀咕了一句，往厨房走去。迟钦亭望了一会老奶奶的背影，回过头，有几分兴奋地对二胡说："我钱带来了！"

"什么，你真把钱带来了？"二胡脸上做出些为难的样子。

"不是说好了的吗？"

"这——"

"怎么了？"迟钦亭的脸上飞过一片沮丧的阴云，"不是说好了的吗，你不能说话不算话。"

"唉，我跟你说，这事有些难办。"

"怎么难办？"

二胡把迟钦亭带到自己睡觉的地方，两人并肩坐在床沿上，怔着不说话。迟钦亭急了，说："怎么了，你说话呀？"二胡手指在下巴上揉着，摸出了两个硬币，开始拔自己的胡子，越拔越认真。迟钦亭眼睛有些发红，气鼓鼓说不出话。隔了一会，二胡叹气说："我跟你说，这事有些难办。"

"怎么难办了？你得把话说清楚！"

“真的。”

“什么真的，到底怎么了，书没了?”

“书倒是在。不过，不过你知道，我不管怎么说，比你大，到时候人家会说我赚你。”

“我心甘情愿，谁管得着。”

“人家可不会这么说。”

“钱是我自己的，是我的工资，没人能管我。”

“你的工资，”二胡似乎有了些兴趣，“你也拿工资了?”迟钦亭很自豪地把身上的钱都掏出来，不由分说便往二胡手里塞：“喏，都在这儿了，十四块钱工资加两块钱车贴，全给你。”二胡有点不好意思地数了数钱，说：“要不是在乡下抽烟抽得凶，不瞒你说，你钱再多一位数，我也不会把它让给你。你知道，这书反动。”他打开抽屉，掏出一本旧报纸包的书，递给迟钦亭。

迟钦亭仿佛捧宝贝似的接过那本书，四下里望了望，想走，二胡说：“你急什么？噢，对了，还有十枚毛主席像章。”抽屉又一次打开，二胡拎了一串毛主席宝像出来。“我跟你说，你绝对不吃亏，”他指着其中一枚说：“这枚是夜光的，晚上贼亮，可值钱呢，”语调里颇有些依依不舍。迟钦亭接过那串毛主席宝像，拎在手里像看一串活的螃蟹，不在意地说：“像章你留着，我只要有这本书就行。”“不，”二胡很果断地摇摇头，“我当时搞来，和这书一起搞的，我不能赚你，你拿去好了。跟你说，我这儿老人家宝像多呢，不稀奇，你拿去吧。”迟钦亭知道二胡有收藏像章的癖好，他说值钱，可能就真值钱，也不再客气，又玩了一会，告辞回家。

旧报纸里包的是托尔斯泰的压卷之作《复活》。在特定的时代里，这部具有世界意义的作品非常不适合中国国情。阳光依然灿烂，迟钦亭捧着《复活》，走过一片光明。很快到了家，母亲和姐姐都不在，房间里静得只听见机械闹钟嘀嗒嘀嗒在响。他十分激动地钻进卫生间，借小便的机会，平静一下自己过度的兴奋。

邻居家晶体管收音机突然被打响，极小的喇叭音量最大地唱着样板戏。迟钦亭捧着《复活》在房间里没头没脑转了一圈，走到吃饭台子面前，小心翼翼揭去旧报纸，又找来糨糊，很细心地把破损地方一一贴好。忙得差不多，取了纸笔，对《复活》傻傻注视一阵，在白纸上毕恭毕敬练了一会字，脸陡然通红。

《复活》的扉页上有一处空白正好可以用来题字，迟钦亭孩子气地揉了揉手腕，抿着嘴，喘着粗气。在空白处投下了最大的虔诚，写下不知想了多少遍的一句话：

送给最最亲爱的青青

下面的签名是英文字母 R。这签名煞费苦心并且让人得意。R 颇有些像“迟”字里的“尺”。两心若是相印，心有灵犀一点通，青青不至于会糊涂得弄不清“R”是谁。等到该做的都完成，迟钦亭意犹未尽，另取了一张白纸，在上面反反复复写青青。

附近一家邮局照惯例中午非常空。因为早一天都问清楚了，迟钦亭进了邮局，四下看了看直奔专寄印刷品的柜台，营业员一看投递的地址，笑着说出邮局门不用五分钟就可以送到，干吗还要花钱邮寄。“真的?”迟钦亭装作并不知道这地址，扯谎说是别人让他寄的。营业员热心过度叫他干脆亲自送，说这样不仅省钱而且快。迟钦亭极不乐意地道了谢，硬着头皮捧书仓皇而去，出了门站在那犹豫，一个熟人路过，问他在干什么。他的脸红得血仿佛要涌出来，似是而非说了句话，掉头就走。走出去一大截，他才临时做出决定，在城市的另一端找家邮局。

2

张英发现自己有了个性格异常古怪的徒弟。起先她只是觉得他太内向，羞答答怕说话，腼腼腆腆像个女孩子，男孩子相貌像他这样文静和漂亮实在不多见。他常常静静坐在那，想不完的心思，木木的仿佛一尊塑像。脸上永远一种病态的苍白，大眼睛美丽而且忧郁，最惹人注目的却是他那只具有古典意味的鼻子。“张英，你这徒弟怎么回事，三拳头擂过去，屁都没一个，怎么回事?”厂里的同事和张英闲聊，忍不住带点气愤问她：“他对你也这样?”

“人家是干部子弟，到我们这样的小厂来，不习惯。”

“算了吧，”闲聊的同事说，“如今这年头，不下乡，就便宜他了，干部怎么样，多大的官呀，到这来摆阔。”

张英不得不护着徒弟，“到底是小孩子，才十七岁呢，再说，你想他腿也有些毛病。”

“哎，这就对了，十个瘸子九个坏，心理都不正常。”

张英把话题扯开，她不愿意别人这么说她的徒弟。几乎从一开始，她对迟钦亭就有种特殊感情。她小心翼翼对门口望了一眼，担心他会像幽灵一样悄悄掩回来。迟钦亭小时得过麻痹症，一条腿是跛的，为了不让人轻易看出来，他走路出奇的慢和庄严。他总是无声无息进进出出，常常冷不丁吓张英一跳。有时，她正和他随意说着话，猛一回头，人早不知哪儿去了，要不就是以为他不在，却突然发现他一个人正静静地坐角落里。

时间过得很快。那时候贴墙上的单张年历又重新流行，张英从工会要了张新年历回来换，换好了以后想想，迟钦亭进厂也快一年。学徒照规矩三年才能满师，她作为师傅，也没有什么技术可教徒弟。检验工只要学会了使用各式各样的量具，除了认真二字，并没有多少难度和技巧。何况张英自己半路出家，她原来的工作是装配，成天拧不完的螺丝上不完的活塞。

迟钦亭一声不响走回来。他慢慢走到了工具箱前，把带出去的量具一件件重新放好，工具箱里放着一小截自来水管，这是张英向水电工要了准备偷偷带回家派用场的，迟钦亭拿起来看了看，也不问哪来的，朝着角落的垃圾桶扔去，咚的一声，狠狠吓了张英一跳。

“回来啦。”张英讨好说。

“几点了?”他拿了肥皂盒准备去洗手。张英连忙看手表，说：“哟，该吃饭了，我去拿饭盒吧。”迟钦亭一边去水池洗手，一边说：“不，我去。”张英说：“算了吧，今天我去就是了。”迟钦亭有些不高兴，站在门口，回过头板脸说：“我说我去就我去。”张英知道徒弟的脾气越说越犟，只得讨好让步：“那好，我来热菜。”

工厂里干活都在食堂蒸饭，自己从家里带菜。张英偷偷备了个小电炉，每天吃饭前热热菜，迟钦亭的菜放在大白搪瓷缸里，回回大半缸，有荤有素十分丰富。菜热得差不多，迟钦亭捧着两个饭盒回来，进门就说：“你这饭盒真难找，每次都找半天。”张英饭盒的右上角刻了朵小花，食堂的光线极暗，要想辨别雷同的铝饭盒的确不容易。张英不止一次想到了要重新做个记号。

车间里特地隔了间小屋给检验工放贵重量具，这小天地本来是车间女工聚集的地方，一到吃饭时间，人多得坐不下，自从有了迟钦亭，人渐渐少到了没有。迟钦亭永远是不高兴。来串门就得看他那张脸，别人想想犯不着。师徒二人已经习惯了闷声不响坐那吃饭。一种极特别的氛围，迟钦亭孩子气地认真吃着，铝质匙子有节奏地刮饭盒，张英忍不住要侧过头来看他。

吃饭时，电炉上照例烧大半脸盆水。这水被张英用来洗师徒二人的饭盒，习惯上都是由迟钦亭拿出去在清水里过一过。迟钦亭属于那种有洁癖的男孩子，一日里露天的水池边不知洗多少回手。水池再过去十米处便是那简陋的厕所，又矮又小的窗子，芦席搭的顶。厂里边女工比男的多，常常有人一边聊天一边站那等。洗干净了饭盒，他捧着无精打采地往回走，张英出去串门了，他一个人走到角落里，背靠冰冷的铁皮工具箱，瞪着眼睛发呆和想心思。

两天前姐姐和母亲的对话对迟钦亭来说记忆犹新。当时正吃晚饭，话题突然转到了青青身上。姐姐问母亲："妈，你昨天见青青，说什么了?"迟钦亭一惊，牙齿咬了一下舌头，疼得含着嘴吸气。"说什么。"母亲有些奇怪，"没说什么呀。"青青是她女儿的同学和好朋友，过去常来常往，中学毕业后在郊区的农村插队，昨天正好街上遇到，极随便地聊了几句。"真没说什么?"女儿不放心问着。"怎么了?"母亲依然有些奇怪。"没有就好。我还以为你得罪她了。要说也怪，她已经多少时候不到我们家来了。今天我碰到她，叫她来玩，她答应了，到了大院门口，怎么也不肯进来。"母女俩青青这样青青那样说了一阵，迟钦亭胸口有一种别扭，默默吃了一连串白饭，临了，筷子在空碗里捡米粒。

几乎是从第一次见面，迟钦亭就喜欢上了青青。青青家住得离他们家并不远，常常放了学，说着笑着跳着和他姐姐在院子里玩。小书包就扔在地上，踢毽子跳牛皮筋。全是女孩子游戏。男孩子们都不情愿和跛脚的迟钦亭玩，迟钦亭最大的乐趣，是和姐姐与青青一起跳牛皮筋，三个人的游戏实际上是两人玩，迟钦亭拉着牛皮筋木桩似的竖在那永远是个陪衬，他姐姐和青青蹦得满头大汗。青青有时候好心叫他一起玩，他总红着脸说自己不会。迟钦亭害怕出丑，更害怕他姐姐毫不留情地突然拿他的腿取笑。

那时候她们刚上中学。社会上乱得根本用不着上课，上了课也用不着做作业。男孩女孩成天都玩。迟钦亭记得青青老是一双带搭扣的红皮鞋，短裙短丝袜，玩起来，那细细长长充满活力的腿动个没完。记得有一次她们要到城市的另一端去看部纪录片。迟钦亭闹着要一起去。姐姐说："我们女孩子一起玩，你是男孩子，跟着我们干什么。"迟钦亭的绝招唯有拖住姐姐不放。姐弟俩动手打起来，先是姐姐哭，然后轮到弟弟。终于由青青发话，她站在迟钦亭一边，掏出自己的小手绢为他擦眼泪。还有一次情形相仿佛，也是姐弟俩动手，迟钦亭掏出削铅笔的小刀，把姐姐的牛皮筋割得一段一段的。姐姐和弟弟分头哭泣，青青却走向了迟钦亭，用好话哄他别哭。越哄越委屈，哭得越厉害。当时他想，要是青青是自己姐姐，多好。

小姑娘的青青变成了大姑娘。迟钦亭也体验到了自己身心发生的变化，出于那种不用说的感情，每当青青上他家来玩的时候，迟钦亭都有一种近似恐怖的不好意思。他总是偷偷一人躲在另一间屋子里，又总是忍不住一次次出去向姐姐问这问那。他很少再和青青面对面说笑，尽管这种场合说给姐姐听的每一句话，相信青青都能听到，就好像青青说的每句话他都能听明白一样。他的初恋情人是个毫不含糊的文学爱好者，迟钦亭曾经极成功地翻过姐姐的抽屉，抽屉里放着一本向青青借的笔记本，翠绿色塑料封面笔记本里摘抄了《牛虻》中的大段对话，从姐姐无心的谈话中，迟钦亭不断很轻易并且不露痕迹地知道青青爱看什么样的书。

短暂的午休时间喘口气便过去，车间里又响起机床轰隆声。迟钦亭的心思还没想完。张英蹑手蹑脚走进来，笑着对他做了个手势，让他继续休息。检验工的活儿十分轻松，张英一个人顶着都不觉得累，她打开工具箱，挑了几种量具含笑而去。

迟钦亭继续坐在那休息，发呆和想心思。青青不愿登门的消息按说不该使他太难过。他早就有了充分的心理准备，自从打城市另一端那家邮局出来，手上还沾着湿糊糊的糨糊残余，他便意识到自己已经走到尽头。少年故事的最后一页翻了过去。新的无尽无望的等待正使他麻木。他并不奢望青青会爱他，甚至都不奢望青青会回封信。那是一种最最空虚的等待，一种没有任何内容的盼望。他心甘情愿扮演永远的失恋者形象。他的梦想是重复出现的戏剧性场面，是青青遇到了一位比他强的白马王子，美满的结合受到种种挫折，他为了青青的幸福不断做出牺牲。牺牲的方式千姿百态，有时壮烈有时委婉，想到青青在为他流下感激的眼泪，迟钦亭心满意足死而无怨。

现实中的青青对他并没有多少意思，她也许根本就没有把这样一位小弟弟放在眼里。迟钦亭永远忘不了那天的遭遇，大约是寄出《复活》的两个月后，正下着蒙蒙细雨，他们两人谁也没有打伞，匆匆走过时匆匆的照面，青青显然不愿理他，小嘴富有表情地撅了撅，眼神迅速转向别处。一瞬间的遭遇成了永恒。空气中蒙蒙的细雨仿佛无数个小虫子在飞，湿的感觉渐渐加强加重，先是头发和脸，紧接着是肩膀，最后浑身湿透。羞辱的记忆像墨汁泼在了宣纸上，一圈圈渗出去，深淡不一的湿晕印成一朵盛开的鲜花，花朵之上点缀着亮晶晶的露珠，那是迟钦亭在心里悄悄淌下的泪。

迟钦亭懒得去想再一次遇到青青会怎么样。那次悲惨的遭遇差一点使他得肺炎。连续的高烧伴随着沙哑的咳嗽，打针吃药全不见效。

负责替他看病的一位戴眼镜的医生很有些束手无策。他住在一个朝南的病房，高高在上，就靠着窗，窗外是连绵不断的秋雨。他姐姐和母亲天天来，一次次上楼下楼，又着急又嫌烦。请了几位医生来会诊，说了一大堆可能性。没人知道迟钦亭是心甘情愿地乐意生这场病。

车间里的机器带着怪异的呼啸声，突然接着命令似的全停了。张英回来说："见鬼，刚上这会班就停了电。"

迟钦亭站了起来，伸了个有点夸张的懒腰，想随便说句什么，嘴张了，词儿一直没出来。车间里几位活跃分子笑着进来，甜甜地喊了声张师傅，各人找了样东西当凳子坐，又把脸盆翻过来略微擦擦当桌子，捋袖擦掌要打牌。张英说："发霉，怎么跑这来打牌，都给我出去。"

众人笑着抓牌，说："凭你张师傅，哪能说这话。"

张英忍不住笑，"别跟我说好话。"

众人说："不是说好话，实在是你张师傅人好。"又说："车间主任要是和你一样，我们早就到主任办公室去了，那儿现成的桌子椅子，多好。"

迟钦亭饶有兴致地在一旁看。张英扫了他一眼，走上去假装要捣乱，嘴里说："要打牌，可以，不过要带我家徒弟一个，借地方也没那么便宜的事。"

迟钦亭连忙摇手说不，张英极果断地抢过一家牌，硬往他手上塞。众人都说护徒弟也没有这么护的。张英说："别废话，今儿是打定了，我家徒弟不来，我来。"众人连连求饶，说她那水平也想上场，还是让迟钦亭来算了。迟钦亭当真坐下去就打，一时间围了许多人看。他越战越勇越出风头，旁观者先还说他到底有师傅护着，尽抓好牌，事到临了，不得不对张英说，她徒弟打牌，实在有些鬼精灵，张英听了好不得意。

工厂里单调的生活点缀着极小的变化，有气无力老牛破车般向前滚。总算年关将近，大家都没什么心思干活，提前聊天过年。这是迟钦亭工作以后第一次过年。张英有一天问他，过年期间到哪里去玩。迟钦亭想了想，想不出可以去的地方。他性格内向，同学中没什么谈得来的朋友，一起进厂的学徒天天见面都没话说，何苦大新年里地闯到人家家去聊天。张英知道徒弟脾气，找出各种各样话来开导他，一年到头难得新年这几天，痛痛快快玩玩也不为过，她邀请迟钦亭上她家，她丈夫是夫子庙永和园的厨子，烧得一手好菜。

迟钦亭父亲所在的农场也放了假，他脏兮兮回到家，就站在家门口，跟老婆要了替换衣服，直奔澡堂理发店。吃晚饭时，面貌一新的父亲问起儿子工厂的事，什么都觉得新鲜。渐渐话题集中到了师傅身上，父子俩越说越热乎越来劲，做母亲的难免有些妒忌，用筷子敲了敲碗，对男人说："今天也不知哪来的这么多话，好家伙，自从你上次走到现在，你问问你家儿子，总共有没有说过这么多。"儿子说："和你有什么好说的。"母亲仿佛抓住了证据，忙不迭地拉男人手："你听听，你听听，他哪把做娘的放眼里。"父亲说："谁叫你整日拿他当宝贝的，儿子都这样，你越喜欢，他越这样。"儿子只当没听见地站起来盛饭，盛了刚要坐下，父亲说："还不给你妈带一碗，快拍拍马屁。"大家都笑，迟钦亭又给他妈盛饭，母亲说："把儿子养这么大了，盛盛饭，又怎么了？"儿子说："不盛饭又怎么了，再说，我把饭给你倒回去。"大家又笑。

说到了张英新年里要徒弟去玩，父亲连忙问儿子有没有叫师傅来玩，儿子摇头说没有。父亲看了老婆一眼，责怪说："你看，到底是个孩子，一点人情世故都不懂的，"目光转向儿子，开导说："哪有师傅先请徒弟的道理。”母亲在一旁打断说：“就说去玩玩，又没说吃饭。”

做父亲的觉得做母亲的不开窍。新年过节的，所谓玩，不就是吃顿饭的意思，他懒得和老婆争，筷子搁在空中想了一会，悟出了什么大道理似的说：“对，咱们得请请儿子的师傅，别给人家造成这种印象，说——”

“请吃饭我没意见，就是这一桌子菜，我不会弄。”

迟钦亭父亲前一阵在农场得到重用，干了几个月的事务长，专管买菜，自我感觉已经顶得上半个厨子，“我正好露一手给你们看看。在农场，大家都夸我肉烧得好。”

偏偏母子俩对他毫无信任感。母亲说：“难得吃回肉，怎么烧都好吃。”女儿正好回来，加入了吃饭队伍，笑着望着父亲，说：“怎么，走资派也会烧肉了？”

迟钦亭不无讽刺地对姐姐说：“烧肉？没听他说，还想摆一桌我们看看。走资派又‘走’起来了。”做父亲的无话可说，嘴里只好一个劲嘀咕“你们不信，你们不信”。母亲权威性地发言：“好，你烧就你烧，烧得不好，你一人吃。”

迟钦亭大声反对，说他师傅的男人是永和园的厨师，永和园在南京是一家极有名声的馆子，迟钦亭的父亲听了儿子的话有些气馁。走资派的威风顿时没了，笑着退后一步，说：“是永和园的更好，干脆多拿几个锅，咱们上那儿去买，有熟人，保证又便宜又好。”

张英是在年初二上徒弟家吃饭的，她不好意思一人赴宴，拉了车间主任一起去，又买了几斤红蕉苹果用尼龙丝袋装着，十分拘束地坐在那儿和迟钦亭父母聊天。没一样称心的菜，计划供应的带鱼和肉，烧得太咸的黄豆芽，煨焦了的鸡加上一股有糊味的汤，大碗小碗，热热闹闹一桌子。比下来，迟钦亭第二天去师傅家，美味佳肴精致得实在没法说。厂里同去的小青工有好几位，都能喝能闹，知道张英男人在永和园，平日里讨饭吃的话已经不知讲了多少次。吃以前是吆喝着打扑克，张英男人图省事，当真叫了位掌勺师傅回来，让张英做下手，自己在外面和小青工们一起打牌，先输后赢所向披靡，一直吵到邻居家派人出来干涉。张英上小学的儿子闹着要下象棋，迟钦亭技高一筹，下到临了，只是在帮着张英儿子琢磨如何能下和棋。喝酒时鬼哭狼嚎得更厉害，张英担心邻居有意见，一次次求大家轻一些轻一些。迟钦亭第一次参加这样的聚会，忍不住有些激动兴奋，喝了杯白酒下去，感觉中似乎没什么事，胆子大得突然敢斗酒，他不善于斗酒时的耍嘴皮，红着脸只会说那句："喝就喝，大家喝。"酒过几巡，有一位青工率先吐了，吃饭间里立刻充满臭烘烘的味道，剩下的又凭着余勇斗了几杯，撤了菜再打牌。牌打着打着，迟钦亭脸上发热脑子发胀，一次次出错牌，众人婉言把他撤换下来。张英知道他有些醉了，一个劲劝喝浓茶。酒能使人暂时改变面貌，十分内向的迟钦亭忽然成了话篓子，反反复复讲自己家不太可笑的笑话。那个先喝醉的小伙子已恢复了战斗力，站在那看人家打牌，眼睛不断瞄着迟钦亭，又不断向张英暗示她徒弟醉了。天色渐晚，打牌的越战越有精神，喊着要打通宵，一个都不肯走。迟钦亭晃悠悠站起来，嘴里喊着"不要紧，不要送"，人却像有吸铁石吸着一样，不停地向左面歪。忙打牌的那班人都懒得过问他，嘴里喊着走好，眼珠子粘在扑克牌上不肯动。张英原指望自己男人能送送徒弟，没想到他喊的"好，不送，走好"，比谁都响。张英儿子因为下棋建立了友谊，不服气地要迟钦亭下次再来鏖战。迟钦亭毫不含糊而且孩子气十足地一口答应。为掩饰老是不断向左歪，迟钦亭隔一会就向左面看看，研究一番，仿佛那里藏着躲着一个怪物。张英只好亲自送行，好在两家的距离不算太远，就两站路，骑车子一会便到。冷风一吹，人清醒了，迟钦亭更加感到胃里难受。张英怕他从车子上摔下来，坚持两个人推着车子走。走过十几根电线杆，迟钦亭突然侧过头来想吐，作呕了半天，又硬给他逼了回去。张英说，吐了就好。迟钦亭却倔犟地说不想吐。街面上人很少，一两对谈恋爱的缓缓走过，路边的一家小房子里传出小夫妻的吵架声，婴儿的哭叫忽高忽低。迟钦亭又想吐，极痛苦地垂下头，哇的一声，一阵痛快和轻松，张英非常心疼地在徒弟背上揉过来揉过去。

3

迟钦亭的父亲是厂技校的领导。“文化大革命”，技校的中专生们热情高涨，揪走资派，又是批斗又是游街，又不轻不重地吃了顿揍，被打断了一根肋骨。马马虎虎治了治，除了阴雨天隐隐疼，说好也就算好了。各色各样的技校当年像雨后春笋。冒出来，又突然秋风扫落叶统统关门。迟钦亭父亲的罪名不大不小，厂里在乡下有家小农场，他罪名大时算是在农场改造，罪名小时便算是锻炼，偏偏他命里有官做，渐渐又有了新的爵位，先是事务长，天天骑着加重自行车去集上买菜，然后又升上农场的副头。前前后后总有五年，夫妻俩饱尝分离之苦。就在提升为农场正头的两月后，迟钦亭父亲又接到了回厂当厂长的调令。

五年一晃，儿女都大了，最迫切的问题是房子不够住。早先夫妻一个屋，儿子女儿两张小床一个屋。父亲去了农场，女儿便和母亲睡。如今父亲凯旋而归，该顺的心似乎都顺了，唯一的遗憾就是不得不和儿子一个屋，睡女儿过去睡的那张小床。按说夫妻俩年龄已不算太轻，毕竟分居了五年，多少有些要避开儿女的话得说。家里隔成了男宿舍女宿舍，不是儿子在家就是女儿在家，夫妻碰头说悄悄话都不方便。

困难终于得到解决，这日子过了一阵，厂方从老技校的集体宿舍中调剂了一个床位给迟钦亭住，又过了不久，迟钦亭由一张床位扩张到了单住一间。那房间朝北，有十几个平方，是一楼，又潮湿又阴暗。

有天吃了晚饭，迟钦亭拎了一热水瓶回小巢休息，走过大院时正好碰到二胡，兴致勃勃地要上他那儿去参观。二胡比迟钦亭高两届，下乡插队已好几年，抽烟老资格而且抽得极凶，进了迟钦亭那间空荡荡的房子，忙不迭地摸香烟，边划火柴，边咳嗽，边对迟钦亭自由自在的独立环境羡慕不已。

“什么时候，在城里也像你这样有间房子，死也值了。”二胡因为插队做了农民，见了留城的伙伴，难免委屈和自卑，“妈的，说句不该说的话，什么时候我奶死了，就好了，省得什么事都要她管。”

迟钦亭不明白二胡为什么要对他说这些。他不知道二胡为了和奶奶睡一间屋子，一举一动都受监视，有种入骨的怨恨。“在家抽支烟都不行，我奶气管炎，你一抽烟，就说你想害死她。”这天晚上迟钦亭的小房间里烟雾腾腾，一只旧搪瓷茶缸里丢的全是烟屁股，二胡扯东扯西，各式各样的牢骚多得可以开百货店，迟钦亭跟着学了两支烟，居然不觉得呛。

从二胡那儿弄来的十枚毛主席宝像是迟钦亭房间里很特别的一个摆设。他床头上方有根很大的钉子，钉子上飘一根带子，宝像挨个别上面。二胡自己家待着别扭，从此三天两头到迟钦亭这吹牛。看到了那串宝像有种久违的亲切，很严肃地问迟钦亭：“我那儿还有不少好的呢，你要不要？”那年头下乡知青回城特别空，二胡到处钻营借小说。迟钦亭因此读了些小说，外国的中国的是小说都看。小说之外，又顺便从二胡那儿知道不少具有性意味的故事。都是没经验的小伙子，悄悄谈悄悄听，津津有味。这类故事中印象最深的，是二胡说他插队的那地方，有一位瘦得不能再瘦的生产队长，因为搞女人搞得太多了，见着了女人便觉得腥气。

“俗话说，干一行厌一行。干什么都这样，我亲耳听那狗日的说过，他怎么说，他说，一见到女人，只要一见到女人，好家伙，那东西刷的一下就往上缩，越是漂亮的女人，缩得越厉害。只要有女人从他身边走过，一股腥臭味，直往鼻子里钻。妈的，他干队长那会实在太狠了，就是皇帝也没他快活。亏好家伙不管用，要不然知青去了，他狗日的再搞，非枪毙不可。我们那儿有句话，说女知青那玩意是高压线，一碰就完。”

二胡的女朋友美芳从插队的地方回城探亲。她和二胡的关系暂时还瞒着双方大人，迟钦亭的小巢便成了恋人相会之地。都住在一个大院里，都是家属，大家从小认识，美芳是迟钦亭同届不同班的同学。二胡常有一种让迟钦亭做第三者的歉意，每次和美芳说一阵话，必回过头来找话和迟钦亭敷衍。少年时代的二胡能征善战而且极讨人嫌，那时候迟钦亭即使求他，他也不会跟他玩。时过境迁，人穷志短，现在轮到二胡有求于迟钦亭，他不得不小心翼翼讨好卖乖。迟钦亭白天要上班，情人相会都限定在吃晚饭以后。小伙子有女朋友免不了多花钱。二胡硬着头皮向家里要，得不到满足便上迟钦亭这儿来赌气发牢骚。迟钦亭夹在相会的情人中间。二胡隐隐约约希望迟钦亭上班时把钥匙留给他。他没地方和女朋友会面是社会的过错，迟钦亭因此有了个改正社会错误的机会和义务。

一天晚上，三个人房里说着玩着，迟钦亭抽身去公共厕所，那厕所大约在一百米开外，迟钦亭慢腾腾回来，从门缝里窥视，二胡正抱着美芳亲嘴，两人显然都怕都慌，都不住回头往门这边看。迟钦亭初次偷看这种场面，禁不住有些脸红，更感到一种说不出的冲动。美芳突然用力一推，从二胡的拥抱中挣扎出来，嘴朝门口努了努。迟钦亭定定神，推门进去，三个人就跟什么也没发生，继续说继续玩继续笑。隔了一天，又是老格局在房里泡着，迟钦亭心甘情愿做了半天配角，忽然想到似的说："噢，你们在这先待着，我等一会再来。"二胡十分认真地追问他有什么事，迟钦亭说，他妈妈有几封信要他相帮着写。"有几封信?"二胡按捺不住兴奋，又带掩饰说，"你快去快回，我们等你。"美芳在一旁顿时有些扭捏状。迟钦亭赶到父母家，找到了纸笔，风风火火写了一阵，写完了，他母亲拿去过目，横不满意竖挑剔，迟钦亭耐着性子再改，改改又嫌烦，耍赖不肯写。他母亲没办法只好放松检查，迟钦亭取了信封一一填上地址，匆匆回自己小巢。在路上，他就感到一阵阵心跳，脚步越来越慢越来越轻。要走过一条长长的楼道，楼道上没有灯，黑黑的只见远处他房间的门缝渗出的灯光，迟钦亭害怕碰到拥挤的过道上堆放的东西，尽可能小心翼翼，一步一步向前挪。门缝里似乎有人影在动。迟钦亭按捺住一种无名的刺激。挪着挪着，斜靠在那的一把扫帚被带倒，正跌在了铁皮簸箕上，哨的一声，迟钦亭身不由己往侧面一掩。二胡应声开门出来，对黑黑的过道看了看，他人在明处，看不见迟钦亭，在门口站了会，又轻轻关上门。过道上更黑了，门缝里的灯光，更耀眼，二胡和美芳似乎正轻轻说着什么。迟钦亭突然十分泰然走过去，刚要推门，又忍不住垂下头，透过门缝往里看。二胡和美芳就靠在门口，美芳一动不动，二胡却猴子似的忙不歇。很显然俩人并不在亲嘴。就隔着一扇门，沿着细细长长的门缝，迟钦亭的眼珠随着二胡的手在动。那手活像只兔子，在美芳身上窜过来窜过去，又时时钻进美芳衣服的深处，一拱一拱不肯出来。

二胡回插队的地方，迟钦亭在院子里还见过美芳几次，有时一笑而过，有时只当没看见。二胡不在，美芳断然没有到他这儿继续做客的道理。天很显然越来越热，漫长夏季拉开序幕，单调的生活略微变化，又以另一种单调生活继续重复。上班下班，吃饭睡觉，听每天接触的人说差不多的话。迟钦亭寂寞之余，躺在床上免不了要回忆二胡和美芳在他房间里的情景，像放电影似的一幕幕重新放过，脑海里一次次涌现出两人缠在一起的镜头，这镜头经过加工剪辑，迟钦亭有一种随时随地想看什么就看什么的便利。思想的野马在生命的荒原上一路奔驰，迟钦亭体验到一种即兴发挥不可言状的刺激。人总是忍不住要想些自己不该想的东西，做些自己不该做的事。天热得实在令人难以忍受，压抑仿佛老鼠一样在他身体内部某个地方咬着，咬一口，歇一会。歇一会，又咬一口。迟钦亭一次次自责地脸红，一次次脸红地自责。

夏日里供电紧张，为了躲开用电高峰，厂里都上小夜班。每天下午四点半上班，下班回家洗洗澡再睡觉，时间是深夜两点。厂里没浴室，按惯例是下班前拎半桶热水，象征性擦擦能擦的地方，换下油汪汪的工作服。为数不少的女工没有男人的方便，不能赤膊穿短裤光天化日之下擦洗，三五成群寻找可以避人的角落。女人一老了难免有些特殊胆子，大大咧咧在角落里洗，就穿着大红大紫的短裤，上身剩一件极短的背心。薄薄的汗背心里是晃悠悠的奶子，黑黑的乳头有气无力耷在那，一条极脏的粗毛巾在桶里揉来揉去。

迟钦亭的眼梢中有了些特殊的敏感。自从改了小夜班，有了黑暗的掩护，加上天热得总淌汗，女人们胆子越来越大。角落里竟然有了戴乳罩在那招摇的，隐隐约约，想看却总看不真切。老妇女们索性脱光了在黑地里洗。迟钦亭的小屋子外面有个死角，细细长长一条，将近十个平方，原先是上二班的男人们偷偷跳进去撒尿的地方，稀稀拉拉长了些野草，废铜烂铁满地皆是。没有门能通进去，就两扇窗户，一扇在车间，一扇在迟钦亭他们房间。为了跳进跳出方便，车间的那扇窗户下垫了个木箱子。最先跳进去洗澡的自然是那些胆大敢为的老女人，拎着半桶水，互相照应相互帮忙，黑灯瞎火地洗。死角里本来就有些蚊子，一添了洗澡水，蚊子成倍猛增，洗澡时得一边往身上泼水，一边啪啪拍蚊子。蚊子越来越多，去洗澡的女人并不见少。仿佛发现了新大陆，大家算算都觉得划得来，反正公家的时间公家的水，将就着马马虎虎洗一洗，到家就好睡觉，女人们难得心齐，心齐了便跳进死角打扫卫生。草拔了，废铜烂铁重新堆一堆，又派人去堵在了楼梯口，不让书记下楼。书记叫娘们逼得没办法，当场表态。圣旨一下，娘子军们挥师进攻总务科，书记的尚方宝剑在总务科长头上乱挥。

总算雷厉风行，反正这事白天也能干，第二天两个瓦工和一个木工大战一场，芦席顶水泥地，把车间的那扇窗拆了改成门，又用白漆在迟钦亭他们房间的这扇窗户上刷了两遍。水泥地刚刚干，电灯还没来得及拉，车间里的急性子娘们便闯进去。迟钦亭注视着事态发展，听她们吵吵闹闹，看她们来来回回忙。几个一切都不在乎的女人，大大咧咧穿着大裤衩小背心，雄赳赳气昂昂走进走出。年轻女人起初还抱观望态度，那简陋的女浴室终于像一张张开的大嘴，黄鼠狼叼鸡，把女工们陆陆续续衔了进去。迟钦亭师傅张英也不能免俗，扭扭捏捏地问这个问那个，拎了大半桶热水犹豫着不知怎么才好。洗了澡出来，湿漉漉的额头上粘着几缕头发，脸红得仿佛见不得人。

通往车间的那扇窗户改成了门，门开出开进，在里面洗澡的女工尽可能往边上让。最佳位置是迟钦亭他们房间的窗户外面，这儿离门最远，窗台上可以搁肥皂，窗框上钉上钉子可以挂衣服。就隔着一道白漆刷过的玻璃，人影子隐隐浮动，不断有细长的手臂伸过来挂衣服取衣服。那窗台下显然有张凳子，衣服越挂越高，有时得站在凳子上才行，常常有身影浮雕似的映在白漆玻璃上，模模糊糊略带些夸张。迟钦亭的想象力得到极大丰富，虽然极力装作无动于衷，但是他仍然免不了做贼心虚。要他完全无视就在眼前的白漆玻璃，事实上根本不可能，活生生的影子晃来晃去，越是看不真切，潜在的吸引力就越大，仿佛面对一块不小的吸铁石，迟钦亭恰如穿了线的绣花针，针尖箭一般地往吸铁石奔去，屁股后面却叫线拽住了动弹不得。各种各样的声音都长了腿，各自拣了最近的路，往迟钦亭耳朵里钻。毛巾撩水的哗哗声，忽快忽慢忽强忽弱。铁桶碰撞发出不同的声响，空桶清脆，装满了的水桶沉闷，突然间桶被举起来，自上而下惊天动地的倒水声。女人们说不完莫名其妙的废话，开不完轻薄活泼的玩笑，商借肥皂的请求，衣服不小心落地时的叹息，手掌在自己或别人身体肉多部位的拍打，尖叫和走调的歌此起彼伏。

简陋的浴室成了妇女乐园。厂领导不得不采取严厉措施，浴室的钥匙由车间主任亲自掌管，不到下班前，谁也不许擅自闯入。小夜班的生产效率本来就低，女浴室成了天然避风港，在里面吹牛洗衣服，想干什么干什么。添了铁将军把门，女工们退求其次，早早地拎了热水，嫌车间里太引人注目，不约而同地都聚到了迟钦亭他们房间。人多了自然势众。鸠占鹊巢反客为主，娘儿们全不把迟钦亭放眼里，只当他是个刚刚发育的男孩子，有时故意说些话让他难为情。

一到快下班，如同要过节，吵闹说笑五花八门样样俱有。简陋的小浴室一下子容纳不了太多的妇人，检验工的工具室成了候车厅。洗澡出来的女工，因为厂里的规矩是不打铃不放人，索性拿了大红大绿的塑料梳子，浑身散发着肥皂味，慢腾腾一边梳头，一边等下班。张英平时喜欢自己裁剪衣服，买了各种便宜的布料，照流行的时装将就着加工。有一天迟钦亭洗了手回去，正碰上几位女工拉住张英剥衣服，张英笑着挣扎，那几位女中豪杰不管三七二十一，硬把一件衬衫扯了下来。张英身上就剩个乳罩，十分慌忙地抢过别人换下来的衣服，匆匆往自己身上披，一眼瞥见迟钦亭正站在那发怔，忙不及像撵鸭子似的挥手叫他出去。那位正试穿衣服的豪杰不当回事："没关系，叫你家徒弟开开眼界，"又对着向外退去的迟钦亭说："小迟，脸用不着红，不是我倚老卖老，我家娃儿跟你差不多大了。"房间里哄堂大笑，笑声中张英恼怒的咒骂完全被淹没。迟钦亭走远了，女豪杰试了试衣服，果然嫌小，有些不甘心地脱下来，逼着另一位再试，全不把一旁张英的抱怨当回事："张英，你家徒弟真是可惜了，人长得多漂亮。"张英叫她不要瞎说，她偏偏还要说，"这他妈一是瘸子，赶明儿找老婆麻烦了。"旁边有人反驳说："那不一定，他老子那厂，一个车间就比我们厂大。这年头，干部子弟终归吃香，不要说一条腿有点瘸，就算两条腿都没了，又怎么样?"女豪杰说："你他妈屁话，没腿的男人给你要不要?"那位说："没腿有什么关系，又不是没那东西。"女豪杰骂道："不要脸的东西，你就喜欢那玩意!"

还有一天，也是到了快下班，迟钦亭坐门口，几个女工在他身边说笑，政工干部小宋姗姗而来，嬉笑着问他老婆在不在。这边有人答道，说在，正光屁股在那洗澡呢。政工干部小宋脸上做了个不是太好看的媚态，头侧过去，对着浴室里探头探脑。这边的人便嚷："妈的，你往哪儿看？”

“哪儿不能看呀？”政工干部小宋已到迟钦亭身边，老气横秋地在他头皮上摸了摸，“还没下班，你们就都坐这，嗯？”

“少来这套，你老婆正洗那玩意呢，老娘坐这怎么了？”

“狗日的。”政工干部小宋涎着脸，想坐下，“怎么这样说话，就当着人家小伙子童男子的面，也不害臊？”

“老娘凭什么害臊。”

小凳子被一女工突然抽走，政工干部小宋差点跌坐在地上，手一撑，爬起来使劲揉手，忍不住得意：“瞧这水平，居然没跌倒。”

“你好歹是个做干部的，何苦和我们坐一起。”

“坐一起好，我喜欢。”

“你喜欢个屁。”

“我就喜欢个屁。”

正说着，政工干部小宋的老婆从浴室出来，见了自己男人，板着脸：“你坐这干什么？”

“干什么，你男人坐这吊我们的膀子。”

政工干部小宋急得干笑。他老婆生得人高马大，短眉毛小下巴，天生一种滑稽相，狠狠白了男人一眼，掉头就走。政工干部小宋急巴巴追上去。迟钦亭看看表，离打铃已没有几分钟，起身回工具箱这边换衣服。几位女工中没洗澡的，连忙进浴室。迟钦亭一边换衣服，一边隔玻璃窗听议论。正议论着政工干部小宋夫妇，说得极下流，一边说，一边笑，声音忽高忽低。他耳朵竖在那儿，心不在焉听着，手半举着慢慢往衣袖里伸，全没在意张英已经回来。下班的铃声响了，张英怔了一会，招呼他一起走。迟钦亭吓一跳，脸上一阵燥热，神色慌张跟着往外走，走到自行车那里，突然发现自己的钥匙挂在工具箱上没拔，又匆匆回去取。女浴室里静得没一点声响。

晴朗的夏夜满天星星，不是有月亮的日子，张英师徒二人出厂门，沿宽敞的柏油大道骑车，一路过去，凉风极舒服地往身上吹。迟钦亭不禁脱口叫“好风”。张英忽然想到似的说：“小迟，你总不能老泡在这小厂里做工人吧，现在有夜校，你不好去报个名，读什么都行，反正又不要你出钱。”迟钦亭觉得师傅的话显然另有所指，支支吾吾不置可否。

连续的小夜班，人有一种日子颠倒的错觉。终于又恢复了正常的白班。漫长的夏季还保留着最后余威，用水用电依然十分紧张。常常白班工人一来就发现停电。停水虽然还不至于，但是水压太低，安装稍稍高些的龙头一碰就淌不出水来。全车间位置最低的水龙头在女浴室，清早工人一来，不约而同都到那儿淘米。借淘米的机会，迟钦亭对女浴室的内部进行了一番研究。经过精心测量反复核对，他起了个大早，比平时提前十分钟赶到车间。车间里果然像预料的那样空无一人。迟钦亭从工具箱里拿了事先准备好的砂纸，抱着饭盒走进女浴室，在早已计算过的白漆玻璃上，三分慌乱七分果断地砂了一小块，匆匆逃回自己房间。不一会，上班人马陆续赶到，都摇着饭盒进女浴室淘米。迟钦亭忍了一会，也摇着自己的饭盒，边走出去边打招呼。张英老时间来上班，吃惊自己徒弟竟然先到了。

张英一定注意到了迟钦亭的神色慌张。整整一天的丢魂失魄，他像躲避瘟神似的不敢靠近工具箱。也许他一生中从来没有这么害怕过。一种大祸临头的恐惧仿佛乌云一样笼罩，他后悔自己胆子太大，太无耻。谁都会很轻易发现那白漆是有人存心砂掉的。砂掉这么一点点白漆的用意不言自喻。尽管工具箱是个很好的掩护，那砂纸擦过的痕迹正沿着工具箱的边框，头不紧贴在箱子上便什么也看不到。他不敢保证那帮正光身子的女工，洗着洗着，突然意识到有人偷看，不会疯疯癫癫大叫起来。没什么比偷看女人洗澡更丢脸。迟钦亭脑海里，一遍遍演习着如何抵赖，他不断地安慰自己，越安慰越怕。

下班回家路上，张英关切地问：“你脸色不好，是不是病了?”

这提问正好给了迟钦亭掩饰的借口，他以十分疲乏的口吻说自己头胀，脸上作出现在依然痛苦难受的表情。“我看你胃口不好，就知道你人不舒服，”张英注意到徒弟中午只吃了小半盒饭，劝他去医院看看，“天这么热，在家歇两天。”

迟钦亭果真在家歇了两天。他母亲听说儿子有些不舒服，陪他去找一位熟悉的医生开了病假。病假中的迟钦亭百无聊赖，偷偷溜出去看了一场朝鲜电影。自从有了独立的小环境，迟钦亭母亲很少光顾儿子房间，趁儿子出门，她把那里彻底收拾了一遍。房间里乱得不像话，地不知多久没扫过，还保留着几个月前二胡扔下的烟屁股，桌上两个吃剩的桃核已经长了霉。吃饭时，迟钦亭站起来添饭，母亲的表情突然十分严肃，问他是不是正在偷偷学抽烟。

藏在凉席下的一条脏手绢似乎还没有被母亲发现。迟钦亭很沮丧地逃回小环境，一路像恨电影上的坏人一样恨自己。他觉得自己太不争气，下流到了极限，那种自暴自弃破罐子破摔并且夹着自恋的情绪油然而生。新收拾过的房间清洁得让人感到陌生。迟钦亭把自己重重扔在床上，牙根赌气地紧咬着，眼光滞留在挂床头的那串毛主席宝像上。这十枚宝像纪念着一段令人痛心和难忘的岁月。怨来怨去都怪自己，他好端端地堕落到这一步，怎么说也有青青的一份过错。青青一定会为他的行为感到痛心。迟钦亭的记忆中，青青永远是一种纯洁的符号，梳着小辫穿着短袜短裙跳着牛皮筋。

几乎就在最强烈自责的同时，迟钦亭大脑某个角落，正悄悄想着厂里的女浴室。他脑海里塞满了乌七八糟的东西，要他不去想那块被砂了一下的白漆玻璃根本不可能。病假推脱了可能会有的猜测，然而也很难说不会因此加重嫌疑。害怕担心之余，迟钦亭设想透过被砂的白漆玻璃，自己已窥探到渴望已久的女人裸体。他的眼睛随着抹肥皂的手在动，肥皂沫越抹越多，都聚在他想看清楚的部位上。想知道女人的身体构造到底是怎么回事的欲望实在太强。谜底和答案就在他身边徘徊，偏偏老是可望不可即。也许最大的过错，是由于他父亲在农场买的那本《赤脚医生手册》，厚厚的一大本，有那么几页纸迟钦亭几乎能背下来。这几张具有特殊含义的印刷纸，是他拥有的关于女人知识的全部来源。其中三四幅图他反复看，越看心里越乱，越看越不懂越不明白。指挥员在战场上研究军事地图也不过像他那么认真。通过卫生间的废纸篓，他知道姐姐和母亲的秘密。卫生间的插销向来难得使用，迟钦亭甚至想到在自己姐姐身上印证他获得的知识，那天他蹑手蹑脚回家，正赶上姐姐在卫生间洗澡，他第一次产生了闯进去的念头。为了做到不露破绽，迟钦亭算好了姐姐正换衣服之际，假装从门外刚进来直接去卫生间。巧就巧在这一次门是销的，迟钦亭脸红心狂跳，故意理直气壮大叫："谁在里面？"姐姐说："你急什么，我洗澡。"迟钦亭又大叫："你快些，我小便急死了。"这一次失败使迟钦亭成了彻底的悲观主义者。他相信是有神在暗中拯救他。他的犯罪行为所以能被有效中止，唯一说得清楚的解释就是，神伸出了仁慈之手，从堕落的边缘把他轻轻拉了回去。

自渎有时不失为一桩悲壮的行为，没什么比它更能消除焦虑更能放弃犯罪。对于迟钦亭来说，自渎是最好的自我谴责自我牺牲。他拥有的性知识中的一部分，就是手淫将导致阳痿和不育。他觉得自己一下子衰老了许多，头昏眼花腰酸背痛种种症状，在他的想象中恰如走长途时背的包袱越来越重。鲜花还没开放便已枯萎，雄鹰尚未高飞就折断了翅膀，迟钦亭意识到自己付出的代价实在太大。

4

对于女人，迟钦亭从一开始就意识到，他最先了解的将是张英。这念头用极淡的墨水写纸上，藏在一个透明的瓶子里，隐隐地在他脑海中漂浮。一切都出乎预料，一切又在预料之中，当张英随手带上工具间的房门，迈着轻柔焦虑的步伐缓缓走向他，说“我是你师傅，我有责任”时，迟钦亭最先感受到的震动是委屈。委屈像清晨新升的雾迅速延张开，重重地笼罩在他周围，压得他透不过气来。事态的发展恰如早期的法国文学，恩恩怨怨缠绵悱恻，男主人公欲火中烧却带着无尽悔恨，女主人公清心寡欲但又有最大宽容，迟钦亭在自己的师傅身上，开始了人生最重要的一课，这一课终于由梦想变为现实。很长一段时间内，迟钦亭的现实都是梦想，梦想又都是现实。

就像所有的诅咒发誓未必有用一样，混了两天病假的迟钦亭刚步入车间，他的思绪已迫不及待地跨上特别快车，沿着最不愿涉足的一条道路，肆无忌惮开下去。车间里匆匆走过的人群仿佛和他没任何关系。他恍恍惚惚，身不由已向人点头招呼，十分认真摇着饭盒去淘米，一遍遍地淘米，水清得有些过分。特快列车轰隆轰隆开着。张英极关心地问他身体好了没有，他心不在焉笑笑，答非所问。

事实上，迟钦亭早就意识到张英的一种别样情绪。他们的眼睛失去了正面交锋的勇气。在工具间，在换工作衣的时候，迟钦亭一直克制着自己不去注意那被砂过的白漆玻璃。大家心照不宣，他知道要张英没在意到这一点同样不可能。张英是他师傅。他相信自己的师傅将尽一切保护他。车间里的机器声纷纷响起来。迟钦亭尽量装得若无其事，眼睛故意往门口看。张英和他说了一会话，又谈起了上夜校，并说已为他在厂里讨了个名额，随他去读什么。毫无疑问，张英处处流露出了要把他从歧路上拉回来的企图。

房间里只剩下迟钦亭一个人，他借着开工具箱，眼光射向等待已久的地方。大块的白漆玻璃构成一片和谐的整体。让他吃惊不已的是被砂过的痕迹，突然奇迹般消失殆尽。一切就像什么也没发生过。迟钦亭产生的第一个恐惧，是厂里已发现了有人做坏事，砂掉的地方又被重新漆好。然而恐惧很快被证实不可能。没有任何重新漆过的迹象，迟钦亭熟悉白漆玻璃上每一道纹路，即使最细微的变化也逃不过他的眼睛。他不得不对自己做过的事产生怀疑，他的并不忠实的记忆一定出了什么差错。几天来萦绕在心的担忧显得毫无必要，一时间迟钦亭简直吃不准自己究竟该不该庆幸。用砂纸去砂白漆玻璃，也许根本就是一种错觉，只是梦境和幻想，想象力被过分地夸大。他以为自己做了什么，而实际上什么也没做。

直到第二天再一次去淘米，他才突然发现被砂过的痕迹依然存在。那痕迹的醒目是他原先不曾想到的。白颜色调和漆刷过的玻璃上仿佛歇着一只极龌龊的小蝴蝶，砂过部分呈现出一种寒碜的透明。会引起人们的疑心一点不足为怪，不难想象并且十分可能，曾经有几个人指着这痕迹大放厥词，说不定厂领导也被请来一起议论，而那些边说边笑光着身子洗澡的女工，则更可能伏在白漆玻璃上，透过那小蝴蝶，很玩味地窥探迟钦亭所在的工具间。一道已经不透明的玻璃隔开了两个世界，这两个世界正因为被不断隔开，却常常在人的心目中连得更紧。

迟钦亭当时发傻的程度一定非常严重，张英在他身边站了好一会都没发现。他脑子里一片空白，百思不解淘着米，白花花的米随清水从饭盒里出来，龌龊透明的小蝴蝶在他眼前飞来飞去。工具箱已被人悄悄移动，正好挡住砂纸砂过的地方。满载的铁皮工具箱重得不可思议，地上留下了深深的擦痕，很显然有人借助撬棒硬撬过去二寸。二寸的距离顿时使迟钦亭摆脱了嫌疑的困境，然而又使他所有的努力付之东流。

答案几乎当时就可以得到。类似的行为只有他师傅做得出。和后来遇到的情形相仿佛，他对自己师傅的所作所为，过分关心的包办代替，免不了又感激又憎恨，偷看女人洗澡成了迟钦亭特定时间最孤独的地下活动。这秘密活动自然说不上任何光彩。想知道异性怎么回事的欲望实在太强，女人裸体对他的诱惑有增无减。迟钦亭的地下活动到了惊心动魄的地步。很长一段时期，他都在和自己师傅斗智斗勇。潜意识竞争对抗时时白热化。张英似乎从不放松徒弟可能会有的机会，她不是像影子一样始终盯着迟钦亭不放，便是冷不丁地从外面突然进来，狠狠吓他一身汗。

紧贴着冰冷的铁皮工具箱，把眼光聚在砂纸砂过又不曾完全挡死的那一小块白漆玻璃上，迟钦亭可从几缕模糊的隙缝中，看到女浴室的人影在动。既然没勇气再闯女浴室，重新使用砂纸作案，隐隐的人影晃动便成了他情感的寄托。并非什么事的来龙去脉都能交待清楚。迟钦亭为自己的行为感到吃惊。下班时间姗姗来临，坐在工具间门口，看女工们拎着冒热气的水桶，肮脏不堪走向简陋浴室，他幻觉中出现一具具赤裸着的肉体。从迟钦亭身边走过的都是抽象的女人体，没有高矮老少肥瘦丑美。很显然，正千方百计和自己徒弟作对的张英不仅知道他在想什么，而且猜到他进一步打算怎么做。犹如高明的棋手对弈，张英处处显得深思熟虑老谋深算，一步步把徒弟逼得狼狈不堪走投无路。她总是利用对迟钦亭最不利的时间悄悄离开，幽灵似的忽然失去踪影，这期间不是浴室里静得听不见人声，就是有女工聚在工具间嘻嘻哈哈说笑。

这是迟钦亭告别少年时代所遇到的最糟糕的一个夏天。酷暑仿佛永无尽头，偶尔下一阵雨，也不见凉快。懊悔和自责像蛇一样咬着他的心，他常常一个人安坐在那发怔，恨自己下流堕落不争气没出息，同时又更恨张英的存心捣乱。虽然内心深处欲火如焚，但是事实上迟钦亭连那点点可怜的偷偷摸摸的满足，都非常遥远地难以得到。唯一的黄金时刻是张英也去洗澡，当然前提必须工具间空无一人。

有一次为了桩什么事耽搁，直到打下班铃，张英都没去洗澡。

张英说："今天你先走吧，小迟。"

迟钦亭想了一会，说："不，我等你。"

习惯上都是师徒二人一起离开工具间，迟钦亭有时想找些借口晚走，张英总是坚定不移等他，即使漫长在所不惜。师傅等候徒弟，徒弟自然也得奉陪师傅。张英扭捏着说了她今天必须洗澡的理由。

迟钦亭没有迫不及待把头去顶在冰冷的铁皮工具箱上。当张英拎着冒热气的水桶走进女浴室，又飞快走出来取毛巾肥皂时，迟钦亭显得十分从容若无其事。他很耐心地端坐在工具间门口，默默对车间里看。车间里机器轰鸣，二班的工人正在干活，没人保证不会有人突然来工具间拜访。白班的时间已经过了，仅仅下班不走这一点，就足以引起好多事的人过来询问，更何况还有那些想逃避干活的串门。迟钦亭不会轻易放弃任何一个难逢的机会，他必须慎重再慎重。在机器轰鸣的间歇中，迟钦亭的耳朵里收听到了他师傅用毛巾从桶里撩水的讯号，兴奋的电流在他身上窜过来窜过去。他确保肯定无误地又听了一会，尽可能冷静地站起来，转身走进工具间，轻轻带上门，义无反顾坚定不移冲向工具箱，高高撅起屁股，全身的焦点都调聚在那极微弱的希望上。尽管被砂过的那一小块白漆玻璃，对处心积虑的迟钦亭来说，只有几道极模糊的缝隙，从那象形的小蝴蝶翅膀边缘，迟钦亭终于见到张英隐隐约约移动着的大腿轮廓。当时她像沙漠里的大仙人掌竖在那，浑身充满刺的感觉，动作熟练地抹着肥皂，手滑过来滑过去忙而不乱，偶尔弯下腰，整个身体便逃出了监视。迟钦亭视线受到最大限制，只有一个极狭小的角度，稍稍偏一点点都不行。

时间停滞了一会，轰鸣的机器和张英模糊的身影仿佛暂不存在，一切归于了无的境界。张英突然大军压阵地向白漆玻璃窗逼过来。迟钦亭在一阵强烈的昏晕中，接受了他有生以来第一次最凶猛的撞击。就像是豹子扑向猎物，又好像是迟钦亭童年记忆中一次撞门，那时候他只有三岁，一扇弹簧玻璃门劈头盖脸地把他撞出多远，迟钦亭在告别少年时代的十八岁，再次尝到了彻底晕头转向的滋味。他下意识地向后缩了一截，恰如照相机被人冷不丁揿下闪光按钮，平空一道蓝光，他的思绪已经来不及追寻事件发展的全过程。感觉中越走越近的张英正弯下腰，全神贯注研究那白漆玻璃上丑陋的小蝴蝶。她一定也意识到了工具间里只有徒弟一个人。很可能在迟钦亭把注意力焦点转移的同时，她自己的焦点像军队接管地盘一样乘虚而入。多少年以后，往事的回忆已淡漠到近乎没有，迟钦亭依然为当时不能进一步扩大观察战果深感遗憾，并为没必要的胆小和退缩觉得后悔。穿过白漆玻璃制造的障碍，张英离他近得一伸手就能相互摸到。很长一段时间内，师徒二人令人难以置信地对峙，像塑像一样不敢动。

迟钦亭又一次把头顶向冰冷的铁皮工具箱时，女浴室里已响起了最后的撩水声。紧接着是绞毛巾有节奏的一阵阵滴水，桶里剩水哗的一下冲地上。张英显然知道如何有效逃避徒弟的监视，她执著在迟钦亭视线之外，消消停停漫不经心抹身，只是偶尔让他见见正挥动着的手臂，见见甩出去的湿漉漉的红色花毛巾。当张英十分仓皇地通过迟钦亭所控制的区域，匆匆一闪而过，她的徒弟陡然产生了最强烈的憎恨。憎恨这词绝非夸张。咬牙切齿的迟钦亭领略了女人天性中的挑逗魔力，他觉得师傅明摆着别有用心，故意留一份遗憾的焦急当作礼物赠送给他。也让他很轻易寄托了无限希望，又更轻易不当回事地抹去。是可忍，孰不可忍。他十分歹毒地发挥着自己的想象力，在思维的空间，尽心所欲糟蹋自己师傅。事实上永远不可能说出口的下流话，自发地被用来咒骂张英。他觉得像师傅这样成熟的女人，完全没有必要故作尊严羞答，就像后来一度证实的那样，他师傅应该毫无保留地属于他，仿佛主子对待所属的奴隶，他要她干什么就干什么。

张英满身肥皂气味地走出来，迟钦亭坐在老地方等着她。

“你还没走?”问的人并不惊奇。

“不是等你吗?”答的人却像是在反问。

迟钦亭英勇无比地一头撞进女浴室，向张英发动极富挑战意味的进攻前夕，他深受了一段时间的煎熬。漫长夏季到了尾声，他像没头苍蝇似的在欲望的深渊乱挣扎。张英注定了是他生命中的第一位女人。尽管年龄相差太悬殊，但自从那次似成功非成功的窥探，迟钦亭意识到只有他师傅才是他唯一的希望。他已和他师傅一道建立了一种特殊的关系。这关系就像缠绕在一起的爬藤植物。也许这便是所谓命运的安排。师徒二人越来越心照不宣。彼此之间脑子里想什么都有数都明白。他们尽量避免相互正视对方的眼睛，大家相处得彬彬有礼十分客气。出于拯救的伟大目的，张英一次次战胜徒弟的不良企图。她似乎不难理解他所忍受的折磨，可是她宁可徒弟丧魂失魄受折磨憔悴而死，也不愿他因为偷看女人洗澡而彻底堕落和出丑。每个人都有自己的理论与原则。张英仿佛是在对付自己儿子或囚犯或病人，她同时扮演了母亲、看守、医生的角色，认真负责，从不给迟钦亭任何可乘之机。虽然头顶在冰冷的铁皮工具箱上几乎什么都看不清，然而苛刻的师傅连这最微弱的一点也绝不允许。她甚至不准备让他一个人留在工具间。

局里召开产品质量会议，要求各厂派名检验工参加。张英打算让徒弟去，厂领导却一定要她亲自出马。张英因此发了一通牢骚，说她一向讨厌开会，又嫌会议的地点太远，更恨不过是为期一天的开会，指名道姓，挑肥拣瘦硬让她参加。迟钦亭赞同地表示了对开会的鄙视，他的态度立刻引起了怀疑。张英注意到了徒弟脸上流露出按捺不住的激动，她皱起眉头想了一阵，对欣喜于色的迟钦亭说："明天在家歇歇，不要来上班了，小迟。"

迟钦亭一怔，迟疑着问："不上班？"

"没关系，我就说你有事。"

"我没什么事呀？"

"呆瓜，在家歇一天不好吗！"

迟钦亭找不出什么理由来反驳，嘴上敷衍说"能歇当然好"，心里最大的不乐意，是师傅的做法显而易见有些过分。张英又说："要不，你和我一起去开会，去听听也好。"迟钦亭说："不是说好你去的吗？"张英脸上有种不高兴，嘀咕着："有什么关系，当真还多你一个人？"

"不，我不去，"迟钦亭十分沮丧，"我情愿在家歇歇，这倒霉的会，有什么好参加的。"

第二天，迟钦亭照样来上班，憋了一肚子气。他知道他师傅只遗憾不能把他拴在裤带上，狗一样地到处牵着走。一想到自己的行为处处受监视，他免不了咬牙切齿恨之入骨。张英是那种管事太多的女人，全不明白物极必反。迟钦亭做她的徒弟，热切关怀之下，产生的却是爱逃学的小学生对自己老师的厌恶。师傅去开会这样的机会不可多得，迟钦亭反反复复想到了各种可能性。可能性中最担心的一种可能，就是他师傅好端端地开着会，突然半路杀回厂里来。这样的事张英绝对做得出。

事实是张英完全忽视了她防守上的漏洞，无论是在会场上或后来与徒弟见面，她都没想到徒弟会违背她的旨意去上班。她甚至懒得去追问这事。开会的那天正好礼拜六。中间隔着厂休，张英再次见了徒弟，只问他休息在家干什么。她做梦也不曾想到，两天前徒弟不仅上了班，而且动机首先是为了和她坚决作对。和后来闯进女浴室惊吓张英的情形相仿佛，迟钦亭产生了强烈的恶作剧心理。一个人不应该让人觉得自己太窝囊，他为什么要使张英心满意足。这女人处处以他的保护人身份出现，保护人的形象从来就不讨喜可爱。

迟钦亭一上班便找到了那根早就看中的撬棒。为了慎重起见，更为了防备张英突然折回来，迟钦亭把要干的活动演习了一遍。工具箱虽然重，在撬棒的作用下，很轻易地就可以移动。再次看到白漆玻璃上那丑陋的小蝴蝶，他有一种久违的亲切。女浴室里空无一人。铁皮工具箱移开后，迟钦亭对获得的效果很满意，十分认真地又把工具箱移回原来位置。

结局却让迟钦亭太扫兴。人来人往本来意料中的事，然而他没想到自己竟然一点机会都没有。整个下午，他干活都极卖力，心情似乎从没这么平静过。一切仿佛都经过了深思熟虑。他显得不慌不忙，直到下班前一小时，才开始了计划中的第一步。这时候洗澡的高峰还未到达，铁皮工具箱移动的噪音不至于惊动任何人。

如果迟钦亭不是为了掩饰，一开始就摆出非常难说话的样子，下班前来串门的各色人等，很可能立即就会离开。以后的几天里，他一直为自己当时没必要的敷衍深感懊悔。那天在工具间泡得最长的是武师傅。她早早地洗了澡，用电风扇吹着湿头发，悠闲自得地聊天等下班。迟钦亭最大限度地耐着性子，心不在焉听武师傅喋喋不休。他奇怪武师傅那张又臭又丑又太大又夸张的嘴巴，牙床龇出着，怎么有那么多的废话。

“小迟，我给你找个老婆怎么样?”武师傅全不顾迟钦亭的不耐烦，话题一转，重新换了个开关似的，又说起新的话题，“你，今年多大了?”

迟钦亭懒得告诉她自己今年整十八岁。

“我告诉你，你现在不要不在乎，小瘪子找老婆还是趁早，要不然麻烦。噢，对了，你反正不急，反正你家老头是高干。”

迟钦亭只好申明他父亲不是高级干部。

“乖乖，还不是呀，你家老头那厂，一个车间，比我们厂——”

很难说武师傅就是在和迟钦亭作对，她唠唠叨叨变换着不同的话题，直到下班铃声令人悲哀地响起来，才依依不舍匆匆而去。迟钦亭又一次把自己的惨败归结为天意。空荡荡的女浴室留给迟钦亭最感伤的回味。他联想到早在移动工具箱时就产生过的不良预感，当时可以说一切都太顺利，顺利得让人有些担心。张英的魔力无处不在。迟钦亭垂头丧气地拿起撬棒，怨天尤人，把工具箱撬回到原来的位置上。

秋风乍起，天逐渐转凉，国庆节到了。张英师徒在厂里加班，按照惯例，节假日加班可以拿双工资，一时发这笔小财成了时髦。厂领导因为有权决定谁加班，屁股后面不时地有人递香烟说好话。名额有限，张英为他们师徒俩能争到加班机会感到高兴。来加班的不是机修工就是电工，都是厂里有名的猴子，所谓加班不过象征性地干一阵活，不到下班时间早溜得一干二净。

伙房没人加班，张英只好用电炉自己烧热水，放了满满一铅桶水慢慢烧，不一会竟然烧开，波澜壮阔地冒了满工具间热气。

张英不经意地说了声："这么多水，我倒可以洗一下。"

迟钦亭只当没听见，人不自然地挪了个地方，已经枯死的念头突然全部复活。

张英用商量的口吻问："洗澡，不会冷吧？"

迟钦亭说："当然会冷，"怔了一会，又说，"弄不好就感冒。"

多少年以后，迟钦亭回忆起当时的情景，发现有些细节他怎么也弄不明白。那一天是国庆节确凿无疑，好端端的天气后来猛然下起雨来。他记得那天自己喝了许多水，而且正因为水喝多了，给了他一头撞进女浴室的借口和信心。有些事事后想想根本不可能，他不清楚自己怎么就突然下了决心，担心与害怕的念头就像拉屎一样拉掉了，一下子变得比无赖还无赖，当张英拔掉电炉的电源插头，犹豫着怎么办的时候，迟钦亭记得他正在想几天前做过的一个梦。这梦总是冷不丁地跳出来打扰他。

在那个半写实半写意的梦境中，迟钦亭发现自己正和一大帮人坐在工具间里等下班，似乎还说着什么有趣的事，他突然发现所有的白漆玻璃都没了，什么玻璃也没有，只有一堵墙和空空的窗框架，仿佛摄影棚里的道具，没人注意到窗那边发生的事，窗那边有哗哗的撩水声，工具间里不知怎么就只剩下三个人，他，他师傅，另一个陌生人，后来他明白陌生人原来是政工干部小宋，政工干部小宋没完没了地说着近乎猥亵的笑话，张英一边笑，一边监视他，他慑于张英的眼光，竟没有勇气去看毫无遮挡的女浴室，女浴室里响着洗澡的声音，忽然，张英也消失了，政工干部小宋向窗户走去，政工干部小宋为新发现激动兴奋，政工干部小宋隔着窗户和正洗澡的张英说话。

“这天怎么要下雨了，小迟，你先走吧。”张英没有拎起水桶去浴室，却空手往外去，走出车间大门，看了一会天气，又折回来，继续说：“这倒霉的天气，说下就要下了，我们怎么办？”

“等一会再走就是了。”

“好，这雨长不了。”张英由衷地表示赞同。

迟钦亭在车间里巡视了一番，回来说：“都走了，唉，这加班也太快活，一个个溜得真快，连影子都没了。”

果真下起雨来，哗啦啦的暴雨。

张英和迟钦亭又说了一会话。

暴雨声衬得车间里出奇的静。远处，一扇没销好的窗户，不时嘭的一声。

张英拎起那桶热水，有些不堪负担地往女浴室走去，水溅了出来。

迟钦亭呆呆望着张英的背影，没弄清临走前的张英说了句什么话。

她可能什么话也没说。

那个才骚扰过迟钦亭的梦幻，又一次悄悄向他逼来。政工干部小宋的嘴脸顿时引起他一阵厌恶与妒忌，无数念头在迟钦亭脑海里蝴蝶一样地乱飞。

张英消失在女浴室门口。

以后的几天里，沉浸在有如少女初次失身的那种痛苦中，迟钦亭偷偷地回味着偷尝禁果的滋味。四年前，当迟钦亭刚明白那些字眼的确切含义时，他确确实实吓了一大跳，那时候，他开始为青青丢魂失魄，断断续续为一个问题绞尽脑汁。他不明白既然像他那样倾心于青青，还该不该和她一同进行那种下流的勾当。当时有一度他觉得自己配不上青青，并不是因为他有残疾是个瘸子，而是想到他不该却偏偏曾经想到了那些下流念头。初次梦遗的历史活生生地就在眼前，迟钦亭永远忘不了他在那个灾难性的早晨受到的惊吓。作为一个毫无性常识的男孩子，他既担心自己的生命将随着粘乎乎的液体一同流逝，更担心这事被青青知道后给他带来的耻辱。迟钦亭一向把童贞看得非常珍贵。随着时间浩浩荡荡向前发展，那种称之为性的玩意的诱惑一天天蓬勃壮大，他依然坚定不移地为青青苦守着忠贞的最后阵地。虽然随之而来的自渎给他惹下更大的烦恼，然而自渎也好，梦遗也好，包括最下流的偷窥女人洗澡，对迟钦亭来说，没一桩谈得上真正意义上的失节。当张英拎着冒热气的水桶，在那个突然下暴雨的例假日，水不时地从桶里溅出来，走过空荡荡的车间，消逝在女浴室门口的那一瞬间，迟钦亭做梦也不会想到他很快就会缴械投降，甚至当他面向墙根，顽强地孩子气地把尿往外逼，浑身洋溢着那种大获全胜的喜悦时，也丝毫没想到自己将会如此可悲地不堪一击。

张英在浴室里的时间显然太长了一些。太长的时间本身就给了迟钦亭撞进女浴室的借口。他突然产生了那种为什么不闯闯祸的冲动。有一小堆的借口可以找，那个被铁皮工具箱挡住的印在白漆玻璃上的丑陋龌龊的小蝴蝶，已经让迟钦亭感到厌倦。一切都出乎意外，一切又都顺理成章早就安排好了，他慢腾腾地看看手表，理直气壮地一头撞进女浴室。赤裸裸惊惶无比的张英和想象中的一模一样。迟钦亭做出不屑一顾的腔调，堂而皇之走过去，面对着墙角，好像小便已经憋到了忍无可忍，浑身止不住一阵阵乱抖，一刹那间，他产生了可能撒不出尿的恐怖。人抖得越来越厉害。好在一道热流终于喧嚣着喷薄而出，冲在墙上哗哗的响，又沿地平静地淌出去。平静如水的感觉代替了恐惧，轻松占据了原来属于紧张的位置，迟钦亭从容地扣上扣子。然后，大踏步走出浴室。然后，胜利地走向车间，陶醉在恶作剧中地恭候他师傅。

他师傅自然隔一段时间才能出来。迟钦亭注意到了张英脸上那种仁慈的悲哀。她缓缓走进来，无可奈何地随手带上门，叹着气，仿佛正面对一个十分调皮捣蛋的孩子，语重心长温柔体贴地说道：

“我是你师傅，小迟，”她用手理了理似湿非湿的头发，眼神里全是宽容和责备，“我，我有责任。”

## 5

亚红父亲是食堂的小头头，十九年前娶了个乡下老婆。乡下老婆户口一直没调上来，小孩生了几个，活下来的就亚红。亚红十岁时死了娘，娘一死，她户口转到了父亲账上，一下子从乡下妞变成了城里姑娘。她进厂那年刚巧十七岁，梳两条细细的小辫子，人长得矮小，天生的胆战心惊，看上去像是个刚刚发育的小丫头。

过了一年，小丫头依然长不大，注意她的小伙子倒添了好几名。这街道性质差不多的小厂，老的多小的少，小的里面女人更少。物以稀为贵，亚红算不上多出色，小伙子们却饥不择食，都把她当尊人物。她是磨床的操作工，整天和砂轮打交道，只要一干活，全身遮得严严实实，戴着大口罩和工作帽，留给人看的仅剩一双手与两只大而天真的眼睛。这掩掩盖盖的模样给小伙子们增加了不少想法。休息时，亚红身边老有人转来转去。斗嘴争吵不计其数，好战的已经为她打过几次架。

最早想到给迟钦亭做媒的是武师傅。亚红父亲在厂里是有名的光棍，谁的膀子都想吊，谁的豆腐都要吃。厂里的女人既怕他，又都喜欢撩他。有一次闹得稍稍有些出格，一旁看的人都傻了眼。武师傅终于站出来说话，骂亚红父亲老没正经，女儿都这么大了，又都在一个厂，也不拿出个做父亲的样子来。这句话引起她做媒人的侠义心肠，好好盘算了一阵，风风火火跑去找张英，说："哎，你家徒弟也满师了，我们给他找个朋友。"

"找朋友?"张英一时不知所云。

"我给你讲，就把老马的女儿配给他，保证合适。"

"你是说亚红?"

"对。怎么了，人家亚红配不上你家徒弟呀。"

"不是这意思。"

"不要看你家徒弟是高干，他日你妈毕竟是个瘸子，人家要不要还不一定了。"

"亚红她怎么想?"等了一会，张英只得这么问。

武师傅容不得张英再多说，人激动得不得了，像决定什么大事，极果断地挥挥手，说："不管，这事就这样，老马和亚红那头，我负责。你负责跟你家徒弟说，"又斩钉截铁补了句，"行就行，不行拉倒。"

老马对女儿的事无可无不可。武师傅太起劲，两头跑个不歇，弄得张英里外不是人，横竖为难。苦口婆心的劝说总算有点效，迟钦亭和亚红正式在张英家见了次面。张英男人露脸忙了几样菜，张英的儿子再过半年便要念小学，棋艺大有长进，追着迟钦亭要下棋。武师傅占着介绍人的便宜也有饭吃，一个劲拿两个年轻人开玩笑。张英只好扮演保护神的角色，尽一切力量不让他们感到难堪。

亚红和迟钦亭不比刚认识的男女初次见面，说不熟悉都熟悉，说真了解又都不太了解，会见的目的明了得让人感到窘迫。五月刚过，人热得一阵阵出汗。

“别不说话，别不说话呀，”武师傅有一种孩子过节的兴奋，她不断地找人发起进攻，“张英，你看，你家徒弟今儿由小白脸变成小红脸了。”全不顾张英的脸色十分难看，又矛头转向张英儿子，“喂，人家小迟哪有时间陪你下棋，来，武阿姨跟你下。”

亚红脸红得不敢看迟钦亭，她知道他老是在偷眼看她。因为人生得矮小，她一直赖在椅子上不肯起来，怕迟钦亭因此会觉得她像个小孩子。有一段时间，小房间就剩下了他们两个人，迟钦亭突然站起来，很果断地向她走过去，亚红不由得吓一跳，脸上的表情想笑又不敢笑。迟钦亭显然也意识到了这一点，索性大方有时不失为掩盖羞涩的好办法，他很从容地问亚红过去在哪读书。亚红笑而不答，头犯错误一般低着，顽皮地玩着自己的手指头。

事态发展的顺利出乎大家预料，张英明摆着连争风吃醋都来不及。事实是她尚未撕下媒人的面具，迟钦亭和亚红已经毫不含糊相互中了意。自己的徒弟这么快另找新欢令人哭笑不得。张英突然发现她除了成全他们，别无更好选择。在这一段时间内，她表现得比迟钦亭更关心亚红。亚红因为和迟钦亭的关系还没公开，在厂里要找也是找张英。张英一时成了他们之间地下活动的义务通讯员。

张英扮演的滑稽角色可以体会到另一种崇高。她忠实地传递消息，毫无怨言甚至一点点怠慢。又到了漫长炎热的夏天，一片蝉声让人心烦。亚红新买了部缝纫机，喜欢扯几尺花布自己做衣服，不会裁剪便来找张英。张英扮演了拉皮条的爱情使者，还顺带着做指导亚红的教师。在亚红这样涉世不深的小丫头面前，掩盖住自己的真实情感并不太难，难就难在怎样对待迟钦亭。张英最清楚地知道，她和徒弟之间的事不可能长久下去，结局早就注定，区别只是时间早晚。作为一个充满母性温柔的伟大情人，虽然有时那种欲望被他孩子气的举动撩拨得难以自持，仿佛迷途的羔羊在茫茫的草原徘徊，又好像脱缰的野马受了惊却无路可走。她一向认定是因为她的无畏献身，有效阻止了迟钦亭的进一步堕落。当迟钦亭羞答答地褪去西装长裤，慌慌张张肆无忌惮快速伤感地发泄着小伙子的狂热时，张英像块仁慈的大海绵，把蕴藏在徒弟身体内部的罪恶因素吸得一干二净，并且最迅速地进行了净化处理。这样的牺牲难免非议风险，对于一个婚后生活极为和谐的女人来说，在完全排除了自身性欲的前提下，拯救了一个处在深渊边沿孤立无援的小伙子，张英觉得自己的行为无懈可击。

迟钦亭打算让自己父母见见亚红。他母亲知道儿子有了女朋友，心急得好像影迷想见影星，三天两头地问。亚红心里有些胆怯，一定要张英陪同，求来求去好话说尽。张英笑着说："是你去见公婆，又不是我去。"

"哎呀，求你啦，张师傅。"

张英执拗着不肯答应，直到迟钦亭不耐烦地说："你陪一下就是了，"才无可奈何摇头说道："丑媳妇迟早要见公婆的，你又不丑!"

亚红打定不了主意穿什么衣服初次登门，洋也不是土也不是，悄悄地问迟钦亭。回答直截了当："穿什么不行，你怎么了?"

于是只好向张英讨教。张英正经八百绞动了脑汁，不断地出拿不定的主意，分析来分析去，心里却在盘算自己该穿的衣服。到了那天，亚红自作主张穿了件新衣服，新衣服第一次上身，横竖有些嫌别扭，站着坐着都不自在。迟钦亭母亲对未来的儿媳多少有一点点挑剔，她的第一印象是这人还算老实，以后靠得住会听儿子的话。事后和男人讨论，既嫌亚红个头太小像孩子，又嫌她不会打扮，更嫌她愣头愣脑常常答非所问，一眼看上去就不像个聪敏伶俐的样子。“如今也不讲究门当户对，不过我倒是担心，那种小市民家长大的女孩子，只怕将来和我们合不来。”

迟钦亭父亲基本上是在和张英敷衍。几年的厂长干下来，身上走资派的窝囊劲没了，不时地想到自己要避免打官腔。详细问了儿子厂里的生产状况，又对他们生产的产品感到极大兴趣。邓小平又被揪下台，唐山那地方毫不客气地来了个大地震，各式各样的国家大事一谈就是半天，谈到临了，亚红的形象他只记住了个大概，内心里也觉得她不是太出色。

“你管他呢，只要你家儿子中意就行了，你管他。”他无可无不可地对付夫人的慎重其事。

“儿子的终身大事，你就这么不当回事?”

张英那天的穿戴极素雅，雪花点子的短袖衫，配一条细长挺拔的涤纶裤。她镇定自若的表演甚至躲过出于母亲本能应有的怀疑。作为儿子的师傅和媒人，张英在这次历史性的会见中受到了不同寻常的礼遇。在小得只能容一个人转身的厨房里，迟钦亭母亲悄悄向张英打听亚红的家庭情况，一五一十不厌其烦，问完了，又充满信任感地授予张英监视她儿子的权力，“张师傅，我儿子年纪轻，有些事我们又看不到，他一有什么过头的事，千万千万请你告诉我们。”她丝毫没注意到张英脸上一闪而过的惊慌，继续推心置腹诉说儿子怎么样怎么样。“儿子大了，我们的话他未必听得进，你多管着点他，钦亭这孩子我们知道，你的话还是肯听的。你不要客气。”

吃了饭，做厂长的父亲要休息一会，迟钦亭便领着张英和亚红去自己小巢。亚红深深松了口气，仿佛通过一场艰难的考试，十分轻松又饶有兴致地在房间里四处打量。她抖了抖挂在床边的那串毛主席像章，清脆的碰撞声响了一阵，“你干吗挂这个呢，真有意思，”她并不指望迟钦亭的回答，继续参观。“这地方倒不错，就是有些——”

“有些什么?”

“有些，脏!”

迟钦亭和张英对看了一眼，大家都有些不自在。张英笑得不自然地说：“你看我干什么?”迟钦亭说：“怎么脏了?”亚红说：“就是，你看这地，不晓得多少年没扫了。”迟钦亭说：“我从来不扫地。”

亚红和张英开始为迟钦亭收拾房间。地上有几个香烟头，亚红一边扫地，一边吃惊叫道：“好哇，你偷偷抽香烟!”迟钦亭不以为然说：“这事我妈都不管，怎么，你想管啊!”

张英一旁忍不住笑，说：“人家当然要管。”

迟钦亭说狠话：“敢管!”

“就敢管!”亚红笑得脸通红，抓着扫把看着迟钦亭，又看看张英。迟钦亭说：“这么凶，难道还想用扫把打我不成。”

大家都笑。

收拾完房间，迟钦亭把二胖保存在他那儿的一叠照片，献宝似的拿出来给亚红和张英看。照片是四五运动期间在天安门广场拍的，主要内容都和悼念已故总理周恩来有关，在花圈和人的海洋里，每张照片都显示出了一种特殊的热闹。这些照片当时都是一级的违禁品，公安局查得非常厉害。二胖有个朋友部队转业了在北京吃公安饭，公安局收缴来了大量照片，二胖的朋友在销毁前就便偷了一叠。风声越来越紧，照片转移到了二胖手上，二胖没地方放。于是想到了迟钦亭。亚红第一次看到这照片，最先的反应是怕，心吓得怦怦跳，脸顿时发了青，怪迟钦亭不该多事帮人家收藏危险品。迟钦亭极好的兴致迎头被泼了盆冷水，勇敢地说着“不怕”，心里不免有些窝囊尴尬。张英一旁虎着脸不说话。房间里的气氛变得不太愉快。

第二天，张英仍旧唬着脸，极不友好地教训迟钦亭。迟钦亭不吭声。张英说："人家信任你，东西放你这，就不应该给别人看。"迟钦亭说："我给谁看了?"张英说："你狠什么，本来就不应该给别人看。"迟钦亭一肚子不痛快，嘀咕说："我晓得你什么意思。"

"什么意思?"

"我给亚红看怎么了?"

"什么怎么了?"

"我就不相信亚红会去告密。"

"我说她会去告密啦?"

"还不是这意思。"

"什么意思?"

迟钦亭明白张英肚子里的潜台词。虽然二胖朋友顺手牵羊的行为给自己命运带来了戏剧性变化，他后来当真因此触霉头，转业到一个偏僻山区当小工人。虽然二胖和迟钦亭担待了出卖朋友的恶名，多少年以后回想起来，心灵上仍旧蒙着一层摆脱不了的阴影，然而迟钦亭在当时不可能意识到自己错误的严重性，他不仅不认错，而且就像那一阵惯于采用的战术一样，索性狠狠反咬张英一口。工具间里只有师徒二人，迟钦亭突然声音大起来："亚红本来是你找来的，你要我怎么样?"

张英一下子被击中要害。她总是在迟钦亭强硬不讲理的时候，显现出一种无可奈何的温柔。"你别以为我的担心没道理，我——，小迟，你别急。"她不想进一步惹徒弟生气，原先准备要说的话，仿佛正飞着的小鸟，叫淘气的孩子一弹弓打中，骤然改变方向往地上栽。事实毫不含糊予以证明，事态的发展后来恰恰走了张英预料中最糟的一步棋，但是正如争吵远非张英擅长，她已经习惯了在迟钦亭面前一让再让。“我不是这意思，”她叹着气走近迟钦亭，师徒二人面对面站着，“小迟，我，”她看着面前那张透着孩子气白里见红越来越成熟的脸，却一句话说不出口。车间里机器声轰隆隆响着。张英觉得胸口正在像石头一样硬起来，那种最强烈的欲望一闪而过，明知道不可能把迟钦亭孩子一般抱在胸前，明知道自己很自然地就会和徒弟保持着适当距离，明知道说什么也白说，硬忍住胸前的起伏，终于说：

“我，不会吃醋。”

迟钦亭说：“你当然不会吃醋。”又说：“有什么好吃的，你和顾师傅在一起，我也没吃醋嘛。”顾师傅是张英的丈夫。张英除了瞪眼睛，委屈得说不出一句话。

迟钦亭和亚红的关系一公开，多了桩事，就是亚红下二班，得去接她。那一阵风气不好，邻厂的一位胖女人，下了二班独自一个人走，叫小流氓顶在偏僻处的电线杆上。胖女人说：“要死了，我儿子都比你大！”小流氓一阵忙乱，胖女人不怕他，他反倒有些怕胖女人。忙了半天不得要领，胖女人说：“我要喊了。”小流氓狼狈而逃。

慑于胖女人的故事，迟钦亭母亲对儿子那么晚了还要去接亚红，很有些曲曲折折的不放心。下二班的人回家，向来成群结队，迟钦亭去接亚红，与其说为了安全需要，不如说是为了满足女孩子的虚荣。下班去接女朋友一时也是种风气。迟钦亭母亲恨男人不关心儿子，亲自出马，找人开后门帮未来的儿媳妇换了长白班的工作。

亚红调到车间办公室做统计员，车间主任因为她颇有些来头，对她十分规矩。

迟钦亭自小娇生惯养，和亚红恋爱，免不了有些口舌，有一次近乎吵翻脸，两人都托张英退还信物。亚红的信物是一支近十块钱的金笔。张英拔开笔套，看着黄澄澄的笔尖，笑着说：“真要退，就这一次了，下次你可别再找我。”

亚红说：“张师傅，你别开玩笑了，这次可是真的。”说了，要去抢那支笔。

张英说：“我跟你说，小迟可舍不得这支笔。”

“算了吧，舍不得，他会舍不得？”亚红想说舍不得还不把笔留下来，一想到自己已经把迟钦亭的照相簿退还了，他自然没有再把笔硬留着不还的道理。

张英把笔套重新套上，说你们吵来吵去，我跟着烦死了。干脆各自的东西都寄放在我这里，日后谁想要，就给谁。亚红坚持着还想收回那支笔，张英真把那笔给了她，她一眼瞥见自己退给迟钦亭的照相簿，还在张英的工具箱里躺着，忍不住问为什么不交给迟钦亭。张英说，迟钦亭关照过的，以后有机会，还得还给她。亚红嘴一撇，做出不相信的样子，又低下头，颠来倒去地琢磨手上的那支笔。

张英叹了口气，一把抢过那笔，想笑又没笑出来地说：“跟你说都搁我这。二回你们又好了，各自都给我拿回去，要不然，这笔，给我儿子用，这照相本子，我来放照片。”

亚红不再坚持，嘀嘀咕咕说了句什么。张英说：“怎么，舍不得呀？”亚红红着脸，不服气地说：“有什么舍不得的！”

小两口吵吵好好，好好，再吵，再好。张英说，你们一会吵，一会好，何苦。又说，不是冤家不聚头，越吵越好，倒真不容易。人背后找着了机会想狠狠说说迟钦亭，又是教训，又是开导，全没用。迟钦亭依然故我，一切如旧，照样找碴子发脾气，照样讨好求和。

天渐渐有了凉意，亚红注意到迟钦亭身上还只穿着衬衫，提醒他多穿些。第二天迟钦亭依然是那件衬衫，亚红不禁嗔怪道：“干吗我的话非不听，难道，难道一定要张师傅说了，你才肯加衣服？”

迟钦亭一怔，问：“这话什么意思？”

亚红说：“你就知道听她的话。”

迟钦亭反问说：“我听她什么话了？照你这么说，她不叫我穿衣服．我下雪天还会冻死了，是不是？”

亚红又说：“你啊，就知道听她的话。”

迟钦亭的脸色有些难看。

亚红为自己开脱说：“张师傅年纪都那么大了，我才不会和她计较呢，你别急。”

迟钦亭脸色更难看，有那么点恼羞成怒，狠狠白了亚红一眼，质问她自己究竟什么地方急了，一定要把话说个明白。亚红知难而退，不和他理论。

“得把话说说清楚，我——”迟钦亭不肯善罢甘休。

“你这话什么意思？”

“你说什么意思？”

“我，我没说什么意思呀，你别老是吵好不好。我不跟你说了。”亚红以退为进，不耐烦地说：“我们说些别的行不行，我可是老让着你，你别来劲。”

亚红刚开始似乎一直有意绕开张英这个禁区。这是个极危险到处都埋着地雷的区域。事实上亚红早就注意到只要一提起张英，迟钦亭就有些神经质的敏感甚至紧张。随着两人关系的日益密切，亚红对迟钦亭的动手动脚已经习以为常，不踏入这禁区也不可能。虽然大家都小心翼翼，都息事宁人，都害怕惹是生非，然而有一天亚红终于忍不住说：“我看你们关系也太不一般了，凭什么凡事都得告诉她，她是你什么人？”迟钦亭没提防亚红会这么问，沉着脸不吭声，亚红却接着说："我不管，我就这么说。她什么都要过问，凭什么。你的事，你想告诉尽管告诉她好了，我可不要她管，你少在我面前提她，她面前提我。"迟钦亭依然不吭声。亚红怕吵架，希望迟钦亭申辩解释，但是他坚决做哑巴。

张英也察觉到了亚红的敌意，大家照样敷衍，照样开玩笑，彼此间都存了戒心。她偷偷问迟钦亭，是不是有了什么怀疑，或者迟钦亭说话不注意，无心泄露些什么。

"你那位亚红，人小，心眼却不少，你真得当心，"张英说。

这话对迟钦亭来说并不中听。他只觉得心烦意乱。

迟钦亭的态度让张英感到委屈，她略带感伤说："你放心，我才不会和她计较呢。而且，你知道，我一直真心希望你们好的，小迟，你别不说话。你这样，我看着难受。"

和亚红越来越明显的醋意相比，张英变得越来越温柔。迟钦亭仿佛处在一根绳子的中间，两头都有人使劲在拉，较着劲拉，越拉越紧。

张英只觉得迟钦亭上夜校是做什么了不得的大事，每天带菜时，都偷偷给他捎一份。凡是能包办的工作，她几乎全揽了下来，"你做作业好了，你做作业吧。"这话反反复复地说，亚红句句直往心上去，一肚子酸水老往外冒。"你真该了个好师傅，也不知前世怎么修的。"亚红的话里全是话，迟钦亭听了不是滋味，既嫌烦又心虚，想发火，又担心引起新的是非。

亚红说："怎么一说这话就不吭声了，该不是说到心上去了吧。"

迟钦亭说："你少来这种废话，我这人，没心，不会往心上去的。"

"你是没心！"

"我是没心。"

“哼!”

“哼什么?”

“不哼什么,”亚红继续幽幽地说,“你到该有心的时候,就有心了,我想想真害怕,没结婚你就对我这样,以后不知道怎么样呢。”

迟钦亭心头一阵乱,他意识到应该对亚红好一些,求和地说:“不说这些,星期天我们去江边,怎么样?”

“去江边?”亚红一时转不过弯来,撅着嘴说:“我不去,去那么远干什么?”

结果星期天的大多数时间,亚红都在迟钦亭小巢里,迟钦亭千方百计纠缠,亚红一味抵抗,固守最后一道防线。走廊里老有人走过来走过去。类似的机会有过好几次,迟钦亭每一次结局都是极狼狈又感伤。亚红事后免不了有些歉意和同情。“这本来就不能怪我嘛,我,我当然紧张啰。”她看着垂头丧气的迟钦亭,忍不住想笑。

这一年的九月九日是中国历史上的重要日子。迟钦亭开始纠缠亚红的时候,外面的收音机突然预报有重要新闻。走廊上一边有人走过,一边听见谁在喊快开收音机。闹哄哄的声音预示着有什么大事。亚红起身去开一架小半导体,不停地旋着旋钮。迟钦亭趁亚红两只手不便,手伸在她衣服里忙。很长一段时间里是空白。突然哀乐声响起来,亚红吓了一跳,说:“谁死了?”迟钦亭一方面也在听,另一方面已悄悄把亚红的裤子褪了下来。亚红又吓一跳,回过身,嗔怪说:“你这人怎么这样!”

有一位非洲贵宾在永和园品尝了次佳肴,回去翻来覆去睡不着,越想越觉得味道好,当即向陪同参观的省领导提出要求,希望能派厨师去他们国家指导烹调。经过一段时间的外交交涉,永和园挑了两位师傅，其中之一是张英的男人，说好了去三个月，没想到北京集训一个月，到了非洲所在国又一再强留，张英丈夫这一出门，足足八个月。

等到张英意识到自己可能会怀孕时，一切都已经太晚，差错已经造成。当时正是月初，她男人从非洲寄信来，说好了月底一定回国。“我怎么向他交代呢?”她看着手足无措比她更烦恼的徒弟，又不得不安慰他，“你别急，我会有办法的。”她早就考虑过后果的严重性。在她男人刚出去的日子里，张英一向小心翼翼，比男人在家的时候吃药更仔细。然而男人回来的日子一改再改，贮存的避孕药早就吃完了。都知道她男人在国外，张英显然没借口再去领药。

张英不得不去找她的一个熟人。这熟人是她的小学同学，在下关的一家街道卫生所里当外科医生。他们本来没什么来往，有一次在街上排队买东西正好遇上，两人一边排队，一边闲聊。队很长，聊到后来，张的小学同学说：“我们那流产最方便了，你以后有事、你的熟人有什么事，找我就是了。”张英当时觉得他说得有些冒昧，并且觉得他太轻浮。然而一旦意识到自己的确是怀孕，需要有个医生帮忙时，她首先和唯一能想到的就是自己的小学同学。

小学同学答应得极爽快。他是这家卫生所的所长，张英去找他时，发现他在那很有些威望。他显然不是第一次遇上这样的事。看到张英面有难色开不出口，他借口要替张英检查把病人都赶了出去。他让张英松开裤带躺在外科的小床上，手煞有介事地在她肚子上揿来揿去，问她究竟几个月了，又问她过去流没流过产，外科的门虚掩着，张英注意到门缝外有病人正在往里偷看。小学同学的手越来越往下移，手指甚至触到了她的阴毛，张英触电般的缩了缩肚子，人仿佛被捆死在小床上一样，僵僵的，想动也动不了。小学同学说：“这事问题不大，你放心好了，到时我会在场的。”他示意张英爬起来，自己十分轻松地走到桌子面前，拿起笔，在一张纸上写了几个字，停下笔，看着张英笑了笑，说："你什么时候再来?"张英一边系裤带，一边非常顺从地问："你说呢?""那好，就下个星期。星期二，"小学同学又看了看张英，又笑："星期二你来找我。"

"要不要空腹?"

"空腹？无所谓。"他不当回事地站起来，送张英出去，一路嘻嘻哈哈。

张英约迟钦亭一起去莫愁湖。迟钦亭帮不了任何忙，张英只要求他陪陪她。心甘情愿也好，勉勉强强也好，张英有一种只身漂泊在大海上的孤独感，她只要求迟钦亭陪陪她。

那天老给人一种要下雨的感觉。迟钦亭姗姗来迟，远远地望见张英正伸长着脖子盼他。两人的眼锋一对上，张英对他扬扬手上已买好的两张票，转身向公园门口走去，走得极慢，等迟钦亭离她几步时，她突然加快步伐，把票扔给检票员，匆匆像逃亡一样进了公园，迟钦亭有几分不乐意地跟在后头。

公园里是一种不安分的空荡。迟钦亭怕被熟人碰上，眼睛尽量不住别处望。他已经和亚红约好了下午在她家会面，毫无疑问，亚红现在正痴痴地等着他。这种白白的等待带给迟钦亭一种恶作剧的快感。

"这地方，我不晓得多少时候没来过了，"张英走到湖边，停步在一棵老柳树边，伸手去捞那垂下来的柳枝，显得很轻松地问："你带没带她来过?"

"谁?"迟钦亭明知故问的回答反而使自己尴尬，他转身看着宽阔的湖面，看着水边的残荷，说："我们很少出去，她不喜欢玩。"

张英说："算了吧，女孩子哪有不喜欢玩的，你肯定是懒。"

迟钦亭脸上淡淡的笑就跟没笑一样。

湖面上有一只小船划过。张英和迟钦亭看着划小船的人。划小船的人看着柳树下的张英和迟钦亭。小船由远而近，由近而远。

张英又说："你们现在怎么样？"

"什么怎么样？"

"你们？"

迟钦亭没回答。

迟钦亭往湖面上看。

湖面上一条船也没有。

迟钦亭捡起地上的泥块，孩子气地往湖里扔，往远处扔，他手臂的力气特别大，在学校是手榴弹亚军。张英饶有兴致一旁看着，胸口禁不住流出大块大块的温柔来。她用充满鼓励的目光注视着迟钦亭，脸上放射出一种发自内心深处的平静。天依然阴沉沉的。她看着迟钦亭弯腰，看着他在地上挑剔地选择合适的砖块，看着他摆好姿势往湖里扔，看着那砖块划过灰色的天幕落在平静的水面上。迟钦亭孩子气的举动足以给人一种安慰，一刹那间，最美好的回忆全都成群结队地向她走来。所有现实的烦恼突然消失在不现实的氛围里。

隔了很长一段时间，他们走过一段小路，穿过一片树林，坐在一个很偏僻的角落，张英全心全意地说："你真得待亚红好一些。要我说，女孩子能这样就很不错了，我看得出，她喜欢你。"

迟钦亭有几分不快和不自在地说："你现在说这干什么？"

"那你要我说什么？"

迟钦亭仍然不快和不自在。

张英又说了会亚红。迟钦亭忽然近乎不耐烦地问："你肚子里的孩子怎么办？"

有很长一段时间张英一动不动。迟钦亭侧过脸去看她。她的眼睛望着别处。

张英已经有了些中年人的发胖。她这么坐在那，侧面看过去，胸挺得极高，硬绷绷的，是一种熟透了的结实。那是塑像常有的姿态，是一首秋天的歌。迟钦亭的目光留连在那饱满的曲线上，心头有点乱。他弄不清自己究竟想说什么。张英缓缓地移过头来，和迟钦亭的目光一接上，不禁会心一笑，嘴张了张，却没说话。迟钦亭说："我也不知道怎么办才好。"

"我不要你操心。"张英抱怨说。

又说："你操心也没用。"

又说："我只要你，你陪陪我就行了。"

迟钦亭有些赌气地往她身上靠了靠。张英没有动弹。迟钦亭突然说："你和他离婚。"

"你和他离婚。"他又说了一句。

张英说："你别说傻话。"

又说："亚红怎么办?"

迟钦亭茫然说："不管她。"

"不管她?"张英把这三个字念出了另一种味道，她尽量做出自己已经心满意足，用一种自己也不相信的口吻说，"你别这样，我不要你做傻事。"

"我不管!"迟钦亭仿佛在和谁赌气。

"我老了。"张英说。

迟钦亭不吭声。

"真的，我太老了。"张英又说。

迟钦亭动了动，似乎要争辩什么。张英摆摆手，不让他说，"你别说了，我相信的，"她看了看手表，"我买了两张电影票，差不多了，我们去吧。你先走。不？我先走吧。”

迟钦亭睁大眼睛，看着已经站起来的张英。张英笑着问他到底去不去。迟钦亭点点头，说：“要去，一起去。”

“一起走？”张英脸上流露出几丝兴奋，豁出去地说，“好，一起走就一起走。”

电影院里很黑。不是什么好片子，空空落落，没有什么人坐里面。电影放了一会，迟钦亭伸出手去，找到了张英的手，先捏了一会，又伸在她手心里，让她捏。音响效果极差，喇叭里沙沙的全是噪声。好在他们根本不想说什么。想说的太多，不如不说。张英把迟钦亭的手心放在自己的小肚子上，拉着他磨过来磨过去，十分专注地看电影。

6

迟钦亭连续三年才考上大学。自从高考恢复，好像除了去上大学，他不知道自己还有什么别的选择。第一年的考分差了一大截，第二年的考分依然差一些，第三年似乎够了，发榜的日期已到，录取通知迟迟不见寄来。厂里因为他老想着考大学，是领导就对他一肚子意见。

那个小得不能再小的池塘正在填，新的车间就打算建在旁边，一辆借来的老式推土机清理着各式各样的垃圾。

张英的丈夫狠狠闹了一通。老是吵，老是打，有一段时间，张英的丈夫天天来厂里寻事。

张英拒不交待第三者。

一天，在路上，迟钦亭和张英丈夫相遇。

迟钦亭想逃。

张英丈夫说："小迟，我问你个事。我不在家，我是说老子在非洲，你师傅经常和谁来往？你告诉我。"

迟钦亭漠然地看着他。他从怀里摸出把尖刀给迟钦亭看："妈的，老子找到他了，请他吃这个。告诉我，你师傅到底喜欢和哪个小白脸在一起。你别怕，我保证不说。妈的，你讲还是不讲。不讲？哼，老子知道你们他妈的是一路货色。"

迟钦亭很勇敢地看着他。

张英丈夫说："滚，滚你妈的。"

亚红和张英成了冤家。

亚红和迟钦亭闹。

迟钦亭说："你别逼我。"

亚红也说："你别逼我！"

"谁逼谁呀？"

"你说谁逼谁？"

两个公安员是由政工干部小宋领来的。他当时正在车间里干活，做梦也没想到来人会和自己有关。政工干部小宋众目睽睽之下，伸长了脖子到处找，一眼看见手上正拿着量具的迟钦亭，回头向两名公安员小声说了句什么，两个公安员的目光射向迟钦亭，整个车间的目光射向迟钦亭。

政工干部小宋站在那没动，表情严肃地看着迟钦亭。两名公安员缓缓走过去，拍了拍迟钦亭的肩膀，示意他跟他们走。迟钦亭一时不知手上的量具该往哪里放，神色慌张地想了想，跟着公安员就要走。公安员指了指他手上的量具，叫他先放好。

有人拉住了政工干部小宋想打听消息。政工干部小宋跟在公安员和迟钦亭后面，理直气壮地走出车间，挥挥手要大家继续干活。一个老女人在背后笑政工干部小宋太一本正经。

公安员把迟钦亭带到一间空房子里问了一阵话。政工干部小宋无事可做，站在门外发呆，想抽烟，却发现火柴没带。

公安员说："你关键是把事情说清楚。"

大约问了十五分钟话。公安员又说："关键还是把话说清楚。走，我们去拿那玩意去。你用不着慌。"

厂门口停着一辆草绿色的吉普车。两名公安员一前一后，前面的开车，后面的和迟钦亭坐一起。引擎响了几声，吉普掉了掉头，一下子蹿出去。迟钦亭回头看，厂门口全是人。

两名公安员和迟钦亭一起下了车。公安员说："你就装着没事好了，不用慌。"

迟钦亭把两名公安员直接领进他的小巢，几乎什么人也没惊动。

"是个好地方。"一个公安员说。

"你一个人住这？"另一个公安员问。

迟钦亭把二胖存在他那里的照片全都拿出来。两名公安员仔细看那些照片，反反复复地研究。

"就，就这么多？"

"还有没有了？"

迟钦亭极老实地摇头："没了。"

"真的就这么多？"

"就这么多。"

"嗨，你真是吃饱了饭没事做。人家要放你这，你就放了？"两名公安员中有一个长得有几分清秀，想不通地说，"你娘老子知道了，非气死不可。”

另一名公安员对迟钦亭床头的那串毛主席宝像产生极大兴趣，他抓住了，轻轻地摇摇，回头说：“真亏他想得出。”

“你这是什么意思?”迟钦亭被这么问着，他脸上的表情有些尴尬，不知道如何回答。

“你留着这些照片干什么?”

“是人家放我这的。”

“我问你留着干什么?”

“是人家，放我这的。”

“你看，这么严肃的事，你还觉得自己有理。你说你对不对——干吗不吭声?”

迟钦亭全心全意地考大学。

厂长大人因为他心思不在上班上，先善意奉劝，后来便是大会点名批评。“为什么就一定要上大学呢？我不明白，为什么当工人就没出息，为什么?”厂长说着说着有些激动，“我希望大家都能去上大学，但是，我是说但是，能所有的人都去上大学吗？能吗？我看不可能。有的人，我看根本就考不上。”

厂长对迟钦亭有意见，车间里迅速作出反应，车间主任说：“小迟，这样不行，检验这活马虎不得，你还是给我到第一线当工人吧，搞装配去。”

迟钦亭成了装配工，他手上的量具换成了扳手，一天八小时，全是和螺丝螺母打交道，想偷懒可以，人多活少，想看书去不行，大家的眼睛都盯着。

每天工作八小时，中午休息一小时，来回路上一小时。

迟钦亭只好少睡觉，天天晚上一点钟睡。人困急了，躺在床上，一拉开关，人已经进入梦乡。中午在厂里吃饭，工人们利用休息时间打牌说笑，他便裹上一件旧棉袄，车间里找个角落，捡几只破木箱子，呼呼睡大觉。

迟钦亭大学老是考不取，他老是恨自己不争气。

“大学生，你给我们说老实话，你到底和亚红那妞有没有那事?”

“大学生，你他妈真不是东西，难怪你考不上大学。”

“亚红跟了人家，你就当真一点不往心上去，当真一点不急?”

迟钦亭上班，常常要为这些问题所难。许多人都叫他“大学生”，并没有什么恶意。亚红和别的车间的一个小伙子好上了，消息传进迟钦亭的耳朵，一起干活的装配工纷纷为他打抱不平：“墙倒众人推，你小子怎么了，也不过就是没考上大学，她凭什么?”

“小乐也是，别人玩剩的，他也要。”

“就是，我们看小乐一点也不如你。”

“大学生，是不是你先不要她的?”

“狗日的，你现在怎么变得一声不吭!”

“揍他!”

那个小得不能再小的池塘终于填满，新的车间开始动工。来了批满口南方话的农民工。

有一天，迟钦亭远远地看见张英一个人站在建筑工地上发怔。他远远看着她，她远远看着他。各自眼睛里发出的讯号都被对方的眼睛接收。迟钦亭情不自禁走了过去。他们已经很长时间没说上一句话。

张英说：“你考上了，总算。”

迟钦亭摇摇头，说："还没拿到录取通知呢。"

"能考上就好。"

迟钦亭想笑，没笑出来。

有人从工地上路过，话里有话地问："喂，师徒俩说什么啦？"

张英骂道："关你屁事。"

那人说："好凶。"

张英说："有屁快放。"

那人笑着说："小迟，听说你总算考上了，妈的，别忘了我们。"

"忘不了。"

"你小子讲得好听，哼！"

迟钦亭红着脸笑。

张英看着那人离去，又说："考上就好。"

迟钦亭下意识点点头，问："你这向可好？"

"我？"张英聚精会神看着正干活的农民工，若有所思又懒得回答，突然想到地问："听说亚红结婚，你去了？"

迟钦亭又点点头，很尴尬地笑。

"你真去了？"

"他们都要我去。"

"他们？"

"我也不知道自己上什么大学，反正我想好歹能取吧，有的读就行。"

"我在问你呢？唉，想不到亚红会这样！"

"我，我——"

一个农民工走过来，用南方话请他们往旁边站一些，他们走到那株洋槐树下。树上有几只鸟吱吱地在叫。车间里有人探出脑袋对他们这边看。张英的脸上洋溢着一种发自内心的微笑，笑得轻松愉快。

“我真高兴，你能考上。”

迟钦亭回忆起初次领工资的情景，他正站那株大树下，点着手中不多的几张钞票。时过境迁，人去物在。迟钦亭出了口恶气，过去的痕迹淡化成一种记忆，淡淡的，永远抹不去，淡淡的，永远不会再清晰。和张英轻松愉快的心情相仿佛，大家都由衷地高兴他去上大学，甚至亚红也不例外。过多的祝贺令迟钦亭有一种自己的确该滚蛋的悲哀。以往的旧账一笔勾销。恩恩怨怨有时想想就这么回事。亚红带着新婚丈夫小乐出人意料地来送行，两人联名送了本豪华的笔记本给他。淡绿色的丝绒封面仿佛亚红曾经爱穿的一件羊毛衫，笔记本的扉页上题着一首不能再蹩脚的小诗。亚红显而易见的已经有了身孕，慢吞吞的，胖胖的，像个实心皮球。迟钦亭记得亚红的汗毛极重，她缓缓伸出手臂，逆光看过去，白皙的皮肤上是一派茂密的原始森林。隆重热烈的汗毛痒痒地撩拨过迟钦亭的心。虽然有新婚的丈夫小乐在场，亚红依然做出依依不舍的样子，慢慢抬起白手臂，在空中划过一道矫揉造作的弧线。依依不舍是一层情感的薄纱，透过半透明的薄纱，迟钦亭更看清的是自己的多余。纯而又纯粹而又粹的一种多余。人活着已是一种妨碍。迟钦亭从别人的生活中走了出来，就像他不知不觉走进别人的生活。

迟钦亭有一封信一直搁在传达室。送信的邮差是个有宗教热的集邮迷，每次遇上中意的邮票，都嘱咐传达室的老头帮他要下来。那封信在传达室桌子的抽屉里搁了很长时间，邮差天天来送信，老惦记着信封上的邮票。天长日久，记得迟钦亭的人已经不太多，只有那邮差因为邮票的缘故还念念不忘。

# 采红菱

1

张英从美国回来，正是最热的八月天气。天天温度都在36℃以上。火葬场死人多的来不及烧。没有风，到处发烫，姑娘们匆匆从街道上走过，衣服简单得有伤风化。天实在太热，我在编辑部里吹着电扇，听副总编训话，不住地撩起汗衫擦额头上的汗珠。

张英突然出现在门口。副总编停止训话，眼神有些发直。天实在太热。张英已经出现在门口。不过一年多没见，她整个地变了个人。虽然已有了心理准备，我照样狠狠吓一跳。她活生生地站门口，默默看着我，不说话。我情不自禁向她走过去。不过一年多没见，她脉脉含情望着我，热得喘不过气。一条时髦不合时宜的长裙，一件薄薄的丝质汗背心，一股按捺不住的美国味道。不过是一年多，说变，都变了；说不变，一切似乎都没变。她像尊雕像一样站门口。我们面对面，默默无言。她一动不动，活生生的，香汗淋漓，光彩夺目。

我们一起下楼，一起沿着大楼的阴影往前走。大家都不说话，大家脸上都在笑，发自内心的甜蜜微笑。天太热，热得让人不想说话。走出大楼的阴影，踏进一片阳光灿烂，仿佛跌进了火炉子送进了烤箱，我们忍不住同时叹气。

“热死了！”这是张英的第一句话。

“是热死了。”

“怎么这么热?”

“我怎么知道?”

我们又笑，又是发自内心的甜蜜微笑，继续往前走，走出去一大截。

到处都是阳光，白得晃眼，白得叫人头晕，白得像张纸。阳光下几个人影子在动，那是一张白纸上的标点符号。宽敞的马路好像巨人袒露的大腿，光溜雪白笔直，偶尔一辆汽车驶过，一眨眼没了影子。

“林林，我们不能老是这么走下去。再走，人都要烤熟了。”

“烤熟了好，熟了好。”

“有什么好的?”

“熟了正好可以让我吃。”

我们已经走到一株小树下。稀疏的阴影使我们犹豫着不知该不该继续往前走。张英说：“在飞机上我还想，天知道林林变了没有。下飞机，我还没见到你，就知道你没变。本性难移，你哪会变，哪会变，你直管油腔滑调就是了。我们赶快找个有空调的地方，热死了。”

我伸手去抓张英的手指，她用力一甩，挣脱开。我再次去抓，她再挣脱。

“跟你说找个有空调的地方，我热!”张英用一块已湿透的手帕擦擦汗，把手伸给我。我抓住她的手，不重不轻握了一下。她的手哆嗦了一下，反抓住我的手，用力握了三下。这熟悉亲切的握三下胜过说任何话。我忍不住一阵阵激动，幸福和温柔洋溢全身，竟忘了应该作为答复的回握三下。张英又重重握了三下，小嘴很有意味地撅了撅。

我以三下为单位，连续不断非常动情地握张英的手。这是只有我们两人才能明白的情感交流信号。用不着说任何话，胜过一切暗示。张英的手湿漉漉软绵绵，温顺地躺在我的手心里。我的握手似乎太重，太热烈，连我自己都感到有些做作。

我们手拉手像初恋情人，走进一家带空调的咖啡馆。咖啡馆里很暗，沁人心脾的空气中流动着轻音乐。我们手拉手，挨着一张火车座坐下，要饮料。招待员小姐满脸笑容走过来。

“怎么样?”望着招待员小姐扭细腰走向柜台，张英突然把眼睛转向别处，“林林，我怎么样？”

“什么怎么样？”

“我！”

“你——”

“你要我回来，我就回来了。怎么样！”

我充满感激，除了连续不断将躺在我手心湿漉漉软绵绵的小手紧握三次，不知说什么好。

“你真的想我？”张英柔声细语地问。

“真的想。”我的回答毫不含糊。

“真的？”

“真的。”

2

我和张英是中学同学，那时候同班的男女生仿佛前世结了仇，死活不讲话。都到了开始发育长身子的年头，女同学成熟早，个子直往上蹿，刷刷刷，一下子比男生高出去一大截。张英的年龄本来就偏大，坐最后一排，是班上公认的老大姐。

我们的班主任从部队复员没多少时候，教体育，不高的个，人很结实，永远一条半黄半绿的军裤，开口闭口都说，“我们在部队上怎么样怎么样。”他对男生的要求特别严，不许这样不许那样，是男生没一个对他有好印象。我在班上算不了好学生，也不是坏学生。我的毛病是总爱和坏学生在一起玩。

班主任有熟人在一家军工厂看管游泳池，有熟人好办事，班主任经常带我们去游泳。下池前，全班集合在一起，班主任大声训话。不许跳水，不许欺负不会游泳的，不许潜水，不许一边游一边嬉闹，不许喊假的“救命”，不许在池子里撒尿，不许在池边乱跑，不许往女更衣室偷看。班主任一口气能说许多不许，说得大家咯咯笑。班主任脸一板，说：

“不许笑！”

大家都不笑，都憋着。终于有女生憋不住，扑哧一声怪笑。于是女生都笑，男生都笑，班主任也笑。大家扑通扑通下饺子一般进游泳池。

我们几个自我感觉游得极好的同学，一口气游了十个来回，大有不屑再游的意思，一个个爬上水池边晒太阳。不会游的男生在浅水区折腾。所有的女生都集中在游泳池的左角，个别已经会游的极羡慕地对我们看，不敢过来。

“看什么呀，有胆子的过来，”菜包子坐在我们中间，冲远处几个盯我们看的女生低声说，“过来，老子教你！”菜包子是坏学生的头头，已经留了两级，比我们这般刚上初中的学生足足高出一个头。

“算了吧，菜包子，她们真过来，你，你敢教？”

“狗日的不敢教。”

我们班主任跻身于穿花花绿绿游泳衣的女生中间，一会教这个，一会教那个，十分忙乱。因为老是在笑，班主任咧开的一口白牙非常显眼。

菜包子说：“乖乖，我们老师快活死了，我们班女生的小奶子，让他一个个都摸过了。”

“小奶子有什么好摸的。”

“你们都是小鸡巴，懂个屁。”

远处，张英两手上举，站在极浅的地方，做出要扑出去的样子。她的胸口绷得极高，犹豫着不敢扑出去。班主任伸出手向她召唤。她终于人矮下去，只在水面上留个头和半举的手，脸上依旧带着笑，往前一扑。

“菜包子，老大姐的奶子，可不是小奶子了！”

菜包子是说下流话的好手，别人只要略微挑逗，他所擅长的具有少年性意味的话题立刻源源不断。“什么大奶子小奶子，”菜包子口吻充满教训，“告诉你们，张英奶子那么大，肯定长×了。”

我们第一次听说这样的话，都有些吃惊，不相信地反驳说：“女人还会长×？”

“真是小鸡巴，”菜包子往游泳池啐了一口唾沫，“你们都得好好开开窍，连这都不知道。告诉你们，女人有时比男人还多呢。”

这一年夏天也是非常热。我们在游泳池边偷偷获得了不少性知识。十几年前的旧事，回想起来，记忆犹新刻骨铭心。我正是从那时候开始，对张英格外注意，特别留神。作为一个还没有发育的小男孩，我总是在游泳池里乱游一气，然后爬上游泳池，人坐在池边上，脚戏着游泳池里的水，偷偷往聚集着女学生的那个角落望。我有意无意地注意和留神张英。张英穿件红色游泳衣，一顶小小的红塑料游泳帽。老是在学游泳，老学不会。她表情十足地伸手，屏气，微笑，用力扑出去，呛了水站起来。老是笑，轻声地叫，无忧无虑。她似乎特别受到班主任的宠爱和照顾。班主任频频招手示意，十分巴结地做示范。班主任让张英伏在水面上，两只手拉着她往前走。班主任让张英伏在水面上，两只手从水底下托着她。张英无忧无虑地笑，班主任表情严肃。

3

我们班主任因为强奸和猥亵少女，判了十年徒刑。公判大会在区体育场举行。正赶上要过国庆节，公判大会的场面既隆重又热烈。这次公判枪毙了十六名罪犯，每宣判一个，会场上便是一片掌声。剃了光头的班主任被两名公安人员押上场，不知谁叫了一声，我们刷的一下站起来。真是大快人心。谁叫他平时太严肃太爱板脸，不许这样不许那样，谁叫他正儿八经对男生不够意思，处处护着女生。我们踮着脚，兴奋无比地往主席台上望。班主任狼狈地垂着头，除了剃光的脑袋，一条永远半黄半绿的军裤，什么也看不到。

我们始终弄不明白，班主任究竟强奸了两名什么人。回去的路上，大家为什么叫作猥亵争个不休。强奸两名猥亵多名十年徒刑，这些数字成了以后几天议论的重点话题。我们谁也没有注意到张英没去参加公判大会。那是个用不着读书的年代，没有考大学这回事，中学毕业反正是上山下乡，没必要下工夫读书，我们有充分时间为班上的女生对号入座，张英明摆着不会是个意外。只要看平时班主任对她的特殊照顾，从两名被强奸的少女中分一个名额给张英，实在是太正常。

新来的班主任是女的，三十多岁，矮个子，人很漂亮。她和我们一样，对班上的女生没什么好感。

张英整个地变了。脸上再也没有少女时代无忧无虑的笑，常常坐那发怔发傻。学习成绩一落千丈，门门功课都要补考，补考了，还是不及格。常常请病假，常常旷课。老大姐一下子从好学生变成了坏学生。新来的班主任动不动就点她的名。

终于到了下乡劳动的日子，时间是半个月。我们兴冲冲地住在农民家，打地铺。没什么比下乡劳动的日子更值得怀念。虽然累得半死，被蚊虫叮咬得遍体鳞伤，依然兴致勃勃。这是初次尝到自由甜头的日子，收工以后，早早地吃了晚饭，我们躺在地铺上学抽烟，听菜包子讲那让人心痒痒的下流故事。菜包子成了坏学生行为和精神上的导师。他领着我们和农民的孩子打架，领着我们光顾镇上的小酒店，用光我们身上所有的零花钱。天已经很凉了，他领着我们下河游泳，害得我们一个个感冒拉稀流鼻涕。

我们成群结队地跑到野外去拉屎。没有厕所，新下了一场雨，农民家的粪缸里都是水，弄得不好便沾一屁股肮脏。那天晚上，我们齐齐整整排开在高坡上，撅起了屁股，往低处排泄。月色朦胧，清风阵阵，臭味扑鼻，我们不停地挪地方。突然，远处过来一排人影。

菜包子低声命令："大家别动。"

我们都不动，人影越来越近。我们赶快揩屁股系裤子。

菜包子又说："别动，都别动。"

过来的人影是我们班女生，离我们不远处站定了，小声地说着话，东张西望。"再往前走一些，走一些，"一个女生说，稀稀落落的人影子从我们侧面走过，在距离我们十米左右的地方停下。"就在这?""就在这，轻一点!""又没有什么人。""没人也轻点。"

我们预感到会是怎么一回事，都屏住呼吸，一动不动，都想笑。

"怎么这么臭?"一个女生十分怀疑地问。

"是臭。"

"真的是臭!"

一个女生的影子忽然矮下去，朦胧月色中，我们感觉得到一团白白的肉。

我们终于忍不住，放声大笑。菜包子怪声叫了声"好"。

混乱得仿佛到了世界末日，女生的尖叫和傻笑响成一片，黑黑的人影子匆匆从我们侧面跑过。菜包子又叫："快跑，还不快跑。"

大家都往村子上奔，不止一个人摔跟头。

到了村上，借着农家窗户透过的灯火，菜包子说：“我们等等，看看是谁?”

跑在我们前面的女生也停下步，等她们掉队的伙伴。落在最后的人影子见我们在等她，迟疑着不肯过来。

一个女生叫道：“张英，快点。”

落后的孤单的人影子有些赌气地向我们走过来。果然是张英。我们又一次忍不住大笑。笑声戛然而止，张英已经到了我们身边，非常愤怒地骂道：“不要脸!”

“不要脸?”菜包子在我们的哄笑声中，油腔滑调反问道，“谁不要脸？说说清楚。”

4

为了替我办护照，张英几乎用尽了一切伎俩。她实在是办这类事的天才。从美国回来以后，她一直全心全意地在忙。天热得太不像话。张英不停地找熟人，送礼，挂电话，挂长途电话，一次次去上海的美国领事馆，大笔大笔地花钱。虽然在美国只待了一年多，她的气派活像个女百万富翁。我们把剩余时间大都花在有空调的咖啡馆里，喝咖啡，喝雪碧，喝可口可乐，喝中外合资生产的啤酒。天天晚上都是熬到很迟，熬到喧闹的大街上已经很少有汽车，很少有行人，我们才手拉手地往回去。炎热的夏天只有在深夜，才有昏昏欲睡的意思。我们缓缓从街上走过，走向那间过去属于张英，眼下属于我的小房间。

张英身上的美国香水味道，熏得我头昏脑涨。肚子里全是饮料，幽暗的咖啡馆灯光，空气中流动着美国乡村音乐，招待员小姐扭动的细腰，咖啡馆老板脸部不停的微笑，种种一切，都令我有一种已经置身大洋彼岸的感觉。我一支接一支地抽张英带回的美国香烟，话说得太多，口干舌燥味觉全无。

茶色玻璃门被推开，走进一对金发碧眼的外国男女，在空位子上坐定了，用生硬的中国话和招待员小姐招呼。招待员小姐端上饮料，两位外国人开始哇哇哇自顾自地说话。

“是美国人?”我悄悄问张英。

“我怎么知道?”

“你懂不懂他们说什么?”

张英白了我一眼，说：“在美国，我还是中国人。”

“那你怎么和你那洋鬼子的丈夫对话呢?”

“你操这心干什么?”

“我，随便问问。”

“随便问问?”张英用两个拳头顶着下巴，眼睛直勾勾地瞪着我，“你只是随便问问?”

“怎么了，不能问，是不是?”

虽然我们情意绵绵，虽然咖啡馆里充满浪漫情调，我们老是有意无意便陷入一场混战。无聊和不愉快的话题随时会起，又莫名其妙地立刻消失。没必要过分顶真，事实上我们都不是顶真的人。张英说，林林，你吃醋了。我说，我吃什么醋。又说，吃醋又怎么啦。又说，那洋鬼子才该吃醋呢。

张英偷偷将手伸过来，我们再一次开始玩互相握三下的把戏。

“我喜欢你，我好喜欢你。”张英说这话绝对动情，我感觉得到她一阵哆嗦。但是所谓的那位洋鬼子丈夫像根刺似的卡在我的喉咙口。

“我命中注定得照顾一个男人。既然是命中注定，林林，我就得照顾一个我喜欢的男人。在美国我就想，我得把林林接出来。你知道，我有时好想好想你。”

“你在美国，一定是台湾电影看多了。”

“为什么?”

“我们南京人，从来不说‘好想好想’。”

“我就是‘好想好想’，你别不识抬举。而且，你也说过你想我。”

“我没说我‘好想好想’。”

“那你到底是想还是不想?”

我没回答，也用不着回答。同样的问答已经有过许多遍。此时无声胜有声。我们的手握在一起，我打摆子似的直抖。我觉得自己此时没必要承认，没必要承认我是怎样发疯地想她。我没必要摆出琼瑶小说中人物“好纯情好纯情”的架式。人要是喜欢一个人直管喜欢就是了，干吗非要爱得死去活来。

走出咖啡馆，走上疲惫不堪的大街，走进那间过去属于张英，眼下属于我，属于我们两人的八平方小屋，来不及将门掩上，钥匙还没有拔下来，我们已经抱在一起喘不过气来。天太闷热，浑身都是汗，汗臭和美国香水味搅和成一团，我们拥抱在一起，从东摸到西，先把一扇小窗打开，然后开挂在头顶上的微风电扇，然后在铺着草席的水泥地上坐下，躺下，再坐起来，再躺下，翻来覆去，亲热半天折腾半天。然后开灯，打水洗澡，用热水擦席子。

潮湿阴暗的八平方小屋里，靠窗的小桌上，放着已写了近二十万字还未完稿的长篇小说。这小说到底能不能写完我毫无信心。有时候，我的感觉异常良好，渺小的自我得到充分膨胀，我仿佛看到自己变成一匹黑马，出现在正变得疲软的中国文坛上。然而，更多的时候，我清醒地意识到自己是在浪费笔墨，浪费纸张，浪费自己本来就不多的精力。

小屋的唯一一扇窗户没有窗帘，许多事都得摸黑干。地上的一条草席被卷起来，放上一只半大不小的塑料盆，用热得快烧水，烧好了水，关上灯，我和张英轮流洗澡。盆太小，坐在里面洗澡，很有些像小孩子戏水。“花那么多钱去泡咖啡馆，还不如索性去住宾馆拉倒。”从有空调的咖啡馆回到闷热的八平方小屋，反差实在太大，我忍不住一次次提建议，“现在的宾馆，反正是认钱不认人，只要出得起，管你有没有结婚证是不是夫妻。”

夜深人静，我们不得不小声说话。洗澡水已安置好了，关了灯，张英窸窸窣窣小心翼翼脱着衣服。小心翼翼的泼水声。我坐在小桌子边上，点上一支香烟，黑暗中，烟头一亮一亮。

我说：“这鬼地方实在太小。”

“小就小，”张英毛巾上的水溅到了我腿上，“我喜欢，我喜欢这地方。这是我们的地方，没这鬼地方，也没今天。”

“干吗不去住宾馆呢？”

“我喜欢这。”

“你喜欢？喜欢了，干吗还要去美国，干吗还要让我也去美国？算了吧，这鬼地方！”

“我就是喜欢这鬼地方！”

“好好好，我不跟你争，你狠，你狠，我争不过你。”

“我争不过你！”张英用湿湿的手掌刷了我一记，“喂，帮我背上抹些肥皂。对，对，就这，就这，哎哟，你烟灰烫了我一下。”

5

要是不写那该死的小说，就没有我和张英的故事。我和张英不过是在中学同窗三年。这三年我们没有说过一句话。我是个太普通的男孩子，什么都一般，功课一般，体育一般，相貌一般。虽然都住在一条街上，天天上学放学，可以看见张英从沿街的矮房子的黑门洞里进出，我做梦也不会想到这个当年高出我一个头的老大姐，在后来会变成我生命的一部分。相当长的一段时间内，我们同床异梦。要是我不肯干干脆脆承认自己确实曾经心怀鬼胎，我的不老实便到了不可救药的地步。我不是浪荡子，但因为写那该死的小说，我确实想或者说已经做过浪荡子。多少回情意绵绵，无论是恨得咬牙切齿，还是爱得死去活来，我都没把张英说的那句可怕的箴言当回事。我不相信我们会同归于尽一起完蛋。我不相信，我当然不相信。谁会相信谁会当真相信，死神就在我们身边，就在我们的口袋里，就是我们自己。

我所以会写小说，完全是为了一次没必要的赌气。和绝大多数同龄人的经历相仿佛，中学毕业，下乡，回城进工厂。我敢说我曾经是一位很出色的钳工。时至今日，我的小说越写越糟糕，师兄弟却已经做了厂长，我当年手把手教的徒弟也当了车间主任。

我所以会写小说，完全是为了那篇当时红得发紫的小说《伤痕》。事实是，当时我并不把这篇小说当回事。我们的厂长那天正好下车间劳动，休息时，厂长大谈这小说怎么怎么好，怎么怎么了不起。我说，有什么好有什么了不起。厂长说，小伙子，别看人挑担不吃力。我说，这臭小说我也能写。厂长说，好你个小伙子，我给你三天假期，你给我写这样一篇臭小说。

厂长并没有真的给我三天假期。下班后，匆匆吃了些东西，我连夜写了自己有史以来的第一篇小说。这实在是一篇臭不可闻糟糕透顶的小说，矫揉造作装腔作势。不用说我当时是怎样的失望。我所以敢把这样的小说偷偷寄出去，理直气壮的借口，就是杂志社可以发表比我更差劲的小说，凭什么我就不能也去混些稿费。

我的小说竟然在省级刊物的显要位置上发表。小小的工厂顿时轰动，我一下子成了厂里的新闻人物。那些从不把我放在眼里的女青工，一个个开始对我刮目相看。厂长说："不错嘛，小伙子，你还真写出臭小说了嘛。再写，好好写。"出乎意外的好运气使我越来越感觉良好。写小说似乎的确不难。我的处女作在省级刊物上得了奖，电视上放了我领奖的镜头。很长的一个镜头，我笑得合不拢嘴，一口白牙。厂长看了电视，第二天郑重其事对我说："小伙子还真是个人才，你来给我当秘书吧。"

我脱下油腻腻的工作服，成了上衣口袋中永远插着钢笔的科室人员。我开始神气得像个人似的。不少刊物纷纷给我寄杂志和约稿信。传达室的老头见了我，老说："林林，妈的，都是你的信，老子忙死了，也不买包烟抽抽。"我那时住厂的集体宿舍，不管上班还是下了班，谁见了我，都忍不住问："作家，最近又写了什么？喂，小说发表了，给我们看看嘛。"

如果我见好就收到此为止，如果我不去读什么作家班，如果我不得罪待我恩重如山的厂长，如果不赌气辞职，我无论如何也不会陷入后来的狼狈境地。过分的春风得意把我逼上一条绝路。我放着厂里现成的名人不做，偏偏野心勃勃还想出更大的风头。人要是懂得知足天下就太平无事。我考上了南京大学的作家班。我的创作实绩使我完全有可能到这座高等学府去混张文凭。厂长说，这文凭有什么好混的。既然你用不着上大学就能当作家，又何必当了作家再去上大学。厂长又说，高尔基上大学了没有，鲁迅上大学了没有。厂长又说，林林，你好好想想，我待你怎么样，你说我做厂长的够不够意思。我难道没给你时间，我难道还不把你当回事。厂长又说，什么作家班，不就是花钱买文凭吗。想让厂里花几千块钱给你买文凭，那不行，那不行。厂长又说，你要辞职，我也没办法，你翅膀硬了，要飞，直管飞就是了。这庙小，你滚你的蛋好了。

开弓没有回头箭，辞职这事后悔不得。我果然把自己逼到了绝路。事态是逐渐变严重的。辞职以后，约过了半个月，我接到父亲和母亲各自的来信。早在我七岁时，我的父母就离了婚并各自组成新家庭。多少年来，我一直和外祖母生活在一起。父亲和母亲来信的意思差不多。他们不赞成我辞职，坚定不移地拒绝向我提供上大学的费用。他们说他们已经仁至义尽，已经彻底完成了做父母的责任。他们说他们不指望我在物质和生活上对父母有什么帮助，也不打算继续抚养一个早过了讨老婆年龄的儿子。他们说他们希望儿子有出息，但是不愿意儿子好高骛远。他们说，他们知道自己的儿子是怎么一回事。他们说，你有什么了不起的，不就是发表了几篇小说吗。

6

我只是很偶然地走进张英开的那家餐馆。完全是偶然，当时我憋着一肚子气，饥肠辘辘，只想找个地方喝点啤酒。上学时走过的一条街已完全变了样。沿街的房子都变成铺面，各式各样的店家琳琅满目。我当时一定是气昏了头，很快就喝光了一瓶啤酒，正当我考虑自己是不是该喝第二瓶的时候，一个脸上嫩得掐得出水的姑娘出现在我对面，笑盈盈地看着我："你是林林？"

我点点头，心里想着她会是谁。

"我是毛毛，"脸上嫩得掐得出水的姑娘提醒说，"你怎么不在你舅舅家吃饭呢？"

我知道面前的姑娘一定是我过去的邻居。毛毛这名字听上去有些耳熟。长期来，我一直住厂集体宿舍。自从外婆过世，我把对舅舅家访问的次数减少到最低限度。时过境迁，我对度过自己童年和少年的街道旧房子熟人毫无兴趣毫无感情。我想象不出面前这位漂亮并且认出我的姑娘是谁，没办法对号入座。

“我们家二胖老是提到你，”她再一次提醒我。

我立刻明白怎么回事。面前这位叫作毛毛的姑娘，是我同学二胖的小妹妹。我和二胖上中学时，毛毛还是个穿开裆裤的小姑娘。那时候，我和二胖在水泥地上画了方框打乒乓球，毛毛不停地和我们捣蛋，二胖揍她，她便在我们画好的方框上就地撒尿。

“二胖现在怎么样?”

“他，他蛮好。林林，你现在出名了。”毛毛突然回头，对站在柜台里面另一位衣着极时髦的女人说，“张英，我说是林林吧。”

我和张英的故事应该是从这开始。我们不约而同感到一阵悸动，不约而同笑着看对方，不约而同不说话。

毛毛说：“林林，你的小说，张英全都看过，真的。”

这句话一下子缩短了我和张英之间的隔膜。我们笑着互相问候。我们互相讨好夸奖对方。我当时并不知道张英是这家餐馆的老板娘，也不知道毛毛是她雇的帮手。我知道的事实在太少。十几年前的旧事在我脑海中一闪而过。我只知道张英中学毕业就离开了学校。此外，从老同学相聚的交谈中，我还知道张英很早就结了婚，知道她一直在闹离婚。

我很自然地开始喝第二瓶啤酒。我的酒量一般，不敢喝得太快太潇洒。早过了吃饭高峰，空空的餐馆好像生来就是让人说废话的。张英和毛毛搬了椅子，就坐在我对面，表情专注毫无拘束地听我说话。

我开始情不自禁发牢骚。发牢骚是文人的专利。我已经不是小工人，我已经坚决彻底辞了职，我已经是个作家。谁也没有权利不让人发牢骚。我的处境实在糟糕透顶。说好听的，我是名牌大学作家班的大学生。说不好听的，我从吃到穿到住都没了保证。我成了道道地地的闲杂人员无业游民。

最迫在眉睫的，是面临着无地方可以居住。我已开始在作家班上课，厂里贴出了布告，只给我三天时间，限期搬出集体宿舍。我第一次真正尝到了走投无路的滋味。老实说，我所克服的困难完全可以载入史册。为了缴学费，我贡献出了所有的积蓄，它包括我从学徒时代就省吃俭用攒下的一小笔存款和后来的全部稿费。我对人说，自己是去大学混文凭，事实是我在用自己的血汗买文凭。我做好了最坏的打算，像许多了不起的大作家一样，我打算在读作家班的三年里，不添一件新衣服，我打算忍受最糟糕的伙食。衣服马虎一些，只能使我看上去更像名作家。我的胃干吗要允许它那么娇气呢，我十分严肃地对自己说：当作家，养尊处优绝不是好事。

然而，我必须面对无地方居住的现实。我已经说过大话。我告诉厂长，自己即使睡在马路上，三天后也一定从厂集体宿舍搬出去。不管我的小说写得怎么样，我还是很有些作家脾气。昂着头从厂长的办公室走出来，自由的清新空气扑面而来，我觉得自己崇高得像尊雕像。见鬼去吧，撒一泡尿就能绕厂一周的小工厂。见鬼去吧，狗腿子一般的小秘书。

我决定搬到学校去住。学校总算是一口答应，不过收费标准吓了我一跳。简直昏了头，学校显然把作家班的学生当作了腰缠万贯的个体户。“就算是去住旅馆，也不过只能是这价钱呀！”我结结巴巴说。

学校说：“是和住旅馆差不多。不过，不过毕竟比住旅馆便宜。”

我说，我说，你们不能光是在我们作家身上榨钱。我知道大学办作家班的目的确确实实是为了赚钱。钱真是该死的东西。堂堂正正的高等学府丝毫也没有意识到它正在把我往死路上逼。要是它知道，为了能够住校，我曾经想到运用非法手段甚至不惜犯罪，堂堂正正的高等学府真不知作何感想。

去向舅舅求援是最后一道防线。这是我走的最臭的一步棋。我当年居住的小阁楼已经被表妹请来带孩子的小保姆占据。舅舅说："怎么办，总不能让你和小保姆一起住吧？"表妹说："林林，你都是作家了，乖乖，现在又上大学，你真混阔了。"我想说，这房子是外公和外婆攒钱买的。我想说，根据遗产法，这房子应该有我母亲的一份。我想说，我，我当时确实有许多话可以说。

我什么也没说。就让我做一只在街上游荡的野狗吧。正是吃饭时刻，饭厅里香喷喷，我掉头就走。舅舅和表妹一大堆酸溜溜的话在我脑子里嗡嗡作响。我憋了一肚子气，饥肠辘辘，走进张英的餐馆。我在那喝了第一瓶啤酒，又开始第二瓶。当我喝完了第二瓶啤酒，脑子里晕乎乎，人感到一阵阵轻松的时候，我突然意识到，事实上只有张英一个人在听我发牢骚。毛毛站在柜台那边，凑着流行音乐的节奏踏舞步。

"毛毛，你去给林林盛些饭。"

毛毛显然觉得张英不应该当着熟人的面差使她，脸上不太高兴地进了伙房。

"不，我不吃饭了。"我说。

"吃一点，"张英十分诚恳地说，"喝了酒，吃点饭好。"

毛毛好半天都没有出来。我们一时又是无话可说。张英似乎还在等我说什么。又过了好一会，张英说："你要是真没地方住，我倒可以给你个地方。”

我脑子里晕乎乎的，但是神志仍然很清醒。

张英说：“我那小房子，空也空在那，我反正天天要和毛毛住这的。不过那房子实在太差了，真太差了。”

我的神志仍然很清醒，我说：“不用了，谢谢，我能找到地方。”

7

没必要继续叙述我的走投无路。为了读那该死的作家班，我的运气糟糕到了极点。一切都有意无意连锁反应。我的小说突然开始到处碰壁。自从开始写作，我的手气一直不算太坏。虽然偶尔也有退稿，我大致还算得上是业余写作的佼佼者。在正式去读大学之前，我没日没夜地写了一大堆小说。我指望这批小说的稿费能维持我读大学一段时期的生活费用。连续不断的退稿实在吓得我够呛。望着自己寄出去的小说，像放出去的鸽子一样纷纷飞回来，我见着送信的邮递员腿肚子就发抖。

谁也不会想到最后的结局是住到张英那间潮湿阴暗的小屋。没什么比这结局更能说明我的处境。厂里的三天限期说过就过，第二个三天也快结束了。关于我的住宿依然一筹莫展。我跟着张英踏进那间潮湿阴暗的小屋，刺鼻的霉味扑面而来，张英一边迫不及待地打开那扇唯一的小窗，一边抱歉说：“这儿太差了，你先委屈地住住吧。”

我说，我说我现在是无家可归的野狗，我说我只要有个窝就行了。

“别这么说，别这么说，”到处都是灰尘，张英找了块抹布，打了一盆水，十分麻利地清扫起来，“这地方实在太差了，反正你只是睡睡觉。”

我帮不上忙，房间太小，站哪里都碍事。墙上挂着一张照片，一看便知道这是张英的母亲。那是一位美丽而充满富贵气的妇人，和蔼，仁慈，宽厚，容得下人的一切过错。在旧式的小柜子上，放着一个红布包裹。

“这是什么?”我指着红包裹问。

张英对我的提问避而不答。我又追问了一句，她有些尴尬地看了我一眼，抱歉得脸红起来：“对不起，我不知道你今天会来。这，这是我母亲，对不起，我真不知道你今天会来。”我明白了，红包裹里是张英母亲的骨灰盒。“没关系，没关系，”我支支吾吾地说。“我等一会把它拿走好了，不要紧的，”张英安慰我说，脸上却露出了几分为难。

“没、没关系，”我支支吾吾，做出不在乎的样子。

“其实你要是知道我母亲的为人，真的，其实真没什么好怕的。我母亲死了，一直就放这，我胆子也不大，我从来没害怕过。”张英一边说，一边用眼睛征求我的意见。“不要紧，我带走好了。”

“你带哪儿去?”

“当然是带到餐馆去了，”张英脸上十分勉强地笑。

毫无疑问，这就是张英的为难所在。不难设想餐馆中供放一骨灰盒，对顾客会产生什么样的影响。还有毛毛，这个脸上嫩得掐得出水的姑娘，一旦明白她身边有这么个玩意，天知道会做出什么荒唐的举动。事情已到了这种地步，我只能继续满不在乎：“没关系，没关系，放在餐馆，还不如在这算了。”

“你真的不怕?”

“怕，你都不怕，我干吗要怕。”客随主便，我忘不了自己正处在走投无路的境地，轮不上我挑肥拣瘦，反正我不打算在这住一辈子。

“这样吧，我有个办法，”张英似乎想到了一个好办法，“就放在床底下，就放这，放这角落里。你只要看不到，看不到不就行了吗？其实真的没什么关系。”

借住在张英处的第一个月，我一直处在坏运气的惯性中。我开始尝到失眠的苦头。作为一个并非太相信鬼神的大小伙子，作为一个饱受唯物主义教育的现代青年，夜深人静万籁俱寂，要我丝毫不去想床底下的骨灰盒，实实在在不可能。思想的野马在失眠之夜到处驰骋。我不是上课迟到，便是在课堂上打瞌睡。读作家班之前，我感觉自己已是个相当不错的作家，读了作家班，我发现自己对文学一窍不通，文学教师们在课堂上振振有辞理直气壮，我在概念的大小胡同里可怜得像个迷路孩子。

我寄出去的小说稿仍然像训练有素的鸽子一样，无一例外地往家飞。使我痛苦欲绝的，是《五月的黄昏》这稿子也从一家杂志社退了回来。我对这部中篇小说寄托了最大希望。为了不发生意外，我结识了当时已非常红非常红的一位青年作家，托他给我转寄给一家杂志。他对我这篇小说也似乎很欣赏，他鼓励我说：“这小说准用，写得不错，真写得不错。”

《五月的黄昏》在杂志社压了整整一年。时间太久了，我老有一种错觉，那就是像曾经发生过的奇迹一样，《五月的黄昏》会突然出现在新出版的杂志上。我小心翼翼地注意着报刊上的预告，不死心地一遍遍翻阅已出版的杂志。我做梦也不会想到，《五月的黄昏》会是一只最后飞回来的鸽子。那家杂志的一位女编辑给我写了封措辞强硬让人尴尬的退稿信。

信心再也不是打了折扣，我整个地就没了信心。

我已经到了绝望的边缘。我的脸色发灰，神情沮丧，胃口全无。作家班得读三年，我读了还不到三个月，天知道以后的日子该怎么过。继续写作的勇气像屁一样给我放掉了，那个称之为灵感的玩意，离我遥远得仿佛是一场失去的梦。我老是发怔，在课堂上发怔，在失眠中发怔，走路时发怔，和别人谈话时发怔。张英偶尔来看我，我的狼狈样让她大吃一惊："林林，你怎么了？是生病?"

8

我和张英的爱情故事，加工一下，绝不比那些蹩脚小说里的悲欢离合差劲。我们在无意中相逢，在困难中培养了感情，在有意无意之中互相勾引了对方。我们太轻易地上了床。太轻易的上床延缓了爱情成熟的程度。事后我们都有一种吃亏的感觉，当然，有时候人们觉得的吃亏和占便宜，往往是一回事。

太轻易的上床使我和张英的故事缺少了一种崇高感。不用说别人，就是我们自己，也不得不在自省时，对我们最初的行为嗤之以鼻。我们始终摆脱不了行为不检点的阴影。我们的借口是既满足别人也满足自己，然而事实上，我们感受到的是更空虚。我们都给对方造成了一种轻浮的感觉，这感觉老是折磨我们，仿佛空气中的感冒病毒，老让我们打喷嚏流鼻涕。太轻易的上床一下子缩短了我们之间的无限距离，我们直奔主题，少绕了不少曲折的弯路。上床实在是男女之间互相了解的一条捷径。可捷径不一定就是好事，我和张英的交往刚刚开始，却发现前面已经无路可走。

八平方潮湿阴暗的小房间原来有一面已破的窗帘。为了不给邻居落下话柄，我们很少关窗，甚至从来不拉窗帘。我们都成了夜游神，越晚越有精神。张英每次回餐馆，都要过一点钟。她每次都说："要死，又要吵醒毛毛了。这丫头，过去睡得跟死猪似的，现在倒好，别看她人小，一肚子心眼。"

从餐馆到我住的小屋没多少路。透过窗户，我可以看见张英拎着一塑料网兜的大小饭盒，蹑手蹑脚在黑暗中摸索，餐馆的灯始终亮着，张英到了门口，摸出钥匙开门，悄悄地掩进去。我站在熄了灯的小房间，人磕在窗台上，兴致勃勃细心观察。张英的身影出现在亮着灯光的玻璃窗上。我知道那是伙房，我知道张英要在那上上下下地洗好半天。那亮着灯光的玻璃窗终于熄灭，我在黑暗中上了床，拉开床头的小台灯，开始用功读书。

我的时间表和所有人都不一样。幸好没有住到学校去。我总是在天亮时，匆匆眯一会，眈上一觉，由闹钟惊醒，然后眼粪汪汪地去上课。我从来不吃早饭，在学校食堂排队吃中饭，老有一种快饿昏过去的感觉。我的饭量大得自己都感到难为情。

吃了中饭，下午按例都没课，我回到我住的小屋继续用功读书，什么样的书都看，言情小说武侠小说侦探小说。时髦的哲学著作美学著作，流行的文学刊物。我的枕头边永远有一大堆书。床太小，书太多，睡觉时，床一动，书一本接一本地往下掉。我看什么样的书都是为了催眠，看着看着，眼睛便睁不开。午觉对我性命攸关至高无上，天天都是睡得昏天黑地死去活来。这一觉常常可以睡到晚上八点半，我睁着眼睛，在床上再熬一会，跳下床刷牙洗脸。别人的一天已快结束，我的则刚刚开始。

张英送晚饭过来时，我通常只是刚梳洗完。晚饭一向绝对的丰盛，各式各样的美味佳肴，装在大大小小的饭盒里。张英的手艺的确不错，她的餐馆虽然还雇了厨子，但是关键的菜总是她亲自动手。我相信，只要她愿意去考厨师，级别一定不会低。她是那种做家常菜的高手，极普通的菜，能烹调出极不普通的味道来。她烧的肥肉不肥，烧的瘦肉嫩得牙一碰就断。

我不讳言我吃的都是别人吃剩的剩菜。美味佳肴是事实，剩菜也是事实。讲卫生也好，要面子也好，我用不着声明自己是吃的别人没吃过的剩菜。张英不止一次向我解释。她说，林林，这所有的菜，绝对都是人家没碰过的。她强调说，你不知道，我们一天要倒掉多少菜，真的，真是不知倒掉多少。

一个人真潦倒到我这样的地步，还有什么可以过多讲究。就算是别人吃剩的又怎么样，我酸溜溜地说："有一天别人替我写传记时会说，像林林这样的大作家，也曾经是靠吃别人的剩饭过日子。"

"你别说得这么难听。"

"有什么难听的?"

"好吧，就算是的，就算是你说的那样，林林，你想想，我还不是跟你一样地吃吗?"

张英最初让我深深感动的，不是她在我最苦闷的时候陪我睡觉。一个男人在困难的时候，难免梦想着女人的帮忙。女人天生是为了男人的存在而存在。我深深感动的是张英非常仁慈地陪我一同吃饭。我们一起吃那有辱身份的残羹剩饭，从感情上来说，好像是同上贼船同下地狱，临死也有了个垫背的。我从心里感受到一种踏实。

张英和我一样具有良好的食欲。我们津津有味细嚼慢咽美美地吃着，通常都要喝点酒。这顿饭将消耗我们不少时光。我们一边吃，一边闲聊，不着任何边际地乱说一通。我们没完没了地痛说革命家史。我们把自己的童年说得比实际悲惨得多，我们夸大了贫穷，夸大了寂寞，夸大了我们曾经遭受过的不幸。就像有钱人斗富一样，我们悄悄较着劲比不幸。我声称自己是由环境造成的一个怪物，不爱自己的父亲，不爱自己的母亲，更不爱与我同父异母或异父同母的兄弟姐妹。我像控诉坏人似地指责这些和我有着血缘关系的亲人。“林林，难道你真的对谁都没感情?”张英不相信我会是冷血动物，“跟你说，越是没感情的人，对他有感情的人，才真叫是有感情呢!”

“没有，我这人没感情。”我说得毫不含糊斩钉截铁。张英脸上掠过一丝明显的不痛快，这表情立刻使我过意不去，“对不起，我说的都是实话。我这人没感情，譬如，我虽然喜欢你，但也只不过是喜欢。我这人再也不会有感情了。”我叹了口气，很深沉地叹气。“真的，我算不上是个好人，我知道我们只能是互相喜欢喜欢而已。”

张英脸上的阴影让我无法捉摸她的表情。从她重重的呼吸中，我感受得到她的不痛快。她突然笑起来，说：“你喜欢我，我还不一定喜欢你呢。”

“反正我是喜欢你。”

也许我这话说得太不是时候，也许是别的原因，我们两人顿时都觉得很难堪。

我们之间经常会出现难堪的局面。喜欢这词汇弄不好就成了我们偷鸡摸狗的遮羞布。很显然，我们都有些反感自己不可遏止的所作所为。我们之间需要寻找那种新的连接点，我们必须寻找。仿佛是迷途的羔羊，我们得靠我们自己的努力，寻找到感情沙漠之中的绿洲。我们处在一片沙漠之中，我们的绿洲究竟在哪里。也许根本没有沙漠，也许根本没有绿洲。过去的我曾经认为，张英非常喜欢我的小说。我感觉良好地相信她是我小说的崇拜者。我过分成功地用小说勾引了她。然而，我很快发现，我的小说一旦完成拉皮条的使命，便极不光彩地失去魅力。我很快发现，张英感兴趣的不是我的小说，她觉得意外的，只是我这样不起眼的人，竟然也能写小说。

9

我们是在一个初春的日子里去雨花台的。那一天阳光灿烂气候宜人，正好学校里没课。张英雇了一辆出租车，一路开出去，树枝上嫩黄的新芽正在冒头，大家的兴致都不错。张英打算把她母亲的骨灰盒葬在雨花台附近的一个小山坡上。都安排好了，出租车缓缓开到一幢专做死人生意的房子前，张英跳下车，骨灰盒往我膝盖上一放，进房子找那位她曾经接洽过的负责人。不一会，她领着胡子拉碴的负责人走出来，示意负责人坐出租车前面带路，她自己一拉车门，坐到了我身边，对我说："林林，烟。"

我连忙递烟。这一路上我老是不断地递烟。出租车开始沿着黄土路往山坡上开，开出去不远，路更窄了，坑坑洼洼。司机不肯再往前走。负责人说，"没关系，没关系，大卡车都上得去，开——"司机说："上去了，下不来，怎么办?"负责人说："下得来，下得来，我不会开车，真要是下不来，我负责找人给你抬下来，怎么样?"司机赌着气继续往山坡上开。

出租车终于到了目的地。我们纷纷下车，我捧着那骨灰盒，一时不知如何是好。张英花钱的气派，出手之大方，不得不使我想到她毕竟是个有钱的老板娘。她从钱包里抽出好几张十元的人民币，递给司机，很不在乎地说："你要是有事，先回去好了，回程的钱我们照付。林林，这地方不错，待会事办完了，我们索性在这玩玩。"

司机数了数钞票，爽快地说："我在下面等你们，你们快一些。"

山坡上已挖好了许多现成的坑，有不少坑边上配套着墓碑，东倒西歪躺在一边。我们找到了属于张英母亲的那个坑。张英看了看周围的环境，皱着眉头说：“这地方不好，我想要那一个。”

“随你，嗨，还不都是一样。”负责人从我手中接过骨灰盒，将它放在一个大了一号的水泥盒中，示意我帮着他一起往张英相中的那个坑抬。

转眼间，负责人手里已有了把铁铲，他一边铲土，一边问张英的母亲死了多少年。“十年吧，”张英想了想，更正说，“十几年了。”

“这么说，你没见过你的丈母娘?”负责人极熟练地将墓碑朝松软的泥土里插，然后用脚踩结实，笑着继续说：“是不是没见过?”他脸上按捺不住一种得意，好像发现了什么了不得的秘密。“不，我见过，”我慢悠悠地说，存心不想让他太神气。“你见过?”他果然一阵失望，不相信地眨了眨眼睛，十分怀疑地看看张英，再看看我。

负责人的活总算干完。张英从钱包里又抽出好几张钞票递给他。这显然是分外的赏钱，他有几分惭愧地拿了，高高兴兴下山。山坡上只剩下我和张英两个人，阳光灿烂，空空的坟丘点缀着荒凉。山下，那出租车还在痴痴地等我们。

“这些人都是地头蛇，多花些钱，反正不会错。”张英若有所思看着新凸起来的坟丘，冷不丁地问我，“林林，你知道我为什么到现在，才把我母亲的骨灰葬了?”

我对这问题毫无兴趣。我觉得她早该把事办了。反正是她的母亲，她想什么时候安葬和我没关系。这毕竟是个荒凉的地方，虽然阳光灿烂，虽然从黄土中已见得到野草的嫩芽，远处是烈士陵园高大的纪念碑，我仍然无法对眼前的一座座新坟，对那一个个尚未入葬的坟坑，感到一点点兴趣。出租车正一动不动地伏在路边等我们。我老有一种错觉，就是那出租车突然启动，屁股后冒出一道白烟溜之大吉。

“我们走吧，那司机还等在那呢。”

“不，我想待一会，”天知道张英哪来的好兴致，她奔向山坡的最高处，东张西望，“喂，林林，你要走，你先走好了。”

我当然不会先走。

“喂，你过来。”

我点上一支香烟，缓缓向她走去。

“对了，给我一支烟。我也会抽烟，你信不信。”她见我快到她面前，伸出一只手给我，我在她手心拍了一记，说：“见鬼，女人抽什么烟。”她说：“就抽，就抽嘛。”

我们之间的关系已有了明显的发展。当我们互相说到喜欢对方这词时，已经不再感到尖刻得刺耳。起码我们自己已开始不感到我们的行为是偷鸡摸狗。张英抽烟的样子很有些滑稽，她将嘴撅得极高极圆，笑着问我怎么样。我说实在不怎么样。我告诉她，要抽烟，她还得好好学几年。“算了吧，你自己抽烟的姿势，也没什么好看的。”张英不服气地用手指夹着香烟摆样子。

在张英面前，我习惯扮演玩世不恭的浪荡公子。我用表面的浪荡掩饰自己内心深处的寒酸。有时候，我的表演有些过分，张英便忍不住提醒我。她说我并不像我所力图表现的那样坏。“你现在只是刚刚在学坏，不过，在坏的方面，你这人资质很不错，很有那么点坏的底子和基础，”她仿佛已看到了我的骨子里，“有一天你要是真得了志，你就是真正彻底的坏了。”她吃准了我这人将来肯定会背叛她。

“林林，这烟到底好不好？”

“跟你说，要抽烟，你还得学几年。”

“别老气横秋的。”

“谁老气横秋？”

“你!”

“我?”我不怀好意地笑笑，说，“你不是说我很嫩吗?”

张英怔了怔，突然明白我话中的含义，脸一红，说:“你讨厌。”

山下的出租车动了起来，缓缓地往前开。张英发现了，大叫:“林林，快叫住那车。”我们一边高喊，一边往山下跑。出租车司机显然看到我们了，又往前开出去一截，停下来。我们气喘吁吁赶到，气喘吁吁上了车。在回去的途中，张英陡然想到似地问我:“你见过我母亲?”“我——”我感到莫名其妙。“你刚刚是怎么说的，你不是说你见过吗?”“我——我当然见过。你母亲的照片就挂那，我哪天不得见几次。”

10

张英的父亲，属于那种才子型的人物。这位出身贫寒、学习成绩特别优异的年轻人，从苏联留学归来，时髦得像新上市的蔬菜，像名牌的法国香水美国派克钢笔，一下子深得张英母亲的青睐。时过境迁，经过了社会主义改造运动，张英母亲身上除了那些不多的剥削阶级残余，已经接近一无所有。这位门第显赫其实早已破落的旧家千金，这位有着一大片房产的唯一合法继承人，一片痴情义无反顾地爱上了张英父亲。好事多磨，红颜薄命，张英父亲在婚后的日子里屡遭厄运，先是右派，后来是苏联特务，隔离，批斗，坐牢，倒霉的差事就没断过。张英的母亲在担惊受怕和等待中度过一生。

张英父母的委婉爱情故事，我免费送给了作家班的女同学。女同学的境况和我差不多，一样的稍有声名，一样的潦倒，一样的玩世不恭和浪荡。我敢说她起码和班上三个作家睡过觉。我个人对感伤的老式爱情故事毫无兴趣，和张英一样，我对张英的父亲没任何感情。张英父亲现在在美国，他是改革大潮中第一批出去定居的中国技术人员。令人难以相信的是，张英的父亲坐了十年牢，业务竟然还没丢。在流放大西北的日子里，他对生死两茫茫的母女毫无牵挂。出狱的第一年，他迫不及待地娶了个当地的小寡妇。

张英很少向我提起她那位实际上犯了重婚罪的父亲。她和他在感情上咯咯不入。我知道，即使是在后来，张英到了美国，有那么一段时间，他们父女生活在一座城市，也极少来往。张英所以能去美国，出力最多的是她师傅。张英的师傅在美国开了家餐馆，据说生意不错，据说美国的单身女人很爱吃中国菜。

我一直不知道张英有出国的打算。在我和张英交往最初的日子里，她对这事守口如瓶。直到她师傅从国外回来，一次次商量出国的具体事宜，我才真相大白。从张英师傅的表情中，我几乎立刻明白了许多本来根本不知道的事。刚开始，我只当这位老得可以做张英父亲的人，是我和张英之间的第三者。我没想到真正做第三者的却是我。

张英的师傅在回国的一个月中，和我进行过一次赤裸裸的长谈。我们一根接一根抽烟，口焦舌干，一次次红脸，一次次失去理智和恢复理智。张英师傅跟我说了许多我不得不相信的事实。他让我明白张英大闹离婚，离了婚又不再婚的奥秘所在。他告诉我，去美国这一有效的杀手锏，如何使他艰难万分又轻而易举地摆脱老婆的纠缠。他说他在美国惨淡经营，已经置下了一份家业。他对他和张英在美国生活的前景十分乐观。

“林林，你说我到底要不要去美国呢?”自从美国的事公开以后，张英正式或非正式地向我征求过几次意见，“说正经的，你别开玩笑。”

“当然去了，去美国做老板娘多好。”

“跟你说别开玩笑。”

我已经对张英师傅许过诺。我许诺绝不干涉张英去美国。张英的师傅考虑得非常透彻地对我说：“我们不该让张英失去这次机会。如今的风气，人们想出国都想疯了。张英说走就能走的。你又不是真心想娶她。”他的意思是他全心全意要和张英结婚。他不止一次暗示，像我这样的什么作家，又是读那什么的大学，目前和张英在一起，说穿了不过是为了鬼混。“你不可能对她的未来负责，”他克制住强烈的不满和忿恨，“她对你不错，你得讲点良心。况且，况且她也实在不配你。”既然提到了配不配这个字眼，我开始反守为攻：“你以为她配你是不是，你以为她配你，”我当时的确很生气，“我和她是鬼混，你呢，你他妈你呢，你老得都可以做她的爹了。你以为你配她，你别做梦！”

张英的师傅突然一声不吭。他冷冷地注视着正冒烟的烟头。我并不怕他暴跳如雷，无论是动嘴和动手，我都占着稍稍的优势。他太冷酷的表情令人不寒而栗。我知道干他这一行当的人绝非可欺之辈，真要是把他惹急了，他操起砍肉的大刀，将我剁成几段也不奇怪。

“你用不着这样看着我，”我觉得有必要松弛一下彼此之间太紧张的关系，“我们都他妈不是东西。我们谁也配不上张英。”

张英出国之事办得非常顺利。我始终不明白，张英的师傅包括后来从美国回来的张英，把一个人弄到美国去竟是那么易如反掌。为什么从美国回来的人都那么阔气有钱。三天前，张英还告诉我说什么关节卡在那。三天后，张英便给我看去美利坚合众国的飞机票。我惊得目瞪口呆，不相信这是事实。

“我干吗要骗你，干吗骗你呢?”张英显得很不耐烦，“你要我去美国做老板娘，你要我去，我就去了，你看我多听话!”

我一时无话可说。事到如今，还能说什么呢。

“这么说，你真要去了?”我突然意识到告别就在眼前，一切都太突然，太让人措手不及，“怎么说走就走?”

“不是你要我走的吗?”

“到底是哪一天?”

“哪一天?”张英冷冷看着我，“随便哪一天，只要签个日子就行。”

事到如今，我已经犯不着再劝张英应该怎么样怎么样。我犯不着告诉她美国并不像人们所说的那么好，犯不着告诉她我其实内心深处不希望她去，更犯不着说，因为她真要走了，我心里有一种很不好受的滋味。事到如今，到了今天这一步，我们好结好散，就这么带着些牵挂彼此分手，也没什么不好。

我们决定很理智地谈一谈。所谓理智，就是我们都做出彼此之间什么纠缠都没发生过一样。张英说走就走，我自然还得借住在那八平方的小屋里。她的餐馆暂时交给毛毛办，她关照我，以后可以天天到毛毛那儿去吃晚饭。“你得爱惜自己的身体，”她依依不舍一次又一次打量她即将永远离去的小窝，看得出她对这八平方又潮又暗的小屋充满感情。我们长时间地无话可说。张英说：“你干吗不说话，你平时的油腔滑调到哪去了?”她突然搬过椅子，人站在椅子上，伸手去取她母亲的遗像。

“你干吗这么小气呢，”我说不出自己是怄气还是真心，“也用不着那么绝情。”

张英站在椅子上，回过头，不明白我的意思。我说：“你母亲的骨灰已经葬了，这照片为什么不能留给我做个纪念呢？”

“你要这干什么？”

“你和你妈长得太像了，我每天看见她，就好像是看到了你。”

第二天，我去车站送张英和她师傅。我始终脸带微笑，有时出于真心地笑，有时笑得非常勉强。他们得到上海去坐飞机。我们的时间安排有些过分富裕，早早地到了候车室，列车刚进站，便迫不及待上了车。

隔着车窗的玻璃，张英不停地挥手示意，让我先回去。我木木地站在站台上，充满了一种遭遗弃的荒凉感。列车迟迟不开，告别的人声叽叽喳喳。我一动不动地站在那，像一根木桩子。匆匆从站台上跑过的一个人撞了我一下。我知道张英正目不转睛地看着我，正是因为知道她在看我，我故意咬紧嘴唇，头别着，就是不往车窗里看。列车终于动了，汽笛惊天动地地长鸣，我最后看了一眼张英。张英已站起来，人贴在玻璃上，好像要哭的样子。我忍不住一阵苦笑，十分麻木地看列车离去。

我做梦也不会想到，和张英的故事，将从此开始一连串戏剧性的变化。在我以为一切都结束的时候，事实上只是刚刚开始。载着张英的列车渐渐没了影子，我脑海中一个短篇小说的格局突然形成。创作的激情一下子变得激昂起来。一路上，我老是想着怎么写怎么写。回到小屋，我发现自己除了立刻写小说，别的什么也干不了。

我小说中一个可怜兮兮的年轻人和我本人已融为一体。我把自己装扮成一个痴心的失恋者，把女主角设计得跟天仙一样。我一口气写了十个小时，倒头仿佛死过去那样睡一觉，再一口气写十小时。灵感那玩意真是说来就来，我的小说很快到了尾声。

张英在我小说的尾声中，悄然走进八平方潮湿阴暗的小屋。一眨眼间，小说中的场景和现实和梦境，搅拌在了一起。张英活生生地在我面前。活生生的，一伸手就能抓住她。

“我只问你一句话，”张英看着我的眼睛说，“就一句话。”

“你——”

“你要不要我去美国？”

我摇摇头。

“你说，我要你说。”

“不要。”

“你再说一遍——”

“不要！”

张英又向前走了一步，也可能是我向她走了一步。她意犹未尽，说：“我还有一句话。”

我摊了摊手，请她说。

“林林，”她叹了一口气，“你到底喜欢不喜欢我。”

“喜欢，我喜欢！”

张英好像料定我会说这句话的。她轻轻地舒了口长气，将手中的包往地上一扔，一屁股坐小床上，示意我坐她旁边：

“我不走了，林林，我和你在一起。”

11

我永远也不会知道事情发展的全过程。张英生来就喜欢做这些带有神秘意味的举动。我只知道她和她师傅吵了架，吵得很厉害。当时他们住在上海外滩附近的一家旅馆，张英一气之下，匆匆抢了个包，冲开她师傅的讨饶和阻碍，直奔火车站。

“林林，我和你在一起，我不去美国了，”张英非常平静地说，“我就在中国做老板娘。”

我目瞪口呆，想笑，又不敢笑。“好哇，”我试探着说，“爱国嘛！”

张英把头靠在我肩膀上，痴痴地说：“我和你在一起。”

那种遭遗弃的荒凉孤独感烟消云散。我突然意识到自己正在写的小说，原定的悲剧结尾应该改成喜剧。一刹那间，我对张英充满了感激。我拍了拍她靠在我肩膀上的脑袋，站起身来，走到桌子前，取过茶杯，打开热水瓶盖，准备倒水给她喝。她走到我面前，问我干什么。“让你喝水，”我一边说，一边要倒。她抓住了我的手，不让我倒。“怎么了？”我轻轻问道。她一动不动地看着我。“怎么了？”我又问了一句。

“你愿不愿意和我在一起？”

“愿意。”

她一阵强烈的哆嗦，全身都在微微地动。

“灯还没关呢，”我提醒说。

“你去关，你去！”她的命令里带有甜味。

“我一手拿杯子，一手拿水瓶，怎么去关？”

“我就要你去关。”

我们在黑暗中抱成一团。大家喘不过气。“你为什么不喝水呢？”稍稍平静下来，我凑在张英的耳朵边问。“你为什么老是要我喝水呢？”“不为什么。”“我也不为什么。”我们站在黑暗中，充满柔情蜜意，借着透进来的月光，互相琢磨对方的眼睛。因为大家都是面对面地站着，我第一次注意到张英比我足足矮了一个头。她不算瘦也不算单薄，而且身体绝对健康，但是我突然发现，她远比我原来知道的更柔弱，更温情，更让人怜爱。我印象中，张英始终是老大姐，她高出我一大截，她的胸脯挺得极高，在她面前，我永远是个小弟弟，是个调皮的跟在坏孩子后面捣蛋的初中生。

我好像第一次明白了张英只比我大一个月的事实，第一次明白了张英作为女人，痴痴地需要一个男人真心的爱和保护，第一次明白了我和她命中注定的不可分开的依赖关系。我第一次正式明白缘分这个词。

“张英，”我充满激情地叫了一声。

张英静静的仿佛一尊雕像，她的眼睛闪闪发亮。

“这真他妈像做梦。”我忍不住伸手去摸她的脸，摸她那闪闪发亮的眼睛。

静静的雕像一般的张英突然动了，她笑着带着些娇气说：“我要喝水。”

我的手叫开水烫了一下。张英接过杯子，喝了几口，又将杯子送到我嘴边，喂我喝。我们你一口我一口慢慢喝水。甜甜的水让人心醉。我意识到我们不能老是这么傻傻地面对面站着，我们不可能老是站着。

张英轻轻推了我一下，说：“等一等，让我洗一洗。”

我们在吱吱乱叫的小床上坐到天明。那是个月色撩人的夜晚，我们像初恋情人那样紧紧偎在一起，喃喃地说些无关紧要的废话。正是在这个难忘的月夜，我们开始玩那互相握三下手的把戏。握三下代表三个字，“我爱你，”我们握来握去，直到天亮都不肯把手松开。

爱给我带来了非凡的好运气。幸运之神再次向我挥手致意。我发现自己陡然又成了出色的作家，文思如涌灵感不绝，下笔如有神助。我的小说开始重新在各色各样的刊物上露面，虽然还有退稿，虽然我的小说常常刊登在刊物最不显眼的位置，我毕竟是货真价实能发表作品的作家。我已经让坏运气吓怕了，作品只要能有幸发表便让人感激不尽。作为一个作家，只要能写出来，只要能发表，还想奢求什么呢。

我的生活节奏变得正常。写作顺利，一切顺利，我成了张英眼里的好男人，老师心目中的好学生，部分读者议论时的好作家。一家杂志的一个编辑写信给我，说是准备刊登我的《五月的黄昏》。一家出版社通知我，我的一篇小说被选进即将要出版的作品集。省作家协会也在考虑接受我为会员。我每天轻而易举地便能写两千字。有些事以后想想简直不可思议。我能吃能睡，吃起来狼吞虎咽，睡觉从不做梦。上课时，我的表情认真得令老师感动，而事实上我正在非常有效地构思我要写的小说。我发现我有一大堆的小说可以写。在灵感方面，我成了暴发户，好像穷鬼一下子得了太多的钱，眼花缭乱不知道如何花费才好。我野心勃勃，老是自己吓自己一跳。

张英索性卷了铺盖来和我一起住。邻居们早就议论纷纷说长道短，我们堂而皇之地同居反倒堵了他们的口。作家班每周只有四个上午有课，在没课的日子里，我和张英总是睡到吃中饭才起来。八平方阴暗潮湿的小屋对两个卿卿我我的人来说不算太小。冬天悄然来临，我们恩恩爱爱过得火热。我所有的信都注明由张英转交，邮差天天在老时间敲我们的玻璃窗，然后扔进来各式各样的邮件，有刊物，有退稿，有约稿信，有表扬或是骂娘的读者来信。那一天正飘着入冬以来的第一场小雪，邮差缩着脖子敲响玻璃窗，敲了好半天。我慌忙套上衣服，开窗，接住扔过来的一个大信封。这是从美国寄来的邮件，我钻进被窝，由张英搂着焐了一会，才意识到这信是张英的师傅寄给她的。

大信封里装着张英去美国的各式证件。一张具有讽刺意味的过了期的飞机票，在我们研究那些证件时，跌在了地上。张英从床上弯腰去捡，一大截白得晃眼的脊背露在外面，我十分下作地用冰冷的手在她背上摸来摸去。“你真讨厌，”张英慌忙缩进被窝，冷得嗦嗦抖。

“你别激动好不好！”我说。

“你讨厌，”张英紧紧地纠缠住我，“活该，冻死你，冻死你。”

张英冰冷的身子正在恢复热量，我笑着说：“就凭你身上这点凉气，想冻死我？要冻死我，你先得出去冻一会才行，怎么样，试试。”

外面的小雪似乎大了些，张英跳下床，说：“好，我就试试，你等着。”她跑到角落的一个痰盂小便，痰盂已经满了，她随手捞起一个脚盆，声音极响地尿起来。

“你披件衣服，”我喊道。

“就不，就不，我就冻冻，”她站起来，极放肆地抓过一大张草纸擦了擦，笑着向我扑过来，“你别怕，有种你别怕！”

12

张英的师傅在信上说，张英随时随地都可以再到美国去。他说他花费的努力绝不会白费。功夫不负有心人，他相信张英迟早会去美国。他相信张英迟早有一天会明白什么样的男人最好。在那封不太长的信里，他十分歹毒地称我为骗子和小白脸，他向张英发誓，假如我敢欺侮她，他绝饶不了我。

“你给我滚到美国去吧，”我时常和张英开这样的玩笑，“美国多好，你赶快滚那儿去吧。”

“滚就滚，”张英打内心里喜欢这样的玩笑，她喜欢看我酸溜溜带着点醋意的模样。“我到美国去，找个大鼻子高个子的美国人。”

“到了美国，那还不嫁给你那什么师傅?”

“算了吧，我才不会嫁给他。”

“算了吧。”

“我当然不会嫁给他。”

“那嫁给谁?”

“谁也不嫁。”张英嘴一抿，笑得像糖一样甜，“我要嫁，就嫁个大鼻子高个子的美国人，高得像打篮球的。”

张英从来不说嫁给我，她从来不说。尽管她事实上已在偷偷地做准备。她到处打听新房出售的行情。我始终没搞清过她究竟有多少钱。我知道的是，她有很多很多的钱，多得可供我们两人过一辈子不劳而获的日子。我们都是自由的公民，自由这字眼意味着我们的一生将有不小的风险。我们享受不了公费医疗，我们和各种名目的报销无缘。我不知道张英一直在为我们的前景担心，不知道她已经偷偷地以我们两个人的名义投了人寿保险。

坦白地说，我根本没想过将来会怎么样。作为一个感觉良好并不怎么样的青年作家，我对现实是现实主义，对未来是浪漫主义。天知道地球会不会在二十四小时以后就爆炸。我已经到了或者说已过了做父亲的年龄，反正是迟了，我仿佛晚了点的列车，一误再误，对准点到达目的地不抱希望也无兴趣。有张英这样最理想的情人就足够了，我对未来抱无所谓的态度，对现状非常满意。

《五月的黄昏》在《收获》发表之后，反应很不错。北京大学的著名青年评论家黄子平写信给我，准备将《五月的黄昏》选入由他和李陀主编的《中国小说 1987》，这书不久便能在香港出版。据说这套每年只出一本的年选作品集在香港影响很大。国内的出版社不甘示弱，由上海的著名青年评论家吴亮主编的《现实主义小说》一书也收了《五月的黄昏》。我的小说终于获得国内外的反响。虽然反响太小，小得像蚊子哼，像苍蝇打了个喷嚏，小得非要我厚着脸皮告诉人，别人才会似信非信地点点头。

学校里也开始对我刮目相看。我当然还算不上作家班的一流高手，不过事实雄辩地证明我已有了接近一流高手的可能性。我不断地提醒自己要故作谦虚，告诫自己千万不要摆派头搭架子。谦虚使人进步，骄傲使人落后。我开始多多少少地收到一些热心女读者的来信。一位未婚的自称是受过重大心灵创伤的女大学生，写信表示乐意和我做最好的朋友。她在那封一手娟字飘着香水味的信中写道："请告诉那位叫张英的女士（如果她是你的妻子的话），告诉她，我和你只是做做灵魂的朋友而已。"我写信声明自己未婚并且绝对没有老婆。我的声明立刻得到回信。那位未婚心灵受过创伤的女大学生一连串问了许多为什么，她对我所有的信件都要由张英转交一事耿耿于怀："你为什么要躲在别人的背后呢？"

我和近十位女读者保持着经常性的通讯联系。热心的女读者对男作家向来是个刺激。我承认保持这些通讯联系的动机并非太纯洁。我承认自己抱有一定的艳遇幻想。每个人都会有各种幻想。我很快就发现这些幻想不切实际。

春天很快到了，街上的女人开始穿时髦的长裙，穿颜色艳丽的羊毛衫。张英的小餐馆生意兴隆财源茂盛。"林林，对不起。我实在太忙了，"张英为不能抽出更多的时间陪我感到抱歉，她向我解释必须抓紧时间多赚钱的道理，"我们都没有劳保，我们必须多留些钱。"她显然是非常地吃苦，人变瘦变黑，晚上睡觉打呼噜。"林林，你要注意保重身体，"她老是反过来劝我，天天洗脚时哈欠连天，上了床说不上几句话就呼呼大睡。在酣睡中，她已经习惯紧搂着我睡，紧得常常使我喘不过气来。“我得赶紧找个好厨子，不能什么事都得我亲自动手。林林，你知道找个好厨子多难。”除了毛毛之外，张英还雇了几个帮手，然而所有的帮手都不能让张英满意。“那些老顾客，你不知道他们有多精，一进门，就指名道姓要我给他们做菜。”

张英再三劝我没事去餐馆坐坐。她告诉我说那有最好的小说素材。小说家应该和三教九流的人物打交道，但是她永远不会明白，我所以怕去那小餐馆，原因就在于我不愿意亲眼目睹张英和那些流里流气的人讨好敷衍。我不愿亲眼目睹那些色迷迷的微笑，不想听那些露骨的调情。我按捺不住自己那股酸溜溜的醋意。尽管我自己并不是什么好东西，可我老是想，我有文化，我是个作家，我已经稍稍有了些知名度。我犯不着和那些有钱上馆子的阔佬同起共坐，犯不着和他们搅和在一起。

## 13

我做梦也不会想到毛毛那么轻易便能上手。幻想中的艳遇实在不少，然而鼻子底下的艳遇那么不费事，不能不让我大吃一惊。我承认自己不过是带有即兴性质地和毛毛开开玩笑，谁也没想到这玩笑一开起来就当了真。

自从我和张英同居以后，我们很少再在一起吃中饭和晚饭。吃饭时间，张英太忙。我的饭天天由张英安排好了，然后让毛毛送来。毛毛一向和我开惯玩笑的，每次来，都要说上几句笑话。

“大作家，饭来了。”

“大作家，今天又在小说中吊谁的膀子？”

“唉，林林，你和张英到底算结婚没结婚?”

毛毛每次送饭来，都要在我这磨蹭一会。非常显然的是为了逃避餐馆的繁忙，我这里成了她干活高峰的避风港。临走时，她经常撅起小嘴，一脸不高兴和小心翼翼地说：“快走，老板娘又要给人看脸色了。”我并不相信她当真就那么怕张英，有时笑着问她：“你真怕张英?”“怕，什么叫怕?”她酸溜溜地说，“拿人的钱，受人的气。什么叫怕，我怕个屁!”

毛毛对张英有一股很强烈的不满。我明白这是被雇者和雇主之间难免的一种敌意。正是这敌意让我钻了空子，也正是这敌意毁了我和张英平静的恩爱。我怎么也不会想到，毛毛这样一位在我记忆深处还是穿开裆裤的小姑娘，这样一位脸上嫩得掐得出水，一听到音乐节奏浑身就凑着动的女孩子，对张英竟有那么一种刻骨的仇恨。我想不到毛毛会为了发泄这种仇恨，竟不惜牺牲自己。

“林林，我就不相信你真喜欢张英，”毛毛有一次甚至这么问我，“她一个大破鞋，有什么好的。你要是喜欢她，你也不会是个好东西。”

“我当然不是好东西，”我嬉皮笑脸地敷衍，不过，打内心觉得毛毛太任性太过分。女孩子不该仗着自己年轻，说起话来，一点数一点分寸都没有。“毛毛，别把话说得太难听嘛!”我像哄孩子一样哄她。

“有什么难听不难听的?”

“破鞋什么的都说出来了，还说不难听?”

“本来就是破鞋嘛!”

“你看，你看。”

“什么你看你看，林林，我跟你说，你也不是好东西。”

如果不是心怀鬼胎，我根本不会一味敷衍。放任毛毛胡说八道，恰恰说明了我的用心不良。我老是嬉皮笑脸，让毛毛渐渐对我失去戒心。我发现自己情场经验还不太足，但是对付涉世不深的毛毛却绰绰有余。毛毛越说越放肆，越放肆毛毛就必须装得自己十分大胆对什么都不在乎。

我开始对毛毛动手动脚。毛毛每次来送饭，至多不超过十五分钟。在这十五分钟里，想痛痛快快做事并不容易。毛毛老是半推半就，她不想让我失望，然而看得出她内心深处的不乐意。有几次已接近成功，毛毛推说时间到了，掉头就走。潮湿阴暗的八平方小屋算不上偷鸡摸狗的好地方，且不说这儿与张英的餐馆遥遥相望，光是那扇时时有邻居走过的窗户，就让人感到说不出的别扭。

我终于如愿以偿。春去夏来，人家衣服穿得少，省去了许多麻烦。我们很快适应了恶劣的环境。虽然只有十五分钟，甚至还不到十五分钟，我们排除一切干扰，尽可能做得非常从容非常潇洒。这样的寻欢作乐真称得上天衣无缝。毛毛说："你干吗还要理那该死的老板娘。你应该离她远远的，越远越好。"

两个月以后，我，张英，毛毛的哥哥我的同学二胖，还有二胖的一个哥们，坐在张英的餐馆里进行正式谈判。张英沉着脸一声不吭。二胖的哥们恶狠狠地盯着我。我和这人是第二次见面。头一次见面是在两天前的下午。这是个会武术的大块头，他和二胖在路口等着我。我远远地看见二胖便知道事情有些不妙，硬着头皮走过去，还没开口，就被那大块头一拳打翻在地。二胖在我身上踢来踢去，嘴里骂骂咧咧。过路的群众打抱不平，围上来劝说，大块头一把将我从地上揪起来，让我自己交待为什么挨揍。我对过路的群众说："你们别管，让他们打我好了。"二胖说："怎么，你还不服气呀！"大块头说："跟他啰嗦什么。"他用典型的摔跤动作，连续两次将我像扔面粉口袋似地扔出去。这两次摔得我实在够呛，我的尾骨差点震断，膀子没脱臼，可是过了半个多月还疼。

张英的餐馆里进行了一场正式的不太长也不太短的谈判。我成了落水狗落汤鸡狼狈不堪。张英咬紧了嘴唇不做声。二胖的哥们大块头虎视眈眈地瞪着我，仿佛随时准备再用摔跤动作将我扔到餐厅外去。二胖一会义愤填膺一会语重心长："你说，你他妈说，你到底安的是什么心？老子恨不得将你的屎都揍出来。"二胖不厌其烦地分析我的用心。"说你和毛毛是真心吧，你他妈也不撒泡尿照照，就你这样，就凭你写的那什么瞎鸡巴破小说，毛毛会嫁给你？说你不是真心吧，那你不是存心拿毛毛开心，拿毛毛开心吗？"在二胖面前我感到非常惭愧，我不能不想到我们做同学时的情景，我们一起在水泥地上打乒乓球，他妹妹穿着开裆裤和我们捣蛋，在地上撒尿，白白的乒乓球从尿上面滚过。"你别他妈装死不吭声，不吭声也没用，"二胖越说越多，越多越乱，"咱们得把话说说清楚，得说说清楚。"

张英忍不住了，说："不就是私了吗，你们说吧，怎么叫说清楚？"

14

"张英，你还是去美国算了。"

"我会去的，你用不着撵我。"

"我不是撵你。"

"还不是？"

"我——"

"你什么？"

“我，唉，还是那句话，有些事，说不清楚。我不对，我认错还不行?”

“你对，你用不着认错。你看你多有理啦。”

“张英，你何苦和我这样的人生气呢？我根本就不是个东西，你用不着把我当人。”

“你本来就不是个东西。”

“我是不是个东西。”

“你以为你是呀?”

“我不是，我不是，我不是说了不是吗?”

“哼!”

“我真是倒霉透了，也不知是吃错了什么药，反正是人也揍得鼻青脸肿，出丑出得一点面子都没了，钱也赔了，当然，这钱还是你的，我他妈反正是丢死人了。张英，跟你说，丢人出丑，我反正脸皮厚，也无所谓。我跟你说，我最难过的，你知道，我最难过的，是在你面前丢人出丑。在别人面前我无所谓，我脸皮厚，我难过的是伤了你的心。我不对，我认错了。你说话呀，你别老不吭声。我，我真是倒了大霉，丢人出丑。”

“你别做戏了!”

“我做戏，我干吗做戏?”

“你内心还不知怎么得意呢。什么丢人出丑，你看你多有本事啦，小姑娘一勾就上。用不着现在装得痛苦深沉的样子，用不着这样!”

“那我怎么办，那我怎么办?”

“你火什么?”

“我不是发火，事情已经这样了，你要我怎么办?”

“我没要你怎么办。你想怎么办，就怎么办好了。”

“要你去美国吧，你又不肯，还说我撵你，真是滑稽。”

“我的事用不着你烦神。去不去美国是我自己的事。我要去，随时随地可以走。本来就用不着你撵嘛。要走，还不说走就走。”

“你走就是了。”

“你巴不得我走。”

“我是巴不得，你早走早好。美国多好啦，有钱，垃圾箱里都是钱，有小汽车，有什么什么，还有那可以做你老子的什么师傅。我是巴不得你去。要不然说起来多难听的，说是你为了我，那么好的美国都不去了。我何苦耽误你呢，给你个机会，给你个借口，让你名正言顺心安理得地去美国，多好。”

自从正式谈判解决了我和毛毛的纠葛，我和张英时常陷入斗嘴的漩涡。张英显然是伤透了心，动不动就一个人闷在那不说话。我自然是有些内疚。张英不是那种难对付的人，我一会硬一会软，她拿我没任何办法。认错和讨饶关键是第一次，有了第一次便可以有无数次。我不停地向张英讨饶认错，三分出于真心，七分是哄她。事情已结束，不能老是没完没了的不高兴。我非常有效地掌握了张英的心理。我知道她最怕我像顽皮的孩子一样胡搅蛮缠。越是强词夺理，越是破绽百出，我越处于不败之地。她最怕我像一个顽皮的孩子，她最喜欢我像个顽皮的孩子。

新学年又开始了，我算了算日子，决定好好地哄哄张英。我买了瓶好酒，对张英说，“今天亲手做几样好菜，我们应该喝次酒。”张英看着我，不说话，猜不透我搞什么鬼花样。我说：“去年今天，是我碰到你的日子，我们庆祝一下。”

“算了吧，”张英冷笑着，看透了我是在哄她，“我不吃你这一套。”

到晚上，张英还是做了几样菜，然而她有保留地说："要喝你一个人喝，这酒我不想喝。"

"你不喝，我也不喝。"我说。

"那最好，大家别喝。"

僵持了半天，我说："我干吗不喝，这么好的菜，不喝白不喝。"我在两个杯子里都斟满了酒，一口喝尽自己面前的这杯酒。

张英毫无表情地看着我，无动于衷。

我狼吞虎咽地吃菜，很做作地吃。"你不吃拉倒，不吃拉倒，"我由假赌气，渐渐地开始真赌气，"你不喝，我代你喝。"我拿起张英面前的那杯酒，一饮而尽。

两杯酒又被我斟满。张英依然毫无表情，我喝干面前的这杯，伸手去端另一杯。张英一把抢住，说："你喝你自己的，这杯你别动。"

"你喝，"我带点蛮横地说，"你不喝，我就喝。"

"我就是不喝，"她手一挥，将酒泼在了地上，"也不要你代喝。"

我闷头吃菜，再喝，再喝，一口一口慢慢喝，已经感觉到了很厉害的酒意。时间慢慢过去，我慢慢地喝着，头越来越重。刚开始，我还老注意张英的表情，渐渐地，她在不在场脸上是什么神态已没任何关系。我不止一次喝醉过。我知道自己现在是醉了。

"你别借酒发疯，"张英终于忍不住地警告我。

"醉就醉，醉又怎么了，怎么了，怎么了，"胃里一阵难受，我咽了几口气，想笑，还没笑出来，转身去拿脸盆，浑身发抖地抓稳了，呕了半天，一泻如注。

喝醉酒的滋味真不好受，折腾了大半夜，我老是不停地呕吐。刚开始，张英还责怪我逞能，不时说几声活该，到后来，看我实在太难受，想呕，呕不出，大口大口喘气，一身一身的虚汗，不免真正地心疼。她帮我擦汗，捶背，揉胃，拖着哭声对我说："你何苦、你何苦。"潮湿阴暗的八平方小屋一股臭味，张英一遍遍拖地，一遍遍端了脸盆去倒。我痛苦不堪疲劳不堪，总算不吐了。枕头太低，张英让我枕在她的身上，像哄孩子一样哄我入睡。我进入一种似梦非梦的状态。我摸到了张英的手，将它紧紧捏在手心里，握三下，再握三下，又握三下，三下。

这一觉就像是死了过去。醒来时，天正蒙蒙亮，敞开的窗吹进一阵阵清风。我一时无法明白发生了什么事。浑身的骨头都酥软了，我明白我依然枕在张英身上，我的手依然抓着她的手，我明白我是醒了，人一动不动，根本就不想动。

很显然我还是动了，轻轻地动了一下，张英立即作出反应，我的耳朵根附近感受到了她的鼻息。她轻轻搂了我一下，仿佛是怕我醒过来。黎明前的黑暗和寂静，像一张网似的将我们罩住。我们成了一幅画，一幅静止的油画。突然，我感觉到张英在微微地动，那是一种哆嗦，她搂着我的那只手捞起了一块布一样的东西，轻轻地在擦脸，我听到了她的鼻子抽了几下，我明白她是在哭，她一直在哭。

## 15

我这人对男女之情一向看得很淡。大男人一个，成天爱不爱的，怎么说也有点娘娘腔。文学作品中的人物，最讨厌的是贾宝玉，这家伙除了表面上讨女人喜欢之外，说穿了不过是一个阳痿的色情狂。男人的野心是把天下的女人都睡了，贾宝玉这样的雅人也不例外。谈情说爱本质上都装腔作势。要爱得明明白白，要爱得实实在在，要爱得痛痛快快，要爱得死去活来，说说容易做起来难。我常常认认真真地想，我想我和张英实在算得上真心相爱，虽然已经出了意外，虽然排除不了以后的意外，然而谁也不能怀疑我们的爱。

我从小和外祖母生活在一起。外祖母给了我唯一的大大打了折扣的爱。我去过父亲的那个家，也去过母亲的那个家，后父后母对我都算客气，我的异父异母的弟弟妹妹们对我还算有礼貌，我在哪都摆脱不了做客的感觉。外祖母不让别人过分欺负我，因为我是个没爹没娘的孩子，当然是等于没爹没娘。我缺少宠爱更缺少管教，从小就养成了一种不愿与人打交道的孤僻。我不愿和别人建立更多的联系，讨厌人和人之间的依赖关系制约关系，讨厌别人对我负责任尽义务。

张英使我再一次重温童年。和她在一起，我又成了当年顽皮捣蛋的少年。我不时搞一些不大不小的恶作剧。好像存心要让张英伤心，让她难过。我好像存心要在张英身上，寻找到少年时代缺少的宠爱和管教。我喜欢张英用管孩子的口吻对我说话，喜欢她对我无可奈何的神态，喜欢她骂我或者哄我。虽然我们的年龄只有一个月之差，虽然我比她足足高出了一个头，虽然她也像我一样渴望宠爱和管教，我总是别有用心地讨饶认错，言行不一地赌咒发誓。

“我拿你真是没有办法，”张英不止一次地叹气，不止一次地用她并不擅长的婆婆妈妈开导我，“我真没办法。你老是这样不讲理。不讲理就不讲理吧，问题是你老是说话不算话。我也没出息，老是让你骗。告诉你，林林，你别当我傻，我会看不透你？我要是傻，也做不了老板娘。我傻，傻就傻在有意让你骗骗。你看我多傻，是不是？什么，你还说你没骗我，那好，我问你，我们到底是谁骗谁了？你当我不明白，你故意装得像小孩子似的，乖乖，多天真的，天真好啊，你不要有邪念啦，你还要不要脸啦，哼，你当我看不透你？”

张英笨就笨在她只会借唠叨来发泄。她喜欢这种发泄，发泄完了，又得乖乖地哄我。她的原意是逼我讨饶认错，可结局往往是她自己先这么做了。“我知道你不会服气的，我知道，”她有时候完全失去了信心，“你怎么会服气呢，我知道你心里怎么想。你肯定会想，说我呢，你自己是什么东西。你肯定想说，你一个离了婚的女人，干吗对男人要求那么高。林林，你不要摇头，我知道你肯定会这么想的。”事实上我一动没动，我承认她这话有一定道理，但是道理毕竟不大。我并不像张英设想的那么顶真，明摆着对什么大事我都无所谓。我吊儿郎当地在听她讲，做出还算认真的样子，心猿意马，早不知道神走到哪儿了。张英又说：“按说我应该明智一点，睁只眼闭只眼，对你这样的坏东西要求过高，是自讨苦吃。我早就该看透想透。但是，林林，我做不到，你知道，我根本做不到。即使是在最气的时候，发誓再也不想见你的时候，我还是舍不得你，舍不得你这个坏东西。林林，林林，你知道我受不了，我受不了你生活中还有别的女人。我受不了。我吃醋，我就是吃醋，我就是个大醋坛子。你睡在我身上的时候，我一想到还有别的女人，我，你知道，我受不了，我宁愿死。谁叫我这么喜欢你呢，我太喜欢了，太喜欢了，所以绝对绝对不能有第二个人，第二个人，分享我的喜欢。做什么坏事都行，你做什么都行，就是不许再搞别的女人，就是不许。你再搞，我就死，我们一起死，真的。我不是吓唬你。你个坏东西，你别笑。”

“我笑笑还不行。”

“不行，就不行！”

“好好，不笑不笑。说不行，就不行，不笑，我不笑，我们大家都别笑。”

结果是我们俩都笑起来。这是最常见的结局。如果意犹未尽，我便会继续开玩笑：“干脆将我阉了最好。”张英便说：“别以为我不敢。”我再说：“那你怎么办？”张英再说：“什么怎么办，我乐意。”

我和张英在爱中越陷越深。越陷越深绝不是夸张，虽然我们的故事带有些通俗小说的味道，虽然刚开始张英只是出于同情，我是因为走投无路，我和张英离爱得死去活来已不太远。由于有把柄捏在张英手上，她明目张胆地公开她的嫉妒。嫉妒是一个无底的洞，永远也填不满。她成了我名副其实的保护人。什么事也休想瞒她，她检查我的每一封信件，比我更认真更彻底地关心我的女读者。

越陷越深的爱使我们俩变成了天真少年，矫揉造作有失身份。我充分忍受和享受着张英的宠爱与管教。一切都在悄悄起重大变化。我开始对张英越来越依恋越来越着迷。在张英的保护下，我一顺百顺，好运气接踵而来。我的创作灵感像自来水龙头，一打开便能源源不断淌出来。爱使我的小说中，悄悄糅进了一股正派之气，使我那玩世不恭吊儿郎当的叙述语调发生本质变化。我的读者和评论家们欢呼这种变化，大家都觉得我正在逐渐进化得深刻起来。

我开始以《采红菱》为名写一部长篇小说。这是个了不得的爱情故事，委婉曲折，结构宏伟。我将以这篇小说作为我的毕业作品。光明的前景正在向我招手，我几乎已经肯定自己能一鸣惊人。张英花了大量的时间和我厮守鬼混，为了不影响我的构思，她常常像只猫似的伏在我身边一动不动。我们动不动就像接通电源一样把手拉在一起。时过境迁，张英对经营她的小餐馆已毫无兴趣。毛毛走了以后，新雇的几个帮手都不称心，不是懒就是馋，或者又懒又馋。生意说萧条就萧条，张英做好了关门把餐馆租给别人办的打算。

张英无心经营餐馆的重要原因是她已经怀孕。她比过去更起劲地打听新房出售的行情。她常常领着我或一个人去房产开发公司看蓝图，一次又一次比较权衡，精明得令人难以置信，从上街买菜，到小孩上幼儿园上小学校以至中学，几十年以后的事都想到了。当我傻坐在那发怔，沉浸在小说构思的遐想中，一会伟大一会渺小之际，张英温顺地躺在床上，盘算我们今后的日子。她花了很多时间听耳机，听流行音乐，没完没了给电台写信，用我的名义为她，用她的名义为我，或者干脆以一个根本不存在的人的名义为我们点歌，点各式各样的爱情歌祝福歌。

终于到了那一天。那天下午原定有课，张英非要我陪她去开发公司看蓝图，我们争了几句，她假装赌气一个人去了。我到了学校，原定的课偏偏又停了。作家班那位打算把张英父母的爱情故事写成小说的女同学，拉住我不肯丢手，一定要我让她见见张英父母的遗像。“林林，你他妈别老是耍老娘，”女作家用那种典型的新潮女作家的口吻和我说话，“你到底有没有那女人的照片？”让她见见张英母亲的照片是早就答应好的，我怕引起张英的误会迟迟没兑现。女同学说：“今天是最后一次问你，你到底怎么说？”我说：“干吗非要看照片，写小说，你瞎编编还不行，何至于那么当真，你又不是搞纪实文学。”女同学瞪了我一眼，说：“亏你也是写小说的，什么叫找感觉你懂不懂？”

我说我不懂，我说我这人没感觉，然而，临了还是领她去了她要去的地方。要想摆脱一个女人的纠缠绝非容易事。我讨厌她那疯疯颠颠的样子，讨厌她的放肆和目中无人，我根本不相信她这样神经兮兮的女人能写好像样的爱情故事。幸好张英不在家，要不然她一定会想，怎么写东西的人神经都有毛病。

潮湿阴暗的八平方小屋里全是女同学的声音。“人家都说你金屋藏娇，你这到底藏了个什么样的美人？”她探头探脑，甚至弯下腰来往床肚子里望，“看不出就你这样子，也有女人喜欢，”她拿起我的茶杯，自己倒了些热水，咕嘟咕嘟喝了几大口。事实上，作为这次拜访契机的张英母亲遗照，并没有成为我们谈话的重要主题。她不当回事地对那依然挂在墙上的照片看了几眼，不相信地摇摇头，话锋一转，堂而皇之地和我争辩起文学理论。我们空对空胡扯一通，形式内容地吵得不可开交，最后齐心合力把文艺理论老师一顿好骂。

我丝毫没注意到，从背影看，女同学会和毛毛十分相似。小房间里就一张椅子，我让她坐，自己自然只好将就坐小床。我做梦也不会想到张英会把毫不相干的她错当成毛毛。真是一场莫名其妙的误会。我口若悬河喋喋不休得意忘形，很显然，与其听女同学疯疯癫癫哇哇乱叫，还不如我自己话多一些。不想听别人多说话，唯一的妙计便是自己别停口。天南海北谈天说地，从古希腊古罗马古印度古华夏到未来的二十一世纪，从宇宙飞船太空时代到生物工程，我发现自己似是而非知道的东西真不少。我大骂中国的人口太多，又从人道主义的角度，对计划生育发表带理想色彩的微辞。我的口才让女同学感到惊讶，她不服气地瞪着我，脸上偶尔露出认输、敬佩和尴尬。一个男人只要有信心，征服女人并非难事。我开始乘胜追击，十分认真十分马虎地给她看手相。我自称曾拜过一流的手相大师，是谁谁谁的高徒。女同学软绵绵一向不太安分的手，极度温顺地躺在我的手心里，我用小指甲在她的掌纹上轻轻划着。

当张英开始往潮湿阴暗的八平方小屋扔东西时，我不可能一下子就明白是怎么回事。最初的感觉就是，仿佛有什么东西从天花板上落了下来. 我仍然抓着女同学的手，脑子里还在想着和她开什么玩笑。接二连三乱七八糟的物体，像长了翅膀的鸟纷纷往屋子里飞，最后连花盆都飞了进来，我终于意识到事情的严重性。我冒着枪林弹雨冲到窗前，对窗外的张英大吼：“你干什么?”

## 16

我一直没找到恰当的机会，向张英解释误会。对这事，大家耿耿于怀，都感到委屈。张英刚从美国回来，我们忙得连恩爱都来不及，腾不出工夫算陈年旧账。天太热，张英全力以赴为我办出国护照，丝毫不敢马虎。把一个大活人弄到美国去绝不是桩容易事，得托很多人，钻很多空子。令人难以置信的，是我去美国的事很快就有了眉目。

我们只是十分严肃地谈过一次毛毛。这是绝无仅有的一次。我们在一家咖啡馆坐了大约十分钟，张英突然说："我不逼你，但是你必须说老实话，说老实话。"

"什么老实话?"

"我只想今天谈一次，以后再也不谈了，我保证不谈，你也别谈。林林，你说老实话，你和毛毛现在怎么样?"

我很有理由地感到愤怒，我发誓自从那次在餐馆里正式谈判以后，就没和毛毛说过一句话。张英不相信地笑起来。是苦笑，笑着笑着，眼睛红了。我直到这时候，才明白张英原来把我的女同学当作了毛毛。事情已过去一年多了，我无论怎么解释，也没办法使张英相信我说的事实。她根本没耐心听我的解释。况且，事实真相果然如我所说，除了毛毛之外，还有另外一个女人，这只能使事情变得更复杂。用张英的话说，我是历史上有过污点的人，我这人不可能让她相信或放心。

"你吃醋吃得一点道理也没有，我跟你说，人家毛毛都结婚了，小伙子比我神气多了，真的，你看，还是不相信。"

"我相信，我相信什么？你不是说你们没来往吗，你怎么知道毛毛结婚了，你怎么知道？还说那天我看花了眼，不是毛毛，哼，我是看花了眼！”

“跟你真说不清。”

“是说不清，说不清，那你干吗还说？”张英看我有些发急，下命令说，“好了，不许再提这该死的什么毛毛，谁也不许提了，谁也不许提，永远不提。”

炎热的夏天已到尾声。既然我去美国的事有了眉目，得正经八百地做些准备。天知道美国是怎么一回事。我对张英在美国一年多的生活一无所知。许多事对我都是谜。首先不明白张英靠什么过日子。她告诉我嫁了个洋鬼子丈夫，但是从后来的谈话里，几乎可以肯定她根本没有嫁人。很可能她只是洋鬼子的情人，当然更可能的是根本就不存在什么洋鬼子。张英始终避免谈她的师傅，就像从来没有过这个人，她对我的追根刨底一概置之不理。我不能不怀疑他们在美国的关系。天高皇帝远，人都跑到美国去了，我不相信他们之间一点事也没有。

“你打听这么细干什么呢？问题是你想不想去美国，想去，去了不就都知道了。”张英老是神秘兮兮说话说半句，“不要问，去了都知道。”

“知道什么？”

“想知道什么，就知道什么。”

我说：“我什么都不知道。”

张英笑得很好看地说：“事情很简单，到了美国，你想怎么，就怎么。你要我嫁给你，我马上就和那大鼻子的洋鬼子丈夫离婚。”

“根本就没有什么大鼻子洋鬼子丈夫。”

“你怎么知道没有？”

“哼！”

“没有更好，那也用不着离婚了，我直接嫁给你。”

“哼！”

“你哼什么？本来嘛，你要小孩，我再给你生一个。”

张英不止一次说过要再给我生个小孩。她这话引起了我足够的怀疑。我不是什么弱智儿童，听得明白话中含着别一层意思。她告诉我是流产以后去的美国，说得有声有色毫不含糊。当说到医生通知她，那块血淋淋的肉块或者说是血块，很可能是男孩子时，她甚至流了几滴眼泪给我看，但是，她很快哈哈大笑，以一个胜利者居高临下的神情，傲气十足地藐视着我。“你呀，我早就看到了骨子里。既不是好丈夫，也不会是好父亲，你根本就不是个好东西。”

我有充分的理由怀疑我在美国有个儿子。我和张英从街上走过，见到路边小孩蹒跚学步，她总是表现出一种过分的兴趣。有一次，她故作神秘地问我，要是没有那次意外，要是她不流产，我们的儿子该多大了。关键是她那太得意的做作，我知道她有什么事瞒着我，肯定有什么事。她迫不及待盼望我去美国，她按捺不住得意，她明摆着有事瞒我，她成心要吓我一跳让我大大吃一惊。

最合理的设想，是张英重操旧业在美国当厨师。据说，中国的厨师远比中国的博士在美国值钱。张英是第一流的厨师，我坚信她在美国会干得非常出色。问题就在于，如果她身边拖了一个儿子，一个婴儿，要吃奶或者人工喂奶，她又怎么可能干得出色。张英毕竟没有三头六臂。没有三头六臂的张英在美国显然得靠一个什么人。在和张英分别一年多的日子里，我忠心耿耿守身如玉。我并不像想象中的那么浪荡，好有好报，恶有恶报，不是不报，时机未到。我明白我不可能也没办法要求张英守贞护节。不可能也没办法。天意如此，天命不可违，恨不得眼睛一闭，再一睁，人已到了美国。可到了美国，又会怎么样呢？

17

当张英气势汹汹，往潮湿阴暗的八平方小屋乱扔东西的时候，我冲到窗口，对她大喝一声，真想伸出手去扇她一个耳光。我说，你发疯了。她说，我发疯了。我说，你他妈真是神经病。她拖着哭腔说，我就神经病，我就是神经病。邻居们纷纷探出头来，好事的已走得离我们十分近。张英突然转过身，慢慢地走了几步，两手捂脸，抽泣着，停了停又走，越走越快越走越远。

我忍受着邻居们的目光和窃窃私语，忍受着清醒过来的女同学的公开奚落。小房间里混乱得不像话，床上地上桌子上到处都是脏。我的手指被飞进来的花盆几乎砸脱了节，一阵阵痛楚直往心上钻。这洋相出得实在太大了一些，我以后在同学们尤其是作家们面前怎么做人。毫无疑问，我的丢人现眼，很快就会变成作家班那帮狗东西的小说细节。

"金屋藏娇，原来你藏着这么个宝贝，"我的女同学临走时没忘了对墙上张英母亲遗像扫一眼，"谢天谢地，她总算没冲进来和我厮打一阵。对了，你送我一截，这母老虎别躲在什么地方，我可不是她的对手。"

我真想痛痛快快发一通火。女同学走了，我拿出扫帚在地上掸了几下，便把扫帚从窗户里扔了出去。即使理由有一千条一万条，张英也不应该如此过分。不用说只是看看手相，就是赤条条在床上被捉住了，这样毫不留情歇斯底里也失了分寸。我发誓要好好教训教训张英。我要让她知道我的厉害。

天渐渐黑下来，张英迟迟不见影子。在想象中，我已经发了无数次火，模拟演习了无数次训话。既然有这么个得理不让人的机会，不好好发挥一下真是不用白不用。房间里那么脏，脏得都没地方可坐，肚子咕咕叫起来，我站也不是坐也不是，恨得咬牙切齿。

等到张英回来，我实际上已经泄了气。我感到非常的疲倦，饿过了头，脑袋发重发涨。早到了睡觉的时候，外面的世界静极了，我做出异常愤怒的样子，低声喝道："你回来干什么？"

张英像犯错误的小孩一样不吭声。她的眼睛哭得又红又肿，根本不敢抬头看我。

"你真他妈混蛋，"我试探性地加重口吻。

她依然不敢还嘴，拳头堵着嘴哭起来。我以为这哭是讨饶和认错，胆子陡然大了，索性再骂她几句。她哭得更厉害。我有一种大获全胜的感觉。我说："我要你管，我他妈要你管！"正像斯文非我所擅长一样，我的假粗野也不成功。我一口一个他妈的，气势夺人，其实内心一直想哭。张英默默无言开始收拾房间，任凭我在一边叽里咕噜。她不声不响地擦桌子、换床单，一次又一次扫地。我没有得寸进尺，也没有见好就收，既不说空洞的大道理，又不解释和说明误会。很显然，张英慢慢腾腾、磨磨蹭蹭，无非在等我说话，等要听和想听的话。

无论怎么样，都不应该由我主动来说。只有做贼心虚的人才会这样。我理直气壮问心无愧稳操胜券，太公钓鱼，愿者上钩，我自信张英最后会乖乖求我。她一定已经觉得自己太过分，不敢吭声便是最好的例证。天太晚了，我困得恨不能立刻倒下来睡觉。张英打了水不声不响地洗脸洗脚，我偷眼看她，却发现她脸上挂着亮晶晶的泪珠。

“哭，有什么好哭的，”我既不洗脸也不洗脚，赌气往被子里钻。她一哭，我就心软，真的，我当时只是摆摆赌气的样子。

睡意像无数个小虫在我脑子里乱爬，我迷迷糊糊硬忍着瞌睡等张英上床。张英终于上了床，坐在小床的另一头，坐了一会，躺了下来。我情不自禁地去搂她的腿，搂紧了，不肯放手。张英挣扎了几下，坐起来，用力捶我。无数个困意的小虫子在我脑子里爬，张英没完没了地捶我。我真的赌了气，翻了身，抱住被子的一个角，呼呼大睡。

梦中的情景和现实再次融为一体。我隐隐知道张英在抽泣，不知不觉地又一次抱紧了张英的腿。我在梦中教训张英，张英向我认错，张英不讲理地抵赖，张英拿着毒药威胁我，张英又像哄孩子一样哄我。

我终于醒了一次。张英抓住了我的手，把它放在那微微有个硬块的肚子上。她让我感觉感觉那个硬块。我知道她哭得非常伤心，一种完全没有必要的伤心。有什么事不能明天再说呢，我摔开她的手，翻身，依然呼呼大睡。这一觉直睡到天亮。上课的时间迫在眉睫，我跳下床，草草收拾，准备出门。

张英翻身从床上坐起来，充满怨恨地说：“你就这么走了，就这么走了?”

我面带讥讽地笑笑。我已经睡足了。现在该轮到她睡了。我知道她一夜没睡，我一走，她正好痛痛快快大睡特睡。我只当没听见她的话，十分潇洒地开门。

“你真这么走了?”张英脸色之难看，已接近变形，口气中饱含威胁。

我丝毫不把这威胁当回事，回头看她。她脸上的肉一阵哆嗦，平静下来，想笑笑不出，最后还是笑了，她笑着说；“你，你走好。”说着，眼泪哗哗落下来。

要是早知道后果会这么严重，早知道其实已闯了大祸，我绝不会那么轻易离去。我扬长而去付出的代价可真不小。那一天中午，我在食堂吃饭，饭桌上，我向那位让我后来吃足苦头的女同学反复解释。我告诉她，张英所以歇斯底里，完全是因为怀孕的生理反应。我向她解释了半天，虽然对牛弹琴，我力图使她明白张英是怎样贤惠的一个女人。为了挽回影响，我拼命美化张英。

张英不止一次向我流露过对自杀的热情。蹩脚电视和电影中的类似镜头，对张英起了很不好的暗示作用。“男人为什么非要等女人死了，才能醒悟呢？不过，只要能醒悟，死也值了。”她经常和我谈自杀的意义。花无百日红，人无千日好，早死早了。她承认她是用死来威胁我。那天，为了重温在梦中曾有过的情景，从房产开发公司出来，她坚持要绕道去长江大桥。站在桥上，身边是奔驰而过的汽车，脚下滚滚的江水，张英忍不住发抖。我向她说起她拥有的噩梦的荒诞之处，“这怎么可能，一个桥，两头都没有，就中间一段，就我们俩在上面，这算什么桥呢？桥的关键是沟通，是连接。再说，桥的两头都没有，我们是怎么上去的呢？你别哆嗦。”张英抖得更厉害，我笑着说：“你别怕，这桥倒不了。”张英笑着说：“会倒的。”我说：“荒唐。”张英说：“荒唐就荒唐。”

从学校回去，直到推门前那一刻，我才想起我和张英之间正闹别扭。我琢磨着自己应该扮演什么样的嘴脸，想继续赌气，更想赶快和好。张英很可能还在床上，这念头让我闪过一丝不小的冲动。门推开了，收拾得过分干净的小房间空无一人。那种不祥的预感是逐渐加强的。房间里收拾得太干净，桌子上留了小纸条，是张英的字：

林林，你好好保重

我不吓一跳也得吓一跳。我知道张英经常玩吓唬我的把戏，但是我更知道她那说到做到的脾气。她太爱我，正因为太爱，她不会轻易去死，又正因为太爱，她会情不自禁地做傻事。天知道张英现在跑哪去了，我急得像热锅上的蚂蚁，开门往外看，走上街，往街的两头眺望，脑子里同时闪过许多念头。天说黑就黑，潮湿阴暗的小房间出奇安静。我一会躺床上，一会坐椅子上，痴痴地等张英回来。刚开始，我还打算再好好地教训教训她，随着时间越来越晚，我全心全意地盼她平安归来，我已经决定放弃我的所谓全部原则。怀孕给她带来很强烈的不适反应，我的担心仿佛恐怖故事，渐渐紧张得喘不过气来。

深夜两点多钟，街上传来了不相干的警笛声，也许是救火车，也许是救护车，也许是逮坏人的警车。事情显然变得非常严重。我跳下床，开始翻箱倒柜。抽屉里放着一张活期存折，是新的，以我的名义新存进了一万元钱。我极认真地想了一会，触电一般冲出门，跨上自行车，直奔长江大桥。

我没头苍蝇似的在长江大桥上蹿来蹿去，引起了守桥武警战士的怀疑。当我将自行车放好，人俯在栏杆上往江面上望的时候，武警战士走过来询问。我告诉他我和心爱的人吵了架，我告诉他我怕心爱的人来寻短见，我语无伦次结结巴巴拖着哭腔。武警战士又相信又不相信地瞪着我，既表示同情更带着一股怨气：“你早干什么啦?”他走到我面前，和我一起往黑咕隆咚的桥下看。

## 18

《采红菱》是我写得最累的一篇小说。也许对它的指望过高，也许因为生活发生了重大变化，我的构思日新月异，一天一个样。我想写一个非常好非常好的爱情故事，然而现实中的爱情故事却让我处理得非常糟非常糟。《采红菱》中的女主角，究竟让她死，还是让她活，我老是打不定主意。作为一个现代小说家，我不想把故事处理得惨兮兮，不想再塑造个林黛玉。我知道张英一定举双手赞成让女主角牺牲掉，在她的眼中，艺术中的大团圆，是最庸俗的结局。我和张英一起构思了《采红菱》中的许多细节，这些细节，有不少是我们自己生活的写照。我曾为产生了这样的构思惊喜万分，我告诉张英，《采红菱》中的女主角完全可以被处理成不死不活。女主角是死是活交给读者去处理，我的小说的高明之处，在于读者死活读得懂读得通。张英想了想，皱着眉头说：“这好像不太可能，能行吗？”

我隔了很长时间，才重新开始续写《采红菱》。张英的失踪对我打击太大。我病了一场，掉了一身肉，老处在恍惚之中。真是太不幸了。自从没有了张英，没有了她的宠爱和管教，我第一次真正尝到了没娘孩子的滋味。潮湿阴暗的八平方小屋，弥漫着一股鬼气。我常常面对着张英母亲的遗像发怔。和我一样，张英绝对讨厌照相，她失踪以后，连一张她的相片都找不到。想到我只能借助她母亲的遗像，借助她们之间因为血缘的那种相似，抒发对张英无尽的思念，我的鼻子不禁发酸，眼泪立刻要掉下来。

只要张英的尸体没找到，我就不会死心。我设想了各种可能性，当然也想到她可能会去美国。生离总是比死别好，和寻短见自杀比起来，我当然希望她去美国。很显然，这样的可能性微乎其微。我有充分的理由相信张英已不在人世。回首我们相聚的日子，那种充满不祥意味的暗示太多。张英常常脱口而出，说“我死了以后怎么样怎么样”。不祥的暗示像鸟飞过时的影子，不时在我记忆深处一闪而过。我忘不了，那次在长江大桥上，张英说出的可怕谶语，她说，“林林，你下次再跟我作对，我就跳下去，你信不信？”她又一次向我解释和介绍她恶梦中所见到的情景，“我们站在两边都不搭界的桥上，就像是站在一座孤零零的桥墩上，那桥向前摆，向后摇，啪的一下，飞了出去。”她的描述和我们以后面临的飞机失控极度相似。

我去了张英可能去的一切地方。张英可能去的地方并不多，我鸠占鹊巢，八平方潮湿阴暗的小屋之外，我难想象她还能有什么别的容身之处。我去了小餐馆，两个星期前，张英已经将它盘给了别人。接手的小老板正在装修门面，见了我，不正面回答我的提问，却向我抱怨他接手这家餐馆代价太高。他声称在另一个更好的地段，只要花三分之二的钱，便可以成交一家更好的餐馆。“我是上了张英这女人的当了，女人做起生意来，门槛太精。噢，你是找她，我怎么知道，我怎么知道，要找人，你去别处吧。”他搞不清我和张英什么关系，热心过度地提醒我：“和女人打交道，你得多个心眼，特别是和张英这样的女人。”

派出所的民警对我和张英的关系也感到迷惑不解。一个长得十分甜、一口普通话的女民警，无意中老是问张英究竟留了多少钱给我。她说：“我只是随便问问。我们是派出所，你这事按说应该由分局管。这张英的户口，一年前就销掉了，说穿了，这人已不归我们管。再说，她人应该是在美国呀？”女民警半信半疑，她觉得张英为了我不去美国，太戏剧性，太像我写的小说。“我看过你的小说，老是真真假假的，说穿了，我还真有点看不懂呢。”

“张英的户口已经销了？”我一点也不知道，不太相信地问，“这怎么可能？”

“不可能也得可能呀。”女民警让我看硬壳本子上的原始记录，“没了户口，粮油关系各种计划都没了，她怎么过的？”

“我怎么不知道!”

“你怎么不知道?”

“我可以肯定她没去美国，她没去。去是去了，可又回来了。我跟你说，她真的没去。”

“好吧，就算没去，就算没去，你别急呀。”女民警的笑很容易让人感到一种安慰，她突然提示说，“会不会和你在一起的，是另一个女人，而张英，张英事实上早去美国了。如今这年月，只有去不了美国的，去了不回来的，还真没什么能去不去的。和你在一起的，肯定是另一个女人。”

我怔了一怔，又怔了一怔，很难描述我当时的心烦意乱，我当真认认真真地思考了一番，大叫荒唐，“这怎么可能，怎么可能!”

从派出所出来，我感觉到自己疲倦得想吐。派出所对面是一家不小的商场，我走进去，在角落里找了一张凳子坐下。商场里有很多人，人多给了我一种安全感。我太寂寞了，脑子里老是摆脱不了张英站在桥上要往下跳的形象。女民警安慰我说，既然我和张英真是那么相爱，那么各自是对方生命中的一部分，她就绝不可能轻生寻短见。“她很可能躲在什么地方赌气，气生完了，她保证又会像鸟一样飞回你的身边。”好心肠的女民警根本就不知道，她的性格不可能躲起来生气，她不会明白张英对悲壮行为有一种宗教热情。

女民警为我提供了一次认领尸体的机会。这机会来之不易。我心跳如擂鼓，默默祷告，充满了一种大祸临头最后判决的恐惧。女民警搞了一辆警用摩托，开摩托的是她的男朋友。一路上非常拥挤，女民警的男朋友把警笛拉响，风风火火，摩托车开得飞快，一路上的人都盯着我们看。我坐在车斗里，正襟危坐，风扑面而来，喘气都困难。女民警和他那位干刑警的男朋友不时大声说几句笑话。我不知道见了张英的尸体后会怎么样。我不知道自己会不会扑上去大哭一场。很快到了目的地，摩托车驶过一道铁门，又驶过一道铁门。我们下车，走进要去的那个小房间。一共三具尸体，有一具是男的，有一具是老太太。唯一可能的那具无名女尸被送到我们面前，年龄服饰特征都仿佛。我内心矛盾到了极点，既希望是，更希望不是。我已经经历了一场非凡的痛苦，我已经受够了惩罚，这痛苦和惩罚也该结束了。

19

我写小说通常先有小说名字，然后才有了要写的内容。在一篇创作谈中，我煞有介事地宣布，小说的名字只是个精致耐琢磨的瓶子，小说家所干的事，无非在那些自以为漂亮的瓶子里，装些酒，插上几枝花。到底是花瓶是酒瓶并不重要。我无端地喜欢上了“采红菱”这三个字，张英又告诉我有一首叫采红菱的民歌。歌词不妨写下来：

我们俩划着船儿
采红菱呀采红菱
得呀格郎有情
得儿呀格妹有心
就好像两条渔船儿不分离呀
我俩一条心
就好像两条鱼儿是同母生呀
我俩心相印
划着船儿到湖心呀
你看呀看分明

湖水清呀照分明
就好像两条鱼
一个你呀一个我
就好像两条鱼

续写或者说重写《采红菱》这篇小说，成了我生活中的头等大事。对张英无穷无尽的思念实在把我害得好苦。阴森森八平方小屋使我无时无刻不感到张英的存在。很长一段时间内，我觉得是张英的鬼魂在驱使我写作，我的笔老是不由自主。老有一种潜在的什么东西，暗示我该怎么写，不该怎么写。当我感到文思枯竭写不下去的时候，我便盘腿而坐，仿佛老僧入定，静静屏住呼吸歇一会，等待张英为我送灵感来。不管别人信不信，只要一心一意想到张英，我就有了继续写作的勇气。张英留下的任何东西都能给我了不得的启示。

我的脸开始发绿。我知道这是因为睡得太少吃得太差用脑过度。没有了张英的体贴照顾，我的日子过得颠三倒四苦不堪言。我没完没了地吃方便面，冷不知道穿衣服，热不知道脱。我成了名副其实的艺术家，标准的流浪汉，差不多的乞丐。学校里的老师，婉言提醒我应该注意个人卫生，他们认为我没必要胡子太长头发太长流里流气。很多人劝我应该振作起来，更多热心的女士则觉得我这人正在心理变态无可救药。我成了别人举的写小说没什么好结果的例子。

写长篇小说非一日之功，我渐渐感到体力不支。脑力劳动和体力劳动得成比例。我已经差点住了一次医院，明摆着我又快生病。从镜子里看自己，我的模样惨不忍睹。张英见了我这腔调，真不知道会怎么心疼。她一定会说："林林，林林，你何苦这么糟蹋自己，你干吗不好好活着？"

我突然意识到不该让张英难过和伤心。为什么要糟踏自己，干吗不好好活着？作家班的日子已到尾声，我借调在《计划生育》杂志做临时工。去上班的那天，我剃了头，刮了胡子，规规矩矩老老实实像当年初进工厂时的小徒工。杂志的副总编知道我写小说，一去就很不客气地警告我，“小说不是绝对不可以写，不过，首先得干好小编辑，干好小编辑。”

“当然，当然。”我唯唯诺诺。

“你是不是正在写？”副总编不相信地审视我，“我可知道你小说写得不错的。”

“不写不写，好久不写了。”

“为什么不写呢？”副总编口气一转关心地问。

“我身体不好。”

“身体不好？嗯，你身体是不怎么样，要锻炼锻炼。年轻人嘛，别搞得像老头似的。”

我和副总编在后来的日子里合作得很不愉快。她很快发现我一直在偷偷地写小说。我始终处于她的监视和威胁之中。她直截了当地告诉我，作为一个临时工，聘用不聘用，续聘不续聘，全在她一句话。“说穿了，要不要你，就看我高兴不高兴。你写小说，好呀，你再写，我请你滚蛋。”她从不把我放在眼里，然而却总是觉得别人不把她放在眼里。我一次次充满屈辱地向她认错赔罪，甚至近乎谄媚拍马屁。为了讨好，我不惜买紧俏物品送给她，甚至，甚至冒风险借一盘有几处色情镜头的录相带给她看。我的腰就是帮她乔迁新居时扭伤的，伤得真不轻，晚上睡觉都不能翻身。

忍辱负重令我产生一种写小说的庄严感。我似乎已经明白排除一切干扰的重要性。只有全力以赴破釜沉舟，才能正经八百干好某一件事。我在《采红菱》上投入了全部辎重，心不在焉地干这干那，脑子里的情节人物整天打架。乱七八糟的身边琐事对我都是干扰，又都不是干扰。北京的一位消息灵通人士写信给我，告诉我一个在过去能使我快活疯了的消息，这消息就是我的一篇小说有可能得全国文学奖。时隔不久，又接到一封信，好消息变成坏消息，我的小说差了几票名落孙山。消息灵通人士在信中骂爹骂娘为我打抱不平。我还没到凡事俗务皆不受影响的地步，不过我的境界确实高了不少，影响固然有，不过，不过影响确实不大。

我已经失去了世界上最宝贵的东西。失去的太宝贵了，再损失一些微不足道的玩意又算什么。过去，我感觉良好地觉得张英非常爱我，一旦失去了张英，我才明白，爱得更深的其实是我。爱情的甜蜜只有在它失去时才能感觉得到。人实在太可怜，好不容易感情货真价实，非要折腾糟蹋掉才算完事。人类最大的敌人是自己。我发现我长进不少，一下子明白了许多道理。劝君莫惜金缕衣，劝君须惜少年时。有花堪折直须折，莫待无花空折枝。世界上的男男女女都有被人爱和爱别人的好机会，得到这样的好机会不容易，抓住好机会更不容易。失去的东西永远比得到的多。我在《采红菱》中大发议论。虽然大学的课堂上和文学课本里，一再强调小说不能议论，不能貌似深刻，然而，既然是我在写小说，既然是我有议论要发，我为什么要受教条的限制呢?

不管别人怎么想，我始终意识到自己是在为张英写作。事实上是我和张英共同创造了《采红菱》。我已经写了近二十万字，也许很快就完了，也许永远完不了。也许很快又推翻重写。我对结局究竟应该怎么样写，没任何信心。有好几种结局，有无数种可能性。

《采红菱》中最精彩的一段情节，应该是在男女主角分手以后。

当时两人都非常思念对方，非常的思念。有一天，男主角偶尔在收音机里听见女主角为他点歌，这歌就是《采红菱》。歌唱到一半，突然停电了，男主角从此没有了女主角的消息。无尽的思念中，男主角不停地给电台电视台写信，十分肉麻地为女主角点《采红菱》。他相信他的诚心能起死回生，他相信她会流着泪重新走进他的生活。

20

当我将那近二十万字尚未写完的长篇小说稿往黑皮箱里放的时候，就预感到一种不吉祥的结局。黑颜色过分精致的小皮箱，暗示了即将到来的灾难。飞机失事并不是每个人都能轮上的，我怎么也不会想到自己第一次坐飞机就有这样的运气。小说稿尤其长篇小说，不留备用底稿绝对是个不可饶恕的错误。我的了不得的心血很轻易地毁于一旦。近二十万字的手稿厚厚一叠，厚厚一叠的手稿不当回事便完了，全完了。

一切都安排妥当，我和张英在离开南京前夕，住进了金陵饭店。我们就要去美国了。既然能去美国，为什么不去南京最高级的饭店奢侈一下。这是个辉煌的告别仪式。我们即将告别我们生长的地方，依依不舍也好，盼着早一日滚蛋也好，我们都意识到一去不返的可能性。张英对我们在美国的前景抱乐观态度。只要中国人老是源源不断往美国去，只要出国热的势头再持续几年，我们未来的餐馆肯定财源茂盛生意兴隆。一位在中国似乎还有那么点希望的青年作家，很快就要成为纽约华人街一家餐馆的小老板。我对自己马上要改行信心百倍踌躇满志。能把小说写好的人干别的事也一定出色。我年纪还轻，何苦非要太早地在文学这棵银杏树上吊死。好男儿志在四方，大丈夫得会赚钱，我干吗不理直气壮捞些票子。钱永远不会是坏东西。谁说我就不可能成为富翁，住洋房，有高级轿车，在宽大明亮的书房写作，全心全意搞纯而又纯的文学。

已经到了秋天，从高高的金陵饭店往下看，黄黄的法国梧桐树叶，下雪似的一片接一片往下跌落。我们在金陵饭店只打算住一天，这一天将变得非常有意义。我第一次住这么高级的饭店，对什么都有特别的兴趣。我检查了所有的柜子，拉开所有的抽屉，打开浴室的龙头，不停地揿抽水马桶。张英在梳妆台前换衣服时，我孩子气地在床上滚来滚去，甚至翻了个跟头。

张英换上了我用六百元港币替她买的那件睡衣。六百元港币是《五月的黄昏》的转载费。这笔小钱辗转流传，好不容易才到我的手。我是在最思念张英的日子里买下那件睡衣的。很长的一段时间里，那睡衣一直挂在潮湿阴暗的八平方小屋里，我常常一边含辛茹苦写《采红菱》，一边把手伸进起保护作用的塑料纸，轻轻抚摩睡衣柔软光滑的面料。张英发誓要到了美国才穿这件极具纪念意义的睡衣，然而一旦住进了金陵饭店，豪华奢侈的气氛使她改变了主意。

那件睡衣简直就是为住金陵饭店这样的地方买的。当张英对着镜子照了一会，转过身来向我征求意见时，我又一次产生了人已在美国的错觉。我目瞪口呆，幸福得说不出话来。

张英问："我怎么样？"

张英又问："你怎么啦，说话呀？"

我向张英走过去，张英推了推我，表示现在不想让我拥抱。她从皮包里掏出一个小本子，开始往外面打电话。

"给谁打电话？"我问着，很快明白她是在和谁说话。她总是喜欢敷衍。我坐在她身边，把头枕在她背上，两手不安分地乱动。

张英的电话是打给我那位名实俱亡的副总编的。副总编的女儿也在美国，她知道我们要去美国，拼命地和我们巴结套近乎。她托我们带这带那，很快和张英打得火热。明摆着我会一去不返，她居然破例允许我请半年的长假，“半年不够，写信给我，再延长好了，没关系的。当然，你要是在美国混好了，不回来也行。”她甚至向张英许诺，只要有了正式编制，一定首先解决我的问题。“社会主义就这点好，只要编制问题解决了，那就绝对有保证了。林林这小伙子不错，还是很有才华的嘛。过去，我老是提醒他不要光顾写东西。他还是很听话的，真多少时间不写了。哈哈，也用不着不写嘛，写，还是可以写一点的。不过，干编辑，首先还得干好编辑。”

副总编是我们住金陵饭店的见证人。我不明白张英为什么要在这请她吃饭。很显然我对副总编没有好感，和她在一起，我总有些带拘束的恐惧。我们坐在那喝酒，等着一道道菜上来，小乐队在一旁无休止地演奏，张英和副总编不断地讲美国怎么样怎么样。

“我就一个女儿，要是留在身边多好，”副总编喝着喝着有了些感伤，“可她是新派的，非要去美国，去了也不肯回来。唉，怎么办呢，以后只能她回来看看了。”

张英劝副总编去美国见识见识。副总编说，有机会当然要去，自费去，得花好多钱。张英说，你女儿还能在乎这钱。副总编说，女儿当然不会在乎，既然是在美国，还能没钱。“人老了，钱不钱无所谓了，”副总编眼睛一红，竟然落泪，“小时候，心肝宝贝地疼她，以后又为读书操心，又千方百计搞出了国，唉，养儿育女，说穿了，就这么回事，就这么回事。父母都欠了儿女的债，没办法。”自从去美国的事定下来，副总编每次和我们见面，都要托带一样东西给他女儿，最后这次托带的是一包蜜饯，她自己也感到不好意思，喝着酒，突然说："你们要是东西太多，今天我给你们的那包蜜饯就丢海关好了。"她向我们解释，说她女儿小时候最喜欢吃蜜饯。"谁知道现在到了美国，还稀罕不稀罕这玩意。"

吃了饭，从餐厅出来，副总编很知趣地告辞。我和张英挽着手回房间。张英说："你干吗老不说话?"我说："我说什么，话都让你和她说完了，我还能说什么?"张英说："你们这领导，并不像你说的那样没人情味嘛，我看这人不错。"

"不错个屁!"

我和张英彼此分开时，思念得死去活来。在一起，不时有一些无伤大雅不伤和气的小口角。我把电视打开，挨个地揿频道，没一个节目吸引人。张英突然从背后抱住我，在我颈子上重重啄了一记，然后伏在我耳朵根说："我去洗澡了，你呢?"我不知道自己有什么可干，说："洗澡就洗澡，我先洗。""不，"张英又在我颈子上啄了一记，"我先洗。去，给我放水去。"我乖乖地去了浴室，打开水龙头，调好水温，水哗哗地往浴池里淌。

张英泡在浴池里不肯起来。我站在窗前，欣赏南京的夜景。漫长的黑夜刚刚拉开序幕，一盏盏路灯在远处连成细线。汽车开过来开过去，车灯忽地大亮。远处大楼顶上闪着霓虹灯的广告牌，有几节霓虹灯管是坏的，正好是一只熊猫的胳膊。街心的小花园中依稀看得见几对谈情说爱的男女。一辆救护车车顶上闪着蓝光奔驰而过。一家商店正准备关门，衣着时髦的女郎在拉铁栅栏门帘，拉了半天拉不动，又出来一位时髦女郎帮忙，还是拉不动，两位女郎都伸头往店里边望，终于又出来两个人，其中一个年纪已不小，指手画脚东张西望，大家一起用力，将铁栅栏门帘拉好。四个人重新从铁栅栏上的小门走进店面。几位过路的，带几分好奇地往里看。

张英从浴池里爬了起来，站在浴室门口，用大毛巾擦着湿漉漉的身体："你在干什么？"

我告诉她我随便看看。她扔了大毛巾，赤条条走到床边，抓起那件具有特殊意义的睡衣，一边往身上披，一边走到我身边，"你看什么？又发傻了？"

我说："你用不着穿睡衣，这儿谁也看不见你。我们高高在上，看得见整个的南京城，可谁也看不见我们。"

"算了吧，"张英已将睡衣的腰带系好，"你快去洗澡，有什么好看的。哎，林林，你看，你看一架飞机。"

"飞机有什么好看的，"我嘴上这么说，眼睛已跟着夜幕中移动的飞机在动。飞机上的灯光是移动着的星星，越飞越远直至消失。天上有许多星，淡淡的几片云，月牙儿细细的像一块别人挑剩下的西瓜，像门缝里透出的灯光，像一个刚写了三分之一的句号。各色各样的星辰点缀着黑沉沉的天穹，有的星星亮，不停地眨眼睛，有的星星黯淡，时隐时现，有的星星成群结队，簇拥在一起，密密的一大群，排成了种种图案，有的星星却孤零零。

张英不明白我为什么站那发傻。我当时的出神一定非常厉害。她靠在我的肩上，和我一起往外看："林林，你在想什么，想小说？"

"想小说。"

"想什么？"

"想《采红菱》的结尾。"

我随口答着，脑子里一片空白，什么也没有。我们高高在上，和眼前永恒的世界没任何关系。世界太大，太丰富，而我们太小太单调。张英情意绵绵靠在我身上，我情不自禁地去搂她。我的手在柔软光滑的睡衣上捏着抚摩着。此时此景此情此意，一种绝对意义的实在，像清风沁人一样扑面而来。这是我第一次感受到的实实在在。人和人之间如此密切融洽，爱与被爱如此和谐完美，终于使我在某一时刻里，对太大太充实的世界充满感激。茫茫的世界，无边无际的宇宙，我抓住了张英的手，重重地重重地握三下。张英反抓住我的手，也是握三下，重重地，重重地。

又是一架流星般的飞机从我们面前飞过。三盏灯三个点，像排着队形的小星星，无声无息，从夜幕上悄悄划过。我和张英手握手，都对着那架飞机看，丝毫没意识到灾难离我们已经不远，地狱的大门就在眼前。我们很快就会登上飞机。没人知道天上究竟有多少架飞机在飞。飞机将载着我们永恒的爱情飞向大洋彼岸。我们的故事彻底结束，我们的故事重新开始。

1990 年 10 月

# 后　记

三十多年前不明白什么叫中篇小说，印象中只有长短之分。有人问高尔基，长篇和短篇哪个更容易，他说长篇是大炮，短篇是手枪，都属于武器，都可以用来杀人，都不容易，无论长短，把它们货真价实地写好，这个才是最重要。

刚开始写小说，我对怎么写，写多长，全无心计。想写就写，无知必胆大，短篇中篇长篇，一口气写很多年，写了一大堆文字，转过头来往前看，总结回顾，发现自己最多的还是中篇。两年前短篇结集，收在一起勉强三本。这次出版中篇小说，轻而易举就是五本。还有一些因为版权，暂时未收入这个系列，如果照单全收，差不多又可以五本。

这套书的责任编辑杜晗来信，问能否将余华和苏童写过的两段文字印在封底，我立刻回信拒绝，理由是不能一而再，没完没了地让人家受累。当年拉大旗做虎皮，已经沾光太多，现在还要人家亮相站台，明显有些欺负老朋友。

然而在最后，我还是忍不住，要把杜晗转来的两段文字写在这里：

> 兆言的故事总是引人入胜，我想这是来自于他写作时令人尊敬的诚实，正是这样的诚实让他的才华和叙述中的人物故事熔于一炉，让他的故事张开了，让我们的阅读迅速投入进去，并且不能自拔。
>
> ——余华

叶兆言近年来的写作彻底放下了架子，越来越多地考虑小说的可读性和耐读性，经过多年的摸索和调整之后，其小说空间更显明朗而宽大，俗中见雅，对人性的探索也抵达了令人满意的深度。

——苏童

引用这两段文字，已不仅仅是做广告，而是怀念过去的美好时光。按年龄，我比余华苏童略长，文学辈分上却是同一拨人。一起成长，一起度过写作青涩期，我们的名字常放在一起，荣辱与共，既是互相提携的好友，更是良性竞争的对手。坦白说，羡慕他们的才华和成绩，想追上并且超过他们，一直是梦想，是我持续不断写作的动力。

因此，在这个后记中，首先要感谢中篇小说，它丰富了我的写作人生，让文学梦想变得如此充实。其次要感谢一起打拼的战友，感谢所有批评过我的人，感谢那些近乎客套的鼓励和督促，感谢我们拥有的共同岁月。

最后，当然更要感谢读者，没有读者阅读，我们曾经的蹉跎，曾经的风风火火，可能什么都不是。

2012年5月2日于南山